非洲文学研究丛书 ｜ 朱振武 主编

国家出版基金项目
NATIONAL PUBLICATION FOUNDATION

西部非洲经典文学作品研究

Studies in Literary Works
by Established Western African Writers

薛丹岩　冯德河　高文惠　著

西南大学出版社
国家一级出版社 全国百佳图书出版单位

图书在版编目（CIP）数据

西部非洲经典文学作品研究 / 薛丹岩, 冯德河, 高
文惠著. -- 重庆：西南大学出版社, 2024.6
（非洲文学研究丛书 / 朱振武主编）
ISBN 978-7-5697-2113-3

Ⅰ.①西… Ⅱ.①薛… ②冯… ③高… Ⅲ.①文学研
究 – 非洲 Ⅳ.①I400.6

中国国家版本馆CIP数据核字(2023)第242343号

非洲文学研究丛书　　朱振武　主编

西部非洲经典文学作品研究
XIBU FEIZHOU JINGDIAN WENXUE ZUOPIN YANJIU

薛丹岩 冯德河 高文惠　著

出 品 人：张发钧
总 策 划：卢　旭　闫青华
执行策划：何雨婷
责任编辑：李晓瑞
责任校对：唐　倩
特约编辑：汤佳钰　陆雪霞
装帧设计：万墨轩图书｜吴天喆　彭佳欣　张瑗俪
出版发行：西南大学出版社
　　　　　重庆市北碚区天生路2号　　邮编：400715
　　　　　市场营销部电话：023-68868624
印　　刷：重庆升光电力印务有限公司
成品尺寸：170㎜×240㎜
印　　张：21
字　　数：354千字
版　　次：2024年6月　第1版
印　　次：2024年6月　第1次印刷
书　　号：ISBN 978-7-5697-2113-3

定　　价：78.00元

国家社会科学基金重大项目"非洲英语文学史"阶段成果

"非洲文学研究丛书"顾问委员会

（按音序排列）

陈建华	华东师范大学
陈圣来	上海社会科学院
陈众议	中国社会科学院
董洪川	四川外国语大学
傅修延	广东外语外贸大学
蒋承勇	浙江工商大学
蒋洪新	湖南师范大学
金　莉	北京外国语大学
李安山	北京大学
李维屏	上海外国语大学
刘鸿武	浙江师范大学
刘建军	上海交通大学
陆建德	中国社会科学院
罗国祥	武汉大学
聂珍钊	广东外语外贸大学
彭青龙	上海交通大学
尚必武	上海交通大学
申　丹	北京大学
申富英	山东大学
苏　晖	华中师范大学
王立新	南开大学
王　宁	上海交通大学
王守仁	南京大学
王兆胜	中国社会科学院
吴　笛	浙江大学
许　钧	浙江大学
杨金才	南京大学
殷企平	杭州师范大学
虞建华	上海外国语大学
袁筱一	华东师范大学
查明建	上海外国语大学
张忠祥	上海师范大学
周　敏	杭州师范大学

"非洲文学研究丛书"专家委员会

（按音序排列）

蔡圣勤	中南财经政法大学
陈后亮	华中科技大学
陈 靓	复旦大学
陈月红	三峡大学
程 莹	北京大学
杜志卿	华侨大学
高文惠	德州学院
何 宁	南京大学
黄 晖	华中师范大学
黄 坚	长沙理工大学
姜智芹	山东师范大学
金 冰	对外经济贸易大学
李保杰	山东大学
李洪峰	北京外国语大学
林丰民	北京大学
卢国荣	内蒙古民族大学
卢 敏	上海师范大学
罗良功	华中师范大学
生安锋	清华大学
石平萍	国防科技大学
孙晓萌	北京外国语大学
谭惠娟	杭州电子科技大学
涂险峰	武汉大学
王 欣	上海外国语大学
王 欣	四川大学
王 卓	山东师范大学
武 成	上海师范大学
肖 谊	四川外国语大学
徐 彬	东北师范大学
杨中举	临沂大学
姚 峰	上海师范大学
曾艳钰	湖南师范大学
张 磊	中国政法大学
邹 涛	电子科技大学

朱振武，博士（后），中国资深翻译家，中国作家协会会员；上海市二级教授，外国文学文化与翻译博士生导师，博士后合作导师，上海师范大学外国文学研究中心主任，比较文学与世界文学国家重点学科带头人；上海市"世界文学多样性与文明互鉴"创新团队负责人。主持国家社科基金重大项目、重点项目十几项，项目成果获得国家出版基金资助。在《中国社会科学》《文学评论》《外国文学评论》《文史哲》《中国翻译》《人民日报》等重要报刊上发表文章400多篇，出版著作（含英文）和译著50多种。多次获得省部级奖项。

主要社会兼职有（中国）中外语言文化比较学会小说研究专业委员会会长和中非语言文化比较专业委员会副会长、中国外国文学学会副秘书长暨教学研究会副会长、上海国际文化学会副会长、上海市外国文学学会副会长兼翻译专业委员会主任等几十种。

本书主要作者简介

■ **薛丹岩**

上海师范大学比较文学与世界文学国家重点学科博士生，国家社科基金重大项目"非洲英语文学史"骨干成员，在《文学跨学科研究》《英美文学研究论丛》等A&HCI、CSSCI期刊发表论文多篇，主要从事加纳英语文学及西部非洲英语文学研究。

■ **冯德河**

山东青年政治学院外国语学院副教授、副院长，文学博士，毕业于上海师范大学比较文学与世界文学国家重点学科点，主要研究方向为尼日利亚及西部非洲英语文学，在《当代外国文学》《外语教学》《外国语文研究》等核心期刊发表非洲文学相关学术论文多篇，是国家社科基金重大项目"非洲英语文学史"子项目"西部非洲英语文学史"骨干成员，参与其他省部级教改、科研项目多项。

■ **高文惠**

博士，德州学院文学与新闻传播学院教授，山东师范大学兼职硕士生导师，省级精品课程负责人，校级学术带头人。研究方向为非洲英语文学，主讲外国文学、东方文学、英语文学研究等课程。在《外国文学评论》《外国文学研究》等省级以上期刊发表论文50余篇。

总序：揭示世界文学多样性　构建中国非洲文学学

2021 年的诺贝尔文学奖似乎又爆了一个冷门，坦桑尼亚裔作家阿卜杜勒拉扎克·古尔纳获此殊荣。受奖辞说，之所以授奖给他，是"鉴于他对殖民主义的影响，以及对文化与大陆之间的鸿沟中难民的命运的毫不妥协且富有同情心的洞察"[①]。古尔纳真的是冷门作家吗？还是我们对非洲文学的关注点抑或考察和接受方式出了问题？

一、形成独立的审美判断

英语文学在过去一个多世纪里始终势头强劲。从起初英国文学的"一枝独秀"，到美国文学崛起后的"花开两朵"，到澳大利亚、加拿大、爱尔兰、印度、南非、肯尼亚、尼日利亚、津巴布韦、索马里、坦桑尼亚和加勒比海地区等多个国家和地区英语文学遍地开花的"众声喧哗"，到沃莱·索因卡、纳丁·戈迪默、德里克·沃尔科特、维迪亚达·苏莱普拉萨德·奈保尔、J. M. 库切、爱丽丝·门罗、再到现在的阿卜杜勒拉扎克·古尔纳等"非主流"作家，特别是非洲作家相继获

[①] Swedish Academy, "Abdulrazak Gurnah—Facts", *The Nobel Prize*, October 7, 2021, https://www.nobelprize.org/prizes/literature/2021/gurnah/facts.

得诺贝尔文学奖等国际重要奖项[①]，英语文学似乎出现了"喧宾夺主"的势头。事实上，"二战"以后，作为"非主流"文学重要组成部分的非洲文学逐渐呈现出蓬勃发展的态势，涌现出一大批优秀的作家作品，在世界文坛产生了广泛影响。但对此我们却很少关注，相关研究也很不足，其中一个重要原因就是我们较多跟随西方人的价值和审美判断，而具有自主意识的文学评判和审美洞见却相对较少，且对世界文学批评的自觉和自信也相对缺乏。

非洲文学，当然指的是非洲人创作的文学，但流散到其他国家和地区的第一代非洲人对非洲的书写也应该归入非洲文学。也就是说，一部作品是否是非洲文学，关键看其是否具有"非洲性"，也就是看其是否具有对非洲历史、文化和价值观的认同和对在非洲生活、工作等经历的深层眷恋。非洲文学因非洲各国独立之后民主政治建设中的诸多问题而发展出多种文学主题，而"非洲性"亦在去殖民的历史转向中，成为"非洲流散者"（African Diaspora）和"黑色大西洋"（Black Atlantic）等非洲领域或区域共同体的文化认同标识，并在当前的全球化语境中呈现出流散特质，即一种生成于西方文化与非洲文化之间的异质文化张力。

非洲文学的最大特征就在于其流散性表征，从一定意义上讲，整个非洲文学都是流散文学。[②]非洲文学实际上存在多种不同的定义和表达，例如非洲本土文学、西方建构的非洲文学及其他国家和地区所理解的非洲文学。中国的非洲文学也在"其他"范畴内，这是由一段时间内的失语现象造成的，也与学界对世界文学的理解有关。从严格意义上讲，当下学界认定的"世界文学"并不是真正的世界文学，因此也就缺少文学多样性。尽管世界文学本身是多样性的，但我们现在所了解的世界文学其实是缺少多样性的世界文学，因为真正的文学多样性被所谓的西方主

[①] 古尔纳之前 6 位获得诺贝尔文学奖的非洲作家依次是作家阿尔贝·加缪，尼日利亚作家沃莱·索因卡，埃及作家纳吉布·马哈福兹，南非作家纳丁·戈迪默、J. M. 库切和作家多丽丝·莱辛，分别于 1957 年、1986 年、1988 年、1991 年、2003 年和 2007 年获得诺贝尔文学奖。

[②] 详见朱振武、袁俊卿：《流散文学的时代表征及其世界意义——以非洲英语文学为例》,《中国社会科学》，2019 年第 7 期。作者从流散视角对非洲文学从诗学层面进行了学理阐释，将非洲文学特别是非洲英语文学分为异邦流散、本土流散和殖民流散三大类型，并从文学的发生、发展、表征、影响和意义进行多维论述。

流文化或者说是强势文化压制和遮蔽了。因此，许多非西方文化无法进入世界各国和各地区的关注视野。

二、实现真正的文明互鉴

当下的世界文学不具备应有的多样性。从歌德提出所谓的世界文学，到如今西方人眼中的世界文学，甚至我们学界所接受和认知的世界文学，实际上都不是世界文学的全貌，不是世界文学的本来面目，而是西方人建构出来的以西方几个大国为主，兼顾其他国家和地区某个文学侧面和诺贝尔文学奖得主的所谓"世界文学"，因此也就不能实现真正意义上的文明互鉴。

文学是文化最重要的载体之一。文学是人学，它以"人"为中心。文学由人所创造，人又深受时代、地理、习俗等因素的影响，所以说，"文变染乎世情，兴废系乎时序"[①]。文学作品囊括了丰富多彩的政治、经济、文化、历史、地理、习俗和心理等多种元素，不同民族、不同国家、不同区域和不同时代的作家作品更是蔚为大观。但这种多样性并不能在当下的"世界文学"中得到完整呈现。因此，重建世界文学新秩序和新版图，充分体现世界文学多样性，是当务之急。

很长时间里，在我国和不少其他国家，世界文学的批评模式主体上还是根据西方人的思维方式和学理建构的，缺少自主意识。因此，我们必须立足中国文学文化立场，打破西方话语模式，批评窠臼和认识阈限，建构中国学者自己的文学观和文化观，绘制世界文化新版图，建立世界文学新体系，实现真正意义上的文明互鉴。与此同时，创造中国自己的批评话语和理论体系，为真正的世界文化多样性的实现和文学文化共同体的构建做出贡献。

在中国开展非洲文学研究具有英美文学研究无法取代的价值和意义，更有利于我们均衡吸纳国外优秀文化。非洲文学本就是世界文化的重要组成部分，现已

[①]《文心雕龙》，王志彬译注，北京：中华书局，2012年，第511页。

引起各国文化界和文学界的广泛关注，我国也应尽快加强对非洲文学的研究。非洲文学虽深受英美文学影响，但在主题探究、行文风格、叙事方式和美学观念等方面却展示出鲜明的异质性和差异性，呈现出与英美文学交相辉映的景象，因此具有世界文学意义。非洲文学是透视非洲国家历史文化原貌和进程，反射其当下及未来的一面镜子，研究非洲文学对深入了解非洲国家的政治、历史和文化等具有深远意义。另外，站在中国学者的立场上，以中国学人的视角探讨非洲文学的肇始、发展、流变及谱系，探讨其总体文化表征与美学内涵，对反观我国当代文学文化和促进我国文学文化的发展繁荣具有特殊意义。

三、厘清三种文学关系

汲取其他国家和地区文学文化的养分，对繁荣我国文学文化，对"一带一路"倡议下人类命运共同体的建设也具有重要意义。我们进行非洲文学研究时，应厘清主流文学与非主流文学的关系、单一文学与多元文学的关系及第一世界文学与第三世界文学的关系。

第一，厘清主流文学与非主流文学的关系。近年来，我国的外国文学研究重心已经从以英美文学为主、德法日俄等国文学为辅的"主流"文学，在一定程度上转向了澳大利亚、加拿大、新西兰等国文学，特别是非洲文学等"非主流"文学。这种转向绝非偶然，而是历史的必然，是新时代大形势使然。它标志着非主流文学文化及其相关研究的崛起，预示着在不远的将来，"非主流"文学文化或将成为主流。非洲作家流派众多，作品丰富多彩，不能忽略这样大体量的文学存在，或只是聚焦西方人认可的少数几个作家。同中国文学一样，非洲文学在一段时间里也被看作"非主流'文学，这显然是受到了其他因素的左右。

第二，厘清单一文学与多元文学的关系。世界文学文化丰富多彩，但长期以来的欧洲中心和美国标准使我们的眼前呈现出单一的文学文化景象，使我们的研究重心、价值判断和研究方法都趋于单向和单一。我们受制于他者的眼光，成了传声筒，患上了失语症。我们有时有意或无意地忽略了文学存在的多元化和多样性这个事实。非洲文学研究同中国文学走向世界的意义一样，都是为了打破国际上单一和固化的刻板状态，重新绘制世界文学版图，呈现世界文学多元化和多样性的真实样貌。

对于非洲作家古尔纳获得诺贝尔文学奖，许多人认为这是英国移民文学的繁盛，认为古尔纳同约瑟夫·康拉德、维迪亚达·苏莱普拉萨德·奈保尔、萨尔曼·拉什迪以及石黑一雄这几位英国移民作家①一样，都"曾经生活在'帝国'的边缘，爱上英国文学并成为当代英语文学多样性的杰出代表"②，因而不能算是非洲作家。这话最多是部分正确。我们一定要看到，非洲现代文学的诞生与发展跟西方殖民历史密不可分，非洲文化也因殖民活动而散播世界各地。移民散居早已因奴隶贸易、留学报国和政治避难等历史因素成为非洲文学的重要题材。我们认为，评判是否为非洲文学的核心标准应该是其作品是否具有"非洲性"，是否具有对非洲人民的深沉热爱、对殖民问题的深刻揭示、对非洲文化的深刻认同、对非洲人民的深切同情以及对未来生活的美好憧憬。所以，古尔纳仍属于非洲作家。

的确，非洲文学较早进入西方学者视野，在英美等国家有着较为丰硕的研究成果。我国的非洲文学研究虽然起步较晚，然而势头比较强劲。有一个重要的问题应该引起重视，那就是我们的非洲文学研究不能像其他外国文学的研究，尤其是英美德法等所谓主流国家文学的研究一样，从文本选材到理论依据和研究方法，甚至到价值判断和审美情趣，都以西方学者为依据。这种做法严重缺少研究者的主体意识，因此无法在较高层面与国际学界对话，也就在很大程度上失去了外国文学研究的意义和作用。

第三，厘清第一世界文学与第三世界文学的关系。如果说英美文学是第一世界文学，欧洲其他国家的文学和亚洲的日本文学是第二世界文学的话，那么包括中国文学和非洲文学乃至其他地区文学在内的文学则可被视为第三世界文学。这一划

---

① 康拉德1857年出生于波兰，1886年加入英国国籍，20多岁才能流利地讲英语，而立之年后才开始用英语写作；奈保尔1932年出生于特立尼达和多巴哥的一个印度家庭，1955年定居英国并开始英语文学创作，2001年获诺贝尔文学奖；拉什迪1947年出生于印度孟买，14岁赴英国求学，后定居英国并开始英语文学创作，获1981年布克奖；石黑一雄1954年出生于日本，5岁时随父母移居英国，1982年取得英国国籍，获1989年布克奖和2017年诺贝尔文学奖。
② 陆建德：《殖民·难民·移民：关于古尔纳的关键词》，《中国社会科学报》，2021年11月11日，第6版。

分对我们正确认识文学现象、文学理论和文学思潮及其背后的深层思想文化因素，制定研究目标和相应研究策略，保持清醒判断和理性思考，都具有十分重要的意义。

第四，我们应该认清非洲文学研究的现状，认识到我们中国非洲文学研究者的使命。实际上，现在呈现给我们的非洲文学，首先是西方特别是英美世界眼中的非洲文学，其次是部分非洲学者和作家呈现的非洲文学。而中国学者所呈现出来的非洲文学，则是在接受和研究了西方学者和非洲学者成果之后建构出来的非洲文学，这与真正的非洲文学相去甚远，我们在对非洲文学的认知和认同上还存在很多问题。比如，我们的非洲文学研究不应是剑桥或牛津、哈佛或哥伦比亚等某个大学的相关研究的翻版，不应是转述殖民话语，不应是总结归纳西方现有成果，也不应致力于为西方学者的研究做注释、做注解。

我们认为，中国的非洲文学研究者应展开田野调查，爬梳一手资料，深入非洲本土，接触非洲本土学者和作家，深入非洲文化肌理，植根于非洲文学文本，从而重新确立研究目标和审美标准，建构非洲文学的坐标系，揭示其世界文学文化价值，进而体现中国学者独到的眼光和发现；我国的非洲文学研究应以中国文学文化为出发点，以世界文学文化为参照，进行跨文化、跨学科、跨空间和跨视阈的学理思考，积极开展国际学术对话和交流。世上的事物千差万别，这是客观情形，也是自然规律。世界文学也是如此。要维护世界文明多样性，要正确进行文明学习借鉴。故而，我们要以开放的精神、包容的心态、平视的眼光和命运共同体格局重新审视和观照非洲文学及其文化价值。而这些，正是我们所追求的目标，所奉行的研究策略。

四、尊重世界文学多样性

中国文学和世界上的"非主流"文学，特别是非洲文学一样，在相当长的时间里被非主流化，处在世界文学文化的边缘地带。中国长期以来是世界上人口最多的国家，没有中国文学的世界文学无论如何都不能算是真正的世界文学。中国文学文化走进并融入世界文学文化，将使世界文学成为名副其实的世界文学。非洲文学亦然。

中国文化自古推崇多元一体，主张尊重和接纳不同文明，并因其海纳百川而生生不息。"君子和而不同"①，"物之不齐，物之情也"②，"万物并育而不相害，道并行而不相悖"③。"和"是多样性的统一；"同"是同一、同质，是相同事物的叠加。和而不同，尊重不同文明的多样性，是中国文化一以贯之的传统。在新的国际形势下，我国提出以"和"的文化理念对待世界文明的四条基本原则，即维护世界文明多样性，尊重各国各民族文明，正确进行文明学习借鉴，科学对待传统文化。毕竟，"文明因交流而多彩，文明因互鉴而丰富"④。共栖共生，互相借鉴，共同发展，和而不同，相向而行，是现在世界文学文化发展的正确理念。2022 年 4 月 9 日，大会主场设在北京的首届中非文明对话大会以线上线下相结合的方式举行，共同探讨"文明交流互鉴推动构建新时代中非命运共同体"，体现了新的历史时期世界文明交流互鉴、和谐共生的迫切需求。

英语文学在很长一段时间里被窄化为英美文学，非洲基本被视为文学的"不毛之地"。这显然是一种严重的误解。非洲文学有其独特的文化意蕴和美学表征，具有重要的研究价值，对其他国家和地区的文学也具有重要借鉴意义。在非洲这块拥有 3000 多万平方公里、人口约 14 亿的土地上产生的文学作品无论如何都不应被忽视。坦桑尼亚作家阿卜杜勒拉扎克·古尔纳获得诺贝尔文学奖，绝不是说诺贝尔文学奖又一次爆冷，倒可以说是诺贝尔文学奖评委向世界文学的多样性又迈近了一步，向真正的文明互鉴又迈近了一大步。

五、"非洲文学研究丛书"简介

"非洲文学研究丛书"首先推出非洲文学研究著作十部。丛书以英语文学为主，兼顾法语、葡萄牙语和阿拉伯语等其他语种文学。基于地理的划分，并从被殖民历

---

① 《论语·大学·中庸》，陈晓芬、徐儒宗译注，北京：中华书局，2018 年，第 160 页。
② 《孟子》，方勇译注，北京：中华书局，2018 年，第 97 页。
③ 《论语·大学·中庸》，陈晓芬、徐儒宗译注，北京：中华书局，2018 年，第 352 页。
④ 习近平：《在联合国教科文组织总部的演讲》，《人民日报》，2014 年 3 月 28 日，第 3 版。

史、文化渊源、语言及文学发生发展的情况等方面综合考虑，我们将非洲文学划分为4个区域，即南部非洲文学、西部非洲文学、中部非洲文学及东部和北部非洲文学。"非洲文学研究丛书"包括《南部非洲精选文学作品研究》《南非经典文学作品研究》《西部非洲精选文学作品研究》《西部非洲经典文学作品研究》《东部和北部非洲精选文学作品研究》《东部非洲经典文学作品研究》《中部非洲精选文学作品研究》《博茨瓦纳英语文学进程研究》《古尔纳小说流散书写研究》和《非洲文学名家创作研究》共十部，总字数约380万字。

该套丛书由"经典"和"精选"两大板块组成。"非洲文学研究丛书"中所包含的作家作品，远远不止西方学者所认定的那些，其体量和质量其实远远超出了西方学界的固有判断。其中，"经典"文学板块，包含了学界已经认可的非洲文学作品（包括获得诺贝尔文学奖、布克奖、龚古尔奖等文学奖项的作品）。而"精选"文学板块，则是由我国首个非洲文学研究国家社科基金重大项目"非洲英语文学史"团队经过田野调查，翻译了大量文本，开展了系统的学术研究之后遴选出来的，体现出中国学者自己的判断和诠释。本丛书的"经典"与"精选"两大板块试图去恢复非洲文学的本来面目，体现出中西非洲文学研究者的研究成果，将有助于中国读者乃至世界读者更全面地了解进而研究非洲文学。

第一部是《南部非洲精选文学作品研究》。南部非洲文学是非洲文学中表现最为突出的区域文学。其中的南非文学历史悠久，体裁、题材最为多样，成就也最高，出现了纳丁·戈迪默、J. M. 库切、达蒙·加格特、安德烈·布林克、扎克斯·穆达和阿索尔·富加德等获诺贝尔文学奖、布克奖、英联邦作家奖等国际奖项的著名作家。本书力图展现南部非洲文学的多元化文学写作，涉及南非、莱索托和博茨瓦纳文学中的小说、诗歌、戏剧、文论和纪实文学等多种文学体裁。本书所介绍和研究的作家作品有"南非英语诗歌之父"托马斯·普林格尔的诗歌、南非戏剧大师阿索尔·富加德的戏剧、多栖作家扎克斯·穆达的戏剧和文论、马什·马蓬亚的戏剧、刘易斯·恩科西的文论、安缇耶·科洛戈的纪实文学和伊万·弗拉迪斯拉维克的后现代主义写作等。

第二部是《南非经典文学作品研究》，主要对12位南非经典小说家的作品进行介绍与研究，力图集中展示南非小说深厚的文学传统和丰富的艺术内涵。这

12位小说家虽然所处社会背景不同、人生境遇各异，但都在对南非社会变革和种族主义问题的主题创作中促进了南非文学独特书写传统的形成和发展。南非小说较为突出的是因种族隔离制度所引发的种族叙事传统。艾斯基亚·姆赫雷雷的《八点晚餐》、安德烈·布林克的《瘟疫之墙》、纳丁·戈迪默的《新生》和达蒙·加格特的《冒名者》等都是此类种族叙事的典范。南非小说还有围绕南非土地归属问题的"农场小说"写作传统，主要体现在南非白人作家身上。奥利芙·施赖纳的《一个非洲农场的故事》和呆琳·史密斯的《教区执事》正是这一写作传统支脉的源头，而纳丁·戈迪默、J. M. 库切和达蒙·加格特这3位布克奖得主的获奖小说也都承继了南非农场小说的创作传统，关注不同历史时期的南非土地问题。此外，南非小说还形成了革命文学传统。安德烈·布林克的《菲莉达》、彼得·亚伯拉罕的《献给乌多莫的花环》、阿兰·佩顿的《哭泣吧，亲爱的祖国》和所罗门·T. 普拉杰的《姆胡迪》等都在描绘南非种族隔离制度的社会悲剧中表达了强烈的革命斗争意识。

第三部是《西部非洲精选文学作品研究》。西部非洲通常是指处于非洲大陆西部的国家和地区，涵盖大西洋以东、乍得湖以西、撒哈拉沙漠以南、几内亚湾以北非洲地区的13个国家和1个地区。这一区域大部分处于热带雨林地区，自然环境与气候条件十分相似。19世纪中叶以降，欧洲殖民者开始渐次在西非建立殖民统治，西非也由此开启了现代化进程，现代意义上的非洲文学也随之萌生。迄今为止，这个地区已诞生了上百位知名作家。受西方殖民统治影响，西非国家的官方语言主要为英语、法语和葡萄牙语，因而受关注最多的文学作品多数以这三种语言写成。本书评介了西部非洲20世纪70年代至近年出版的重要作品，主要为尼日利亚的英语文学作品，兼及安哥拉的葡萄牙语作品，体裁主要是小说与戏剧。收录的作品包括尼日利亚女性作家的作品，如恩瓦帕的小说《艾弗茹》和《永不再来》，埃梅切塔的小说《在沟里》《新娘彩礼》和《为母之乐》，阿迪契的小说《紫木槿》《半轮黄日》《美国佬》和《绕颈之物》，阿德巴约的小说《留下》，奥耶耶美的小说《遗失翅膀的天使》；还包括非洲第二代优秀戏剧家奥索菲桑的《喧哗与歌声》和《从前有四个强盗》，布克奖得主本·奥克瑞的小说《饥饿的路》，奥比奥玛的小说《钓鱼的男孩》和《卑微者之歌》

以及安哥拉作家阿瓜卢萨的小说《贩卖过去的人》等。本书可为 20 世纪 70 年代后西非文学与西非女生文学研究提供借鉴。

第四部是《西部非洲经典文学作品研究》。本书主要收录 20 世纪初至 20 世纪 70 年代西非（加纳、尼日利亚）作家的经典作品（因作者创作的连续性，部分作品出版于 70 年代），语种主要为英语，体裁有小说、戏剧与散文等。主要包括加纳作家海福德的小说《解放了的埃塞俄比亚》，塞吉的戏剧《糊涂虫》，艾杜的戏剧《幽灵的困境》与阿尔马的小说《美好的尚未诞生》；尼日利亚作家图图奥拉的小说《棕榈酒酒徒》和《我在鬼林中的生活》，现代非洲文学之父阿契贝的小说《瓦解》《再也不得安宁》《神箭》《人民公仆》《荒原蚁丘》以及散文集《非洲的污名》、短篇小说集《战地姑娘》，诺贝尔文学奖获得者索因卡的戏剧《森林之舞》《路》《疯子与专家》《死亡与国王的侍从》以及长篇小说《诠释者》。

第五部是《东部和北部非洲精选文学作品研究》，主要对东部非洲的代表性文学作品进行介绍与研究，涉及梅佳·姆旺吉、伊冯·阿蒂安汝·欧沃尔、弗朗西斯·戴维斯·伊姆布格等 16 位作家的 18 部作品。这些作品文体各异，其中有 10 部长篇小说，3 部短篇小说，2 部戏剧，1 部自传，1 部纪实文学，1 部回忆录。北部非洲的文学创作除了人们熟知的阿拉伯语文学外也有英语文学的创作，如苏丹的莱拉·阿布勒拉、贾迈勒·马哈古卜，埃及的艾赫达夫·苏维夫等，他们都用英语创作，而且出版了不少作品，获得过一些国际奖项，在评论界也有较好的口碑。东部非洲国家通常包括肯尼亚、坦桑尼亚、乌干达、卢旺达、南苏丹、索马里、埃塞俄比亚、厄立特里亚、吉布提、塞舌尔和布隆迪。总体来说，肯尼亚是英语文学大国；坦桑尼亚因古尔纳获得诺贝尔文学奖而异军突起；而乌干达、卢旺达、索马里、南苏丹因内战、种族屠杀等原因，出现很多相关主题的英语文学作品，引起国际社会的关注；乌干达、卢旺达、索马里、南苏丹这些国家的文学作品呈现出两大特点，即鲜明的创伤主题和回忆录式写作；而其他 5 个东部非洲国家英语文学作品则极少。

第六部是《东部非洲经典文学作品研究》。19 世纪，西方列强疯狂瓜分非洲，东非大部分沦为英、德、意、法等国的殖民地或保护地。第二次世界大战前，只有埃塞俄比亚一个独立国家；战后，其余国家相继独立。东部非洲有悠久的本土语言书写传统，有丰富优秀的阿拉伯语文学、斯瓦希里语文学、阿姆哈拉语文学和索马里语文学等，不过随着英语成为独立后多国的官方语言，以及基于英语成为世界通用语言这一事实，在文学创作方面，东部非洲的英语文学表现突出。东部非洲的英语作家和作品较多，在国际上认可度很高，产生了一批国际知名作家，比如恩古吉·瓦·提安哥、纽拉丁·法拉赫和 2021 年诺贝尔文学奖得主阿卜杜勒拉扎克·古尔纳等。此外，还有大批文学新秀在国际文坛崭露头角，获得凯恩非洲文学奖（Caine Prize for African Writing）等重要奖项。本书涉及的作家有：乔莫·肯雅塔、格雷斯·奥戈特、恩古吉·瓦·提安哥、查尔斯·曼谷亚、大卫·麦鲁、伊冯·阿蒂安波·欧沃尔、奥克特·普比泰克、摩西·伊塞加瓦、萨勒·塞拉西、奈加·梅兹莱基亚、马萨·蒙吉斯特、约翰·鲁辛比、斯科拉斯蒂克·姆卡松加、纽拉丁·法拉赫、宾亚凡加·瓦奈纳。这些作家创作的时间跨度从 20 世纪一直到 21 世纪，具有鲜明的历时性特征。本书所选的作品都是他们的代表性著作，能够反映出彼时彼地的时代风貌和时代心理。

第七部是《中部非洲精选文学作品研究》。中部非洲通常指殖民时期英属南部非洲殖民地的中部，包括津巴布韦、马拉维和赞比亚三个国家。这三个紧邻的国家不仅被殖民经历有诸多相似之处，而且地理环境也相似，自古以来各方面的交流也较为频繁，在文学题材、作品主题和创作手法等方面具有较大共性。本书对津巴布韦、马拉维和赞比亚的 15 部文学作品进行介绍和研究，既有像多丽丝·莱辛、齐齐·丹格仁布格、查尔斯·蒙戈希、萨缪尔·恩塔拉、莱格森·卡伊拉、斯蒂夫·奇蒙博等这样知名作家的经典作品，也有布莱昂尼·希姆、纳姆瓦利·瑟佩尔等新锐作家独具个性的作品，还有约翰·埃佩尔这样难以得到主流文化认可的白人作家的作品。从本书精选的作家作品及其研究中，可以概览中部非洲文学的整体成就、艺术水准、美学特征和伦理价值。

第八部是《博茨瓦纳英语文学进程研究》。本书主要聚焦 1885 年殖民统治后博茨瓦纳文学的发展演变，立足文学本位，展现其文学自身的特性。从中国学者的视角对文本加以批评诠释，考察了其文学史价值，在分析每一作家个体的同时又融入史学思维，聚合作家整体的文学实践与历史变动，按时间线索梳理博茨瓦纳文学史的内在发展脉络。本书以"现代化"作为博茨瓦纳文学发展的主线，根据现代化的不同程度，划分出博茨瓦纳英语文学发展的五个板块，即"殖民地文学的图景""本土文学的萌芽""文学现代性的发展""传统与现代的冲突"以及"大众文学与历史题材"，并考察各个板块被赋予的历史意义。同时，遴选了贝西·黑德、尤妮蒂·道、巴罗隆·塞卜尼、尼古拉斯·蒙萨拉特、贾旺娃·德玛、亚历山大·麦考尔·史密斯等十余位在博茨瓦纳英语文学史上产生重要影响的作家，将那些深刻反映了博茨瓦纳人的生存境况，对社会发展和人们的思想观念产生了深远影响的文学作品纳入其中，以点带面地梳理了博茨瓦纳文学的现代化进程，勾勒出了博茨瓦纳百年英语文学发展的大致轮廓，帮助读者拓展对博茨瓦纳英语文学及其国家整体概况的认知。博茨瓦纳在历史、文化及文学发展方面可以说是非洲各国的一个缩影，其在文学的现代化进程中表现得尤为突出。这是我们考虑为这个国家的文学单独"作传"的主要原因，也是我们为非洲文学"作史"的一次有益尝试。

第九部是《古尔纳小说流散书写研究》。2021年，坦桑尼亚作家古尔纳获得诺贝尔文学奖，轰动一时，在全球迅速成为一个文化热点，与其他多位获得大奖的非洲作家一起，使2021年成为"非洲文学年"。古尔纳也立刻成为国内研究的焦点，并带动了国内的非洲文学研究。因此，对古尔纳的10部长篇小说进行细读细析和系统多维的学术研究就显得非常必要。本书主要聚焦古尔纳的流散作家身份，以"流散主题""流散叙事""流散愿景""流散共同体"4个专题形式集中探讨了古尔纳的10部长篇小说，即《离别的记忆》《朝圣者之路》《多蒂》《天堂》《绝妙的静默》《海边》《遗弃》《最后的礼物》《砾石之心》和《今世来生》，提供了古尔纳作品解读研究的多重路径。本书从难民叙事到殖民书写，从艺术手法到主题思想，从题材来源到跨界影响，从比较视野到深层关怀再到世界文学新格局，对古尔纳的流散书写及其取得巨大成功的深层原因进行了细致揭示。

第十部是《非洲文学名家创作研究》。本书对31位非洲著名作家的生平、创作及影响进行追本朔源和考证述评，包含南部非洲、西部非洲、中部非洲、东部和北部非洲的作家及其以英语、法语、阿拉伯语和葡萄牙语等主要语种的文学创作。收入本书的作家包括7位获得诺贝尔文学奖的作家，也包括获得布克奖等其他世界著名文学奖项的作家，还包括我们研究后认定的历史上重要的非洲作家和当代的新锐作家。

这套"非洲文学研究丛书"的作者队伍由从事非洲文学研究多年的教授和年富力强的中青年学者组成，都是我国首个非洲文学研究国家社会科学基金重大项目"非洲英语文学史"（项目编号：19ZDA296）的骨干成员和重要成员。国内关于外国文学的研究类丛书不少，但基本上都是以欧洲文学特别是英美文学为主，亚洲文学中的日本文学和印度文学也还较多，其他都相对较少，而非洲文学得到译介和研究的则是少之又少。为了均衡吸纳国外文学文化的精华和精髓，弥补非洲文学译介和评论的严重不足，"非洲英语文学史"的项目组成员惭凫企鹤，不揣浅陋，群策群力，凝神聚力，字斟句酌，锱铢必较，宵衣旰食，孜孜矻矻，黾勉从事，不敢告劳，放弃了多少节假日以及其他休息时间，终于完成了这套"非洲文学研究丛书"。丛书涉及的作品在国内大多没有译本，书中所节选原著的中译文多出自文章作者之手，相关研究资料也都是一手，不少还是第一次挖掘。书稿虽然几经讨论，多次增删，反复勘正，仍恐鲁鱼帝虎，别风淮雨，舛误难免，贻笑方家。诚望各位前辈、各位专家、非洲文学的研究者以及广大读者朋友们，不吝指疵和教诲。

2024 年 2 月
于上海心远斋

序

西部非洲通常是指位于大西洋以东、乍得湖以西、撒哈拉沙漠以南、几内亚湾以北的地理区域，包括十六个国家和一个地区，大部分处在热带雨林地区，自然地理环境十分相似。1975 年 5 月 28 日，西非十五国成立了西非国家经济共同体（简称"西共体"），旨在通过密切成员国间的交流合作，促进西非在政治、经济、社会和文化等方面的一体化，为非洲大陆的进步与发展做出贡献。

将西部非洲文学进行整体考察、研究，除了考虑该区域自然地理环境相似、政治经济形势相通之外，更重要的考量还有以下四点：其一，西非是 15 世纪中叶欧洲人最早在非洲登陆的地方，是欧洲人入侵非洲腹地的桥头堡、中转站和根据地。经过激烈的殖民与反殖民斗争，西非各国先后沦为西方列强的殖民地，有些地方的控制权还数易其手，各国被殖民的经历大致相同。其二，西非各国并非由单一民族自然发展或多民族逐渐融合而来，而是西方列强强行瓜分势力范围的结果。各国独立后，均曾因内外矛盾重重而发生过冲突、政变、战争等悲惨事件，在部族对立、政治独裁、社会腐败、民生困顿等方面情形相似。其三，西非民族众多、语言繁杂，伊斯兰文化、基督教文化、本土黑人文化在这里既有冲突又有融合，文学赖以发生、发展的文化根基大体相似。其四，西非文学反奴隶贸易、反殖民主义、反种族主义、反腐败独裁，追求民族独立、追求身份确认、追求人性解放，其艺术手法既有对欧美文学的借鉴，也有对本土口述文学的传承，在主题、思想、内容、艺术等方面存在诸多共生。无论是从被殖民历史、国家建构、民族认同、路径选择等方面看，还是从文化基础、语言文字、艺术手法、思想观念等方面看，西非各国的历史相似、命运相连、文化相通、艺术相近，其文学创作存在相互借鉴、交叉影响的密切关系。这些均是将西非文学进行一体考察、整体研究的重要依据。

19世纪中叶以降，欧洲殖民者渐次建立起殖民统治，西非由此开启了现代化进程，现代意义上的文学也随之萌生。经过近百年的发展，西非文学取得了举世瞩目的成就。迄今为止，已诞生了100多位闻名遐迩的诗人、小说家、戏剧家和文学评论家。西非文学所用语言丰富多彩，富拉尼语、豪萨语、约鲁巴语、芳蒂语、特维语、埃维语文学虽均有其成，法语、葡萄牙语文学也蔚为壮观，但英语文学却始终占据主导地位，作品数量最多、质量最高、影响最大。其中，以尼日利亚和加纳的英语文学成就为最大，塞拉利昂、喀麦隆等国家的法语文学次之，本土语言文学价值虽不容低估，但由于这些语言的国外受众较少，作品在域外的影响力有限。

西部非洲作家芸芸、文学成就突出，有以文学发反殖先声的加纳人凯斯利·海福德，有"黑人性"运动主将塞内加尔人列奥波德·桑戈尔，有首位获西方文评关注的英语作家阿莫斯·图图奥拉，有"非洲现代文学之父"钦努阿·阿契贝，有非洲诺贝尔文学奖第一人沃莱·索因卡，有站在"非洲第二次文学浪潮巅峰"的加纳人阿依·奎·阿尔马，有流散英国的布克奖得主本·奥克瑞，有第三代作家领头雁奇玛曼达·阿迪契……诚可谓源远流长、人才辈出。在反殖去殖的历史进程中，西非作家群以其坚定的文化自觉和融通古今内外的艺术，不断书写着非洲的民族史、民族情、民族魂；他们与非洲人民一道，共同承担起了民族认同、国家发展与文化复兴的历史重任。

西非文学见证并书写西非地区的曲折历史，具有独特的文化蕴涵、艺术品格和美学价值。本卷主要研究20世纪初至20世纪70年代西非（加纳、尼日利亚）文学的经典作品，语种主要为英语，体裁有小说、戏剧与散文等，主要包括：加纳作家海福德的小说《解放了的埃塞俄比亚》，塞吉的戏剧《糊涂虫》，艾杜的戏剧《幽灵的困境》与阿尔马的小说《美好的尚未诞生》；尼日利亚作家图图奥拉的小说《棕榈酒酒徒》和《我在鬼林中的生活》，阿契贝的小说《瓦解》《再也不得安宁》《神箭》《人民公仆》和《荒原蚁丘》以及散文集《非洲的污名》与短篇小说集《战地姑娘》，索因卡的戏剧《森林之舞》《路》《疯子与专家》《死亡与国王的侍从》及其长篇小说《诠释者》。读者通过本卷可一览从殖民时期至国家独立前后的西非文学概貌。

目录 | CONTENTS

I

加纳文学

　　加纳（Ghana）位于非洲西部、几内亚湾北岸，西邻科特迪瓦，北接布基纳法索，东毗多哥，首都阿克拉（Accra）。加纳总人口超过3000万，有阿肯族、莫西—达戈姆巴族、埃维族和加—阿丹格贝族四个主要民族，官方语言为英语，另有埃维语、芳蒂语等多种民族语言。大多数民众信仰基督教与伊斯兰教，少部分信仰本土宗教。古加纳王国建立于公元3-4世纪，疆域包括今日的马里和布基纳法索，8-11世纪到达鼎盛，11世纪后半期衰落。13世纪北部新兴的马里王国趁虚而入，居民逐渐南迁至今日的加纳地区。加纳拥有丰富的黄金资源，因而被最先到达此处的葡萄牙人命名为"黄金海岸"（Gold Coast），此后不断招致西方殖民者的垂涎，最终于19世纪末沦为英国殖民地。在有识之士的顽强抗争下，其在1957年取得独立，成为二战后撒哈拉以南的非洲第一个取得独立地位的国家。加纳是非洲英语文学萌芽最早的国家之一，自20世纪初至今，诞生了凯斯利·海福德、阿依·奎·阿尔马、阿玛·阿塔·艾杜、科菲·阿翁纳、米沙克·阿萨尔等一大批具有国际影响力的作家，是西非地区仅次于尼日利亚的第二英语文学大国。

第一篇

海福德小说《解放了的埃塞俄比亚》中的
"理念化"人物

J. E. 凯斯利·海福德

Joseph Ephraim Casely Hayford, 1866—1930

作家简介

J. E. 凯斯利·海福德（Joseph Ephraim Casely Hayford，1866—1930）是加纳的政治家、律师、记者与作家。

海福德出身名门望族。父亲约瑟夫·德·格拉福特·海福德（Joseph de Graft Hayford）出身阿诺那氏族（Anona Clan），是享有盛誉的卫斯理教派牧师，母亲玛丽·德·格拉福特·海福德（Mary de Graft Hayford）是富商之女。海福德自小接受良好教育。1872年至1874年，他进入当时著名的卫斯理男子高中（Wesley Boys High School）学习，随后进入福拉湾学院（Fourah Bay College）接受高等教育。出于对法律的兴趣，海福德于1893年赴英国留学，在伦敦内殿律师学院（Inner Temple）学习法律，同时也在剑桥大学旁听经济学和法律课程。海福德回国后在海岸角（Cape Coast）、阿克西姆（Axim）、塞康第（Sekondi）等地开展法律事务，并开始广泛参与到政治活动中。他组织了原住民权利保护协会（Aborigines Rights Protection Society，通常简称 ARPS），1916年被英国殖民政府提名为立法委员会委员，并当选塞康第—塔科拉迪选区（Sekondi-Takoradi constituency）市政委员，担任多个政治职务。海福德一生有过两段婚姻，分别育有一子一女，于1930年8月11日去世。

海福德倡导种族平等，致力于保障当地原住民的合法权利，他为原住民权利保护协会提供法律保障。与此同时，受到杜波依斯、爱德华·布莱登、布克·华盛顿等思想家的影响，他倡导种族平等和西非统一，推动建立英属西非国民大会（National Congress of British West Africa，简称 NCBWA），是泛非主义运动的领袖。海福德著有《西非土地问题的真相》（*The Truth About The West African Land Question*，1913）、《黄金海岸的本土制度》（*Gold Coast Native Institutions*，1903）等多部著作，并创作了小说《解放了的埃塞俄比亚》（*Ethiopia Unbound*，1911）。《解放了的埃塞俄比亚》被认为是"西非英语小说鼻祖"，甚至被认为是"非洲的第一部英语小说"。

作品节选

《解放了的埃塞俄比亚》
（*Ethiopia Unbound*，1911）

For a busy, noisy thoroughfare with a multitude of men hurrying hither and thither, here were, as it seemed, a number of peaceful avenues, wearing a beautiful green, like unto moss, which met in one grand broadway. Each avenue was edged with luxuriant shrubs and plants whose leaves showed the most delicate tints of the rainbow in beautiful blend… and presently the avenues teemed with a moving throng, but with all the congregation, there was neither hurry nor bustle. The men were robed in a kind of loose garment over which was thrown in graceful folds across the left shoulder a raiment of the softest material, crimson in colour. They wore sandals on their feet and garlands of red roses and lilies intertwined around their heads. The crimson shade of their apparels showed that they had passed through the narrow gate of sacrifice; the roses in their chaplets were for a token that over the bridge of sorrow they had passed into the joy of *Nanamu-Krome*; and as for the lilies they merely pointed to the truth that humility becometh well the triumphant...

One thing struck Kwamankra, and it was this: the teeming multitudes represented every kindred, race, people, and nation under the sun. It was a congregation of select souls, men and women who had humbly done their duty, and done it well, in another life. That was all.[1]

---

[1] Casely Hayford, *Ethiopia Unbound: Studies in Race Emancipation*, London: C. M. Phillips, 1911, pp. 54-56.

在一条熙熙攘攘的大道上，许多人匆匆忙忙地走向各方。在漂亮的绿荫下似乎有很多宁静的小路隐入苔藓中，这些小路在宽阔的马路上汇合在了一起。每条小路旁都生长着茂密的灌木和其他植物，它们的叶子连在一起，汇聚成了最美丽的彩虹的色彩……不一会儿，这些小路上就出现了一大群人，虽然人数众多，但既没有发生混乱也没有喧哗。这些人穿着宽松的衣服，左肩雅致的褶皱中点缀着用最软材质做成的绯红色衣饰。他们脚穿凉鞋，头上戴着红玫瑰和百合交织而成的花环。衣服上的绯红色表明他们已经通过了狭窄的自我牺牲之门；花环上的玫瑰则说明他们已经走过忧伤之桥，跨进欢乐的纳纳穆—克罗姆；而百合仅仅是为了指出他们的谦卑已经变成了自豪……

夸曼克拉突然意识到这群聚集在一起的人代表了天下的每一个族群、民族、种族和国家。这是一样精选的灵魂的集合，这些灵魂在另一种生活中都是谦逊且很好地履行了自己职责的男男女女，仅此而已。①

（陈小芳 / 译）

① J. E. 凯斯利·海福德：《解放了的埃塞俄比亚》，陈小芳译，杭州：浙江工商大学出版社，2019 年，第 44—46 页。

作品评析

《解放了的埃塞俄比亚》中的"理念化"人物

引 言

　　《解放了的埃塞俄比亚》是由加纳记者、律师、民族独立运动领袖约瑟夫·艾夫拉姆·凯斯利·海福德创作的一部带有强烈自传色彩，同时融合多种文体风格的"非典型"小说。与一般的小说不同，《解放了的埃塞俄比亚》没有一以贯之的故事情节，而是以散文般平实真切的语言描绘从英国到加纳再到美国的广阔社会面貌，在宏阔的社会背景下展现牧师、官员、知识分子以及普通民众等各色人物的不同样态，并以带有议论风格的犀利笔触围绕宗教、政治、经济等重大主题展开不同立场间的论辩，直指所谓"文明"背后的殖民本质。《解放了的埃塞俄比亚》中的人物带有"出场定型"式的鲜明属性，他们代表着不同的文化立场和思维理念，为读者演绎了一场文明的对话和思想的交锋。这部作品不仅是加纳英语文学的先锋之作，还"被认为是非洲的第一部英语小说"①乃至"黑非洲英语文学诞生的标志"②。

---

① 张毅：《非洲英语文学》，北京：外语教学与研究出版社，2011年，第11页。
② 朱振武、韩文婷：《文学路的探索与非洲梦的构建——尼日利亚英语文学源流考论》，《外语教学》，2017年第4期，第98页。

一、利欲熏心的殖民骗子

海福德颇具隐喻意味地讽刺殖民者"一手拿着杜松子酒瓶，一手拿着《圣经》，极力主张着道德的完美"[1]。实质上，他们所鼓吹的"现代文明"不过是文化一元论衍生出的骗局和谎言，其本质是为了掩盖殖民野心而发起的一场文化攻势。

19 世纪末，西方强国相继步入垄断资本主义时代，为开辟更多的商品市场开始了新一轮的疯狂扩张。英国加快侵占的步伐，不仅赶走了荷兰殖民者，还多次发动打击土著阿散蒂王国（Asnanti Empire）的侵略战争。"在 1897 年，当英国以黄金海岸殖民政府的名义通过《公有土地法案》，宣布当地'一切无主之土地'都是'英王财产'时，很快引起加纳有识之士的警觉与反对。"[2]以海福德为首的有识之士成立"黄金海岸原住民权利保护协会"（Gold Coast Aborigines' Rights Protection Society），并于 1858 年派代表团到伦敦交涉土地问题。"海福德对殖民之前的历史和文化有充分的认识和了解，这一点在他的非虚构作品中体现得十分明显。"[3]与海福德此前所写的政论文和历史调查相比，小说给予了他更广阔的创作空间。《解放了的埃塞俄比亚》聚焦牧师、官员等不同群体，展现他们在面对种族问题时表现出的言行矛盾，揭穿殖民者营构的宗教骗局与政治谎言。

首先，小说通过两个"宗教之问"讽刺了欧洲殖民者的宗教伪善。主人公夸曼克拉（Kwamankra）在英国留学期间，向英国女王神学院的学生怀特利（Whitely）提出一个大胆的颠覆传统的问题：耶稣之母是否有可能是埃塞俄比亚妇女？深谙基督教教义的怀特利立即否定，却含糊其词难以给出合理的解释。《圣经》中"他

---

① J. E. 凯斯利·海福德：《解放了的埃塞俄比亚》，陈小芳译，杭州：浙江工商大学出版社，2019 年，第 57 页。

② 任泉、顾章义（编著）：《列国志·加纳》，北京：社会科学文献出版社，2010 年，第 65 页。

③ D. R. Wehrs, *Pre-Colonial Africa in Colonial African Narrative: From Ethiopia Unbound to Things Fall Apart, 1911-1958*, Hampshire: Ashgate, 2008, p. 40.

从一本造出万族的人，住在全地上"（《使徒行传》17：26）以及"凡遵行我天父旨意的人，就是我的弟兄、姐妹和母亲了"（《马太福音》12：50）①所宣扬的正是种族无差别的平等观点。但事实上，白人基督教徒绝对无法接受耶稣之母是黑人妇女。夸曼克拉质疑道："说一套、做一套的宗教信仰还值得追随吗？"②多年之后，成为殖民地牧师的怀特利再一次面对类似的抉择：黑人和白人能否合葬？他坚决反对黑白合葬的态度直接地表现出了种族主义者的真面目。牧师助理夸乌·拜多（Kwaw Baidu）秉持基督教精神据理力争，却遭到解雇。黑人信徒南希（Nancy）在听说这一事件后对自己所信仰的基督教产生了怀疑，来到怀特利处寻求答案，在信念完全幻灭后猝然死去。

怀特利的两面性充分展现了欧洲人所宣扬的基督教义的虚伪性，而南希之死则象征芳蒂族的信仰危机。要认识一个民族，先要了解他们信仰的神；同样，要统治一个民族，先要同化他们的信仰。西方殖民者深谙此理，他们向非洲本土传教时制造了一种看似平等博爱的虚假基督精神，实质上将黑人信徒拒之门外。被传教的黑人们放弃了本土信仰，但他们在这样虚伪的基督教中不被承认、得不到真正的救赎，最终陷入了信仰崩溃的危机之中。

除却讽刺殖民者的宗教伪善，作品还展现了"黄金海岸"民生凋敝的真实状况，揭露了殖民政府当局的腐败与堕落。塞康第是"黄金海岸"一个缺水状况异常严重的地区。然而"在塞康第这个备受英属黄金海岸政府宠爱的保护区，还没有像自来水这样的供给……政府当局根本没想到人是会渴的动物"③。火车站是"文明的第一迹象"，但铁路运营秩序十分混乱，这类基础设施实质上是为了方便攫取更多的资源。殖民政府根本不关心人们的生活状况，它的职责是加强对"黄金海岸"的控制。对此，有正义感的政府官员时刻面临着工作职责与内心良知之间的矛盾。官员大卫·麦坎（David Macan）为人正直诚实，他尽力团结当地酋长，

---

① 引文出自《圣经·中英对照》（中文：和合本，英文：新国际版）上海：中国基督教三自爱国运动委员会，2007 年，第 242 页，第 23 页。

② J. E. 凯斯利·海福德：《解放了的埃塞俄比亚》，陈小芳译，杭州：浙江工商大学出版社，2019 年，第 18 页。

③ J. E. 凯斯利·海福德：《解放了的埃塞俄比亚》，陈小芳译，杭州：浙江工商大学出版社，2019 年，第 54 页。

在各地区建立学校，希望帮助"黄金海岸"人民过上更为健康持续的生活。然而，在黑人中备受好评的他却遭到了上级的严厉批评与责骂。麦坎的自白颇具讽刺意味："他从未想过原来有一个理论上的政策和实际上的政策，后者的目标就是要在埃塞俄比亚国内使埃塞俄比亚人永远为他们的白人保护者和所谓的朋友伐木和取水。这就是他的上级希望他做的事。这样对吗？他能凭着良心来这样做吗？"①

与反叛文化一元论的思想相对应的是，海福德的创作语言同样体现了反叛标准英语的自觉意识。"毫无疑问，非洲英语文学的兴起和发展与英国的殖民扩张及殖民统治密切相关。"②"由于没有本土书面文学传统可资借鉴，早期的黑非洲文学主要处在对欧洲文学的模仿阶段。"③但海福德并不止步于此，他在创作中努力运用民族语言元素，体现其反叛殖民话语、创立新叙述语言的自觉意识。作者首先是运用英语对本地的芳蒂语进行翻译，将其书面化，如作品中神的名称、寺歌以及方言俗语等就都保留了芳蒂语元素，以此来展现自己民族的个性与特性。另外，海福德特意对不同人物的语体做出区分与保留，如列车上的售票员作为"黄金海岸"本土人使用的是混杂方言和英语的"皮钦语"（Pidgin），文本中这样的特征随处可见。"他们的作品尽管是用欧洲语言创作的，但从其词汇、句法及特定语言因素的运用中，可以让读者感受到作品中的事件不是发生在欧洲国家。"④后来的非洲著名本土作家如恩古吉、阿契贝等都意识到了语言问题的重要性，并开始用带有本土元素的英语或纯粹的本土语言进行创作。从这一点来说，海福德作为20世纪初期的作家，真正走到了非洲作家的前列，并做出了非常有益的努力和尝试。

---

① J. E. 凯斯利·海福德：《解放了的埃塞俄比亚》，陈小芳译，杭州：浙江工商大学出版社，2019年，第83页。

② 朱振武、袁俊卿：《流散文学的时代表征及其世界意义——以非洲英语文学为例》，《中国社会科学》，2019年第7期，第136页。

③ 黎跃进：《20世纪"黑非洲"地区文学发展及其特征》，《黑龙江社会科学》，2012年第2期，第115页。

④ 张荣建：《黑非洲文学创作中的英语变体》，《重庆师院学报》（哲社版），1995年第3期，第80页。

二、爱与信仰的圣洁化身

战国时期，屈原被谤而遭到放逐，在痛苦和煎熬中游历幻境、求索上下，作《离骚》表达自己的美政理想；西方中世纪时期，在曙光来临之前的至暗时刻，意大利伟大诗人但丁曾写出旷世《神曲》，表达自己对于恶善的评判和对真理的追寻。而在《解放了的埃塞俄比亚》中，作者扎根芳蒂本土信仰，极具隐喻意义地书写了主人公夸曼克拉灵魂漫游众神居住之地"纳纳穆—克罗姆"（Nanamu-Krome）的情节，以此表达对善恶的评判、对理想社会的想象和对得救道路的思索。夸曼克拉的妻子曼莎（Mansa）化身为爱与信仰的女神，带领他在漫游的过程中找到了救赎之路。

守城的丑陋怪物象征着骄傲自大的欧洲白人。这个半人半兽的怪物曾经是野心勃勃的人类，以为凭借自身的知识和想象就可以进入神的居所。但在这里，自认为掌握了知识就可以为所欲为被视为一种严重的罪孽。他被众神惩罚在城外为凡人指路，一千年不得进入纳纳穆城。这实质上蕴含着作者对于欧洲殖民者的批判。殖民者们自以为掌握了物质和技术就可以肆意操控其他民族，但这种心理显然是霸道和畸形的。

女神曼莎和纳纳穆城内的景象则展现了作者对理想社会的想象。"夸曼克拉突然意识到这群聚集在一起的人代表了天下的每一个族群、民族、种族和国家。这是一群精选的灵魂的集合，这些灵魂在另一种生活中都是谦逊且很好地履行了自己职责的男男女女，仅此而已。"① 在理想世界中，不同种族的人可以得到平等的对待，不同民族的人也可以和谐相处。人们只要拥有谦逊的灵魂和虔诚的信仰就可以得到救赎，不再有人因为肤色被拒之门外。在尘世中，人们如果坚持抑恶扬善，拥有完美的灵魂和品格，就会在纳纳穆城为自己建起一座神殿。凭借勇气

---

① J. E. 凯斯利·海福德：《解放了的埃塞俄比亚》，陈小芳译，杭州：浙江工商大学出版社，2019 年，第 46 页。

和纯粹的信任，人们可以打破死亡之门，渡过难以逾越之湖进入纳纳穆城，成为真正的神。实质上，海福德的憧憬可以在中国文化中找到共鸣。儒家秉持天下为公、四海之内皆兄弟的宏观理念，正是期望实现协和万邦的理想，建立一个平等、自由的和谐世界。可以说，海福德的理想与儒家天下大同的理想遥相呼应，具有颇多相似之处。

在理想蓝图的指引下，海福德借鉴不同民族的解放道路，阐明了重构民族精神的现实路径。首先，一个民族必须守护和捍卫自己的文化。他认为，丹麦、爱尔兰和日本在历史上都曾遭到外来民族的侵扰，却从没有丢弃自己的语言、风俗和制度，都在坚守本民族文化的基础上，有选择地吸收外来文化来发展自己。相比之下，许多芳蒂族人崇洋媚外、盲目跟风，完全否定本民族文化。埃西·梅努（Esi Maynu）原本是一位淳朴善良的芳蒂族女子，她曾与夸曼克拉一起在月光下唱着传统的歌谣"桑科"（Sanko），如今却在基督教的影响下认为夸曼克拉是异教徒和魔鬼；为了庆祝"帝国日"（Empire Day），芳蒂民众穿上隆重的节日服饰、举行盛大的仪式，却全然不知"帝国"二字的背后正是殖民者对他们的控制和剥削；更有"过于精致的非洲绅士们每隔两三年就提起为了防止神经衰弱而要逃到欧洲去的打算"[1]。作者痛心疾首地控诉"文明"正在侵蚀黑人民族的本质。

其次，本土化教育是民族解放和独立的关键。教育的核心目标在于避免西方文明的荼毒，培养真正的"热带之子"。海福德热情描绘了教育的理想蓝图：应当在远离"黄金海岸"影响的地方设立一所大学，聘请历史系教授讲述历史知识，尤其着重讲述非洲自身的历史及其在世界发展过程中的作用；应当聘请教授芳蒂语、豪萨语、约鲁巴语的教授，以复兴本民族的语言传统。接受过西方教育的海福德认为，只有真正的本土精英知识分子才能引领非洲走向独立与富强。

海福德的思想具有先锋性和超前性，但同时要看到的是，他依旧具有一定程度的保守性和妥协性。"凯斯利·海福德拒绝暴力，或许是他所接受的法律教育使得他更倾向于制度化与和平的方式。"[2]小说大部分依旧使用标准英语进行创作，

① J. E. 凯斯利·海福德：《解放了的埃塞俄比亚》，陈小芳译，杭州：浙江工商大学出版社，2019年，第155—156页。
② N. Ugonna, "Casely Hayford: The Fictive Dimension of African Personality", *Ufahamu: A Journal of African Studies*, 1977, 7 (2), p. 163.

其本土价值观和民族主义思想均是借用欧洲文学的框架进行表达。正如很多非洲知识精英一样,海福德这样做当然是有"以其人之道还治其人之身"的目的,但也表明,海福德依旧寄希望于打动欧洲读者,使他们承认非洲文明的平等地位,以此来争取非洲生存与发展的权利。同时,海福德对民族独立道路的探索还停留在对精英知识分子的培育上,所做出的反思还停留在思想层面,还没有深入到民众中去,还不知道团结民众的重要意义。多数普通民众还处在被忽略或忽视的状态。这也注定海福德终究是一位改革家而非革命家。

三、上下求索的知识分子

主人公夸曼克拉是带有自传性色彩的人物形象,是 20 世纪初"黄金海岸"知识分子的缩影和写照。海福德关于种族、政治、教育的思索在夸曼克拉这一人物形象的言行中得到了全面的展现。

凯斯利·海福德于 1866 年出生于"黄金海岸"的一个牧师家庭,为家中第四子。曾相继在卫斯理男子高中、塞拉利昂福拉湾学院学习,在非洲本土接受了当时所能接受到的最优质的教育。随后海福德到国外游学,在英国学习法律,顺利地拿到律师资格证后回到"黄金海岸"执业并投身民族解放事业,曾担任非洲原住民权利保护协会主席、"黄金海岸"立法委员会委员,并推动建立了英属西非国民大会。著有《西非土地问题的真相》《黄金海岸的本土制度》等,致力于黑人民族解放事业。

海福德受到当时较为活跃的思想家杜波依斯(W. E. B. Du Bois, 1868—1963)、布克·华盛顿(Booker T. Washington, 1856—1915)特别是爱德华·布莱登(Edward Wilmot Blyden, 1832—1912)的影响,在思想的交锋中阐述其自身的政治理念。"布克·华盛顿认为,南部黑人中间普遍存在着贫困、无知和犯罪等问题,这是黑人问题的症结所在,是黑人遭受歧视和被剥夺权利的根本原因。"[①]

---

① 张聚国:《杜波依斯与布克·华盛顿解决黑人问题方案比较》,《南开学报》(哲学社会科学版)2000 年第 3 期,第 69 页。

换句话说，布克·华盛顿认为黑人应当远离政治，潜心投入最普通的工作中。海福德一针见血地指出："布克·T.华盛顿追求的是促进美国黑人的物质文明。"[①]杜波依斯认为布克·华盛顿的思想存在严重的问题，他于1903年发表《黑人的灵魂》（*The Souls of Black Folk*）一书向华盛顿宣战，认为黑人不应当放弃自己的公民权利。海福德犀利地评论杜波依斯的局限性："威廉·爱德华·伯格哈特·杜波依斯追求的是在一个不适合民族发展的环境中取得社会选举权。"[②]海福德认为，华盛顿和杜波依斯远离非洲大陆太久以至于丢掉了自己的根基。在对比的基础上，他极力推崇爱德华·布莱登提出的"非洲个性学说"，纵横古今内外，在比较的基础上论证不同种族的文化、宗教等精神属性上的相似性、平等性和融合性。

主人公夸曼克拉是上下求索的知识分子的代表，是海福德思想的投射。海福德对非洲文明有着清晰的定位和深刻的认识。非洲文明孕育于非洲大陆，流淌在黑人民族的血液中，是人类文明不可或缺的组成部分。非洲文明与欧洲文明样态确有差异，但各有所长，不能以优劣高下区分之。李安山教授在《释"文明互鉴"》一文中提出："文明互鉴是指不同民族在交往中能吸收其他文明成果并运用到实践之中，使之成为自身价值体系或社会生活的一部分"，"文明互鉴的情况有两种。一是不同文化的相通性，二是不同文化的互补性"[③]。这种多元文明"相通"与"互补"的思想在海福德纵横捭阖、引经据典的叙述与议论中表现得十分突出。

不同文明之间存在差异，但也存在着内在肌理上的相似性和精神实质上的相通性。海福德追本溯源到西方文明的滥觞——古希腊文明，认为"当人们翻阅《奥德赛》这个精彩的故事时，他们就会碰巧发现希腊人和芳蒂人在思想和行为上有着惊人的相似"。[④]无独有偶，作者还将芳蒂族的本土神灵与希腊神话中的神灵进行对比，将埃及奥西里斯神崇拜、拜火教、佛教、伊斯兰教以及斯多葛学派与基

① J. E. 凯斯利·海福德：《解放了的埃塞俄比亚》，陈小芳译，杭州：浙江工商大学出版社，2019年，第133页。
② J. E. 凯斯利·海福德：《解放了的埃塞俄比亚》，陈小芳译，杭州：浙江工商大学出版社，2019年，第133页。
③ 李安山：《释"文明互鉴"》，《西北工业大学学报》（社会科学版）2018年第4期，第44—45页。
④ J. E. 凯斯利·海福德：《解放了的埃塞俄比亚》，陈小芳译，杭州：浙江工商大学出版社，2019年，第164页。

督教进行对比，认为不同信仰之间同样具有相通性。比如斯多葛学派马可·奥勒留（Marcus Aurelius）《沉思录》（*Meditations*）中的思想与拿撒勒教义在某些说法上具有惊人的相似，而非洲人的思想行为在某种程度上甚至比欧洲的基督徒更好地贯彻了基督精神。作者借主人公之口提出："'异教徒'是一个相对的术语。也许你们普通的英国人没有权力把一般的埃塞俄比亚人称为异教徒。"①

多元文化之间不仅具有相似性，更具有互补性，这一点文化界基本形成共识。黑人民族同样可以为其他民族提供有益的启发。英国女王神学院学生怀特利向夸曼克拉提出了自己关于"神"（God）的困惑，夸曼克拉则运用芳蒂语从词源上对"神"这一概念进行了阐释。夸曼克拉认为怀特利之所以产生困惑，是因为"神"一词并不来源于欧洲。在盎格鲁—撒克逊以及日耳曼文化中，"神"这一单词与"好的""无所不在"等意思毫无关联。而在芳蒂语中，万物之神名为"NYIAKROPON"，可拆解为"Nyia nuku ara oye pon"，意为"独自一人的他是伟大的"。由于含义明确，芳蒂族人并不会对自己的信仰产生困惑。在历史上，盎格鲁—撒克逊文化受到罗马文明的影响，而罗马文明又曾经受到非洲文明的启发，非洲对于"神"的理解亦可以为欧洲提供借鉴。因此，文明之间理应相互包容和借鉴，没有哪个民族或文明应该受到歧视和否定。

与文明互鉴的思想相对应的一点是，作品以杂糅、含混的文体特点表现出了作者去中心和反权威的思想。"在非洲，小说是唯一一种完全脱离本土模式被引进和推行的文学艺术形式。"②换句话说，与源于口头、具有表演性质的戏剧和诗歌不同，小说对于非洲来说是绝对的舶来品。彼时欧洲已有大量经典小说作品出现，且已形成稳定的创作标准和权威的批评话语。对于非洲作家来说，英语文学创作本就难以脱离欧洲规范的桎梏，英语小说创作则更是容易落入窠臼，不是东施效颦遭遇嘲讽，就是亦步亦趋难以出新。《解放了的埃塞俄比亚》则另辟蹊径，表现出明显不合小说规范的杂糅式特征。伯明翰大学教授斯蒂芬妮·纽维尔

---

① J. E. 凯斯利·海福德：《解放了的埃塞俄比亚》，陈小芳译，杭州：浙江工商大学出版社，2019 年，第 23 页。

② O. R. Dathorne, *The Black Mind: A History of African Literature*, Minneapolis: University of Minnesota Press, 1974, p. 143.

（Stephanie Newell）形象地比喻道："在海福德的手中，小说犹如一个可以无限扩展的布袋，有关政治和精神的各种思考都可以放入其中。"[1]这一比喻恰如其分。《解放了的埃塞俄比亚》没有完整的故事线索，也不以塑造人物为意，而是将幻想、纪实和议论熔为一炉。作者无视小说创作规范，更无意讨好西方文学批评家，只专注于灵活运用各种文体来衰达关于种族、政治、宗教、教育等主题的思考。"文学普遍性通过将某种特定文化（在现代语境下，是指欧洲）的价值奉为真理，奉为文学或文本的永恒内涵，助长了强势话语的中心性，黑非洲国家对普遍性的批判无疑就是反文化霸权的努力。"[2]含混、杂糅的文体风格是对传统小说规范的反抗，是海福德反欧洲中心论思想在文学创作方面的实践。

由于各自独特的自然环境和历史遭际，黑人与白人的体貌特征不同，非洲与欧洲的文明形态也明显有别。在文明互鉴理念的观照下，人类社会是多元文明的统一体，且不同文明之间存在着相通性与互补性。欧洲文明不应是中心和权威，非洲文明亦不必自惭形秽或妄自菲薄，这是贯穿小说始终的核心思想。在此基础上，作者对经殖民主义变异后的"文明"予以批判与讽刺，对黑人民族个性与精神的重建予以深刻思考。

结　语

《解放了的埃塞俄比亚》不是一部典型意义上的小说。环境描写是否复杂可靠、情节营构是否曲折离奇、人物塑造是否丰满生动往往是衡量一部小说艺术水准的主要参考因素，但《解放了的埃塞俄比亚》并不以描写环境或塑造情节为重心。作品中的人物则带有"出场定型"式的鲜明性格，或者说更接近思想理念的化身。或许有评论家认为这是一部艺术性欠缺的作品，但这并不会影响这部作品的先锋地位。

---

[1] S. Newell, *Literary Culture in Colonial Ghana: "How to Play the Game of Life"*, Manchester: Manchester University Press, 2002, p. 136.

[2] 高文惠：《黑非洲民族主义文学思潮的地缘特征》，《重庆邮电大学学报》（社会科学版），2007年第3期，第110页。

《解放了的埃塞俄比亚》塑造了一个个理念化的人物，这些人物真实展现了英属"黄金海岸"殖民地的社会面貌，并围绕宗教、政治和文化等重大命题展开了对话和交锋。海福德通过对话和交锋充分揭露了西方殖民者的伪善面孔，并试图重塑黑人民族的辉煌历史，论证民族性的重要作用，为黑人民族独立运动摇旗呐喊。在这样的思想的引导下，海福德进行了多方面的努力，他推动建立了西非国民大会实践"泛非"主义思想，推动西非在教育、制度等方面的改革，为民族解放事业贡献了自己一生的力量，成为"20世纪20年代黄金海岸和英属西非最著名的民族主义领袖和思想家"①。

《解放了的埃塞俄比亚》对后期加纳英语文学创作的主题和思想产生了重要影响，其中许多重要的命题如信仰、语言、风俗制度等在一百多年后的今天仍旧极具探索价值，可见其思想的高度前瞻性。同时，海福德主张的种族平等、文化交互等思想与如今我们所倡导的文明互鉴、命运共同体等概念在思想实质上有诸多相似性，因此《解放了的埃塞俄比亚》所论及的主题在今天仍旧具有非常重要的思想价值。

（文 / 上海师范大学 朱振武 薛丹岩）

---

① 张忠民：《西非"民族精英"凯斯利·海福德》，《西亚非洲》1995年第6期，第59页。

第二篇

塞吉戏剧《糊涂虫》的双语策略与讽刺艺术

科比纳·塞吉

Kobina Sekyi，1892—1956

作家简介

科比纳·塞吉（Kobina Sekyi，1892—1956）又名威廉·埃苏马－格威瓦·塞吉（William Esuman-Gwira Sekyi）是加纳著名思想家、剧作家。他于1892年11月1日出生于海岸角（Cape Coast），祖父是手握实权、地位显赫的部落酋长，外祖父是一位颇有名望的商人。塞吉在卫斯理教会学校（Wesleyan Mission School）、姆凡瑟方学校（Mfantsipim School）以及伦敦大学接受教育，对西方和非洲文化有着深刻了解和清醒认识。他严厉批判欧洲中心主义，认为"黄金海岸"人应当坚持自己的制度和传统。他用英语和芳蒂语（Fanti）创作的戏剧《糊涂虫》（*The Blinkards*，1915）被认为是"加纳最早的戏剧"。

作品节选

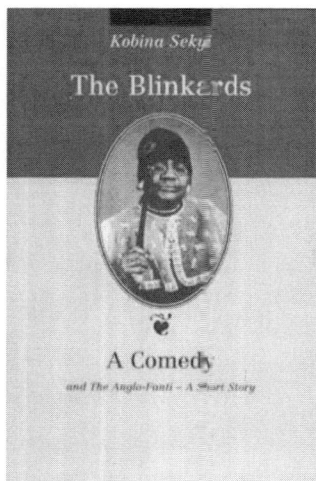

《糊涂虫》

（ *The Blinkards* . 1915 ）

You make her behave like white lady. Teach her all the things you have learn at London. By the grace of the big one in the sky, I get some money. I have many cocoa land. I want you to make her English. She don't like stays; she don't like boots; she want to go out in native dress. She like fufu too much; she like dokon too much. I konw white ladies can't chop fufu or dokun, because their middle is too small with stays: then she will eat nice European things. Thank you sir-er-ma'am.[1]

您让她变得像一个白人女士吧。把您在伦敦学到的一切玩意儿教给她吧。靠着老天爷赏饭，我有了些钱。我有了许多可可园。我想让你把她变成英国人。她不喜欢紧身衣；她不喜欢靴子；她想要穿着传统衣服走出去；她太喜欢芙芙了；她也太喜欢豆柯[2]了。我知道白人女士不能吃芙芙或者豆柯，因为她们穿着紧身衣的腰身太细了，所以她必须吃欧洲东西。谢谢您，先—呃—太太。

（薛丹岩 / 译）

---

[1] Kobina Sekyi, *The Blinkards*, Accra: Readwide Publishers & Oxford: Heinemann Educational Publisher, 1997, p. 21.

[2] 芙芙（fufu），豆柯（dokon）都是芳蒂本土食物。

作品评析

《糊涂虫》的双语策略与讽刺艺术

引 言

　　《糊涂虫》①是由加纳剧作家科比纳·塞吉②创作的一部双语③讽刺喜剧，被认为是"加纳最早的戏剧"④。在戏剧中，齐巴先生（Mr. Tsiba）是一位富有的可可商人，他希望女儿能够变成一位英国淑女，因此将她送至布罗菲尤森太太（Mrs. Borɔfosɛm）处学习英式礼仪和文化。但在这位装腔作势、盲目无知的"英国太太"的错误引导下，齐巴小姐（Miss Tsiba）与纨绔青年奥卡迪尤（Okadu）私订终身并未婚先孕。这实际上与芳蒂族的伦理观和习惯完全相悖，由此引发了一场场风波和闹剧。最终，齐巴一家在律师奥尼因齐（Onyimdze）的帮助下摆脱噩梦，回归了正常的生活轨道。《糊涂虫》以齐巴小姐的恋爱与婚姻为主线，展现了20世纪初加纳的社会面貌，讽刺了盲目迷恋英国文明的"黄金海岸"人，批判了跟风投机的利己主义者，表达了对文化殖民的警惕与反思，其中的文化自觉意识对后来的加纳社会产生了深远影响。

---

① 国内现有译本也将 The Blinkards 译为"戴长柄眼镜的人"，参见高长荣（编选）：《非洲戏剧选》，江虹泽，北京：外国文学出版社，1983年，第101—202页。本文的原文引用主要参考该译本，部分内容参照英文原著略有改动。

② 又译为柯宾纳·谢基，参见高长荣（编选）：《非洲戏剧选》，江虹泽，北京：外国文学出版社，1983年，第101—202页。

③ 《糊涂虫》由英语和芳蒂语（Fanti）创作而成。芳蒂语是加纳芳蒂族（Fante）使用的本土语言。

④ 朱振武、薛丹岩：《本土化的抗争与求索——加纳英语文学的缘起与流变》，《燕山大学学报》（哲学社会科学版），2020年第3期，第63页。

一、"Borɔfosɛm"：削足适履的亲英派

加纳曾于 19 世纪末沦为英属"黄金海岸"殖民地。英国不仅对其进行政治上的统治和经济上的攫取，还对殖民地人民进行思想上的控制和同化。在所谓的现代文明观的熏陶下，自诩上层的"亲英派"疯狂迷恋和追捧欧洲情调，将英国作为衡量一切的标准，在"黄金海岸"刮起了"英国风"。在《糊涂虫》中，从英国归来的布罗菲尤森（Borɔfosɛm）夫妇便是这类人物的典型代表。在芳蒂语中，Borɔfosɛm 可以拆分为 Borɔfo（欧洲的、英国的）和 sɛm（行为、习惯）两部分，意为"欧洲主义者或模仿欧洲的人"[①]。由此可见，人物姓氏本身便带有明显的讽刺意味。与此同时，塞吉运用夸张和反讽的修辞手法对人物形象进行了漫画式塑造，讽刺和批判了此类邯郸学步、东施效颦的模仿者。

塞吉对布罗菲尤森太太的言行举止进行了全面而夸张的描绘，成功塑造了一个看似精致高雅、实则矫揉造作的贵妇形象。布罗菲尤森太太从英国侨居归来后，成了一个地地道道的"英国迷"。她时常拿着一副长柄眼镜，只穿欧洲服饰，并且轻蔑地宣称"我不想让任何穿本土衣服的人来，他们满是泥巴的（光）脚会踩脏我的地毯，并且会在楼上胡乱吐痰"[②]；她要求丈夫只能用英语说话和唱歌，并认为只有"乡巴佬"和"流氓"才会用芳蒂语；她强迫丈夫按照英国方式行事，并傲慢地嘲笑仆人不懂得在英国烟灰可以用来杀死蛀虫，也不懂英国的树叶都要用书夹起来。总而言之，布罗菲尤森太太认为"英国的"都是高贵的、典雅的、需要学习的，"本土的"则都是乡下的、粗俗的、流氓的。这种不加辨别的模仿闹出了许多笑话。她强迫丈夫称她为"duckie"（鸭子）而不是"dear"（亲爱的），

---

① Abu Shardow Abarry, *The Significance of Names in Ghanaian Drama, Journal of Black Studies*, 1991, 22 (2), p. 158.

② 柯宾纳·谢基：《戴长柄眼镜的人》，载高长荣（编选）：《非洲戏剧选》，江虹译，北京：外国文学出版社，1983 年，第 112 页，有改动。

因为她所崇拜的嘉什太太（Mrs. Gush）被丈夫如此称呼。这事实上是因为嘉什太太非常肥胖，走起路来像鸭子一样左右摇摆，她却理所应当地认为这是最时髦的叫法。她强迫丈夫模仿英国绅士行吻面礼，却险些因此遭到仆人的酒后非礼。塞吉对布罗菲尤森太太的外在言行进行了夸张描绘，塑造了一个装腔作势、令人发笑的漫画式人物。

塞吉较少展现布罗菲尤森太太的心理活动，而主要通过其他人物的内心独白对她的所作所为进行"拆台"式评判。这一方面隐喻着布罗菲尤森太太是一个徒有外表而缺乏思想的"空心人"，另一方面也在明暗对比中达到了更好的讽刺效果。例如，布罗菲尤森太太常将"咱们'应当'干这个，因为英国干过了；咱们不'应当'干那个，因为英国人没有干过"①等言论挂在嘴边；布罗菲尤森先生表面顺从，实际上内心对于妻子规定的"必须"十分厌烦："叫我生气的就是这个该死的'必须'。为什么'必须'？……如果成天叫人不得安宁，那就太讨厌了。"②布罗菲尤森太太自以为派头十足地举着"长柄眼镜"打量人，自诩优雅地唱英文歌；但在齐巴小姐眼中，这一切都十分怪异——"她干吗透过眼镜盯着我？她把我当做一条外国轮船吗……这是怎么回事儿？她是一架留声机吗？……大概是伤风感冒了。"③布罗菲尤森太太自以为是地对英国文化高谈阔论，但在博学的海归奥尼因齐律师看来，她是一个"蛇发女怪"。在明暗对比之间，布罗菲尤森太太装腔作势、自说自话的滑稽行径展露无疑。事实上，她对英国的认识浅薄而局限，她沉浸于矫揉造作的小资情调而渐渐丧失了理性和道德，成了一个滑稽可笑的模仿者。

相比之下，布罗菲尤森先生则是一个逆来顺受的模仿者。他从小被父母强迫用英国方式生活，被刻意培养成一个欧洲人。"我父母送我去英国之前，就开始有意识地让我变得尽量像个欧洲人。如果能够办到的话，他们还会用漂白粉把我

① 柯宾纳·谢基：《戴长柄眼镜的人》，载高长荣（编选）：《非洲戏剧选》，江虹译，北京：外国文学出版社，1983年，第106页。

② 柯宾纳·谢基：《戴长柄眼镜的人》，载高长荣（编选）：《非洲戏剧选》，江虹译，北京：外国文学出版社，1983年，第106页。

③ 柯宾纳·谢基：《戴长柄眼镜的人》，载高长荣（编选）：《非洲戏剧选》，江虹译，北京：外国文学出版社，1983年，第113页，第117页。

的肤色漂白……我记得，因为不愿穿靴子和厚袜子，我常常挨揍子。"①成年后的他又被妻子强迫按照一个英国绅士的方式生活。"我想尽可能讲本国话的时候，我老婆却非要我经常向她说英语不可，否则她就不高兴。"②为了避免家庭纠纷和麻烦，他只能装聋作哑，"如果我不相当聪明地跟我老婆达成协议，我的生活就会十分难过了"③。

除此之外，塞吉还对环绕在主要人物周围的附庸者进行了群像式勾勒。游园会上吹捧和崇拜布罗菲尤森太太的年轻姑娘们、纳娜·卡塔维尔娃（Nana Katawerwa）家门口的时髦妇女、布罗菲尤森先生的朋友等，这些以数字为代号的不具名小人物沉浸在对"英国式文化"的迷恋之中，放弃了理性思考和道德底线。这种群像式勾勒呈现出了一种迷恋英式文明的整体氛围，表达了塞吉的担忧。在彼时的"黄金海岸"，失去理性和自我判断的民众已占据多数。他们受到错误的鼓吹和诱导，对殖民文化的侵蚀毫不自知，成了可悲可笑的模仿者和糊涂虫，最终给自己的民族带来了毁灭性灾难。

塞吉对模仿者进行了犀利的讽刺和批判，但不是全然悲观。布罗菲尤森太太少有的内心独白展现了一定的自我反思意识："我不懂的是，尽管一切都叫咱们生活得这样快活，咱们的祖先似乎生活得那般艰苦，可他们都活得比咱们长久，比咱们幸福。"④布罗菲尤森先生的认识则偶尔闪现理性的光芒："咱们被外国的那些浅薄、无聊的东西搞得晕头转向，完全是活受罪……咱们不幸生在一个摹仿者的世界上……偏偏都是盲目的摹仿者。"⑤他们很快就被欲望所吞噬，无法从模仿者的世界中自我觉醒，但自我反思的理性光芒使得夫妇二人的形象更加立体饱满，也为后来的态度反转埋下了伏笔。

---

① 柯宾纳·谢基：《戴长柄眼镜的人》，载高长荣（编选）：《非洲戏剧选》，江虹译，北京：外国文学出版社，1983 年，第 107 页。

② 柯宾纳·谢基：《戴长柄眼镜的人》，载高长荣（编选）：《非洲戏剧选》，江虹译，北京：外国文学出版社，1983 年，第 107 页。

③ 柯宾纳·谢基：《戴长柄眼镜的人》，载高长荣（编选）：《非洲戏剧选》，江虹译，北京：外国文学出版社，1983 年，第 106 页。

④ 柯宾纳·谢基：《戴长柄眼镜的人》，载高长荣（编选）：《非洲戏剧选》，江虹译，北京：外国文学出版社，1983 年，第 105 页。

⑤ 柯宾纳·谢基：《戴长柄眼镜的人》，载高长荣（编选）：《非洲戏剧选》，江虹译，北京：外国文学出版社，1983 年，第 106 页。

二、"Tsiba"：跟风投机的利己者

塞吉还塑造了一类跟风投机的利己者形象。与削足适履的亲英派不同，他们对英国文化没有任何认知，仅仅是为了个人利益而盲目跟风，最终作茧自缚、自食其果。塞吉将父女两人命名为"Tsiba"（齐巴），意为"脑袋小的人或无脑者"，以此讽刺附庸风雅、可怜可悲的齐巴父女。

塞吉通过设置戏剧突转将齐巴先生的扭曲心态展现得淋漓尽致。齐巴先生是一位可可商人。在实现财富的积累后，他又期望通过学习英国文化来提升社会地位，甚至希望把自己的女儿变成英国人。在这种病态心理的驱使下，他花重金聘请布罗菲尤森太太——一位时髦的从英国归来的女士来教导自己的女儿。他强迫女儿丢弃本土语言："说英语嘛。你不懂得那种语言吗？""别说'我父亲'，应当说'我爸爸'。"①强迫女儿将原来的名字"阿拉巴·曼莎"改为教名"巴巴拉·艾吕敏特鲁德"；还希望改掉女儿一切芳蒂族的生活习惯："她太喜欢芙芙了；她也太喜欢豆柯了。我知道白人女士不能吃芙芙或者豆柯，因为她们穿着紧身衣的腰身太细了。所以她必须吃欧洲东西。"②然而，画虎不成反类犬，他闹出了许多笑话。例如，他错误地将 blush（脸红）认为是"一些搽脸的英国香粉"，并且希望自己的女儿能像英国女孩儿一样 blush。他模仿英国人和妻子行吻面礼，结果被妻子抓花了脸。在遇到与传统认知相冲突的情况时，齐巴先生几乎毫不犹豫地放弃自己原有的价值观，不加甄别地相信布罗菲尤森太太所鼓吹的英国方式。女儿和纨绔青年奥卡迪尤私订终身，这本是违背芳蒂价值观的大逆不道之举。齐巴先

---

① 柯宾纳·谢基：《戴长柄眼镜的人》，载高长荣（编选）：《非洲戏剧选》，江虹译，北京：外国文学出版社，1983年，第113页。

② Kobina Sekyi, *The Blinkards*, Accra: Readwide Publishers & Oxford: Heinemann Educational Publishers, 1997, p. 21.

生最开始听说此事时，立即暴怒"谁把我的女儿给了你？说谎的家伙！黑心肝！"①
但巧舌如簧的布罗菲尤森太太却狡辩道："但是，他俩已经按英国方式订了婚。"
听闻此番言论，齐巴先生仿佛泄了气的皮球，立即改变了自己的态度："既然如此，
那一定是好事。"②在准备礼金、女儿未婚先孕等事情上，齐巴先生也选择无条件
相信英国方式，甚至不顾妻子的葬礼而为女儿举行婚礼。"人家英国就是这么办
的"成为布罗菲尤森太太的尚方宝剑，她也借此成了英国文化的代言人和阐释者。
尽管她的意见是可笑的、轻浮的、浅薄的，齐巴先生也深信不疑，最终因为盲从
葬送了妻子的性命和女儿的幸福。齐巴小姐本是一个率真烂漫的芳蒂族女孩，她
敢于表达自己的真实想法和真实态度。"原来您能说芳蒂语，您干吗不说呢？如
果您不让我讲芳蒂语，我就走。"③在被父亲送到布罗菲尤森太太那里接受教育之
后，她逐渐成了一个愚蠢麻木的复制品。她和奥卡迪尤按照书中的桥段上演了一
个看似浪漫的邂逅故事，最终在诱导下未婚先孕。她的母亲听闻此事急忙找到奥
卡迪尤为女儿讨回公道，却在推搡之中心脏衰竭而死。齐巴小姐在诱导下失去了
贞洁和至亲，付出了极其惨痛的代价。

相比于齐巴父女，以奥卡迪尤和"国际俱乐部"成员为代表的投机者则更加
卑鄙猖狂。他们目的更为明确，行为也更加可耻，他们无意了解何为英国情调，
而仅仅将其当作攫取利益的手段。塞吉对这类无赖的批判态度尤为强烈，无情地
揭露了他们的荒诞行为。

奥卡迪尤是一个纨绔青年。他来到奥尼因齐律师事务所的目的非常明确：变
成一个英国人，把齐巴小姐娶到手。他非常懂得利用遵循传统文化者和西化芳蒂
人之间的矛盾，从而圆滑地使双方都为自己所用。他为了利用奥尼因齐先生的名
声和著名律师的地位，故意提及自己因称呼白人为"白蛮子"而遭到了原有公司

---

① 柯宾纳·谢基：《戴长柄眼镜的人》，载高长荣（编选）：《非洲戏剧选》，江虹译，北京：外国文
　学出版社，1983年，第145页。
② 柯宾纳·谢基：《戴长柄眼镜的人》，载高长荣（编选）：《非洲戏剧选》，江虹译，北京：外国文
　学出版社，1983年，第145页。
③ 柯宾纳·谢基：《戴长柄眼镜的人》，载高长荣（编选）：《非洲戏剧选》，江虹译，北京：外国文
　学出版社，1983年，第116页。原译本为"凡季语"，考虑通用译法后修改为"芳蒂语"。

的解雇，由此得到奥尼因齐的同情与肯定。他利用齐巴小姐对英国文化的迷恋，与之共同演绎了英国小说中男女主人公邂逅的场景，由此赢得了齐巴小姐的芳心。他打着向奥尼因齐学习英国文化的旗号，得到了布罗菲尤森太太的支持，并借助她在齐巴先生那里得到了肯定，甚至还混入了所谓的"国际俱乐部"成了其中的骨干成员。他善于利用相互对立的文化立场为自己攫取利益，却并不关心孰是孰非。他打着英国文化的幌子，粗暴地夺去了齐巴小姐的贞洁，以极其不负责任的方式与她缔结婚姻，并间接造成了齐巴小姐母亲的死亡。

"国际俱乐部"是此类投机分子聚集的场所，塞吉用黑色幽默的方式对这里的荒诞场景进行了描绘。在会议上，会员们矫揉造作地学习一篇名为"如何做一名绅士"的文章，反复宣称："要做绅士，咱们就得摹仿欧洲人。"[1]他们为了白人的到来复印《禁忌》以及《如何跳舞》等所谓的藏书和论著，还通过了"俱乐部成员不得穿本国衣服见人"以及"俱乐部成员不得在光天化日之下说本国话"等可笑的决议。奥卡迪尤也成了俱乐部的成员之一，他狂妄地发表着毫无逻辑的荒谬言论，却赢得了"说得好！""合乎逻辑！"之类的夸赞。塞吉冷峻细致地描绘着此类荒诞不经的场景，将喜剧与荒诞相糅合，将讽刺和批判蕴含其中，达到了类似黑色幽默的讽刺效果。事实上，这群对英国文化没有了解也没有崇拜的跟风投机者是导致悲剧的根源。他们将英国情调当成幌子而达成有利于自己的目的，本质上却是毫无信仰的酒肉之徒，上演了一出出极其荒诞的闹剧。

齐巴父女为了追求社会地位的提升而迷失了自我，最终在奥尼因齐的帮助下摆脱了奥卡迪尤对于他们的指控。而奥卡迪尤这类无耻的投机分子则在启蒙者的控诉下得到了应有的惩罚。这实际上也展现了塞吉对于两类投机者的不同态度。

---

[1] 柯宾纳·谢基：《戴长柄眼镜的人》，载高长荣（编选）：《非洲戏剧选》，江虹译，北京：外国文学出版社，1983年，第164页。

三、"Onyimidzi": 清醒辩证的启蒙者

奥尼因齐（Onyimidzi）律师是整部戏剧的核心人物，"他的名字是 Onyimidzifo 的缩略，意为谨慎和受人尊敬的人"[1]。这寓意着他不仅拥有渊博的知识，更继承了祖先流传下来的古老智慧。他是清醒辩证的知识分子，严厉批判欧洲中心主义，认为"黄金海岸"人应当坚持自己的制度和传统。他在一定程度上是作者本人的化身，传达了塞吉本人的深邃思考，在戏剧中承担着启蒙和说教的责任。

奥尼因齐是留学归来的知识精英，他曾在英国经历了幻想破灭和文化自觉的历程，对欧洲文明有了更加清醒的认识。这种觉醒实际上是塞吉本人心路历程的写照。科比纳·塞吉又名威廉·埃苏马－格威瓦·塞吉，于1892年出生于海岸角。他的祖父是手握实权、地位显赫的部落酋长，外祖父是一位颇有名望的商人。"他是在一个培养盎格鲁－非洲人（Anglo-African）的社会中长大的，这个社会中受教育的人从小就被引导着相信非洲的全部都是倒退的，都是应该被鄙视的，彻底的英国化（和基督教化）是'文明'和'进步'的通行证。"[2]他在中学时是一个地地道道的'英国迷'，甚至在非洲炎热的夏天仍坚持穿着高领毛绒衬衫、厚袜和长靴。那时的他对英国的一切都充满了迷恋，曾创作长诗《旅居者》（"The Sojourner"）表达自己对英国的崇拜和向往。然而，他真正来到英国留学后，思想发生了巨大的转变。他发觉自己的黑人身份在英国社会得不到认同，这使得他既不能融入上层社会，也无法与自己的同学打成一片。"他读的欧洲哲学

---

[1] Abu Shardow Abarry, "The Significance of Names in Ghanaian Drama", *Journal of Black Studies*, 1991, 22 (2), p. 158.

[2] Jabez Ayodele Ayo, "Introduction", Kobina Sekyi, *The Blinkards*, Accra: Readwide Publishers & Oxford: Heinemann Educational Publisher, 1997, p. XV

越多，他越变成一个非洲人。"①他从英国归来后转变成了一个民族主义者，大声疾呼非洲人应当对自己的民族文化感到自信，呼吁只有依靠自己的力量才能得到真正的解放。

奥尼因齐律师是作者本人的化身，他能够清醒辩证地看待英国社会的阶级与文化。"你们应当知道，英国有真正的 upperten（贵族阶级）；还有暴发户似的 upperten；有心满意足的中等阶级，也有在社会上野心勃勃的中等阶级……那儿还有坚定的工人阶级。"②奥尼因齐由此批判布罗菲尤森太太所接触的仅仅是英国文化的表层而非全貌。作为已经从英伦迷梦中觉醒的知识分子，奥尼因齐深刻地洞悉了殖民骗局，对于所谓的文明观予以强烈的讽刺和批判。他认为"黄金海岸"人无须对英国人感恩戴德、顶礼膜拜，因为"他们是自愿到这儿来的，而且破坏了咱们的民族生活"③。

与此同时，奥尼因齐充分尊重和赞扬本土习俗和传统文化。他认为那些没有被欧洲中心论洗脑的芳蒂人保持着理性判断，延续着古老的文化传统和自给自足的生活方式。"那些处处都为自己的民族感到骄傲的、真正的芳蒂老人，同那些英国化的人相比，是更聪明和健康的，是更高尚和值得尊敬的。"④以阿柯第爷爷、纳娜外祖母为代表的芳蒂本土人展现着自信与真实的魅力。阿柯第爷爷在奥卡迪尤和齐巴小姐的婚宴上说："因为参加这个宴会的都是芳蒂人，所以我想讲芳蒂语……如果你们也希望过一种幸福的夫妻生活，那就不要屈从于把你们的妻子带进教堂的这种虚礼，否则你们的夫妻生活就会是可悲的。"⑤齐巴小姐的外祖母纳

① Jabez Ayodele Ayo, "Introduction", Kobina Sekyi, *The Blinkards*, Accra: Readwide Publishers & Oxford Heinemann Educational Publisher, 1997, p XVII.
② 柯宾纳·谢基：《戴长柄眼镜的人》，载高长荣（编选）：《非洲戏剧选》，江虹译，北京：外国文学出版社，1983年，第136—137页。
② 柯宾纳·谢基：《戴长柄眼镜的人》，载高长荣（编选）：《非洲戏剧选》，江虹译，北京：外国文学出版社，1983年，第140页。
④ 柯宾纳·谢基：《戴长柄眼镜的人》，载高长荣（编选）：《非洲戏剧选》，江虹译，北京：外国文学出版社，1983年，第137页。
⑤ 柯宾纳·谢基：《戴长柄眼镜的人》，载高长荣（编选）：《非洲戏剧选》，江虹译，北京：外国文学出版社，1983年，第171页。

娜·卡塔维尔娃在外孙女的婚姻面前保持着清醒的头脑，她谴责将自己的妻子和女儿推进火坑的齐巴先生："我看，桌上的这些酒都把你们灌昏了。我知道，没有任何人要求我的外孙女儿结婚。不要给我讲什么蛮话。婚礼应当晚上举行。我从没见过白天举行婚礼的，只有'教堂迷'干这种怪事。"[1]

在充分认识两种文明的基础上，奥尼因齐用冷静的态度揭穿了这个黑白颠倒的世界的虚伪。"这是一个莫名其妙的世界：热情的、自然的、无拘无束的人，被看成是野蛮人；冷酷的、矫揉造作的、非常拘泥形式的人被当做是高雅的人。"[2]他清醒地阐明了自己的看法：有些事英国人在做是因为他们早已在不知不觉中养成了习惯，这些行为方式成了他们文化传统的一部分。非洲人对这些英国礼仪进行模仿只会让欲望无限增长，而不加辨别的迷恋只会让自己成为"四不像"。奥尼因齐也能够辩证地看待自己所接受的英式教育，强调自己"只是在英国学过知识、动过脑子的芳蒂人，而不是一个英国化的芳蒂人或者漂白的黑人"[3]。此处实际上表达了塞吉本人的文化立场，即每个民族都应当依照自己的风俗习惯生活，坚守自己的价值观和文化自觉，否则便会在邯郸学步中丢失自我。值得注意的是，塞吉对于文化殖民保持着警惕，但他"并不抗拒现代化，他只是希望通过将传统与现代融合和协调的方式帮助非洲社会逐步走向真正适合自己的进步道路"[4]。这一点在奥尼因齐的行为方式上也有所体现，他倡导一种混合式教育和混合式的生活方式。比如，他并不抗拒学习英国的知识，在法庭上按照规定穿着欧洲款式的上衣和四法学协会的律师服，但他认为这并不能改变他芳蒂族的精神内核和价值立场。

---

[1] 柯宾纳·谢基：《戴长柄眼镜的人》，载高长荣（编选）：《非洲戏剧选》，江虹译，北京：外国文学出版社，1983年，第173页。

[2] 柯宾纳·谢基：《戴长柄眼镜的人》，载高长荣（编选）：《非洲戏剧选》，江虹译，北京：外国文学出版社，1983年，第125页。

[3] 柯宾纳·谢基：《戴长柄眼镜的人》，载高长荣（编选）：《非洲戏剧选》，江虹译，北京：外国文学出版社，1983年，第139页。

[4] Patricia Nyamekye and Michelle Debrah, "Kobina Sekyi's *The Blinkards* and James Ene Henshaw's *Medicine For Love*-A study in the Manner of Comic Production", *European Journal of English Language and Literature Studies*, 2016, 4 (4), p. 37.

戏剧的最后，奥卡迪尤将齐巴父女告上法庭，认为他们没有遵守在上帝面前缔结的婚礼契约。奥尼因齐则站在本土婚姻法的立场为父女辩护，最终胜诉。布罗菲尤森夫妇也从这场模仿的荒诞剧中幡然醒悟，逐渐回归了正常的生活轨道。布罗菲尤森先生在结束语中说："如果我们都有民族精神，我们就会更加明白事理，更加受到尊重了……从前的人确实聪明！如果咱们遵守他们留给我们的风俗习惯稍多一些，采取其他民族的生活方式稍少一些，咱们至少会像他们一样健康。"[1]据说这出戏剧在最初上演时，布罗菲尤森先生是由塞吉本人扮演的。他本人的声音回荡在剧场，带给观众的感受是震撼的，启迪是深刻的。

结　语

四幕十一场的《糊涂虫》是一部表现力极强的讽刺戏剧，搬上舞台演出后引起了强烈反响，塞吉也因这部戏剧被誉为"西非萧伯纳"。事实上，塞吉采用英芳双语创作，不仅是为了达到反讽效果，更是为了使作品能够被更多的本土民众所接受，让"笑料"成为一种力量。《糊涂虫》中的人物和情节略显冗杂，艺术技巧稍显粗疏，却仍掩盖不了其思想的光芒，其中所强调的觉醒与反思意识"在加纳独立50多年后的今天仍然具有非常深刻的现实意义"[2]。

（文 / 上海师范大学 薛丹岩）

---

[1] 柯宾纳·谢基：《戴长柄眼镜的人》，载高长荣（编选）：《非洲戏剧选》，江虹译，北京：外国文学出版社，1983年，第201—202页。

[2] Awo Mana Asiedu, "The Enduring Relevance of Kobina Sekyi's *The Blinkards* in Twenty-First-Century Ghana", Bernth Lindfors and Geoffrey V. Davis eds., *African Literatures and Beyond: A Florilegium*, New York: Rodopi, 2013, p. 39.

第三篇

艾杜戏剧《幽灵的困境》中的文化融合之路

阿玛·阿塔·艾杜

Ama Ata Aidoc，1942—2023

作家简介

阿玛·阿塔·艾杜（Ama Ata Aidoo，1942—2023）又名克里斯蒂娜·阿玛·阿塔·艾杜（Christina Ama Ata Aidoo），是加纳剧作家、小说家、诗人、教育家。艾杜1942年出生于加纳中部一个村主。父亲是著名的教育家，参与创办了当地第一所学校。艾杜从小就接受了良好教育，曾就读于卫斯理女子高中（Wesley Girls High School），随后考入加纳大学（University of Ghana），曾获奖学金资助，在加州斯坦福大学（Stanford University）学习创意写作。1968至1969年，艾杜在肯尼亚（Kenya）和坦桑尼亚（Tanzania）的大学任教，与肯尼亚生物化学家欧内斯特·帕萨利·利基马尼（Ernest Parsali Likimani）相爱并育有一女。1982年，艾杜担任加纳教育部部长，但因政权更迭仅任职一年。艾杜曾在欧柏林大学（Oberlin College）、里士满大学（University of Richmond）和泽维尔大学（Xavier University）任教，2003年到2010年间担任布朗大学（Brown University）客座教授。

艾杜不仅是一位杰出的教育家，还是一位剧作家、小说家、诗人和散文家。戏剧《幽灵的困境》（*The Dilemma of a Ghost*，1965）是艾杜的处女作，同时也是艾杜最负盛名的作品之一。它讲述了加纳青年阿托携非裔美籍妻子尤拉莉从美国归来，但他的妻子却由于语言的障碍、文化的隔膜和观念的差异而"水土不服"，难以融入的故事。戏剧《阿诺瓦》（*Anowa*，1970）则描写了在社会环境变迁过程中女性的地位和境况。女主人公是一位拥有梦想、充满干劲的女子，不顾家人的反对嫁给了一个当地男子。在家庭财富不断积累的过程中，阿诺瓦的丈夫不断干涉她的选择，使得她陷入了无尽的绝望与痛苦之中。

艾杜在长篇小说《我们的扫兴姐妹》（*Our Sister Killjoy*，1977）、《改变：一个爱情故事》（*Changes: A Love Story*，1991）以及短篇小说集《这里没有甜蜜》（*No Sweetness Here*，1970）、《女孩儿能行》（*The Girl Who Can*，1997）中塑造了一系列女性形象，展现了对于女性地位和生存境遇的思考。值得一提的是，艾杜还创作了《〈老鹰和鸡〉等故事集》（*The Eagle and the Chickens: and Other Stories*，1986）、《外交重磅及其他》（*Diplomatic Pounds & Other Stories*，2012）等儿童文学作品，以及《某时某人说》（*Someone Talking to Sometime*，1985）、《鸟》（*Birds and Other Poems*，1987）和《一月里的愤怒信》（*An Angry Letter in January*，1992）等一定数量的诗歌，可谓一位有着多重身份的多产女作家。艾杜曾获得英联邦文学奖（非洲地区），她的作品也被选入非洲百佳图书，在加纳文坛产生了重要影响。

作品节选

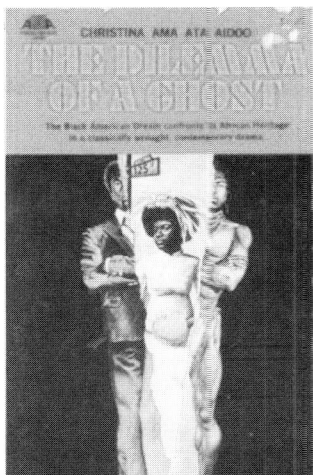

《幽灵的困境》
(*The Dilemma of a Ghost*，1965)

Is this not the truth? Why did you not tell us that you and your wife are gods and you can create your own children when you want them? You do not even tell us about anything and we assemble our medicines together. While all the time your wife laughs at us because we do not understand such things…yes, and she laughs at us because we do not understand such things…and we are angry because we think you are both not doing what is good for yourselves...and yet who can blame her? No stranger ever breaks the law... Hmm…my son. You have not dealt with us well. And you have not dealt with your wife well in this.

Yes, and I know
They will tell you that
Before the stranger should dip his finger
Into the thick palm nut soup,
It is a townsman
Must have told him to.①

难道不是这样吗？你为什么不告诉我们你和你妻子是神，能在想要的时候自己造出孩子来？你根本什么都没有告诉我们，我们还一起把药给你凑齐了。那么

---

① Christina Ama Ata Aidoo, *The Dilemma of a Ghost*, Accra & Ikeja: Longman Group Ltd., 1965, p. 49.

长时间你妻子都在嘲笑我们，因为我们不能理解这样的事情……是的，她嘲笑我们，因为我们不能理解这样的事情……我们会生气是因为我们觉得你们两个没有做对自己有益处的事情……但是谁能责备她呢？从来没有陌生人打破过规则……嗯……我的儿子，在这件事上，你没有好好对待我们，你也没有好好对待你的妻子……

> 是的，我知道，
> 他们会跟你说，
> 在陌生人将手指
> 戳进浓稠的棕榈果仁汤之前，
> 得有个村里人，
> 告诉他该怎么做。[①]

（宗玉 / 译）

[①] 阿马·阿塔·艾杜等：《幽灵的困境：非洲当代戏剧选》，宗玉、李佳颖、秦岚译，上海：上海译文出版社，2017 年，第 70—71 页。

作品评析

《幽灵的困境》中的文化融合之路

引 言

　　《幽灵的困境》[①]是加纳著名女作家阿玛·阿塔·艾杜的重要代表作之一。在戏剧中，美国留学生阿托·亚乌森（Ato Yawson）毕业后回到了加纳，与他一同从美国归来的还有他的新婚妻子——非裔女孩尤拉莉·拉什（Eulalie Rush）[②]。尤拉莉满怀对非洲大陆的憧憬跟随阿托到加纳寻根，但是她的异族身份立刻在亚乌森家族中引起轩然大波，后来由于语言隔阂与文化差异与阿托家人产生了一系列令人啼笑皆非的误会。作为丈夫和儿子的阿托本该是双方沟通的桥梁，但他的逃避与闪躲使得双方之间的矛盾越来越深。戏剧的结尾更是发人深省，阿托母亲出于同情与母爱最终接纳了已经失去亲生母亲的尤拉莉，按照常理该松一口气的阿托却在此时陷入了更深的迷惘。《幽灵的困境》看似是一部简单的家庭伦理剧，实际上包含了城乡、代际特别是外来与本土文化之间的矛盾。在异质文化的强烈冲突中，阿托伦理抉择的困境实际上隐喻着加纳在道路选择上的迷茫。

---

① 艾杜的戏剧《幽灵的困境》于 1964 年公演，1965 年出版。
② "Eulalie" 有 "厄拉利" "尤拉利" 等多个译名。在本书中，除引用外，统一使用 "尤拉莉"。

一、逃避：对文化交流的抵触

受到两种文化熏陶的阿托深知西方文明与非洲传统文明的巨大差异，因此他从一开始就对两种文化的接触感到畏难和排斥。他一方面向家人隐瞒已婚的事实，一方面竭力阻止妻子了解真正的非洲，实际上是无法面对自己内心的矛盾。

尤拉莉对非洲则抱有幻想式的憧憬和脱离实际的想象，对阿托的爱中包含着对黑人血统的爱慕，但这种幻想注定要破灭。现实中的非洲与她的想象完全不同，她在短时间内难以仅凭肤色和非裔血统得到亚乌森家族的认同。尤拉莉·拉什是非裔美国人，她有着和阿托一样的黑色皮肤和面孔，身上同样流淌着非洲的血液，但却始终漂泊无依。尤拉莉和她的家人生活在美国哈莱姆黑人区，一家人从事着最为底层的工作，在白人的冷眼和欺凌下苟且生活。母亲去世后，尤拉莉便失去了美国的家和世上唯一的依靠。她非常渴望"再属于某个地方"，找到新的依靠和真正的归属。因此，祖先的土地——非洲便成了尤拉莉心之所向、魂牵梦萦的地方。她与加纳小伙子阿托的婚姻使她得到了一张非洲大陆的入场券，她希望通过婚姻加入亚乌森家族，希望自己的黑色皮肤被认同从而回归"最初的源头"。从尤拉莉与阿托的对话和她的内心独白中可以看出，她对阿托的爱在一定程度上也包含着对他的肤色和血统的崇拜。她称阿托为"土著男孩"（Native Boy），认为他的肤色是最黑的。同时也为自己能够被冠以"亚乌森"这一芳蒂族最为古老的姓氏而感到骄傲。尤拉莉祈祷式地对阿托说："阿托，把你的妈妈当作我的妈妈，不可以吗？……你的爸爸不也是我的爸爸吗？……你的神也是我的神？……我也会死在你死去的地方？"①

---

① 阿马·阿塔·艾杜等：《幽灵的困境：非洲当代戏剧选》，宗玉、李佳颖、蔡燕译，上海：上海译文出版社，2017 年，第 16—17 页。

尤拉莉的心理状态具有典型性，她所追寻和追溯的其实是她想象中的非洲，而非真实的非洲。[1]非洲原本拥有独特的地理环境和与之对应的文明形态，但由于西方殖民者的暴力掠夺和野蛮征服，其原有的社会结构遭到了严重破坏。一批又一批黑人被带上奴隶船运往大西洋彼岸，在那里被当作与牲畜无异的免费劳动力。后来奴隶制虽然被废除，但在种族主义理论的渲染和影响下，黑人仍旧在白人的歧视和冷眼下过着贫穷、悲惨、毫无尊严的生活。在第二次世界大战后，非洲各殖民地陆续兴起风起云涌的独立运动。加纳便是其中的排头兵，成为撒哈拉以南的非洲第一个取得独立地位的国家。英属"黄金海岸"殖民地的独立带给全世界黑人极大的鼓舞与振奋。许多非裔美国人对加纳、对非洲充满了向往，他们认为这是一块充满希望的大陆，是一张空白的画卷，他们可以在这里找到归属，建设属于黑人的自由王国。但事实上，所谓"空白画卷""自由王国"只是他们想象中的非洲，是他们建构出的非洲大陆，现实中的非洲与他们的幻想大相径庭。这一点在尤拉莉身上有着明显体现，她对于非洲大陆的憧憬在很大程度上是由于在美国所遭受的歧视与不公平对待，对非洲的向往也是由于失去了自己的母亲和家的归属。这一切是出于某种义愤的一厢情愿，而非建立在对非洲充分了解、对非洲文化有所认知的基础上。这种心态如果不被正确引导，她内心的幻想就必然要破灭。

阿托的家人秉持着芳蒂族一以贯之的价值观和文化传统。阿托所属的奥德姆那家族是镇上最为古老的家族之一，家族拥有承自祖先的尊贵姓氏，祖屋"是镇上最大的——如其名一般古老"。以祖母纳娜（Nana）为中心的家族成员都对自己的血统和土地充满自豪与骄傲，认为祖先是"高贵"的，而领地是"神圣"的。在非洲本土的社会结构和传统观念中，社会成员是以部族（tribe）为单位来划分的，共享同样的文化传统，联结十分紧密，呈现出相对的稳定性和一定的排他性。当阿托告诉家人们自己未经家族同意已经结婚时，自然引起了轩然大波。家人首先关心的便是尤拉莉的部落和身份问题。当阿托说尤拉莉没有部落时，外祖母纳娜完全没有办法接受："从我生下来，就没听说过从女人肚子里生下来的人类是没

---

[1] 对于此类现象的分析可参见论文：Piper Kendrix Williams, "The Impossibility of Return: Black Women's Migrations to Africa", *A Journal of Women Studies*, 2006, 27 (2), pp. 54-86.

有部落的。难道树会没有根吗？"①家族人拥有非洲传统的部族观念和集体的归属观念，对于他们来说，没有部族的尤拉莉是无根之人。而当阿托反驳家人的观点，说尤拉莉是和他们拥有同样祖先的非裔美国人时，家里人也并未因肤色相同而产生任何认同感，反而认定尤拉莉是"奴隶的后代""奴隶的女儿"。由此可见，尤拉莉期望在非洲回归自己的黑人血统，但凭借自己的肤色得到认同是不切实际的奢望。对于芳蒂人以及非洲本土人来说，姓氏、家族、部族才是一个人最为重要的身份和标志，但这恰恰都是尤拉莉没有的。

作为妻子和家族之间的纽带，阿托本该成为连接双方的桥梁，但他从一开始就采取逃避的态度。从表面上看，血缘认同是尤拉莉的困境，但实际上是阿托的困境。阿托和尤拉莉的结合在某种程度上是在异国他乡的一种血缘认同。到白人土地求学的非洲人阿托必然会因为肤色问题遭到种种排斥和冷眼，与尤拉莉的结合在某种程度上使得他找到了种族认同，得到了心理上的安慰。与此同时，接受西方教育实际上是对阿托的思维进行改造的过程，在这一改造过程中，阿托面对西方文化和已有认知的冲突与矛盾，经历了种种挣扎。浸染于两种文化中的阿托十分清楚尤拉莉融入自己的家庭对于妻子和家族双方来说都是一件非常困难的事。因此，阿托竭力避免两种文化的正面接触。首先，阿托始终对家人隐瞒自己已婚的事实。阿托心中十分清楚，他与尤拉莉的婚姻很难得到家族的赞同，因此他始终向家人隐瞒已经在美国结婚的事实。直到家族聚会上家人谈到要为阿托娶妻的事时，他才不得不如实交代。阿托对尤拉莉也采取同样暧昧和逃避的态度。当妻子向他倾诉对非洲的憧憬和渴望融入非洲的愿望时，阿托意识到了尤拉莉的憧憬在很大程度上是幻想，她融入非洲的过程也必然充满曲折。但是，阿托并没有体会到妻子的情感诉求，也没有向妻子介绍真正的非洲，而是采取了一种敷衍的态度："厄拉利·拉什和阿托·亚乌森有相爱的自由，对吧？关于非洲，你只需要也只应该了解这一点。"②

---

① 阿马·阿塔·艾杜等：《幽灵的困境：非洲当代戏剧选》，宗玉、李佳颖、蔡燕译，上海：上海译文出版社，2017年，第27页。

② 阿马·阿塔·艾杜等：《幽灵的困境：非洲当代戏剧选》，宗玉、李佳颖、蔡燕译，上海：上海译文出版社，2017年，第17—18页。

阿托已经充分认识到了尤拉莉和自己的家族不可能通过肤色产生认同感，双方融合更是困难，因此他在潜意识中逃避事实，期望通过逃避来阻止双方短兵相接。但事实上，阿托的自私和逃避为双方关系埋下了极其不和谐的隐患，使得双方都产生了错误的认知或不好的印象。阿托对已婚事实的回避使得尤拉莉一下子被推到了风口浪尖，引来了家人的震惊、非议和不满。而阿托对于尤拉莉的敷衍和揶揄犹如浇在尤拉莉头上的一盆冷水，使得她毫无防备地感受到冷漠与失望。在此后的交往中，双方之间的分歧和差异也越来越明显，阿托的一再逃避和不作为也使得矛盾最终爆发。

二、两难：文化抉择的困境

故事发生在亚乌森家族祖屋的后院里，所有的故事都在这里上演。这个后院右边有一扇门通向老房子的后院，左边有一扇门通向新厢房。这一戏剧地点设置得颇具隐喻意味，后院是新与旧的连接点，城与乡、传统与现代、西方与非洲、外来与本土等等矛盾都将在这里汇聚、碰撞与融合。在尤拉莉和阿托的家族相处的过程中，因文化隔阂产生的矛盾层出不穷。对于阿托来说，这看似是要在妻子和母亲之间做出选择的伦理困境，"实际上是在遵循西方理想还是坚守他的非洲文化之间摇摆不定"①。

首先是由于习俗和生活习惯的差异带来的误会，最为明显的是由"蜗牛"引发的矛盾。在芳蒂本土的饮食习惯中，蜗牛是难得的美味。阿托的母亲科西在雨水并不丰沛的季节为自己的儿子和儿媳收集蜗牛并且亲自送到新屋去。然而，并不习惯非洲本土饮食的尤拉莉认为蜗牛是"可怕的生物"，但又不愿招人议论和指摘，便偷偷将科西送来的麻袋丢在了路边。这一切都被阿托的妹妹蒙卡看在眼里，她将这一幕告诉了自己的母亲。实际上，在蜗牛事件之前，科西就因为消费

---

① Ammar Shamil Kadhim Al-Khafaji, "Australia Ama Ata Aidoo's Diagnose and Representation of the Dilemma of the African American Diaspora in Her Play Dilemma of A Ghost", *Advances in Language and Literary Studies*, 2018, 9 (1), pp. 136-137.

习惯、饮食习惯和各种礼仪的差异对尤拉莉有所不满。她认为尤拉莉喜欢购买各种价格不菲的电器，例如冰箱等。而自己含辛茹苦将阿托抚养长大，典当物品乃至四处借钱支持阿托出国留学，却没有得到一分钱的回报。她带着自己的女儿到城里去探望阿托和尤拉莉，得到的也是非常冷漠的对待。因此，当得知自己好心送去的蜗牛被丢在了路边，科西非常愤怒地来到后院与夫妻两人对质。事实上，尤拉莉非常想要融入当地文化，但是她知道自己并不受阿托家人的喜欢，没有被这个家族完全接纳，更不愿意与他们产生冲突。正是这份小心让她选择偷偷丢掉蜗牛，但在科西和蒙卡看来，这样的行为是对她们心意的蔑视。

生育观念的冲突是双方之间的核心矛盾，这一矛盾从蓄势、发酵到最终爆发，几乎贯穿整个戏剧。在芳蒂族的传统观念中，生育有赖于神和祖先的意志，也是女性最为神圣的使命。作者首先设置了两个邻居——女人甲和乙，她们几乎不直接参与情节发展，但始终代表着芳蒂族传统的声音对主要人物和情节进行议论。她们代表传统的观念从侧面渲染生育在芳蒂族传统中的重要性。女人甲是一个不能生育的女人，她羡慕子孙满堂的乙，并且不断祈祷能够拥有属于自己的孩子：“哦，永恒的自然母亲，庇护产育的女神。你怎么能就这样经过我的房子，却不停步，不驻足呢？……在我的天空中，太阳已经要西沉。”[1]当她们听说尤拉莉结婚一年多仍然没有生育自己的孩子时，女人甲更是连用六个“不能生养”来感叹，并为尤拉莉的未来而担忧：“我们的族人有着强烈的渴望，要看到孩子头上柔软的皮肤，随着人类生命的气息而起伏……在你闯进来的这个世界里，对于不能生养是最严苛的。”[2]亚乌森家族自然也非常重视生育问题。在戏剧第一幕，纳娜作为家族中的长辈关心阿克鲁玛（阿托的舅舅）的妻子的生育情况。阿克鲁玛立刻回应：“我听见你说的话了，老太太。我会转告她的族人，看看他们有什么话要讲。”[3]阿托作为亚乌森家族的长子，他妻子的生育情况自然是家里人关心的重点。结婚

---

① 阿马·阿塔·艾杜等：《幽灵的困境：非洲当代戏剧选》，宗玉、李佳颖、蔡燕译，上海：上海译文出版社，2017年，第34页。

② 阿马·阿塔·艾杜等：《幽灵的困境：非洲当代戏剧选》，宗玉、李佳颖、蔡燕译，上海：上海译文出版社，2017年，第55页。

③ 阿马·阿塔·艾杜等：《幽灵的困境：非洲当代戏剧选》，宗玉、李佳颖、蔡燕译，上海：上海译文出版社，2017年，第23页。

一年之后，尤拉莉和阿托还没有自己的孩子。对于接受过现代科学教育的阿托和尤拉莉来说，生育是可以控制和计划的，因而他们决心按照自己的规划生儿育女。但阿托并没有就生育问题和自己的家里人沟通。母亲和舅舅们为此着急，认为这是恶灵的诅咒并费尽心力弄来了传统草药要涂抹在尤拉莉的肚子上，为尤拉莉医治。由于语言障碍，尤拉莉并不清楚家人的意图，也无法为自己辩解，双方的矛盾和误会越来越深。

作为妻子和家族之间唯一的沟通媒介，阿托却在这一系列矛盾中陷入彷徨。在家人猜疑妻子的时候，他不作任何解释；在妻子试图靠近和理解自己的家族时，他又含含糊糊、闪烁其词。作者在此处化用了加纳传统民谣来展现作者的心境。童谣《幽灵》始终回荡在主人公阿托的脑海中，困扰着他的心灵，缠绕着他的灵魂，让他陷入徘徊和迷茫之中："我应该去海岸角，还是埃尔米纳？我不知道，我不明白，我不知道，我不明白。"[1] 这首童谣在戏剧中多次出现，是阿托内心徘徊与挣扎的外化。埃尔米纳（Elmina）是葡萄牙人于15世纪建造的，"他们精挑细选了一处靠近雨林深处的黄金产地。该地坐落于本雅河（Benya）口，提供了这一开阔海岸线上舍此无他的天然良港。最初，该地点称作矿（葡萄牙语为 A Mina），但这个名词最后演变成埃尔米纳"[2]。而海岸角堡最早则是由瑞典人建造的，1665年被英国人夺走。奴隶贸易时期，埃尔米纳和海岸角成为最重要的两个中转站，是加纳的标志性建筑。这首在加纳民间流传的童谣便是围绕着海岸角堡和埃尔米纳堡展开，勾勒了在两地之间犹疑徘徊的幽灵形象，实际上隐喻着一种精神的困境。

这首童谣是主人公内心冲突的外化。从表面上看，在妻子和母亲之间做出选择是一道亘古的伦理难题，几乎永远不可能在两者之间做出正确的选择。但在伦理抉择的背后是两种文化价值观的冲突。以纳娜、科西为中心的亚乌森家族秉持芳蒂族传统的文化观念，而尤拉莉则完全是西方文明体系的产物，阿托则是在两者之间犹豫徘徊之人。两种文明都深深扎根于他的思想之中，相互纠缠构成了他的灵魂。阿托和童谣中的幽灵一样，面临着灵与肉的撕扯，观念与观念的对抗。

---

① 阿马·阿塔·艾杜等：《幽灵的困境：非洲当代戏剧选》，宗玉、李佳颖、蔡燕译，上海：上海译文出版社，2017年，第41页。

② 罗杰·S. 戈京：《加纳史》，李晓东译，北京：中国大百科全书出版社，2011年，第25页。

圉于选择而陷入了徘徊于无地的境遇中。阿托从一开始就竭力避免两种文化"短兵相接"，他既不理解自己的妻子，也不信任自己的家人。这使得双方对彼此的认识停留在表面，失去了深入交流的机会，从而导致误会越买越深，融合也成了永远不可能实现的事。而阿托的灵魂也是痛苦的，因为他陷入了选择的怪圈中，从一开始就设置了绝对矛盾的前提。然而，这个问题是否真的无解？作者不像主人公那么悲观，戏剧结局的设置表达了自己的看法和建议。

三、迷茫：永远难归的故乡

戏剧的结尾耐人寻味。阿托的母亲科西出于同情和母爱，最终接受了失去亲生母亲的尤拉莉，按照常理来说该松一口气的阿托却陷入了更深的迷茫。此时《幽灵》的童谣再次响起。最后一幕在阿托的迷茫中定格。尤拉莉被阿托的妈妈接受，但她永远不会真正成为家族中的一员。而由于西化的教育背景，阿托也感受到了不可弥合的疏离和矛盾，将故乡当成永远回不去的地方。

尤拉莉和亚乌森家族代表着两种完全不同的文化体系，拥有不同的语言，更有不同的世界观和价值观。双方都曾尝试让步与沟通、接纳与融入。亚乌森家族在开始时认为尤拉莉是一个身份不明的女子，但还是接受了她是阿托妻子的事实。科西带着蒙卡到阿克拉探望这对小夫妻，耐心收集食材想要将烹饪技术教给自己的儿媳。尤拉莉则更是如此。她一开始就抱着融入的渴望来到非洲。尽管一开始，她与阿托商定暂时不考虑生育问题，但随后因为顾虑到非洲传统观念和习见的问题，尤拉莉开始犹豫并尝试与阿托商量改变原有计划。然而，双方相互了解的意愿始终因为没有畅通的沟通渠道而被挫伤。两者之间的唯一沟通媒介与渠道是阿托，他的态度决定了双方相处的模式和结果。正因阿托这个口介的缺位，尤拉莉和亚乌森家族之间缺乏真正的沟通和理解，只能按照自己的思维去大致揣测对方的心意，因而产生了很多误会。亚乌森家族认为尤拉莉是个不能生育的女人，而尤拉莉则认为芳蒂人是没有文明的野蛮人，双方内心均含冤受屈，最终决裂。

戏剧的结尾有所反转，似乎即将以大团圆收尾。在阿托向母亲交代了全部真相后，尤拉莉的遭遇得到了阿托母亲的同情。尤拉莉是一个失去了母亲的孩子，流落在美洲大陆，过着没有归属感的生活。而阿托的母亲出于同情与母爱，最终向失魂落魄归来的尤拉莉张开了怀抱。但这种接纳却让阿托陷入了更深的迷惘。

可以说，阿托的观念与思想正是由这两种文化因子构成的。他深知两种文化之间有着太多差异，并在尤拉莉和自己的家族正式交往之前就已经确认两种文化难以融合。因此在两者有相互了解的意愿时，他本能性地逃避，竭力避免双方"短兵相接"。在尤拉莉提出是否考虑生孩子的计划时，阿托竭力反对。而在家人责问阿托为何结婚一年后仍旧没有孩子时，阿托明明清楚事情的真相，却含糊其词，让尤拉莉背黑锅。当双方各执一词，互不侵犯时，对于阿托来说只有两个和平共处、并行不悖的文化体系。然而，面对同一个问题两者之间出现分歧和相互了解的意愿时，对于阿托来说便是强迫他在两者之间做出选择。这在某种程度上隐喻着独立后的加纳在道路选择时的迷茫。加纳各民族都有着自己的社会结构和文化体系。西方殖民者的野蛮征服和强制统治给本土文明带来了巨大的冲击。独立后的加纳实际上已经不再纯粹是本土的，而变成了本土和西方双重文化影响下的产物。究竟以哪种角度去思考，以什么样的坐标为参照便成了独立后的加纳时时刻刻要面临的问题。犹豫、迷茫与彷徨成了加纳的真实写照。

不同文化之间是否可以融合？如何融合？小到一个国家不同民族、不同阶层之间的融合，大到西方文明与本土文明，传统文明与现代文明之间的融合等。究竟如何融合，作者通过文本给出了自己的建议。在阿托向母亲交代全部真相后，尤拉莉的遭遇得到了阿托母亲的同情。尤拉莉是一个失去了母亲的孩子。这一设定具有象征意义，首先是尤拉莉失去了自己的亲生母亲；另一方面，非裔美国人也像是失去了亲生母亲的孩子，流落在美洲大陆，过着没有归属感的生活。而阿托的母亲身为一位母亲，将心比心，她认为："我们必须细心对待你的妻子，你说过她的母亲已经去世了，如果她是个温柔的母亲，她的幽灵一定在看着她，看着她身上发生的一切。"[①]最终，她向失魂落魄归来的尤拉莉张开了怀抱。这种接纳同样具有象征意义，带来的启发也是多方面的。尤拉莉和阿托的家庭拥有共同的血缘，但代表着两种完全不同的文化。仅仅凭借根的亲缘难以构建身份认同，

① 阿马·阿塔·艾杜等：《幽灵的困境：非洲当代戏剧选》，宗玉、李佳颖、蔡燕译，上海：上海译文出版社，2017年，第71页。

而文化相互融合也并不现实。事实上，要将两种异质文化进行融合，要立足于双方共同的价值观和价值立场，就要站在人类共同认可的情感价值上去融合与建构。

这部戏剧实际上也是对在独立后的非洲国家如何建立种族共同体的思考。非洲民族主义缘起于奴隶贸易时期，兴盛于殖民时期。西方殖民者的压榨、剥削和奴役是将黑人民族紧紧联系在一起的外在动因。加纳的第一任总统克瓦米·恩克鲁玛（Kwame Nkrumah, 1909—1972）主张和推崇"泛非主义"，"他曾指出，没有非洲的独立和统一，加纳的独立毫无意义"①。加纳是撒哈拉以南第一个取得独立地位的国家，它的独立带给非洲乃至全世界的黑人一种极大的鼓舞。加纳独立后，许多黑人回到非洲，回到加纳寻根，期望在这里寻找到归属感和真正的家园。但问题也在此时凸显，黑人民族的对立方殖民统治者已经消失，黑人开始真正面对本土黑人与海外黑人的文化融合问题。在真正融合和相处的过程中，种族和肤色并不能带来真正的认同和归属，文化融合也十分困难。这就从一个侧面对"泛非主义"提供了反思：种族的联结远远不如共同价值的认同重要。

结　语

对于海归们来说，真正的问题不在于西方文明和非洲文明之间的差异与隔阂，异质文明之间的矛盾也并非完全无法调和。问题在于，在非洲文化和西方文化分庭抗礼的情况下，拥有双重意识的海归无法在两种文化之间做出抉择。阿托回到部落，回到乡村之后，发现自己已经无法重新融入这片古老的土地，而成了"最熟悉的陌生人"。事实上，阿托的困境在某种程度上隐喻着加纳的困境。独立后的加纳处于异质文明的夹缝中，面临着现代与传统、城市与乡村、外来与本土等多重矛盾，究竟该如何抉择，又该何去何从？在戏剧的最后，艾杜本人也并没有给出明确的答案，而将这样的时代困境抛给了读者与观众。

（文 / 上海师范大学 薛丹岩）

① 李安山：《非洲民族主义研究》，北京：中国国际广播出版社，2004年，第46页。

第四篇

阿尔马小说《美好的尚未诞生》中的二元对立

阿依·奎·阿么马
Ayi Kwei Armah, 1939—

作家简介

阿依·奎·阿尔马（Ayi Kwei Armah，1939—），加纳著名小说家、散文家，是继阿契贝、索因卡之后非洲第二代作家的杰出代表，有评论家评论他"淋漓尽致地揭露了加纳的腐败现象，是非洲文学第二浪潮的顶峰"。

1939 年 10 月 28 日，阿尔马在加纳港口城市塞康第一塔科拉迪降生。阿尔马出身贵族，父系为加族（Ga）三室后裔，母亲是芳蒂族人，外祖母为本族酋长。五岁时阿尔马父母离异，他随父亲生活；三年后父亲车祸离世，他由母亲抚养长大。

1953 至 1958 年，阿尔马就读于威尔士亲王学院（Prince of Wales's College，现名阿契莫塔学校，Achimota School）。1959 至 1963 年，他获全额奖学金前往美国留学，先是在马萨诸塞州的格罗顿学校（Groton School）读完高中，一年后进入哈佛大学学习文学，后改学社会学。

阿尔马在美留学期间，加纳第一共和国被军人政府取代，国内政局陷入混乱。1963 年，满怀革命激情的阿尔马中断学业回国，然而他的革命理想并未实现。于是，他转道阿尔及利亚，担任了《非洲革命》（*Révolution Africaine*）杂志的翻译。1964 年从哈佛大学毕业后，阿尔马返回祖国任加纳电视台编剧；1965 年，他辞去电视台工作。由于对武装革命过于执念，他被母亲送到精神病院治疗。医生爱惜其才华，将他交给女作家阿玛·阿塔·艾杜照料。1966 年，他到纳瓦龙戈学校（Navrongo Secondary School）教英语。由于对加纳政局极度失望，阿尔马再度离开非洲。1967 至 1968 年，他在巴黎担任《青年非洲》（*Jeune Afrique*）杂志编辑。1968 至 1970 年，他在哥伦比亚大学学习创意写作并获得艺术硕士学位。

20 世纪 70 年代，阿尔马先后在坦桑尼亚的国家教育学院（College of National Education）、莱索托国立大学（National University of Lesotho）、马萨诸塞大学阿姆赫斯特分校、康奈尔大学、威斯康星大学麦迪逊分校任教。20 世纪 80 年代，他搬到塞内加尔的达喀尔（Dakar），并在距此地不远的波庞吉内村（Popenguine）成立了一家出版社（Per Ankh）。此后，阿尔马主要在塞内加尔生活。

从 20 世纪 60 年代开始，阿尔马在杂志上发表诗歌、散文与短篇小说。1968 年，他的第一部长篇小说《美好的尚未诞生》（*The Beautyful Ones Are Not Yet Born*）

在美国问世。故事发生的地点是在阿尔马的家乡塞康第一塔科拉迪市，时间为军事政变前的十天。小说的主人公无名无姓，被称为"那个人"（the man）。他在铁路上上班，文化不高，权力不大，收入也不多，家庭生活拮据。面对上门行贿或利用职务中饱私囊者，"那个人"洁身自好，不与贪腐同流合污。然而，在当时腐败成风的加纳，他的高尚品德既没让他增加经济收入，也没给他带来精神褒奖，周围人全都嘲笑他无能。而"那个人"的朋友库松（Koomson）则与之截然相反。他左右逢源、官运亨通，从一名码头工人升至政府部长。最后，库松在军事政变中被罢官，在"那个人"的帮助下才得以逃脱。这部小说的故事情节比较松散，它一反官方媒体的正面宣传，对官员的腐败堕落大加鞭挞，反映了正直善良的普通人在政治与经济双重压迫下的无所适从，一经出版即引发广泛评议。

之后，阿尔马陆续出版了《碎片》（Fragments，1970）、《我们为什么如此有福？》《Why Are We So Blest？1972》、《两千季》（Two Thousand Seasons，1973）、《医者》（The Healers，1979）、《奥西里斯的复活》（Osiris Rising，1995）、《克米特：在生命之屋》（KMT: In the House of Life，2002）等六部长篇小说。年纪稍长，阿尔马推出了《作家的雄辩：非洲文学源头回忆录》（The Eloquence of the Scribes: A Memoir of the Sources and Resources of African Literature，2006）和《回忆被肢解的大陆》（Remembering the Dismembered Continent 2010）两部非虚构作品。此外，他还创作过一些诗歌、短篇小说及儿童读物。

阿尔马才华横溢、著述等身，在20世纪70年代初就已声名鹊起。然而，由于他性格内向、为人孤僻，很少接受采访，外界对他的了解并不多。加之他坚持埃及为撒哈拉以南非洲文明源头的历史观，坚持斯瓦希里语为非洲统一语言的语言观，坚持泛非主义理想的政治观，对粪便、死亡、性等事物的描写过于直白，丰富的象征和隐喻令作品晦涩难解，因而饱受争议。不过，他的作品深入市井、扎根民间，为人们了解独立后的加纳提供了丰富素材，对研究当代非洲有重要参考价值。

作品节选

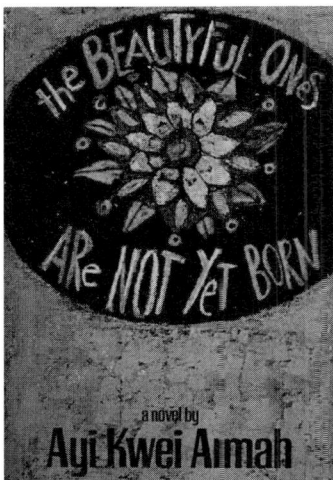

《美好的尚未诞生》
(*The Beautyful Ones Are Not Yet Born*, 1968)

There was a lot of noise, for some time, about some investigation designed to rid the country's trade of corruption. Designed by whom? Where were the people in power who were so uncorrupt themselves? There was nobody around who was all that excited; though of course men were willing to talk of the commission. The head of it was a professor from Legon. From Legon, they said, in order to give weight and seriousness to the enterprise. In the end it was being said in the streets that what had to happen with all these things had happened. The net had been made in the special Ghanaian way that allowed the really big corrupt people to pass through it. A net to catch only the small, dispensable fellows, trying in their anguished blindness to leap and to attain the gleam and the comfort the only way these things could be done. And the big ones floated free, like all the slogans. End bribery and corruption. Build Socialism. Equality. Shit. A man would just have to make up his mind that there was never going to be anything but despair, and there would be no way of escaping it, except one. That could wait. Meanwhile the days could go on and on like this. A man could learn to live with many, many things before the end. Many, many things.[1]

---

[1] Ayi Kwei Armah, *The Beautyful Ones Are Not Yet Born*, Boston: Houghton Mifflin Company, 1968, pp. 180—181.

一段时间以来，有些人对一项旨在消除国内腐败交易的调查议论纷纷。谁来调查？清正廉洁的当权者在哪里？周围的人对这些事压根儿没兴趣，尽管人们喜欢谈论那个委员会，这也理所当然。委员会的头儿是一位教授，来自勒贡（Legon）。从勒贡来人，有人说这是为了向企业施压，让他们严阵以待。而上最终流言四起：一切该办的事儿早就办妥了。一张有加纳特色的渔网早就织好，它会漏掉真正的大鱼，而只抓住些可有可无的小鱼小虾，从它们痛苦盲目的上蹿下跳中，寻找些亮点与慰藉，这是做这种事的唯一方式。大鱼们自由飞翔，就像所有口号一样飘荡。杜绝贿赂与腐败！建设社会主义！人人平等！一堆狗屎！人们必须坚信，除了绝望别无他物，而且无路可逃，除去一条，那就是等待！与此同时，这种日子将日复一日地继续下去。在结束之前，人们将学会与很多的事情共处。

（冯德河／译）

作品评析

《美好的尚未诞生》中的二元对立

引　言

　　阿依·奎·阿尔马出生于加纳，是一位杰出的黑人移民作家。他中学就读于加纳的贵族寄宿学校，后拿到全额奖学金去哈佛大学深造，现居于坦桑尼亚。他在创作上很有天赋，被认为是非洲黑人第二代作家的代表。阿尔马具有强烈的民族意识，其小说多涉及非洲新近独立国家所面临的社会问题。很多学者认为，阿尔马的小说"通过展现非洲社会政治的混乱来提供一个社会视角"①。阿尔马的第一部长篇小说《美好的尚未诞生》出版于1968年。小说一经出版就引起了广泛关注，使他成为非洲最引人瞩目的作家之一。《美好的尚未诞生》是一部政治色彩很浓的小说，通过对小说的主人公为了摆脱社会的恶风劣习而努力挣扎的描写，作者揭露了加纳社会的政治腐败现象。有评论家认为，作者"淋漓尽致地彻底揭露了加纳的腐败现象，是非洲文学第二浪潮的顶峰"②。

　　二元对立作为结构主义的一个重要概念起源于索绪尔的结构主义理论，把它运用在文学批评中，可以深入剖析文学作品的内在结构，有利于文本的解读。乔森·卡勒（Jonathan Culler, 1944—）认为，一些特定的二元对立可以体现出文本的主题意义。本文拟用二元对立的批评方法，从肮脏与整洁，精英阶级与贫民阶级，

---

① M. S. C. Okolo, *African Literature as Political Philosophy*, London: Zed Books, 2007, p. 31.
② 任一鸣、翟世镜：《英语后殖民文学研究》，上海：上海译文出版社，2003年，第8页。

腐败与廉洁三个方面的对立客观分析文本，揭露加纳独立后社会政治腐败和社会不平等等一系列问题，从而彰显作者对国家命运的担忧和对加纳政治腐败的愤慨之情，引发读者对第三世界国家生存现状的思考。

一、肮脏与整洁的二元对立

打开《美好的尚未诞生》这部小说，首先进入读者视线的竟是加纳人民恶劣的生活环境。故事的主人公是个普通的公务员，没名也没姓，被称为"曼"（小说主人公"the man"没有具体姓名，本文采用音译策略，译为曼）。作者通过全能视角客观描写了曼坐公交车上班途中的见闻，真实展现了加纳人民生活的社会环境。街道上的垃圾箱最先引起主人公的注意。在加纳政府的大肆宣传之下，城市的街道上安放了垃圾箱，并且在垃圾箱上刷了闪亮的宣传标语"通过保持城市的整洁来保持国家的整洁"[①]，崭新的垃圾箱成为城市整洁的一个标志。与政府慷慨激昂的口号和巨大的财政投入不相称的是街道上垃圾箱的数量远远少于它应有的数量。即使这样，人们依然响应号召，主动把垃圾倒在垃圾箱里。但是一段时间之后，垃圾像小山一样慢慢堆积起来，人们距离很远就可以把香蕉皮、芒果籽等垃圾扔到垃圾堆上。垃圾箱上的标语被果汁和人们的尿液所覆盖，已经无法辨识，垃圾的恶臭伴着尿液的气味弥漫着整条街道。

铁路和港口行政大楼是曼工作的地方，大楼的砖头被涂鸦和胶画所覆盖，远远看起来像是横竖条纹组成的格子。楼梯间内裂开的木质扶梯上有一个昏暗的灯泡。人们由于生理需要匆忙扶着扶手去楼下上厕所，排泄完之后再扶着梯子回来，沾着尿液的右手，充满汗水的胯部，抠挖鼻子后留在扶梯上的鼻屎。这一切使木质扶梯腐烂得更加迅速。上厕所时，人们必须小心地脱下自己的裤子避免碰到前面的屎盆。厕所里的墙壁上沾满了尿液和粪便，新的不断覆盖旧的，厚厚一层。居民房屋墙壁周围的小路上"有许多淌着黑色液体的厕所洞和排水沟，即使在深

[①] Ayi Kwei Armah, *The Beautyful Ones Are Not Yet Born*, London: Heinemann, 1969, p. 7.

夜，混杂尿液和粪便的难闻气味仍然很刺鼻"①。

　　肮脏的街道，散发着难闻气味的建筑物，瘫痪的城市排污系统，加纳人民就像生活在一个四处散发着恶臭的巨大的厕所里。然而与加纳城市肮脏的社会环境相反的是，白人殖民者居住的地方却特别干净整洁。白人居住的小山上修建着高尔夫球场。"白人在那里打球时，球场上的土地特别平整。有时候阳光照在干净的高尔夫球上，球上挂着的绿草和木槿树上的露水还依稀可见"，②白人居住的地方的水也特别清澈："干净整齐的下水道沿山而下汇入山下没铺下水道的泥土里。从山上流下来的水特别清澈，像没有用过或被没有血肉的幽灵使用过一样。水特别清澈，以至于山下所有的麻风病人都用它来洗衣服或者自己身上溃烂的地方。"③白人的小洋房的房顶是白色的，墙是白色的，院子里的栅栏也是白色的。所有这些给人的印象都是干净、整洁。白人居住在小山丘上，高高在上地俯视着加纳黑人。小说中，白人的身份和生活环境让加纳人特别向往，成了文明的象征。为此，一些加纳官员不惜将自己的名字改掉，使其听起来像白人，他们还拙劣地模仿白人的发音，"口音听起来会让人想到是一个便秘的男人在厕所里奋力排泄"④。

　　加纳黑人肮脏的居住条件在白人居住环境的对比下显得更加恶劣。白人的一切成为加纳人追求的目标。小说中的肮脏与整洁的对立实际上是黑人和白人的对立，是这两个种族所代表的民族文化之间的对立。加纳虽然独立，但是殖民者的价值观仍然影响着黑人，更糟糕的是黑人认同白人文化的优越性。白人顺利地在文化上同化了黑人，黑人陷入这样一种境地："除了白人世界告诉我们的，我们对自己一无所知。"⑤正如弗朗兹·法农（Frantz Fanon，1925—1961）所指出的："与原有文化疏远，这是殖民时代的一个突出特征……而殖民统治所追求的全部效果的确在于令本土人深信，殖民主义到来的目的就是为他们的黑

---

① Ayi Kwei Armah, *The Beautyful Ones Are Not Yet Born*, London: Heinemann, 1969, p. 170.

② Ayi Kwei Armah, *The Beautyful Ones Are Not Yet Born*, London: Heinemann, 1969, p. 67.

③ Ayi Kwei Armah, *The Beautyful Ones Are Not Yet Born*, London: Heinemann, 1969, p. 67.

④ Ayi Kwei Armah, *The Beautyful Ones Are Not Yet Born*, London: Heinemann, 1969, p. 125.

⑤ Taban lo Liyong, "Ayi Kwei Armah in Two Moods", *Journal of Commonwealth Literature*, 1991, 26 (1), p. 3.

暗带来光明。"①阿尔马通过展现同一个国家肮脏和整洁的两个对立面，揭示了黑人的身份和文化困境。

二、精英阶级与贫民阶级的二元对立

小说中的精英阶级，是指国家独立后，取代了西方白人殖民者的有权力有地位的政府官员。曼的同学库松就是精英阶级的代表。库松第一次出现时穿着黑色的西装从豪华轿车的后座出来买面包。他大腹便便，买面包时财大气粗。卖面包的小贩看到这么个大人物便使出浑身解数招揽他。他的老婆戴着昂贵的假发，浑身散发着浓烈的香水的味道，坐在汽车中抱怨"家里的面包太多了，冰箱里已经塞不下了"②。而曼，一个普通的公务员，为了省下午饭钱经常在该吃午饭时拼命喝水，并且"想象吃食物的画面，然后吐出来，通过想象不断吃不断吐来压抑对食物的渴望"③。有时，为了省下坐公交车的钱，曼天没亮就起床，为的是赶上免费火车。吃不完的食物和没食物吃的对立，乘坐配有司机的豪华轿车和牺牲睡眠时间赶免费火车的对立，说明了加纳社会精英阶级和平民阶级在社会财富占有上的巨大差距。

阿尔马通过对两个家庭相互做客场景的描述使两个阶级的对立达到了高潮。库松有一个带有大花园的别墅，他的女儿模仿白人的打扮，在花园里练习骑自行车，家里的仆人分工明确，房间里的摆设充满了异国情调，极尽奢华，甚至有些物品"那个人都不知道它们的用途"④。用来招待曼的手推车里放满了各种酒水。而曼居住的环境在加纳被称为"住在走廊里"。全家人挤在一个房间里，就像一个废弃的火车头：闷热而肮脏。孩子们甚至没有自己的床，只能睡在地板上。家里卫生间和洗浴室是和其他租客共用的，"那里的肥皂沫和每个人身上掉下来的

---

① 巴特·穆尔－吉尔伯特编：《后殖民批评》，杨乃乔等译，北京：北京大学出版社，2001年，第162页。

② Ayi Kwei Armah, *The Beautyful Ones Are Not Yet Born*, London: Heinemann, 19☉, p. 37.

③ Ayi Kwei Armah, *The Beautyful Ones Are Not Yet Born*, London: Heinemann, 19☉, p. 24.

④ Ayi Kwei Armah, *The Beautyful Ones Are Not Yet Born*, London: Heinemann, 19☉, p. 146.

脏渣融在一起"①，难闻的气味让人无法多待一分钟。家里做饭的只有一个炉子，孩子们因没有鞋子穿，脚上被刺扎得鲜血直流。用来招待客人最好的酒也只是加纳生产的啤酒。

经济地位的不平等也导致这两个阶级的人在社会地位上不平等。来自精英阶级的人有强烈的优越感，社会也承认这种优越感，就像社会认可白人人种优于黑人一样。富人对穷人的影响是，穷人总想为自己的贫穷而向富人道歉。富人总是高高在上。为库松开豪华轿车的司机对他毕恭毕敬。卖面包的小贩称库松为"大人""我的大老爷""我的白人主人"。曼和库松夫人打招呼时，她极其傲慢无理，"她的手迅速抽回来，像摸到瘟神一样，并且坐在汽车里的她明显忘记了站在车外的那个人"②，他们甚至给自己的女儿取名为公主。普通加纳人出行只能挤又脏又破的公交车。公交车停靠站后，人群蜂拥挤上公交车，公交车司机和售票员则下车有说笑地，随意侮辱乘客，似乎穷人最不缺的就是耐心和时间，穷人也不该享受应有的公共服务和完整的人格。而穷人对这种待遇也习以为常。

富人拥有很高的社会地位，占据社会大量财富，而穷人生活在社会的底层，忍受着匮乏的物质生活。精英阶级和贫民阶级在财富和社会地位上的对立说明独立后的加纳仍然存在严重的不公正现象。正如奥德·奥格总结的："社会的不公平现象由不均衡的社会便利设施分配体现出来，这分配主要是社会精英（取代之前的白人霸主）和被剥削的非洲普通大众之间的。"③

三、腐败与廉洁的二元对立

后殖民理论先驱弗朗兹·法农在《全世界受苦的人》中指出从殖民到后殖民过渡后的国家会产生一些出色的机会主义专家，最终会导致国家"破格优待

① Ayi Kwei Armah, *The Beautyful Ones Are Not Yet Born*, London: Heinemann, 1969, p. 41.

② Ayi Kwei Armah, *The Beautyful Ones Are Not Yet Born*, London: Heinemann, 1969, p. 38.

③ Ode Ogede, *Intertextuality in Contemporary African Literature: Looking Inward*, New York: Lexington Books, 2011, p. 100.

增多了，腐败占上反，道德堕落"①。加纳作为一个新独立的国家存在着法农所指出的严重的腐败问题。腐败在这里已经根深蒂固，人们认为腐败很正常，不腐败才违背社会常理，成为社会的异类。每个有权力的人都能从自己的职务中捞到好处，正如小说中反复提到的"这才是加纳"②。

曼作为一个普通公务员也亲身经历了行贿事件。一个木材商找他的同事，一个空间调度员。恰巧司事不在，木材商便向曼诉苦：木材砍下来言快烂在林子里了，但是政府一直说没有空余的火车厢可以运木材。可是他很多次看到火车厢里装的是石头，更多的时候车厢里什么都没有，空空的车子开来开去。最后木材商给了两份贿赂，一份给曼，另一份给他的同事。但曼拒绝了木材商的贿赂。第二天上班时，同事说木材商已经得到了教训。"教训"的内容很明显也很常见。如果没有给政府官员行贿，即使浪费国家的资源，空火车开来开去也不会给需要的人使用。小说中另一个人通过贿赂迅速获得了财富，他是曼的同学库松。上学时他比库松功课好，但是库松后来成为一名政客后，居然有钱买好几艘渔船，每一艘要花费成千上万的赛地（加纳货币）。凭借库松的工资是不可能买到的，有能力花巨资买船的途径只有一条："腐败，盗窃公共财产。"③

与"每个人都能从工作中捞取金钱"④相反的是，小说的主人公曼努力地在乌烟瘴气的社会中保持清廉，但却受到社会和家庭的双重孤立。"加纳社会认为廉洁是一种社会恶习，廉洁的人是极其自私的。"⑤木材商就曾愤愤地说过曼是个邪恶的人，永远也不会富裕的。因为廉洁，曼不能为家庭带来财富，不能给妻子想要的昂贵的香水、漂亮的假发、充足的食物和令人羡慕的社会地位。因此妻子骂他是"chichidodo"。chichidodo是加纳的一种鸟，这种鸟厌恶大便，但是却喜欢吃厕所里以大便为食物的肥蛆。曼忍受不了妻子的侮辱，去找他的导师寻求开导。但是一向善解人意的导师并没有给出解决的办法。在当时的社会，妻子的价值观是正确的。主人公错在"没有做所有人都在做的事情"⑥。社会如此腐败，廉

① 弗朗兹·法农：《全世界受苦的人》，万冰译，南京：译林出版社，2005 年，第 112 页。

② Ayi Kwei Armah, *The Beautyful Ones Are Not Yet Born*, London: Heinemann, 1969, p. 59.

③ Ayi Kwei Armah, *The Beautyful Ones Are Not Yet Born*, London: Heinemann, 1969, p. 58.

④ Ayi Kwei Armah, *The Beautyful Ones Are Not Yet Born*, London: Heinemann, 1969, p. 32.

⑤ Ayi Kwei Armah, *The Beautyful Ones Are Not Yet Born*, London: Heinemann, 1969, p. 51.

⑥ Ayi Kwei Armah, *The Beautyful Ones Are Not Yet Born*, London: Heinemann, 1969, p. 54.

洁的人像一个怪物，和家庭社会格格不入。但是，面对财富的诱惑和家人的责备，曼虽然内心挣扎，可贵的是他仍然保持廉洁的品质，自始至终都没有和库松一类人同流合污。腐败意味着财富和地位，廉洁意味着贫穷和孤立，社会毫无道德可言。在当时的加纳，这两种价值观的对立明显是腐败占据上风。小说的最后，恩克鲁玛政权倒台，库松落荒而逃。但是新政权只是换了一批人，他们仍然利用职权攫取社会财富。政权的更迭并没有给加纳带来实质性的改变。"加纳还是按照加纳的方式发展。"①

结　语

肮脏与整洁、精英阶级与贫民阶级、腐败与廉洁三个方面的对立，不是相互割裂的，而是一个有机的整体。把穷人和富人的生活进行对比会发现，穷人的生活环境不堪入目。穷人与富人相对立的生活现状说明社会存在严重的不公平。阿尔马的这部小说在社会环境堕落和政治腐败之间建立了具体的联系。小说中肮脏的街道、丑陋的大楼、生锈而拥挤的公交车是加纳社会的缩影。这些形象带来的糟糕视觉效果和加纳浑浊不堪的官场以及堕落的社会价值观相对应。国家独立后，加纳的精英阶级效仿白人殖民者继续盗窃人民财富。"经济凋敝，社会混乱，政府腐败，国家压抑，在许多过去的殖民地国家，非殖民化实际上并没有带来什么变革：权利的等级制度依然存在，过去殖民者的价值观点仍有影响。"②作为一个有道德感的作家，阿尔马把加纳国家独立后所面临的问题展现在读者的面前，引发人们对第三世界国家生存现状的关注和思考。

（文 / 安徽师范大学 钟明 孙妮）

---

① Ayi Kwei Armah, *The Beautyful Ones Are Not Yet Born*, London: Heinemann, 1969, p. 162.
② 艾勒克·博埃默:《殖民与后殖民文学》 盛宁、韩敏中译，沈阳：辽宁教育出版社，1998年，第273页。

尼日利亚文学

尼日利亚（Nigeria）位于西非东南部，西部与贝宁，北部与尼日尔，东部与乍得、喀麦隆接壤，南面是大西洋的几内亚湾。尼日利亚属热带草原气候，全年分为旱雨两季。自然资源非常丰富，尤其是石油、天然气储量位居世界前列。尼日利亚是非洲人口最多的国家，总人口超过 2 亿，有包括豪萨族、约鲁巴族、伊博族在内的 250 多个民族，其中豪萨－富拉尼族人口最多。官方语言为英语，另有除豪萨、约鲁巴、伊博语外的 400 多种语言。伊斯兰教与基督教是尼日利亚的两大宗教，信众约占总人口的 90%，另 10% 人口信仰本土宗教。尼日利亚文明史悠久，境内曾发现公元前 12000 年的石器时代遗迹，公元前 500 年的诺克文明更是举世闻名。20 世纪初，尼日利亚沦为英国的殖民地，1960 年获得独立，1963 年成立共和国，从此走上了艰难的国族建构之路。尼日利亚是非洲文学重镇，"非洲现代文学之父"阿契贝（Chinua Achebe）、非洲诺贝尔文学奖第一人索因卡（Wole Soyinka）即诞生于此。在独立不足七十年的时间里，尼日利亚已经诞生了上百位重要作家。多姿多彩的民族文化，殖民主义对传统文明的戕害以及后殖民时代的社会乱局，赋予尼日利亚英语文学独特的美学意蕴，特别值得文学爱好者进一步探索挖掘。

第五篇

图图奥拉小说《棕榈酒酒徒》
和《我在鬼林中的生活》中的历史记忆

阿莫斯·图图奥拉

Amos Tutuola，1920—1997

作家简介

阿莫斯·图图奥拉（Amos Tutuola，1920—1997），尼日利亚约鲁巴人，是最早引起西方评论关注的非洲小说家。

1920 年 6 月 20 日，图图奥拉出生于阿贝奥库塔（Abeokuta）附近的农村，父母信仰基督教，以种植可可为业。他少时家境贫寒，七岁时成为别人的奴仆。主人莫努（F. O. Monu）将其送往救世军小学（Salvation Army Primary School）读书，以这种方式代替支付他工作酬劳。十二岁时，他到阿贝奥库塔的圣公会中心学校（Anglican Central School）读书，前前后后上过约六年学。1939 年父亲去世后，图图奥拉辍学成为一名铁匠。1942 至 1945 年，他在驻尼日利亚的英国皇家空军从事铁匠工作。之后的图图奥拉还做过其他多种职业。

图图奥拉作为小说家成名确属偶然。1946 年的一天，在劳工部（Nigerian Department of Labour）当信差的图图奥拉读到基督教文学联合会刊登的一则图书广告，他误以为这是一则征文比赛广告，而恰好手头有个已经写好的故事，于是用了三个月时间加以润色，按广告上的地址寄了出去。收信者虽不是出版商却未将这份手稿束之高阁。几经周折，最后经艾略特（T. S. Eliot）等人推荐，于 1952 年由英国的费伯出版社（Faber & Faber）出版了本书，题目为"棕榈酒酒徒及他在死人镇的死酒保"（*The Palm-Wine Drinkard and his Dead Palm-Wine Tapster in the Deads' Town*）。次年，美国的格罗夫出版社（Grove）发行了美国版。这是图图奥拉最重要，也是最受争议的一部作品。

《棕榈酒酒徒》一经出版即获得英国知名作家狄兰·托马斯（Dylan Thomas）、V. S. 普里切特（V. S. Pritchett）等人的高度评价。他们在报纸上发表评论文章，对小说的内容、语言以及图图奥拉的想象力极尽溢美之词。有些来自非洲的批评者却持不同意见。《西非人》（*West African*）中的一篇文章认为，图图奥拉只不过将约鲁巴故事翻译成英语而已，而且很可能是对法贡瓦（D. O. Fagunwa）作品的抄袭。非洲评论者对图图奥拉的批评主要有两点：一是他使用的语言不是标准英语，这让知识精英们觉得颜面扫地；二是他的作品寄情于鬼怪丛林，不关心后殖民时代的民生现实，这与当时非洲文学的主流思想不一致。

图图奥拉后来陆续出版了《我在鬼林中的生活》（*My Life in the Bush of Ghosts*，1954）、《辛比和黑暗丛林之神》（*Simbi and the Satyr of the Dark Jungle*，1955）、《勇敢的非洲女猎手》（*The Brave African Huntress*，1958）、《丛林羽女》（*Feather Woman of the Jungle*，1962）、《阿贾伊及其继承的贫穷》（*Ajaiyi and His Inherited Poverty*，1967）、《偏远小镇的巫医》（*The Witch-Herbalist of the Remote Town*，1981）、《鬼怪丛林中的猎人》（*The Wild Hunter in the Bush of Ghosts*，1982）、《贫民、滋事者与诽谤者》（*Pauper, Brawler and Slanderer*，1987）等小说以及《约鲁巴民间故事》（*Yoruba Folktales*，1986）与《村寨巫医及其他故事》（*The Village Witch Doctor and Other Stories*，1990）两部短篇小说集。他的作品被译为法语、德语、俄语、波兰语等十余种语言在国外发行，具有广泛的国际影响力。

客观而言，《棕榈酒酒徒》之后的作品，无论是故事和主题还是结构和艺术手法，均与这部小说如出一辙，被广泛认为是该作品的复制品。图图奥拉虽然始终坚持这种模式，但他无法阻挡读者与学者的热情慢慢减退。钦努阿·阿契贝于1958年出版长篇小说《瓦解》（*Things Fall Apart*），发展了非洲现代文学的新传统，图图奥拉模式随之被非洲文学放弃。不过，图图奥拉还是获得了多位同胞作家的认可：索因卡评价他为魔幻现实主义作家，将他视为马尔克斯（Gabriel García Márquez）、本·奥克瑞（Ben Okri）、帕西普尔（S. Parsipur）等的先驱；阿契贝对他也一直赞誉有加，称赞他是讲故事的天才。随着对图图奥拉研究的不断深入，人们对其作品的题材来源、所受影响、教化功能、现实意义、后殖民意识等有了新认识，开始重新评估他的文学史地位，甚至有人称他为"现代非洲文学之父"。

20世纪70年代中期，美国学者林德福斯（Bernth Lindfors）概括道：批评界对图图奥拉的反应大致可以分为三个阶段：（1）外国人士感到兴趣盎然，国内人士感到尴尬；（2）外国人士兴趣索然，国内人士对之进行认真的研究和评估；（3）国内和国外普遍而有保留地接受。这一总结清晰地反映了图图奥拉在非洲和欧美的接受历程。

尽管没有人继承图图奥拉的文学衣钵，但他对非洲英语文学的开创之功不可抹杀，他的作品后来成为了解非洲文化的经典读物。如果没有图图奥拉式的"蹩脚"英语，没有他丰富而狠特的想象力，非洲现代文学文本恐怕还要迟到十年。然而，于图图奥拉而言，这种声誉来得还是太迟了，他最终在贫困中离世。1997 年 6 月 8 日，图图奥拉死于高血压和糖尿病。

作品节选

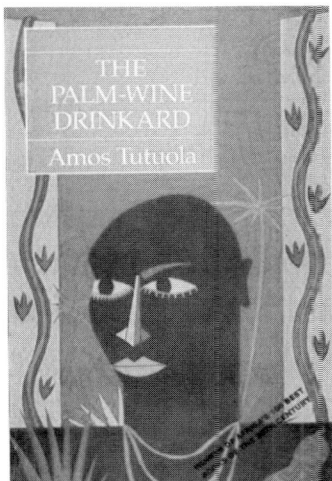

《棕榈酒酒徒》
（ *The Palm-Wine Drinkard*，1952 ）

He was a beautiful "complete" gentleman, he dressed with the finest and most costly clothes, all the parts of his body were completed, he was a tall man but stout. As this gentleman came to the market on that day, if he had been an article or animal for sale, he would be sold at least for £2000 (two thousand pounds). As this complete gentleman came to the market on that day, and at the same time that this lady saw him in the market, she did nothing more than to ask him where he was living, but this fine gentleman did not answer her or approach her at all. But when she noticed that the fine or complete gentleman did not listen to her, she left her articles and began to watch the movements of the complete gentleman about in the market and left her articles unsold.

By and by the market closed for that day then the whole people in the market were returning to their destinations etc., and the complete gentleman was returning to his own too, but as this lady was following him about in the market all the while, she saw him when he was returning to his destination as others did, then she was following him (complete gentleman) to an unknown place. But as she was following the complete gentleman along the road, he was telling her to go back or not to follow him, but the lady did not listen to what he was telling her, and when the complete gentleman had tired of telling her not to follow him or to go back to her town, he left her to follow him. [1]

他是位漂亮的"完美"绅士，身上穿着最好、最昂贵的衣服，所有器官都很完美，身材又高大又结实。那天，这位绅士来到市场，就如同要出售的物品或动物一样，他至少可以卖2000英镑。此时，这位女士也恰好在市场里看到了他，她问了他一句"家在何方"，但这位好绅士根本没搭理她，也没有朝她走过来。她以为这位完美绅士没有听见，于是离开她的货摊，看着完美绅士在市场里逛来逛去，而她的货一件也没有卖出去。

到了那天市场打烊的时间，市场里所有的人都各回各家，完美绅士也在往回返，但这位女士一直在市场里跟着他，她看着他像其他人一样返回自己的目的地，一直跟着他（完美绅士）来到一个陌生的地方。她跟着完美绅士在路上走时，他让她回去，别跟着他，但是这位女士没听他的，最后完美绅士终于不耐烦，一而再再而三地告诉她不要跟着，要她回去，但是最终只好任她继续跟随下去。

（冯德河 / 译）

---

[1] Amos Tutuola, *The Palm-Wine Drinkard and My Life in the Bush of Ghosts*, New York: Grove Press, 1994, pp. 201-202.

作品节选

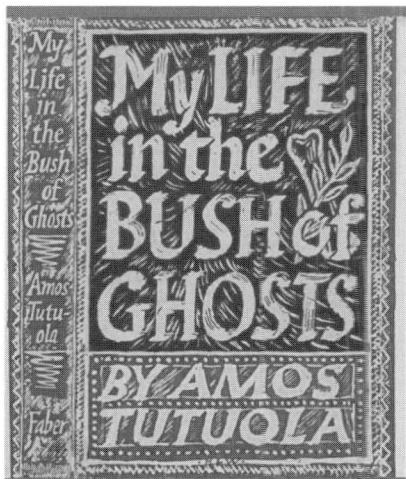

《我在鬼林中的生活》
(*My Life in the Bush of Ghosts*, 1954)

All kinds of snakes, centipedes and flies were living on every part of his body. Bees, wasps and uncountable mosquitoes were also flying round him and it was hard to see him plainly because of these flies and insects. But immediately this dreadful ghost came inside this house from heaven-knows-where his smell and also the smell of his body first drove us to a long distance before we came back after a few minutes, but still the smell did not let every one of the settlers stand still as all his body was full of excreta, urine, and also wet with the rotten blood of all the animals that he was killing for his food.

His mouth which was always opening, his nose and eyes were very hard to look at as they were very dirty and smelling. His name is "Smelling-ghost". But what made me surprised and fear most was that this "smelling-ghost" wore many scorpions on his fingers as rings and all were alive, many poisonous snakes were also on his neck as beads and he belted his leathern trousers with a very big and long boa constrictor which was still alive.[1]

他身体的每个部位都生活着各种各样的蛇、蜈蚣和苍蝇。他的四周有蜜蜂、黄蜂和数不清的蚊子在飞舞，因为这些苍蝇和昆虫的存在，很难看清他的本来面目。但是，这个可怕的幽灵突然闯进屋子，天知道他是从哪里来的。他的气息和身上的味道一下子把我们熏到老远的地方，我们走了好几分钟才返回来。这种气

---

[1] Amos Tutuola, *The Palm-Wine Drinkard and My Life in the Bush of Ghosts*, New York: Grove Press, 1994, p. 29.

味让房子里的人没法安静站立，因为他全身都是排泄物、尿液，还沾满了他猎杀的动物的腐败血液。他的嘴巴一直张开着，鼻子眼睛难以分辨，因为它们很脏、很臭。他的名字叫"恶臭鬼"。最让我惊讶和害怕的是"恶臭鬼"的手指上戴着许多蝎子组成的戒指，而且蝎子全是活的，脖子上挂着许多毒蛇项链，皮裤上系着一条又大又长的蟒蛇腰带，蟒蛇也是活的。

（冯德河/译）

作品评析

《棕榈酒酒徒》和《我在鬼林中的生活》中的历史记忆

引 言

图图奥拉是最早赢得国际声誉的尼日利亚小说家。虽然他只受过 6 年学校教育，先后以铜匠和殖民政府劳动部的信差为生，但他却是首位在伦敦出版小说的尼日利亚作家。《棕榈酒酒徒》（*The Palm-Wine Drinkard*，1952，以下简称《棕》）和《我在鬼林中的生活》（*My Life in the Bush of Ghosts*，1954，以下简称《我》）是图氏的代表作，出版后即被译成法、德、意等多国语言。西方学者对这两部作品评价一直很高。阿诺兹（S. Azozie）甚至认为《棕》之于非洲文学的重要性犹如《堂吉诃德》之于欧洲文学的重要性。[①]

《棕》和《我》的故事背景是前殖民时期，即 1900 年代以前尼日利亚的部族社会。那时，欧洲殖民者虽然已经在非洲进行疯狂的猎奴活动，但尼日利亚尚未沦为英国的殖民地，本土传统文化尚未遭殖民文化的吞噬，女性仍享有较高的社会地位。由于这两部作品蕴含着丰富的民间神话叙事元素，早期的西方评论者，比如柯林斯（H. Collins）和摩尔（G. E. Moore）等人，都是从神话—原型批评视角来阐释这两部作品。20 世纪 80 年代以来，有些批评者如姆班姆比（A. Mbembe）和托拜厄斯（S. M. Tobias）意识到图氏的神话书写不乏对殖民主义的批判并做了相关的研究。笔者认为，图氏是一位颇具历史意识并关注非洲女性社

[①] Bernth Lindfors (ed.), *Critical Perspectives on Amos Tutuola*, Washington: Three Continents Press, 1975, p. 238.

会地位的作家，其神话书写中不仅用一种隐喻的手法"表达了对殖民文化的抗拒"[1]，而且也对前殖民本国的历史进行某种意义上的重构，生动地再现了被本国民族主义作家有意遮蔽的奴隶贸易及相对平等的两性关系的历史记忆。

一、书写前殖民时期大西洋奴隶贸易记忆

有关大西洋奴隶贸易的记忆是尼日利亚乃至西非集体记忆的重要内容。据统计，从 1450 年至 1850 年长达 400 年的奴隶贸易中，从非洲被贩卖出去的奴隶总人数超过 1000 万，可能接近 1200 万。[2]布朗（C. Brown）指出，在非洲某些地区，"几乎没有哪个村庄、族群和家庭能幸免奴隶贸易的危害"[3]。尼日利亚是奴隶贸易的重灾区，其旧都拉各斯曾是西非第一大奴隶贸易港口。即便在英国和美国相继废除奴隶贸易之后的 10 年里，仍有 5 万黑奴从拉各斯被贩卖到欧美各地。图图奥拉家乡阿贝奥库塔镇的建立也与奴隶贸易有关。根据当地的民间传奇故事，由于家园在猎奴战争中被毁，一小群逃难者在神灵的指引下来到一个山洞里安身，由此建立了阿贝奥库塔镇[4]。它后来成了约鲁巴南部地区那些试图躲避猎奴活动的难民的聚集地。[5]

奴隶贸易对非洲社会产生了极大的负面影响。一方面，它使人被视为一种可以买卖和交易的商品，严重践踏了人之为人的尊严，最大程度折射了"人类本身所遭受的苦难"[6]；另一方面，由于被卖为奴的黑人主要来源于战争中的俘虏，奴隶贸易者为抢夺奴隶引发了更多的部族冲突和战争。可以说，非洲社会的暴君专

---

① 杜志卿、张燕：《图图奥拉的后殖民批评意识——重读〈棕榈酒酒徒〉和〈我在鬼林中的生活〉》，《华侨大学学报》（哲学社会科学版），2019 年第 2 期，第 164 页。

② Peter J. Parish, *Slavery: History and Historians*, New York: Harper & Row Publishers, 1989, p. 12.

③ Laura T. Murphy, *Metaphor and the Slave Trade in West African Literature*, Athens: Ohio University Press, 2012, p. 2.

④ Michael Thelwell, "Introduction", Amos Tutuola: *The Palm-Wine Drinkard and My Life in the Bush of Ghosts*, New York: Grove Press, 1984, p. 179.

⑤ Harold R. Collins, *Amos Tutuola*, New York: Twayne Publishers, 1969, p. 70.

⑥ 凯文·希林顿：《非洲史》，赵俊译，上海：东方出版中心，2012 年，第 216 页。

制、社会动荡、性别失衡、贫穷以及在某些地方至今还存在的奴隶问题，都与非洲历史上的奴隶贸易有关。值得注意的是，对奴隶贸易的文学再现主要是由美国非裔作家开展的。美国"新奴隶叙事"（neo-slave narrative）的代表作家托妮·莫里森以再现黑奴的血泪史为己任，她说"撕开那层'遮掩可怕到无法言说的事实的'面纱"是她的工作。① 相对而言，非洲多数作家，尤其是与图氏同时代的知识分子作家，似乎都刻意回避奴隶贸易的历史创伤记忆。哈特曼（S. Hartman）在加纳游学时失望地发现，相比那些离散的非洲后裔千方百计地通过歌曲、文学以及口传叙述表达他们的痛苦，西非作家并没有以同样的方式哀悼那 1200 万人口的消逝。② 姆班姆比曾指出，非洲存在着对奴隶贸易的"记忆缺失"③。笔者赞同姆班姆比的观点。以尼日利亚英语小说为例，在阿契贝的《瓦解》中，大西洋奴隶贸易只是在乌姆奥非亚（Umuofia）村民们的闲聊中被当作谣传一笔带过。阿克万尼（O. Akwani）曾失望地指出，阿契贝描述的主要是殖民主义而不是奴隶贸易的危害。④ 在艾克文西（C. Ekwensi）的长篇力作《贾古娃·娜娜》（*Jagua Nana*）中，早期黑人用黑奴与欧洲白人换大炮的往事也仅在主人公男友的叔叔介绍家乡史时被非常简短地提及。而阿马迪（E. Amadi）的代表作《妃子》（*The Concubine*）中所描写的前殖民社会里，这段历史甚至不知所踪。可以说，大西洋奴隶贸易的历史在尼日利亚主流文学作品中基本上是被忽略的。即便是到了 20 世纪 80 年代，这种情况也没有得到多大的改观。尼日利亚新生代著名女作家阿迪契（C. Adichie）在格劳斯（T. Gross）的访谈中也提到，她在尼日利亚上学时很少学到有关大西洋奴隶贸易的历史，而且她确信大部分当代尼日利亚人也是如此。⑤

---

① Laura Murphy, "Into the Bush of Ghosts Specters of the Slave Trade in West African Fiction", *Research in African Literatures*, 2007, 38 (4), p. 142.

② Laura Murphy, *Metaphor and the Slave Trade in West African Literature*, Athens: Ohio University Press, 2012, p. 174.

③ Laura Murphy, "Into the Bush of Ghosts: Specters of the Slave Trade in West African Fiction", *Research in African Literatures*, 2007, 38 (4), p. 142.

④ Laura Murphy, *Metaphor and the Slave Trade in West African Literature*, Athens: Ohio University Press, 2012, p. 183.

⑤ Terry Gross, "'Americanah' Author Explains 'Learning' to Be Black in the U. S.", *Fresh Air (NPR)*, June 27, 2013.

哈尔巴沃切斯（M. Halbwachs）在其经常被人引用的《论集体记忆》一书中提出，"人们有关过去的某些记忆会被允许进入记忆的普通话语，而另一些则被搁置在一旁"[1]。康纳顿（P. Connerton）则更进一步指出，这些被记住的过去时刻通常是由那些掌权者决定的，他们会将某些可能会威胁到他们权威的记忆排除在外。[2]有关尼日利亚过去的集体记忆似乎也遵循这一模式。墨菲指出，那些学院派作家在写作中竭力为长期历经奴隶贸易和殖民主义之痛的非洲创造一种有用的过去，以维护黑人的文化自豪感，从而为以尼日利亚民族精英为主要受益者的去殖反帝事业服务。[3]可以说，正是由于要创建一种为尼日利亚去殖反帝事业服务的过去，尼日利亚知识分子才羞于展示本国人也参与的大西洋奴隶贸易史。[4]由此，那段被钉在耻辱柱上的历史记忆不可避免地遭抹杀或压抑。其实，在非洲其他国家，情况也大致相似。独立后，不少非洲国家将那些在历史上曾用来关押即将被贩卖到欧美各地的黑奴的城堡或要塞另作他用，比如，位于阿克拉的克里斯汀斯伯格城堡（Christiansborg Castle）在加纳独立后即被用作总统官邸；阿克拉的阿旭尔（Ussher）、阿磐姆（Apam）的佩勋斯（Patience）、阿诺玛布（Anomabu）的威廉（William）等要塞则被用作警察局。[5]显然，对这些在奴隶贸易中臭名昭著的城堡和要塞的历史内涵的遗忘折射了非洲民众对那段苦难史的集体拒绝。

图图奥拉没有受过多少学校教育，他不属于尼日利亚的精英阶层。事实上，据图氏的第一个采访者拉热比（I. Larrabee）称，当时已经出版两部小说的图氏家里没有藏书，和出版商没有私人联系，也不清楚自己的书是否在销售。[6]艾克文西也指出，成名之后图氏从不参加出版社的聚会，对巡回演讲没兴趣，与本国那些

---

[1] Laura Murphy, "Into the Bush of Ghosts: Specters of the Slave Trade in West African Fiction", *Research in African Literatures*, 2007, 38 (4), p. 143.

[2] Laura Murphy, "Into the Bush of Ghosts: Specters of the Slave Trade in West African Fiction", *Research in African Literatures*, 2007, 38 (4), p. 143.

[3] Laura Murphy, "Into the Bush of Ghosts: Specters of the Slave Trade in West African Fiction", *Research in African Literatures*, 2007, 38 (4), pp. 142-143.

[4] Harold R. Collins, *Amos Tutuola*, New York: Twayne Publishers, 1969, p. 89.

[5] Laura T. Murphy, *Metaphor and the Slave Trade in West African Literature*, Athens: Ohio University Press, 2012, p. 13.

[6] Bernth Lindfors (ed.), *Critical Perspectives on Amos Tutuola*, Washington: Three Continents, 1975, p. 13.

作家也不怎么交往。①可以说，由于图氏"极简"的教育背景以及生活方式，其神话书写才能毫不避讳本民族历史记忆中那些丑陋的部分。在《我》中，图氏首次触及了尼日利亚历史上的大西洋奴隶贸易。遗憾的是，多数学者在阅读该作品时并没深究这一问题。帕林德虽然在给《我》的序言中指出，图氏的作品中有很多篇幅描写心理恐惧，但他并没有把这种非洲人十分熟悉的恐惧与奴隶贸易联系起来。②纽玛特（P. Neumarkt）则倾向于认为非洲人集体无意识中的那种恐惧源自欧洲白人在非洲的殖民统治。③或许，由于在《我》中出现了 20 世纪 50 年代才有的电视机、彩色打印机以及电话机等"时代错误"，所以威泰克尔（D. Whittaker）也误以为小说发生在"20 世纪 50 年代的尼日利亚和同时代的精灵界之间的某个地方"④。其实，小说一开始就明确告诉我们，故事发生在奴隶贸易时期，那时"有很多的非洲战争……：普通战争、部族战争、抢夺战争和猎奴战争，这些战争在每个镇子和村落里都很普遍……白天和晚上随时都会发生。……谁要是被抓就会被卖给外国人当奴隶"⑤。主人公的哥哥和母亲及后来他自己被猎奴者抓住的事实也表明小说的故事背景很有可能就是约鲁巴地区猎奴活动十分猖獗的 19 世纪早期。因此，我们有理由相信，书中无所不在的恐惧描写与猎奴活动密切相关，主人公在鬼林世界里遭遇的各种恐怖经历是对奴隶贸易以及猎奴活动的记忆重现。

在《我》的开始，小说主人公无意间闯入一座鬼宅，发现里面住着三个不同颜色的鬼，他们都使出浑身解数试图吸引他当"自己的佣人"⑥。这场"奴隶拍卖的反写"⑦吸引了一群围观的鬼，他们都有着各种身体缺陷：或缺四肢，或缺

---

① Harold R. Collins, *Amos Tutuola*, New York: Twayne Publishers, 1969, p. 23.

② Geoffrey Parrinder, "Foreword", Amos Tutuola, *The Palm-Wine Drinkard and My Life in the Bush of Ghosts*, New York: Grove Press, 1984, p. 11.

③ Bernth Lindfors (ed.), *Critical Perspectives on Amos Tutuola*, Washington: Three Continents, 1975, p. 185.

④ Laura Murphy, "Into the Bush of Ghosts: Specters of the Slave Trade in West African Fiction", *Research in African Literatures*, 2007, 38 (4), p. 144.

⑤ 本文对《棕》和《我》的引用均出自 Amos Tutuola：*The Palm-Wine Drinkard and My Life in the Bush of Ghosts*, New York: Grove Press, 1984, pp. 17-18。引文为笔者自译。

⑥ Amos Tutuola, *The Palm-Wine Drinkard and My Life in the Bush of Ghosts*, New York: Grove Press, 1984, p. 24.

⑦ Laura Murphy, "Into the Bush of Ghosts: Specters of the Slave Trade in West African Fiction", *Research in African Literatures*, 2007, 38 (4) p. 146.

眼睛，或缺头，这十分清楚地表明了奴隶贸易将人的身体肢解化的特征。这场翻转的拍卖后来演变成了一场骚乱。前来调停的"恶臭鬼"建议将主人公一撕为三分给这三个鬼，这进一步体现了奴隶贸易将人商品化的罪恶本质。尽管那三个鬼没有将主人公撕成三份，但后者却被那个"恶臭鬼"抢走，"放进了他背在左肩上的袋子里"①而成为他的奴隶。在《棕》中，主人公夫妇也有被鬼怪捉住后装入袋子里掳走而沦为奴隶的经历。②笔者认为，这些人被抓后装入袋中的场景描写是奴隶身体被彻底控制的隐喻——在这种形式的抓捕中，受害者行动受限，其自由也被剥夺；小说中人被捆绑后装在袋子里而后被掳走的情景是图氏对奴隶贸易运作机制之恐怖的文学想象。该猎奴方式下受害者的口头叙述证明了这种恐惧的存在。奥丹多尔普（C. Oldendorp）曾采访过一位从西非被贩卖至加勒比的黑奴，后者向他描述了猎奴者这种凶残的手段："阿米纳（Amina）黑人到处抓人绑人，特别是孩子……他们会把孩子装入袋子里。"③著名的"奴隶叙事"（the slave narrative）作家伊奎亚诺（O. Equiano）同样也是被猎奴者装入一个袋子后卖到美洲的。④从这个意义上来讲，图氏的神话书写中所记述的恐惧无疑是源于对猎奴和贩奴活动真实的历史记忆，而不是纽玛特所说的欧洲白人在非洲的殖民统治的隐喻。

《我》所描写的"恶臭鬼"可谓是尼日利亚文学乃至世界文学中最令人恶心和恐惧的鬼——他"浑身都是屎、尿以及被他杀死后吃掉的动物的血"，而且他把活蝎子戴在手上当戒指，把活毒蛇缠在脖子上当项链，把活蟒系在皮裤子上当皮带。"恶臭鬼"也许是柯林斯所说的"恶父形象"⑤，不过，他的形象更像是猎奴受害者对令人恐惧的猎奴者的心理投射。正如墨菲指出的，对猎奴的恐怖记

① Amos Tutuola, The Palm-Wine Drinkard and My Life in the Bush of Ghosts, New York: Grove Press, 1984, p. 30.

② 参见 Amos Tutuola, The Palm-Wine Drinkard and My Life in the Bush of Ghosts, New York: Grove Press, 1984, pp. 281-283。

③ Laura Murphy, "Into the Bush of Ghosts: Specters of the Slave Trade in West African Fiction", Research in African Literatures, 2007, 38 (4), p. 147.

④ Olaudah Equiano, The Interesting Narrative of the Life of Olaudah Equiano, or Gustavus Vassa, the African, Written by Himself, New York: W. W. Norton & Company, 2001, p. 33.

⑤ Harold R. Collins, Amos Tutuola, New York: Twayne Publishers, 1969, p. 77.

忆已经深深地铭刻在非洲令人恐惧的丛林风景之中，"森林里两种最恐怖的居住者即猎奴者和恶精灵已被合二为一了"①。有评论者指出，"恶臭鬼"形象源自约鲁巴民间神话小说家富冈瓦（D. O. Fuganwa）的《奥格保久颂歌》（*Ogboju Ode*）中的人物艾格宾（Egbin）。不过，我们不难看出，图氏对富冈瓦笔下的这一人物形象做了修改，他笔下的"恶臭鬼"身上穿戴的皮裤子和皮带是白人常见的装束。这一令人恶心的鬼形象可被视为白人猎奴者的隐喻。那个"恶臭鬼"就想着把主人公吃了，这一细节可以给我们的论证进一步提供文本依据，因为在真实的历史中，当伊奎亚诺被抓到那些"长着红色的脸和蓬松的头发，长相恐怖的"②白人面前时，他也以为他们准备吃掉他。同样，被贩卖至英国的非洲黑奴迪阿罗（A. S. Diallo）1734 年重返家乡时，他的家人告诉他，他们以为那些被抓为奴的人"一般都是被（白人）吃掉或杀掉了"③。

在《我》中，主人公被"恶臭鬼"装在袋子里背回家后先是被关在"白天和黑夜一样黑"④的屋子里——那样的空间容易让人联想起奴隶贸易史上用来关押奴隶的黑屋子；接着，他又先后被变形为猴子、狮子、母牛、公牛、马和骆驼。在小说的其他场景中，变形是"人自保的一种方式"⑤，它隐喻了"一种生存的希望"⑥。不过，这个场景里的变形无疑揭示了奴隶贸易惨无人道的本质。那个"恶臭鬼"将主人公变成一匹马的情景意味深长。我们知道，非洲遍布斑马，没有可用来干活的马。图氏笔下的鬼林世界中也从未有过马，这一点可以从鬼林世界的老老少少对被变成马之后的主人公的反应中得到印证：那些鬼镇居民对马很好奇，

---

① Laura Murphy, "Into the Bush of Ghosts: Specters of the Slave Trade in West African Fiction", *Research in African Literatures*, 2007, 38 (4), p. 148.

② Olaudah Equiano, *The Interesting Narrative of the Life of Olaudah Equiano, or Gustavus Vassa, the African, Written by Himself*, New York: W. W. Norton & Company, 2001, p. 39.

③ Laura T. Murphy, *Metaphor and the Slave Trade in West African Literature*, Athens: Ohio University Press, 2012, p. 171.

④ Amos Tutuola, *The Palm-Wine Drinkard and My Life in the Bush of Ghosts*, New York: Grove Press, 1984, p. 35.

⑤ Francis B. Nyamnjoh, *Drinking from the Cosmic Gourd: How Amos Tutuola Can Change Our Minds*, Bamenda: Langaa Research & Publishing Common Initiative Group, 2017, p. 166.

⑥ Laura T. Murphy, *Metaphor and the Slave Trade in West African Literature*, Athens: Ohio University Press, 2012, p. 66.

所以其他种类的鬼就邀请"我"的主人骑着被变形为马的"我"去他们那儿开会，以便能看清楚"我"变成马之后的模样。①笔者认为，图氏之所以让那个"恶臭鬼"把主人公变成一匹马或许是因为在奴隶贸易中，黑奴总是被西方贩奴者贬为"会说话的马"。图氏极有可能是希望借此让读者将他的神话书写与令人毛骨悚然的大西洋奴隶贸易联系起来——被卖为奴就意味着"短暂余生中骇人处境和苦难的开始。俘房不再被当作人，而是被当作财物来对待，就像家畜一样，被放在一起圈养、体检和买卖"②。在该小说中，主人公一直处于一种被抓、逃脱、复又被抓的循环中，这可以说是对西方贩奴者在非洲猎奴活动的绝佳讽拟。

有意思的是，《我》的主人公在重返家乡的那一刻又被现实世界中的猎奴者抓住，沦为一个真正的奴隶。当年他为了躲避现实世界里的猎奴者而误入鬼林，但在鬼林世界经历了被抓为奴的24年后辗转回到家乡时，他还是没能避免被抓为奴的厄运。我们认为，主人公在鬼林世界里被抓为奴的遭遇是其在现实世界中被抓为奴的心理投射，精彩地再现了非洲人在奴隶贸易中的创伤历史记忆。因为，主人公在离开鬼界回到现实世界后被抓为奴的经历与他在鬼林里被抓为奴的经历十分相似：在鬼林世界里，主人公被"恶臭鬼"变成牛卖给一个女人，后者准备将它献祭给神灵；而在现实世界里，被猎奴者抓住后的主人公也被一时没能认出他来的亲哥哥买走并准备献祭给神灵。与主人公相认后，其兄长和母亲向他讲述的他们在现实世界中被抓为奴的经历与主人公在鬼林中被抓捕和被奴役的遭遇也颇为相似：正如主人公在鬼林中被"恶臭鬼"掳走后变成一匹马供后者骑行，其母亲沦为奴隶后所干的活也是"将［其跛脚的女主人］背到她想去的任何地方"③。艾瑞勒（A. Irele）曾指出，图氏的小说是一种"集体神话在个人意识中的完整再现"④。前殖民时期非洲猎奴、贩奴活动无处不在，非洲族民深受其害。主人公在鬼林及现实世界里不断被抓和被奴役的魔幻经历是西非奴隶贸易之集体记忆的再

---

① Amos Tutuola, *The Palm-Wine Drinkard and My Life in the Bush of Ghosts*, New York: Grove Press, 1984, p. 40.

② 凯文·希林顿：《非洲史》，赵俊译，上海：东方出版中心，2012年，第216—217页。

③ Amos Tutuola, *The Palm-Wine Drinkard and My Life in the Bush of Ghosts*, New York: Grove Press, 1984, p. 173.

④ Oyekan Owomoyela, *Amos Tutuola Revisited*, New York: Twayne Publishers, 1999, p. 84.

现，充分体现了该作品批判现实的意旨。正如墨菲所言，图氏的《我》表面上看是一部从神话的维度审视非洲过去的小说，却巧妙地揭示了奴隶贸易的罪恶，同时将那些被压抑的记忆带入有意识的回忆之中。[①]

二、书写前殖民时期相对平等的两性关系

传统的非洲社会虽然没有强调两性之间的平等，但绝不会忽视女性在社会生活中所扮演的角色，更不会把她们视为男性的仆从。恩泽格乌（F. Nzegwu）曾指出，前殖民时期的非洲绝非"欧洲传统意义上的男权社会"[②]。英国人类学家蕾丝-劳斯（S. Leith-Ross）在尼日利亚部落调查时就发现，在传统的伊博部族里，"男性以一种欧洲人刚刚开始想到的全新的、现代的方式尊重他们的女性"[③]。其实，在宗教领域，女性在非洲一直享有很高的地位。比如，伊博地区最重要的神就是人们所崇拜的女神艾德米莉（Idemili，有些地方称乌哈米莉，Uhamili）。应该说，传统非洲社会中的两性关系是比较有弹性的，生理性别只是劳动分工时的一个依据，它并不是男女社会地位高低的决定性因素。阿玛迪亚姆（I. Amadiume）在其《男性女儿，女性丈夫：非洲社会的社会性别和生理性别》一书中指出，在前殖民时期的非洲家庭中，"男性女儿"和"女性丈夫"的习俗允许女儿扮演儿子的角色，妻子扮演丈夫的角色。[④]如果女性比其丈夫更加富裕，她即便没能生下一儿半女也能获得比其丈夫更高的社会地位，其丈夫可能会因此失去自己的姓，而被冠以妻姓。这与西方男权社会里妻冠夫姓的情形正好相反。

[①] Laura Murphy, "Into the Bush of Ghosts: Specters of the Slave Trade in West African Fiction", *Research in African Literatures*, 2007, 38 (4), p. 144.

[②] Femi Nzegwu, *Love, Motherhood and the African Heritage: The Legacy of Flora Nwapa*, Dakar: African Renaissance, 2001, p. 11.

[③] Femi Nzegwu, *Love, Motherhood and the African Heritage: The Legacy of Flora Nwapa*, Dakar: African Renaissance, 2001, p. 51.

[④] Ifi Amadiume, *Male Daughters, Female Husbands: Gender and Sex in an African Society*, London: Zed Books, 2015, p. 15.

实际上，在社会政治领域，前殖民时期的非洲社会通常有平行的男女社会政治机构，男性和女性"各有其特有的权威自主领域"[1]。比如，在尼日利亚，伊博部族有欧哈恩德姆（Oha ndom），卡拉巴瑞（the Kalabari）部族有伊戈贝勒－伊瑞米（Egbele-Ereme），安多尼（the Andoni）部族有阿曼－奥泡罗（Aman-Obolo）等女性主导的社群组织，它们与当地那些以男性为主导的社群组织是互补的。[2]而在伊博部族里，男性有"乌姆纳"（Umunna，父系家族中的男性组织）、"乌姆内"（Umunne，母系家族中的男性组织）等组织，女性也有类似的重要组织，如"因尧姆迪"（Inyom di，族亲中妻子的组织）以及更有影响力的"乌姆阿达"（Umuaada，族亲中所有已婚或未婚女性的组织）。[3]这些女性组织不仅管理女性自己的事务，同时也与男性组织共同参与社群事务的管理。如果某个男子"虐待他的妻子、违反女性集市的规矩或者放任自家的牛吃女性田里的草"，那些女性组织就会采用"压制"或者"宣战"的特殊方式惩罚该男子，她们甚至可以"拆毁他的茅屋"。[4]即使是在殖民初期，在尼日利亚以及非洲的社会政治生活中，"女性绝对不是隐形的"[5]，她们的利益及其重要作用在社会生活的各个层面都得到了体现。[6]比如，1925年伊博女性所组织的"跳舞运动"中，老年伊博妇女通过"焚烧市场，封锁主要道路以及在法院堆积垃圾，从学校领回孩子等"[7]方式表达她们对基督教的抗拒；1929年，伊博女性所组织的斗争更是令人刮目，她们"拆除本地法庭的房子，

---

① Judith Van Allen, "Aba Riots or the Igbo Women's War?-Ideology, Stratification and the Invisibility of Women", *Ufahamu: A Journal of African Studies*, 1975, 6 (1), p. 19.

② Nkparom C. Ejituwu, Amakievi O. I. Gabriel, *Women in Nigerian History: The Rivers and Bayelsa States Experience*, Nembe: Oryoma Research Publications, 2003, p. 65.

③ 参见 Femi Nzegwu, *Love, Motherhood and the African Heritage: The Legacy of Flora Nwapa*, Dakar: African Renaissance, 2001, pp. 217-218.

④ Susan Andrade, *The Nation Writ Small: African Fictions and Feminism, 1958-1988*, Durham: Duke University Press, 2011, p. 47.

⑤ Femi Nzegwu, *Love, Motherhood and the African Heritage: The Legacy of Flora Nwapa*, Dakar: African Renaissance, 2001, p. 22.

⑥ Ifi Amadiume, *Male Daughters, Female Husbands: Gender and Sex in an African Society*, London: Zed Books, 2015, p. 16.

⑦ Ifi Amadiume, *Male Daughters, Female Husbands: Gender and Sex in an African Society*, London: Zed Books, 2015, p. 120.

抢夺殖民政府新委任的酋长的帽子"①，要求殖民政府关闭本地法庭及外国公司并解除新任酋长的职务。

不过，这种平行的男女社会政治管理机构在西方殖民政府建立之后就逐渐消失了，因为基督教的上帝取代了非洲本土宗教中的女神。另外，由于英国殖民政府采取"间接管理"的方式，即"让男性代表整个村庄"进行自我管理，传统尼日利亚社会两性互补的社群管理模式就失去其功用，女性在社会生活中也随之失去其较高的地位。再者，由于殖民教育的推行，西方传统文化中的男尊女卑思想被灌输给当地民众，尼日利亚社会渐渐进入男尊女卑的男权时代。

图氏创作《棕》和《我》这两部作品时，正是尼日利亚去殖反帝如火如荼的年代。大多数民族主义作家认为去殖反帝的工作关乎"男性的解放"，是男人与男人之间的斗争，②与女人无关，所以他们的历史构建中，有关相对平等的两性关系的历史记忆就几乎被抹去。比如，在《瓦解》中，被公认为最具反抗精神的艾克维菲（Ekwefi）因家庭琐事被丈夫奥贡喀沃（Okonkwo）开枪威胁之后只能保持沉默。实际上，诸如"因尧姆迪"和"乌姆阿达"的女性组织在小说中是完全缺席的，没有人能为那些女性受害者提供实质性的帮助。另一位女村民姆格巴弗（Mgbafo）频频遭受其丈夫严重的身体暴力，但她能求助的也只是由9个男性扮演的祖先灵魂"艾格乌格乌"（Egwugwu）。对此家暴，"艾格乌格乌"的裁决仅仅是叫那个虐待妻子的丈夫带着棕榈酒把逃回娘家的妻子接回来。在该小说中，女性存在的唯一空间就是家庭空间——她们在其间生儿育女，操持家务；她们在公共的部族空间里是集体失声的，而在本土文化与英国殖民文化的冲突中也是完全缺席的。尼日利亚历史上多次由"乌姆阿达"组织的反抗英国殖民统治的"妇女之战"（Women's War）小说也只字未提。更有甚者，阿契贝在《瓦解》里将历史事件转化成文学书写的过程中还刻意模糊了涉事者的性别；③同样，在该小说

---

① Ifi Amadiume, *Male Daughters, Female Husbands: Gender and Sex in an African Society*, London: Zed Books, 2015, p. 140.

② Elleke Boehmer, *Stories of Women: Gender and Narrative in the Postcolonial Nation*, Manchester: Manchester University Press, 2005, p. 9.

③ 阿玛迪亚姆在阿契贝的故乡恩诺必（Nnobi）做田野调查时发现，阿契贝将当地发生的一个历史事件用作自己故事的材料，但他未提及女性在此次事件中所扮演的核心角色。

中，伊博族本土宗教中最具权威的水神——艾德米莉女神被置换为男性神祇。可以说，前殖民时期非洲女性所享有的与男性相对平等的历史记忆在阿契贝的笔下已被涂抹殆尽。

帕林德（G. Parrinder）曾指出，有限的教育是图氏的一大优势，假如能够接受较好的教育，他有可能会像那些受过高等教育的非洲人那样"写正确但生硬的文章"①。笔者以为，有限的殖民教育也同样使他较少受到西方男权文化的影响，因此，他的作品才能较客观地再现前殖民时期女性享有相对较高社会地位的生活图景。这一点在图氏的《棕》中所讲述的"完美绅士"（the Complete Gentleman）故事里有十分明显的体现：一个在婚姻选择上不服从传统的父母之命的女性被一位"完美绅士"所吸引并一路跟随他到丛林里，当她发现他实际上是一个"骷髅鬼"企图逃跑时却被"骷髅鬼"家族控制，主人公出手相救后她才得以逃脱。有不少评论者认为，这个故事源自约鲁巴的民间传说。林德弗斯指出，这个故事在约鲁巴地区家喻户晓，即使在西非也广为流传，仅他所知就有4个不同的版本。②不过，这4个版本都传递出男尊女卑的意识：女性在选择伴侣时常因无知而被外表所迷惑，所以需要男性的拯救。

"历史上，非洲的口传故事总是被它们的讲述者改写，这样它们才能与他们被讲述时的社会或道德环境有一定的关联性。"③图氏本人也曾说过，"我运用了我的想象力。当你发现材料的时候，你可以在那个材料上添加任何东西"④。图氏称自己分别只花两天的时间写就《棕》和《我》，但却分别花了整整3个月的时间对它们进行修改。⑤我们有理由相信图氏对《棕》和《我》的修改和补充一定包括对那些民间神话故事的创造性重写。以《棕》中"完美绅士"的故事为例。小说中写道，那个女孩被"完美绅士"的外貌所迷惑并非缘于她的无知，因为那个

---

① Geoffrey Parrinder, "Foreword", Amos Tutuola, *The Palm-Wine Drinkard and My Life in the Bush of Ghosts*, New York: Grove Press, 1984, p. 10.

② Bernth Lindfors (ed.), *Critical Perspectives on Amos Tutuola*, Washington: Three Continents, 1975, pp. 287-288.

③ Steven M. Tobias, "Amos Tutuola and the Colonial Carnival", *Research in African Literatures*, 1999, 30 (2), p. 67.

④ Robert Elliot Fox, "Tutuola and the Commitment to Tradition", *Research in African Literatures*, 1998, 29 (3), p. 206.

⑤ Harold R. Collins, *Amos Tutuola*, New York: Twayne Publishers, 1969, p. 20.

自称"在这个世上无所不能的神灵之父"、能用网兜抓住死神的主人公见到那个"完美绅士"时的想法表明，即使是男性也无法抵挡其外貌的诱惑："作为一个男的，我会更嫉妒他，因为如果他上战场，敌人肯定不会杀他或抓他，如果轰炸者在他们准备要轰炸的镇子里看到他，他们也不会在他前面扔炸弹，就算他们扔了炸弹，炸弹本身也只会在这位绅士离开镇子后才爆炸，因为他长得帅。"[①]杰拉（A. Gera）将主人公这一番心理独白视为图氏的叙事有别于非洲传统叙事的地方：图氏揭示了其人物的内在动机、想法和反思，而非洲传统叙事多从外部入手。[②]杰拉的观点有一定的道理，但主人公的这段心理独白表明该女性受害者被"完美绅士"的外表所蒙蔽并非源自其性别特有的无知和低劣，因而有效地解构了原故事中的男尊女卑思想。

与该故事的其他版本不同的是，图氏笔下的那位女子嫁给了主人公，并跟随他前往死亡小镇寻找他死去的采酒师。奥沃莫耶拉指出，图氏通过让该女子为主人公效力的方式赋予该故事新的内容。[③]不过，奥沃莫耶拉同时也认为，她"不过是主人公的战利品，在那趟死亡之旅中没有扮演任何有意义的角色"[④]。笔者不太赞同这一观点。因为，在他们的死亡之旅中，她与其夫一样勇敢敏锐。在旅途的后半段，她甚至比其夫更为睿智。离死亡小镇40英里之遥时，他们发现走了6天却走不完那段路程。聪明的妻子意识到"没死的活人是不可以在大白天进入［死人］镇的"[⑤]，遂改为夜间赶路，果然很快就抵达那里。奥沃莫耶拉把这个插曲理解成"图图奥拉式无逻辑的例证"[⑥]，但笔者认为，它也体现了主人公之妻的生存智慧。当夫妇二人被一个恶鬼抓为奴隶后，也是妻子的聪明才智帮助两人逃离被奴役的险境。无怪乎，柯林斯认为，《棕》中主人公之妻再现了前殖民时期尼日利亚女

---

① Amos Tutuola, *The Palm-Wine Drinkard and My Life in the Bush of Ghosts*, New York: Grove Press, 1984, p. 207.

② Anjali Gera, *Three Great African Novelists: Chinua Achebe, Wole Soyinka & Amos Tutuola*, Pittsburg: Creative Books, 2001, p. 77.

③ Oyekan Owomoyela, *Amos Tutuola Revisited*, New York: Twayne Publishers, 1999, p. 47.

④ Oyekan Owomoyela, *Amos Tutuola Revisited*, New York: Twayne Publishers, 1999, p. 132.

⑤ Amos Tutuola, *The Palm-Wine Drinkard and My Life in the Bush of Ghosts*, New York: Grove Press, 1984, p. 274.

⑥ Oyekan Owomoyela, *Amos Tutuola Revisited*, New York: Twayne Publishers, 1999, p. 130.

性不逊色于男性的机智、勇敢、务实，敢与男性平起平坐的一面，她是获得解放的现代妇女的对应人物。①

事实上，在图氏的神话书写中，像《棕》中主人公之妻那样有着独立和平等意识的女性并不少见。在《我》中，主人公所娶的第二任鬼妻"超级淑女"（Super Lady）也是一位独立自主的女性：她以"傲慢的微笑和严肃的嗓音"②主动向主人公求婚，婚后为他提供一切生活所需，而某日当他对她说"人类比鬼或其他的一切生物都要高贵"③，她不问缘由就将他赶出家门。笔者认为，"超级淑女"的所作所为与男权社会里的丈夫极为相似，显示了女性在家中较高的地位以及独立的个性。按柯林斯的看法，那个"超级淑女"的原型很可能出自芭芭拉·沃克（Barbara Walker）夫妇所编辑的一个约鲁巴志怪故事。在那个故事中，一个猎人娶了一个像"超级淑女"一样能化身为白鹿的女人，但与图氏的故事不同，该女子最后因不堪忍受其夫的人类妻子嘲笑她的动物出身而被迫离家。④笔者认为，图氏极有可能对那个故事进行了创造性的重写。他赋予"超级淑女"更高的家庭地位和权力，因为她把冒犯自己的丈夫赶出了家门，而不是像那个约鲁巴志怪故事中的女人那样被动地离开其丈夫。在《我》中，几乎所有的女性都享有较高的婚姻自主权。主人公第一任鬼妻未征求其身为鬼林政府秘书长的父亲的意见就自行决定嫁给主人公。在"超级淑女"家附近的女鬼镇里女鬼们也具有很高的婚姻自主权。她们在遭丈夫背叛后并不像《瓦解》或《妃子》中的女性那样选择忍气吞声，而是主动离开丈夫，并娶别的女人。图氏这一故事显然是前殖民时代非洲社会中那种"女性丈夫"形象的历史再现。⑤也许是为了让读者更加明白这一隐喻，图氏甚至让那些女鬼们的下巴上长出了与男性一样的山羊胡子。

---

① Harold R. Collins, *Amos Tutuola*, New York: Twayne Publishers, 1969, p. 28.

② Amos Tutuola, *The Palm-Wine Drinkard and My Life in the Bush of Ghosts*, New York: Grove Press, 1984, p. 113.

③ Amos Tutuola, *The Palm-Wine Drinkard and My Life in the Bush of Ghosts*, New York: Grove Press, 1984, p. 135.

④ Harold R. Collins, *Amos Tutuola*, New York: Twayne Publishers, 1969, p. 57.

⑤ 阿玛迪亚姆发现，在非洲传统社会中，一些比较富裕的女性可以娶其他女性为妻。在这种婚姻形式中，前者扮演传统婚姻里丈夫的角色，与男性丈夫一样享有多种权利。这类女性在人类学研究中被称为"女性丈夫"。参见 I. Amadiume, *Male Daughters, Female Husbands: Gender and Sex in an African Society*, London: Zed Books, 2015, pp. 46-47.

《我》中的另一个女性，即主人公死去的表兄的妻子在鬼镇拥有更高的地位。尽管在图氏本人生活的时代女性接受正规教育的机会微乎其微，更不用说在社会公共领域担任要职，但图氏笔下这位女性不仅生前留学英国学习医学，拥有当时众多尼日利亚青年人梦寐以求，即使男性也很少能获得的"剪金羊毛"的机会，而且死后她还在鬼镇创建了很多医院并任卫生局局长一职，为整个鬼镇培养了许多医护人员。可以说，她在鬼镇的地位绝不亚于自己的丈夫。在《我》中，女性甚至扮演了拯救男性的角色。主人公迷失在鬼林里 24 年，一直未能找到回家的路，他从那些被问路者（基本上为男性）身上获得的始终是欺骗、折磨以及被抓为奴的惨景。最后将他送回他日思夜想的家乡的是个女鬼。杰拉曾把图氏神话世界中的女性分为美和丑两类。笔者认为这种二元对立式的分类过于机械呆板，文本依据不足。实际上，那些女性形象十分生动，不但体现出与男性不相上下的才智和品德，而且很有平等和独立的意识。即便是与图氏同时代具有较强女性意识的女作家恩瓦帕（F. Nwapa）在其代表作《伊芙茹》（*Efuru*）中所塑造的女性形象都无法与她们媲美。难怪奥沃莫耶拉说，图氏的一大成就是"为女性事业服务"[①]。

结　语

图氏开始创作时正值尼日利亚去殖反帝、走向独立的年代，当时尼日利亚文学创作的主导模式是现实主义，即便是奥尼查私人出版社出版的以艾克文西等作家的通俗作品为代表的"奥尼查市井文学"（Onitsha Market Literature）主要关注的也是社会现实问题。但由于图氏的小说多取材于民间神话故事，学界倾向于认为，图氏作品缺乏对现实世界的观照，是对当时的尼日利亚主流文学话语的一种尴尬偏离。笔者不太认同这样的看法，因为图氏所讲述的他们"祖先如何生活的故事"[②]本身也是一种历史和现实的观照。虽然图氏并没有对尼日利亚的历史进

---

① Oyekan Owomoyela, *Amos Tutuola Revisited*, New York: Twayne Publishers, 1999, p. 130.

② Michael Thelwell, "Introduction", Amos Tutuola, *The Palm-Wine Drinkard and My Life in the Bush of Ghosts*, New York: Grove Press, 1984, p. 190.

行系统的建构，但他至少较为客观地再现了奴隶贸易对那些被"留在身后的人"[1]所造成的恐惧和苦难以及历史上尼日利亚女性曾享有较高社会地位的生活图景。这在图氏所生活的那个一切围绕着带有明显性别歧视的去殖反帝事业的年代，显得尤为难能可贵。笔者认为，图氏所偏离和抗拒的不是尼日利亚的现实主义主流创作，他只是用一种较为独特的叙述方式（魔幻 + 荒诞）再现了已经被历史尘埃所遮蔽的集体创伤记忆并表达了他对非洲女性社会地位的观思。图氏不仅"像安提俄斯（Antaeus）那样，通过与他永远的大地母神的接触汲取力量，创造出了非洲独有的内容、形式和风格"[2]，而且通过那些民间神话故事的重写，他也描绘了一幅与他同时代本土作家不一样的历史画卷，从而终结了他所生活那个年代的尼日利亚文学乃至非洲文学的"唯一故事"[3]。从这个意义上来讲，图氏不仅是"一个激发尼日利亚整整一代年轻作家灵感的父亲人物"[4]，而且也应该被载入非洲文学乃至世界文学的史册。

（文 / 华侨大学 张燕）

---

[1] Laura T. Murphy, *Metaphor and the Slave Trade in West African Literature*, Athens: Ohio University Press, 2012, p. 174.

[2] Bernth Lindfors (ed.), *Critical Perspectives on Amos Tutuola*, Washington: Three Continents, 1975, p. 57.

[3] 在《非洲的"真实性"以及比亚夫拉经历》一文中，阿迪契特别指出文学中某个故事成为唯一故事的危险所在。她认为，文学故事应该多样化，不应都写得像阿契贝的《瓦解》。详见 Chimamanda Ngozi Adichie, "African 'Authenticity' and the Biafra Experience", *Transition: An International Review*, 2008, (99), pp. 42-53.

[4] Francis B. Nyamnjoh, *Drinking from the Cosmic Gourd: How Amos Tutuola Can Change Our Minds*, Bamenda: Langaa Research & Publishing Common Initiative Group, 2017, p. 74.

第六篇

阿契贝小说《瓦解》中的死亡叙事艺术

钦努阿·阿契贝

Chinua Achebe   1930—2013

作家简介

钦努阿·阿契贝（Chinua Achebe，1930—2013），尼日利亚伊博族人，著名小说家、诗人、评论家，非洲现代文学的奠基人，作品被译为几十种语言行销世界，2007年获布克国际文学奖（Man Booker International Prize），被誉为"现代非洲文学之父"。

1930年11月15日，阿契贝在尼日利亚东南部的奥吉迪（Ogidi）镇出生。他的祖父是当地酋长，信仰本土宗教，但父母均改宗基督教。阿契贝童年时即受非欧两种文化影响，曾自谓是站在文化十字路口的人。1936年，阿契贝到圣菲利浦斯中心学校（St. Philips' Central School）读书。他的学业成绩特别优秀，中学毕业时获全额奖学金进入伊巴丹大学学院（University College Ibadan，伦敦大学分校）学习医学。大学期间，阿契贝对欧洲文学作品，特别是约瑟夫·康拉德（Joseph Conrad）的《黑暗的心》（Heart of Darkness，1902）、乔伊斯·卡里（Joyce Cary）的《约翰逊先生》（Mister Johnson，1939）等小说中对非洲人的丑化异常不满，遂弃医从文并因此失去奖学金，幸有公务员兄长帮助才得以完成学业。

1957年，阿契贝成为大学学院的首届毕业生。毕业后，他做过四个月的教师，后到拉各斯为尼日利亚广播公司（Nigerian Broadcasting Service）工作。1967年尼日利亚内战爆发。战争期间，阿契贝坚定地支持伊博人建立的比亚夫拉（Biafra）共和国，被任命为比亚夫拉大使；战争结束后，因痛心于尼日利亚的政治腐败与精英主义，他愤而退出政坛，在尼日利亚大学（University of Nigeria）非洲研究所担任研究员。阿契贝在美国马萨诸塞大学（University of Massachusetts）访学四年，归国后任尼日利亚大学英语教授。1990年，阿契贝因车祸致残，之后主要在美国高校任教，直至2013年去世。

阿契贝的文学成就很多，但主要成就是长篇小说。他用现实主义笔法生动地描绘了殖民统治下非洲的社会变迁史。处女作《瓦解》（Things Fall Apart，1958）以20世纪初伊博传统村社为背景，在书写主人公奥贡喀沃个人命运悲剧的同时，也书写了非洲传统社会分崩离析的集体悲剧。这部作品表现了非欧文化碰撞对尼日利亚的重大影响，奠定了非洲文学的底色，成为日后诸多非洲文学作品的引领者。阿契贝后来陆续创作了《再也不得安宁》（No Longer at

Ease, 1960）、《神箭》（*Arrow of God*, 1964）、《人民公仆》（*A Man of the People*, 1966）、《荒原蚁丘》（*Anthills of the Savanna*, 1987）等长篇小说作品。从殖民入侵，到殖民统治，到独立建国，到军事独裁，这些小说对尼日利亚近百年的社会变迁进行了"史诗"般的书写，因而常被学者作整本研究，被称为尼日利亚"三部曲""四部曲"甚至"五部曲"。

除长篇小说外，阿契贝还创作了大量短篇小说、诗歌、散文、论文与儿童文学作品。

阿契贝为非洲文学的发展做出了卓越贡献。他两次筹组尼日利亚作家协会，大力推动尼日利亚文学发展；多次获得包括尼日利亚创作奖、莲花奖、英联邦诗歌奖、布克奖、德国书业和平奖等在内的多个国内外文学奖项，为非洲文学赢得了国际声誉。自20世纪60年代起，他先后向海涅曼（Heinemann）出版公司推荐了包括恩古吉·瓦·提安哥（Ngugi wa Thiong'o）、弗洛拉·恩瓦帕在内的多位非洲作家，并担任海涅曼非洲作家系列丛书总主编。从出版第一部作品恩古吉的《孩子，你别哭》（*Weep Not, Child*, 1964）开始，这部丛书共出版了约100部优秀作品，让非洲文学在世界范围内获得更广泛的传播。1971年，阿契贝协助创办《奥基凯》（*Okike*）与《恩苏卡视界》（*Nsukkascope*，大学出版物）杂志，加上后来的《伊博世界》（*Uwa Ndi Igbo*）杂志，阿契贝为非洲文学发出自己的声音不断开辟新的阵地。

阿契贝具有强烈的社会责任感，坚决反对西方对非洲的污名化，持续激发非洲人民的文化自信。他在《新国家中的作家角色》（"The Role of the Writer in a New Nation", 1964）一文中指出："非洲人民并不是从欧洲人那里第一次听到文化一词。"他在《作为教师的小说家》（"The Novelist as a Teacher", 1965）一文中将写作视为启蒙人民、教育人民的手段，进而帮助非洲社会"重拾自信并祛除多年以来的污蔑诽谤和自我贬低情结"。有感于儿童读物充斥白人书籍、缺失非洲书写，他亲自撰写《契克过河》（*Chike and the River*, 1966）、《猎豹为什么有爪子》（*How the Leopard Got His Claws*, 1972）、《鼓》（*The Drum*, 1977）、《笛子》（*The Flute*, 1977）等儿童作品。为批判西方文学中的种族歧视无意识，他发表题为"一种非洲形象：康拉德《黑暗的心》中的种族主义"（"An Image of Africa: Racism in Conrad's *Heart of Darkness*", 1975)的演讲，批评康拉德为"彻头彻尾的种族主义者"。

阿契贝热爱非洲传统文化，一直试图让非洲经验成为非洲文学的中心。他在作品中使用了大量伊博俗语、谚语、习俗、神话或民间故事，但他并没有刻意美化非洲的历史与传统，而是积极探讨在当时情境下非洲向何处去、非洲文学向何处去的问题。

一如他对待英语的现实主义态度，阿契贝尊重现实、立足现实、书写现实，并努力改变这些现状。阿契贝坚持用英语书写非洲，并因此与奥比·瓦里（Obiajunwa Wali）、恩古吉等就非洲文学的语言问题展开激烈争论。阿契贝虽然用英语创作，但他的作品发出的无疑是非洲的声音。阿契贝毫不妥协地反对殖民主义、种族主义、帝国主义与军事独裁，具有坚定的非洲立场与鲜明的政治意识，为后殖民时代的非洲知识分子树立了榜样。

2013 年 3 月 21 日，阿契贝在美国去世。

作品节选

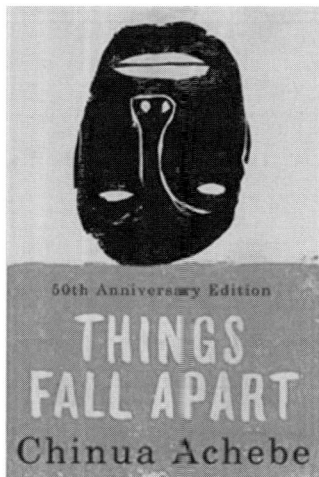

《瓦解》
（*Things Fall Apart*，1958）

When Unoka died he had taken no title at all and he was heavily in debt. Any wonder then that his son Okonkwo was ashamed of him? Fortunately, among these people a man was judged according to his worth and not according to the worth of his father. Okonkwo was clearly cut out for great things. He was still young but he had won fame as the greatest wrestler in the nine villages. He was a wealthy farmer and had two barns full of yams, and had just married his third wife. To crown it all he had taken two titles and had shown incredible prowess in two inter-tribal wars. And so although Okonkwo was still young, he was already one of the greatest men of his time. Age was respected among his people, but achievement was revered. As the elders said, if a child washed his hands he could eat with kings. Okonkwo had clearly washed his hands and so he ate with kings and elders. And that was how he came to look after the doomed lad who was sacrificed to the village of Umuofia by their neighbours to avoid war and bloodshed. The ill-fated lad was called Ikemefuna. [1]

乌诺卡去世时什么头衔也没得到，只落得一身重债。他的儿子奥贡喀沃以他为耻，这还有什么好奇怪的吗？幸好，人们是按照一个人自身的价值来衡量人的，而不是按照他父亲的价值。很显然，奥贡喀沃是配做大事的。他还年轻，却已经是九个村子闻名遐迩的最了不起的摔跤手。他是一个富裕的农民，有两个装满木

---

① Chinua Achebe, *Things Fall Apart*, London: Penguin Books, 2001, pp. 6-7.

薯的粮仓，刚讨了第三房妻子。尤其难得的是，他已经得到了两个头衔，还在两次氏族间的战斗中表现出了无比的英勇。所以，尽管奥贡喀沃还很年轻，他已经是当代最伟大的人物之一了。在他的族人中，年龄是被敬重的，但是成就更受尊崇。诚如长者所言，一个孩子只要把手洗干净，就可以同国王一道吃饭。奥贡喀沃把手洗得干干净净，所以他可以同国王和长者一道吃饭，而当邻村为了避免战争和流血把一个孩子送给乌姆奥菲亚作牺牲时，也就由他来看管这个命中注定要遭难的孩子。这不幸的孩子名叫伊克美弗纳。①

（高宗禹 / 译）

---

① 钦努阿·阿契贝：《这个世界土崩瓦解了》，高宗禹译，海口：南海出版公司，2014 年，第 8-9 页。

作品评析

《瓦解》中的死亡叙事艺术

引　言

　　"死亡叙事"是 21 世纪中国文艺批评界涌现出来的学术新词。从叙事学的角度看，"死亡叙事"包含两层含义：一是故事层面的死亡；二是话语层面的死亡。故事层面的死亡把文学文本中的死亡事件和死亡意象作为研究对象，解读其承载的思想内涵和文化意蕴；话语层面的死亡则是考察死亡事件和死亡意象在文本中的叙事功能。前者是叙事客体，把死亡作为叙事对象和叙事内容，后者把死亡作为叙事工具和叙事手段，两者相辅相成，共同构成文艺作品中的死亡美学。目前，我国学界有关死亡叙事的著述基本上只将故事层面的死亡作为研究对象，忽略了叙事话语层面的死亡探究。

　　《瓦解》①是"非洲现代文学之父"尼日利亚著名小说家钦努阿·阿契贝的代表作，先后被翻译成 50 多种语言，全球销售逾千万册。②1990 年代以来，许多学者从后殖民与文化批评的角度解读该小说，但对其叙事艺术的研究则重视不足。在文本细读的基础上，本文从叙事学的视角解读《瓦解》中的死亡事件和死亡意象，旨在为话语层面的死亡研究撷取文本证词，同时也为解开《瓦解》的叙事密码提供文本依据。

---

① 该小说题名又译为"分崩离析""解体""崩溃""支离破碎""这个世界上崩瓦解了""黑色悲歌"。
② 题名"瓦解"取自该小说的第一个中文译本（高宗禹译）。数据出自《崩溃》一书封底的文字介绍，
　　参见齐诺瓦·阿切比：《崩溃》，林克、刘利平译，重庆：重庆出版社，2015 年。

一、死亡参与小说故事情节的演绎

《瓦解》以伊博族英雄奥孔克沃（Okonkwo）的悲剧命运为主线展开叙述，"采用传统悲剧小说的叙事结构，小说的第一部分描写英雄的成长及其家庭生活，第二部分描写英雄的流放生涯，第三部分描写英雄的死亡"①。罗伯特·M. 瑞恩（Robert M.Wren）认为，奥孔克沃的故事虽然是贯穿《瓦解》整体叙事的主要线索，但这条线索有悖于传统小说的叙事主线，因为《瓦解》绝大部分篇幅都在向读者传递非洲传统文化的背景信息，仅有极少部分篇幅对故事情节的发展演绎做出贡献。②为了方便论述，我们姑且把《瓦解》这种时不时从故事主线偏离的叙述手法称为"离心叙事"。

整体而言，《瓦解》的离心叙事极像中国的散文叙事，其特点是"形散而神不散"。简言之，《瓦解》的叙事无论"离心"多远，都未能脱离小说作者精心设计的故事主线。一方面，作家以奥孔克沃的故事为基点，肆意放飞一只只绚丽多姿的叙事风筝，向西方读者充分展示未被殖民者损毁的非洲文化景象；另一方面，他又能紧紧攥着并灵活操纵全部叙事风筝的引线，并总能在适当的时候及时收回处于天马行空状态的叙事风筝，让小说整体叙事沿着奥孔克沃的故事基线前进。或许，正因如此，隐藏在《瓦解》松散叙事框架下的主体情节结构才能显得那么错落有致、环环相扣。难怪有人认为《瓦解》中奥孔克沃的生命悲剧能与古希腊悲剧相媲美。③

---

① 杜志卿：《跨文化冲突的后殖民书写——也论〈瓦解〉的主题兼与黄永林、桑俊先生商榷》，《华侨大学学报》（哲学社会科学版），2010 年第 2 期，第 104 页。

② David Whittaker and Mpalive-Hangson Msiska, *Chinua Achebe's Things Fall Apart*, New York: Routledge, 2007, p. 7.

③ 参见齐诺瓦·阿切比：《崩溃》，林克、刘利平译，重庆：重庆出版社，2005 年，扉页媒体评论文字。

小说中艾求度(Ezeudu)葬礼上死者小儿子的死亡正是阿契贝用以操控《瓦解》"离心叙事"的一条重要"引线"。艾求度的死亡同小说主体情节发展的关系并不紧密，然而，在描写艾求度的葬礼时，阿契贝却丝毫不吝笔墨，他用了几乎整整一个章节进行叙述。葬礼的细节刻画得惟妙惟肖，令读者仿佛身临其境。可是，正当读者醉心于这场充满神秘异域色彩、饱含非洲文化符号的奢华葬礼时，艾求度小儿子的死亡事件却及时把读者拉回到文本现实中来，《瓦解》叙事因此重新回归奥孔克沃故事的情节主线。因此，如果说艾求度的葬礼是小说作者采用离心叙事手法放飞的一只文化叙事风筝，那么葬礼上艾求度小儿子的死亡事件则构成了这只风筝的引线，引线的端头始终牢牢攥在阿契贝手里。

单就事件本身而言，艾求度小儿子的死亡堪称《瓦解》中最为离奇的死亡之一：在艾求度的葬礼接近尾声时，奥孔克沃的枪管爆裂了，一块铁皮穿透了一个男孩的心脏。读者随即被告知，这个男孩是"死者（艾求度）十六岁的儿子，正在跟自己的同胞哥哥以及同父异母的兄弟们为父亲跳传统的告别舞蹈"[1]。必须指出，艾求度小儿子之前从未在小说中露面，第一次现身便遭遇死亡。作为小说人物，他是如此微不足道，作家甚至都没有交代他的名字。然而，从小说叙事情节建构的角度思考，他的死亡意义非凡。按照部落惯例，"杀死本族人是对土地女神犯罪，犯罪者必须从本地逐走"[2]。正是由于艾求度小儿子的意外死亡，小说主人公奥孔克沃才不得不开始他长达七年的背井离乡生活，其生命轨迹从此发生改变。正是由于该意外死亡事件，《瓦解》中有关艾求度葬礼的"离心叙事"方能戛然而止，读者的阅读视线方能迅速回归奥孔克沃故事的情节主线。

当然，艾求度小儿子死亡事件的文本意义绝不仅限于它有效促成了奥孔克沃命运的戏剧性转变。如果单单为了这一目的，参加艾求度葬礼的任何一个本族人无一例外都能承担并顺利完成作者的这一文本使命。也就是说，奥孔克沃的枪管爆裂后铁皮无论击中前来参加葬礼的哪一个，其"被迫逃亡"的命运都不会改变。作家之所以执意选择艾求度小儿子来助其完成小说这一关键性情节的"突转"，

---

[1] 参见 Chinua Achebe, *Things Fall Apart*, London: Penguin Books, 2001, pp. 90-91。文章中出自该小说引文的中译均参照了林克、刘利平的译本。

[2] Chinua Achebe, *Things Fall Apart*, London: Penguin Books, 2001, p. 91.

自然另有"隐情"。其实，作家似乎有意淡化了同艾求度小儿子有关的包括姓名在内的近乎全部信息，唯有三点例外：一是他的身份——艾求度的儿子；二是他的年龄——十六岁；三是他的性别——男孩。阿契贝这一颇为巧妙的淡化次要信息的叙事策略恰恰使得艾求度小儿子上述三个特征在小说文本中得到重点强化和有效凸显。结合以上三个特征，只要稍加联想，《瓦解》中"奥孔克沃杀子"事件中那位被杀的异族少年便会浮现在读者眼前。读者不会忘记，小说中正是艾求度本人代表乌姆阿非亚（Umuofia）部落山岗和洞穴之神向奥孔克沃正式宣布，必须处死与艾求度小儿子年纪相仿的异族男孩艾克梅夫纳（Ikemefuna）。艾求度曾经劝告奥孔克沃："那男孩（指艾克梅夫纳）管你叫爸爸，别参与他的死亡事件。"[1]奥孔克沃不听劝阻，亲自参与"杀子"事件。"这一违背人性的行为，导致了奥孔克沃的命运逆转，他的护体神灵开始抛弃他。"[2]这也解释了为什么在听闻艾求度死亡讯息的瞬间奥孔克沃竟会察觉到一丝不祥的征兆。文本交代，当艾可威（ekwe，一种空心木管乐器）传来艾求度去世的讯息时，奥孔克沃回忆起艾求度曾经对他的劝告，顿时感觉到"一股凉气从头降到脚"[3]。读者更不会忘记，在奥孔克沃亲手杀死艾克梅夫纳之后，他的好友奥别理卡（Obierika）对他未来命运做出的精准预言："……你所做的事情土地女神不喜欢。土地女神可能因为这种行为使整个家族彻底毁灭。"[4]在艾求度葬礼上，奥孔克沃意外杀死艾求度小儿子这件事最终触怒的恰恰正是伊博族至高无上的土地女神。

从表面上看，艾求度葬礼上艾求度小儿子的死亡事件纯属意外，但我们发现，艾求度小儿子的死亡结局绝不是一起单纯的意外事件。它显然被作家赋予了更为深刻的文本内涵，承担着极其丰富的叙事建构功能。种种迹象表明，该事件实际上是作家精心设计的《瓦解》叙事情节主线上极为重要的一环。它不仅使得小说文本有关艾求度葬礼的离心叙事同奥孔克沃的故事主线发生联系，充分体现了阿

---

① Chinua Achebe, *Things Fall Apart*, London: Penguin Books, 2001, p. 88.

② 陈榕：《欧洲中心主义社会文化进步观的反话语——评阿切比〈崩溃〉中的文化相对主义》，《外国文学研究》，2008 年第 3 期，第 162 页。

③ Chinua Achebe, *Things Fall Apart*, London: Penguin Books, 2001, p. 88.

④ Chinua Achebe, *Things Fall Apart*, London: Penguin Books, 2001, p. 49.

契贝成功控制文本叙事脉络走向的高超技艺，而且使得奥孔克沃"被迫逃亡"的命运转向同他亲自参与"杀子"的行为发生联系，并间接影射了小说主人公"此劫难逃"的希腊式悲剧英雄的命运。从这个意义上讲，艾求度葬礼上艾求度小儿子的死亡对于《瓦解》成功建构亚里士多德式合理、严密、统一的悲剧叙事情节着实功不可没。

二、死亡参与小说非洲文化符码的建构

与小说中围绕主人公奥孔克沃的命运而展开的主体情节相比，《瓦解》叙事中的"离心叙事"部分似乎让西方读者更为着迷。一位美国中学生在读完《瓦解》后，满怀感激地给作家去信说，小说令他心驰神往，因为通过阅读该小说，他"了解到非洲部落鲜为人知的风俗和迷信"①。尽管阿契贝本人对这类的评价颇有微词，认为它似乎带有一种白人与生俱来的高高在上的文化优越感，但我们不得不承认，《瓦解》中的"离心叙事"体现的正是阿契贝重塑非洲文化形象的"雄心"。众所周知，阿契贝对西方叙事中惯常丑化非洲的做法极为不满，故而他的创作绝非单纯的故事叙述，而是承载了一心努力打造非洲文化新形象的伟大民族情怀。《瓦解》的独特价值恰恰在于，它以非洲人自己的视角为西方读者呈现了一幅构思巧妙、色彩绚烂，饱含非洲传统符码的文化织锦。

小说中另一个主核心人物奥孔克沃的父亲尤诺卡（Unoka）的"离心式"死亡叙事正是阿契贝用于渲染非洲独特文化的一种策略。尤诺卡作为叙述学意义上的文本存在，完全是为了跟主人公奥孔克沃形成品格对照：尤诺卡驼背消瘦，奥孔克沃高大魁梧；尤诺卡忧伤憔悴，奥孔克沃冷酷坚毅；尤诺卡一事无成，奥孔克沃声名显赫；尤诺卡好逸恶劳，奥孔克沃勤奋实干；尤诺卡温顺平和，奥孔克沃粗暴嗜战。尤诺卡是奥孔克沃生理学意义上的父亲、社会学意义上的祖先，他一贫如洗、负债累累的失败者形象无疑强化和凸显了奥孔克沃白手起家、不畏艰

① Chinua Achebe, *An Image of Africa*, London: Penguin Books, 2010, p. 1.

难困苦、努力实现自我价值的奋斗历程。以上便是尤诺卡同小说故事主线紧密关联的主要文本功能。至于尤诺卡人生结局如何，最终死亡与否同小说故事情节的发展演绎着实无任何实质性的关联。但《瓦解》在讲述了有关尤诺卡一系列同奥孔克沃形成鲜明对照的生平轶事之后似乎意犹未尽，进而详细描述了尤诺卡的死亡经过：

尤诺卡注定是个命运多舛的人。他的护身神灵很糟糕。他死得很惨，连个坟墓都没有。他死于浮肿，而浮肿是土地神灵最厌恶的一种病。当一个人出现肚子里、四肢上的浮肿时，是不允许他死在屋里的。他必须被带到树林里，在那里慢慢死去。有个故事说一个很倔强的浮肿病人蹒跚着走回屋里，人们不得不把他再次拖回林子，绑在一棵树上。因为这种病是土地憎恨的，所以病人死了不能埋在地里面。他死后必须在离地面很远的空中烂掉，不能入土埋葬。那就是尤诺卡的结局。当人们把他带往树林时，他只带上了心爱的笛子。①

这段关于尤诺卡死亡的描写显然游离于小说情节主线之外，具有鲜明的"离心"特征。一方面，作为不再为小说情节发展发挥作用的文本角色，尤诺卡完全可以像"伟大的摔跤手"老猫阿马林兹（Amalinze）那样直接从文本中消失。②另一方面，尤诺卡在文本中现身伊始，读者就被告知，此人已于十年前不在人世了："他（指奥孔克沃）的父亲叫尤诺卡，已经过世十多年了。"③既然尤诺卡的死亡对小说故事情节的发展贡献不大，这样的单句叙述原本已经足够，根本无须展开叙述。那么，阿契贝缘何"画蛇添足"，执意要赋予尤诺卡一个如此凄惨的死亡结局呢？

尤诺卡的死亡叙事尽管偏离小说的情节主线，但在作家的"蓄意"干预下充盈着神秘的非洲传统文化符码。对尤诺卡的死亡描述中有这样的一句叙述尤其值

① Chinua Achebe, *Things Fall Apart*, London: Penguin Books, 2001, p. 14.

② 小说文本交代，阿马林兹是个了不起的摔跤手，从乌姆阿非亚一直到姆柏诺，七年内一直全胜，从来没有碰上过真正的对手。人们管他叫老猫，是因为他在摔跤过程中像猫一样脊背从来碰不到地面。就是这个杰出的人，在一次角力中输给了奥孔克沃。显而易见，阿马林兹的出场仅仅是为了衬托奥孔克沃在摔跤场上取得的无与伦比的成就。当阿马林兹的叙事功能发挥完毕，阿契贝就毫不客气地让他靠边站，此后再无现身。

③ Chinua Achebe, *Things Fall Apart*, London: Penguin Books, 2001, p. 3.

得关注："有个故事说一个很倔强的浮肿病人蹒跚着走回屋里，人们不得不把他再次拖回林子，绑在一棵树上。"①正是这句貌似无意而为之的文本插叙赋予了尤诺卡个体死亡事件以神秘的非洲群体文化意象。尤诺卡的死亡叙事不复是小说人物个体生命偶然性结局的文本书写，而是早已升格为非洲传统文化中某个社会群体必然性悲剧命运的诗意写照。我们读到这里，很难不被其折射出的极富神秘感的非洲文化传统所吸引，从而无暇顾及尤诺卡作为个体生命的多舛命运以及有关他的死亡叙事是否偏离了主体情节演绎轨道这件事了。可见，阿契贝执意给尤诺卡安排一个死亡结局是假，借机传递非洲独有的文化元素是真。尤诺卡的死亡事件因此担负着非洲文化符码建构之使命，扮演了非洲传统文化载体的角色。

与尤诺卡的死亡事件发挥类似叙事功能的还有我们在上文中提到的艾求度的死亡。艾求度是部落里德高望重的前辈，一生共获得三个头衔。就情节发展而言，艾求度的作用同尤诺卡相比似乎更加有限，他只是在部落遭遇重要事件时才有露脸和出场机会。可是，阿契贝却用了几乎一章的篇幅来介绍艾求度的葬礼。艾求度的葬礼尽管对小说核心情节建构贡献不大，却使西方读者有机会亲眼见证了有别于尤诺卡的伊博部落高层人物离世时的奢华礼仪。毋庸置疑，有关艾求度死亡叙事的"离心"特质之所以不会显得沉闷和乏味，同样是由于其承载的文化符码建构使命使然。艾求度葬礼俨然是作家为西方读者精心准备的一席饱含非洲独特元素的文化盛宴。艾求度的死亡事件在阿契贝的巧妙设计下同尤诺卡的死亡事件一起向读者成功展现了一幅全方位、多层次的非洲文化图卷。

三、死亡参与小说同《圣经》的互文性仿写

谈到阿契贝重构非洲文化叙事的雄心时，威泰克尔和姆志卡曾指出，阿契贝明确地向已经深入人心的西方文学经典话语发起挑战和反击，在他的小说《瓦解》

---

① Chinua Achebe, *Things Fall Apart*, London: Penguin Books, 2001, p. 14.

中，"非洲被置于殖民历史语境的中心，帝国主义的欧洲成了入侵的外来者"①。这一论断的潜在内涵是：《瓦解》的文本叙事整体上是以西方经典文本为"反向参照"而实现的互文性建构。尹内斯也指出，《瓦解》在情节上是对乔伊斯·凯瑞小说《约翰逊先生》（*Mister Johnson*）的讽拟，在主题上更是对《约翰逊先生》针锋相对的叙事性反驳。②尹内斯发现，凡是凯瑞对于非洲文化的刻画有失真之处，阿契贝均努力再现伊博文化、社会和宗教的复杂性和丰富性。需要特别一提的是，《瓦解》的题名"Things Fall Apart"出自英国诗人叶芝的著名诗篇《基督重临》（"The Second Coming"），并且在《瓦解》的故事开始之前，阿契贝巧妙地摘抄了这首诗的部分诗句作为题引。这是作家有意设置的一个"文化对等性"的游戏：非洲传统社会的瓦解与西方文明的没落一样，都是受限于时空的变换而非文化之优劣。③

但如果说，阿契贝对于西方文明的态度一向是敌对的、势不两立的，那未免显得过于武断。这样的结论同阿契贝双重的文化身份也是明显不相符的。阿契贝是在西方基督教文化和非洲传统文化发生碰撞和相互杂糅的文化背景下成长起来的尼日利亚作家。他出生在一个深受西方基督教文化影响的家庭，祖父母一直都是虔诚的基督徒，父亲也在年轻时就皈依了基督教。与此同时，他又生活在一个依然坚守非洲文化传统的伊博社区里，那里的人们信奉非洲传统宗教，举行非洲传统仪式，欢庆非洲传统节日。就这样，在两种截然不同的文化的交替熏陶下，阿契贝开始了自己的创作生涯。作为非洲伊博族的一员，他肩负着重构已然被殖民者严重破坏的非洲文化传统的重任；作为接受过西方文化洗礼的精英分子，他又无法同那些盲目煽动一种简单的民族自豪感和仇外情绪的民族主义作家形成统一战线。"杂糅"的文化身份使他"既反对用欧洲的模式思考自己的国家，将欧洲文明等同于现代化的进步，也拒绝对非洲文化进行美化，采取无条件的肯定态

① David Whittaker and Mpalive-Hangson Msiska, *Chinua Achebe's Things Fall Apart*, New York: Routledge, 2007, p. 18.

② David Whittaker and Mpalive-Hangson Msiska, *Chinua Achebe's Things Fall Apart*, New York: Routledge, 2007, p. 20.

③ Neil T. Kortenaar, "How the Centre is Made to Hold in *Things Fall Apart*", Michael Parker and Roger Starkey, eds., *Postcolonial Literatures: Achebe, Ngugi, Desai, Walcott*, London: Macmillan Press Ltd., 1995, p. 34.

度"①。鲍尔指出，《瓦解》在努力重构前殖民时代非洲文明伊甸园的同时，较为客观地记录了伊博社会的"内部分裂"和"结构弱点"。②有关奥孔克沃的养子艾克梅夫纳的死亡叙述构成了小说文本对于西方文学、宗教圣典《圣经》中亚伯拉罕杀子献祭情节的互文性仿写。这一互文性仿写绝非阿契贝对西方文明的简单对抗，而是他对于自身文明的较为客观的深层次反思。

　　艾克梅夫纳原属姆贝诺（Mbaino）部落，只因他的生身父亲参与杀害了乌姆阿非亚部落的一个女人，才被作为战利品带往乌姆阿非亚部落，暂住在奥孔克沃家里。三年来，他跟奥孔克沃之间建立起一种微妙的父子关系。他管奥孔克沃叫父亲，奥孔克沃也常常把他当作长子使唤。三年后的某一天，部落长老艾求度传话说，乌姆阿非亚部落山岗和洞穴之神已决定要处死艾克梅夫纳，并劝说奥孔克沃不要参与此事。奥孔克沃不听劝告，执意参与且亲手杀死了艾克梅夫纳。这便是我们前面提到过的"奥孔克沃杀子"事件的全过程。其实，奥孔克沃杀子祭神的故事本身并不重要，重要的是它同《圣经》中亚伯拉罕杀子献祭的故事形成仿写性互文。两则故事至少以下五个方面非常相似：一是被献祭的对象都是神赐的儿子；二是被献祭的儿子均获得父亲钟爱；三是杀子献祭都是奉了神的旨意；四是被献祭者都不知情；五是被献祭者都被带往神指定的地点。两则故事的不同之处在于：一是献祭者对神的忠诚度不同。亚伯拉罕是真心要亲自把以撒献给上帝，而奥孔克沃执意亲手杀死艾克梅夫纳只是为了证实自己不软弱。二是献祭者的结局不同。亚伯拉罕最终没有失去自己的儿子，一生都受到上帝的赐福和眷顾，而奥孔克沃不仅为自己的杀子行为懊悔不已，且最终被他的神灵所抛弃。显然，"亚伯拉罕杀子献祭"构成了"奥孔克沃杀子祭神"的隐性文本。如果说前者是西方基督教文化的微观缩影，那么后者便是非洲传统文化的诗意呈现。亚伯拉罕对基督教上帝的绝对信任和无间关系同奥孔克沃与伊博神灵之间的信任危机构成的反讽性文本张力，不仅暴露了非洲文化内在的不稳定性，而且预示了伊博文明

---

① 陈榕：《欧洲中心主义社会文化进步观的反话语——评阿切比〈崩溃〉中的文化相对主义》，《外国文学研究》，2008 年第 3 期，第 167 页。

② John Clement Ball, *Satire & the Postcolonial Novel: V. S. Naipaul, Chinua Achebe, Salman Rushdie*, New York & London: Routledge, 2003, p. 11.

将会从自身内部分崩离析的命运。小说以叠加故事的叙事方式将两种文化进行互文性并置，显然不是对非洲丰富文化传统的诗意炫耀，而是阿契贝在重构非洲传统文化叙事框架下巧妙设置的针砭非洲传统文化弊端的批评话语。阿契贝借用艾克梅夫纳的死亡所阐发的自然也不是对于西方基督教文化殖民本质的仇恨和批评，而是对于非洲传统文化在西方殖民侵略的铁蹄下发生瓦解的深层次文化思考。

由此可见，与作家"杂糅"的文化身份相一致，《瓦解》同西方经典文本的互文性建构同样具有双重性：一方面，通过对《约翰逊先生》的互文性反驳以及对《基督重临》的互文性移植，阿契贝完成了作为伊博民族一员对西方殖民话语的文本性颠覆和对非洲文化传统的叙事性重构；另一方面，通过对亚伯拉罕杀子献祭故事的互文性仿写，阿契贝完成了作为深受西方文化尤其是基督教文化影响的尼日利亚作家对于自身文化弊端的书写性批判。从这个意义上讲，艾克梅夫纳死亡事件对于《瓦解》极为独特的双重叙事建构模式而言，不仅必不可少，而且贡献卓越。

（文 / 厦门大学 张武 华侨大学 杜志卿）

第七篇

阿契贝小说《再也不得安宁》中的
饮食碰撞与文化杂合

作品节选

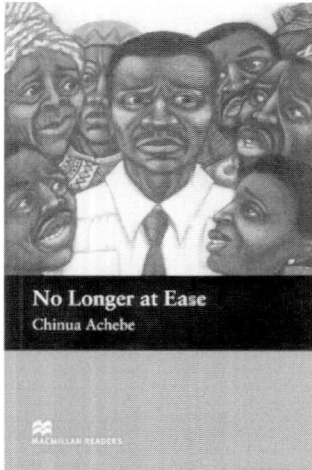

《再也不得安宁》
(*No Longer at Ease*, 1960)

Then he turned to the young man on his right. "In times past," he told him, "Umuofia would have required of you to fight in her wars and bring home human heads. But those were days of darkness from which we have been delivered by the blood of the Lamb of God. Today we send you to bring knowledge. Remember that the fear of the Lord is the beginning of wisdom. I have heard of young men from other towns who went to the white man's country, but instead of facing their studies they went after the sweet things of the flesh. Some of them even married white women." The crowd murmured its strong disapproval of such behaviour. "A man who does that is lost to his people. He is like rain wasted in the forest. I would have suggested getting you a wife before you leave. But the time is too short now. Anyway, I know that we have no fear where you are concerned. We are sending you to learn book. Enjoyment can wait. Do not be in a hurry to rush into the pleasures of the world like the young antelope who danced herself lame when the main dance was yet to come." [1]

But the story that Obi came to cherish even more was that of the sacred he-goat. In his second year of marriage his father was catechist in a place called Aninta. One of the great gods of Aninta was Udo, who had a he-goat that was dedicated to him. This goat became a menace at the mission. Apart from resting and leaving droppings in the church, it destroyed the catechist's

---

[1] Chinua Achebe, *No Longer at Ease*, London: Heinemann, 1963, pp. 10-11.

yam and maize crops. Mr Okonkwo complained a number of times to the priest of Udo, but the priest (no doubt a humorous old man) said that Udo's he-goat was free to go where it pleased and do what it pleased. If it chose to rest in Okonkwo's shrine, it probably showed that their two gods were pals. And there the matter would have stood had not the he-goat one day entered Mrs Okonkwo's kitchen and eaten up the yam she was preparing to cook—and that at a season when yam was as precious as elephant tusks. She took a sharp matchet and hewed off the beast's head. There were angry threats from village elders. The women for a time refused to buy from her or sell to her in the market. But so successful had been the emasculation of the clan by the white man's religion and government that the matter soon died down. Fifteen years before this incident the men of Aninta had gone to war with their neighbours and reduced them to submission. Then the white man's government had stepped in and ordered the surrender of all firearms in Aninta. When they had all been collected, they were publicly broken by soldiers. There is an age grade in Aninta today called the Age Group of the Breaking of the Guns. They are the children born in that year. [1]

　　然后，他转向坐在他右首（边）的年轻人，说："从前，乌姆奥菲亚会要你为她而战，带回敌人的首级。但我们已经远离了那黑暗的时代，被上帝羔羊的鲜血所拯救。现在，我们派你去学知识。记住，敬畏上帝就是智慧的开端。我听说，有些其他镇子的年轻人到白人的国家后无心向学，而是追求肉体享乐。他们中有些人甚至跟白种女人结了婚。"听众们低声咕哝着，表示对这种行为极端反对。"那种人不再属于他的族人。他就像浪费在林中的雨。我本来想建议在你走之前给你找个老婆的。但现在时间太短了。不管怎样，我知道我们不用担心你。我们是派你去那儿学知识的。享受可以以后慢慢来。不要像主舞曲还没到就把自己跳瘸了的小羚羊那样，太急于享受尘世间的乐趣。"[2]

---

① Chinua Achebe, *No Longer at Ease*, London: Heinemann, 1963, pp. 165-166.

② 钦努阿·阿契贝：《再也不得安宁》，马群英译，海口：南海出版公司，2014年，第11页。

但奥比更喜欢那个关于神圣公山羊的故事。结婚的第二年，他父亲在一个叫阿尼塔的地方做传教士。那里有一位伟大的神名叫乌多，有人献了只公山羊给他。这只山羊成了教区的祸害。除了在教堂里休息和拉屎外，它还毁了传教士的甘薯和玉米。奥贡喀沃先生向乌多的祭司抱怨了很多次，但祭司（无疑是个幽默的老人）说，乌多的公山羊可以想去哪儿就去哪儿，想干什么就干什么。如果它选择在奥贡喀沃的神龛上休息，很可能说明他们俩的神是好朋友。要是这只山羊没有到奥贡喀沃夫人的厨房去，把她正准备下锅的甘薯——在那个季节，甘薯和象牙一样珍贵——吃光的话，这个问题就一直得不到解决。奥贡喀沃夫人拿了把锋利的砍刀，把羊头砍了下来。村里的老人威胁她，妇女们有段时间不从她那里买东西，也不把东西卖给她。但受白人的宗教和政府力量的影响，氏族的势力当时已大不如前，这件事很快就平息下来。在这件事发生的十五年前，阿尼塔人跟邻居们打仗并挨个降服了他们。后来，白人政府干预了战局，下令阿尼塔人上交所有武器。缴来的武器被士兵们当众销毁。如今，阿尼塔还有一群人属于销毁枪炮年龄组。他们都是那一年出生的小孩。[1]

（马群英 / 译）

---

① 钦努阿·阿契贝：《再也不得安宁》，马群英译，海口：南海出版公司，2014 年，第 181-182 页。

作品评析

《再也不得安宁》中的饮食碰撞与文化杂合

引　言

在非洲英语文学中，尼日利亚英语文学发展迅速且成就显著，出现了一大批非洲英语文学作家。钦努阿·阿契贝是尼日利亚著名小说家、诗人和评论家，被誉为"非洲现代文学之父"。朱振武称阿契贝为"非洲的发声者"[①]。阿契贝童年时期在奥吉迪的教会学校接受小学教育，很小就开始学习英语。阿契贝曾公开支持在非洲人的作品中使用殖民者的语言："放弃母语是否正确？这似乎是一种可怕的背叛，产生强烈的负罪感。可是我别无选择。我被迫使用这种语言，我也愿意使用这种语言。"[②]他在用英语创作的生涯里先后发表了被世人称为"尼日利亚四部曲"的《瓦解》《再也不得安宁》《神箭》和《人民公仆》。其中阿契贝于1958年发表的第一部小说《瓦解》讲述了一位尼日利亚伊博族部落英雄跌宕起伏的个人历程和悲惨的命运结局，为我们展示了西方殖民者入侵尼日利亚前后的社会现实。阿契贝在该小说创作中不仅塑造了有血有肉的人物形象，还对伊博族部落的传统饮食文化作了许多描述，为读者打开了尼日利亚传统饮食文化的大门。时隔两年后发表的《再也不得安宁》在讲述了西方殖民入侵尼日利亚后第三代人的故事的同时，也探讨和思考了西方饮食文化带给当地人的冲击及其与本土饮食文化的碰撞。

---

① 朱振武：《钦努阿·阿契贝：非洲的发声者》，《文艺报》，2018年8月8日，第7版。
② 转引自陶家俊：《语言、艺术与文化政治——论古吉·塞昂哥的反殖民思想》，《外国文学》，2006年第4期，第61页。

一、传统饮食文化的日异月殊

《再也不得安宁》中的主人公奥比是一个有着英国留学经历的伊博族青年，归国后的他在英国殖民政府部门有一份不错的工作，还有一位漂亮的未婚妻，本想要有一番抱负的他，最终却因为贪污受贿失去了一切。小说还通过具体的饮食文化习俗的碰撞书写，从侧面反映了阿契贝对于西方文化入侵的警惕，也在小说故事情节的推进中展现了当时尼日利亚新青年在文化冲击下的艰难探索与挣扎。

在阅读小说《再也不得安宁》后，细心的读者会发现阿契贝对饮食文化不再像《瓦解》里那样花费大量笔墨，因为在这篇小说的时代背景中，尼日利亚传统文化已经深受西方殖民文化的影响，以至于当地的传统饮食文化开始逐渐走向没落并且产生出一种"西—非"（西方与非洲）结合的现象。例如阿契贝小说中频繁出现的柯拉果，它本是西非人民最为喜爱和最为看重的果品。特别是伊博族，将其视为生命之果，认为它是可以解决一切问题的万能之物。因而在食用前还会有向祖先或者神灵祈祷的仪式。即便是如此具有珍贵意义的食品，也未能在西方饮食文化的冲击下幸免。《再也不得安宁》这部小说就从多处反映了柯拉果逐渐失去其历史地位与民族意义的过程。

首先，吃柯拉果的仪式出现了西—非结合的特征。在小说《再也不得安宁》的第一章中，柯拉果第一次出现是在乌姆奥菲亚进步协会召开的关于奥比贪污案的会议上，"主席做了短暂的祷告后拿出三个柯拉果"[1]。随即，这群进步协会的成员集体面对这三枚柯拉果进行祷告。需要值得注意的是在文中他们祷告之后都说了"阿门"[2]，由此可见这些乌姆奥菲亚进步协会的成员都是信仰基督教的。由于宗教信仰的原因，这些成员并没有像他们前一代人那样向自己民族的神灵或者

---

① 钦努阿·阿契贝：《再也不得安宁》，马群英译，海口：南海出版公司，2014年，第6页。
② 钦努阿·阿契贝：《再也不得安宁》，马群英译，海口：南海出版公司，2014年，第7页。

祖先进行祈祷，在此，吃柯拉果前举行的传统祷告仪式已发生了改变。主人公奥比的父亲以撒在这一点上表现得更为突出。以撒是基督教传教士，他认为吃柯拉果的仪式必须按基督教的方式进行，这使同族人误认为他家人不吃柯拉果了。在小说中，他的解释是，"我们吃柯拉果……但不拿柯拉果去拜神"①。在以撒看来，身为基督徒的伊博人可以吃柯拉果，但绝不会拿着柯拉果去祭拜和供奉异教的神灵，而这个所谓异教的"神灵"就是尼日利亚传统民间神话中的那些神，这说明以撒把基督教作为信仰的宗教，而把尼日利亚传统崇拜看成是异教。紧接着在以撒家做客的奥多格乌知道了以撒对食用柯拉果的态度后，在接下来吃柯拉果前的祷告是这样的："以耶稣基督的名义，保佑这个柯拉果，吃了它能对身体有益。起初如何，最后亦然。阿门。"②这是属于基督教式的祷告，以撒很满意，认为这才是正确食用柯拉果的仪式，并且乘机建议奥多格乌皈依基督教。除去这两个细节描写外，柯拉果在阿契贝的小说中还出现了多次。在阿契贝第一部小说《瓦解》中，吃柯拉果时还有两样必不可少的物品：胡椒和白石灰。例如乌诺卡给前来讨债的客人拿出柯拉果时是这么描述的，"里面盛着一个柯拉果、一点胡椒和一块白石灰"③。胡椒是用来作调味剂的，白石灰"是人人家中都预备着给客人们在吃柯拉果之前在地上画线用的。"④。但在《再也不得安宁》这部小说中，几次重要的仪式上却并没有出现白石灰和胡椒，原因无他，正是受基督教的影响，传统吃柯拉果的饮食文化已经出现了西—非结合的特征。

其次，柯拉果已淡出人们的观野，逐渐被边缘化。在伊博人的传统饮食文化中，到他人家里拜访做客，主人首先会拿出柯拉果招待客人，但是在文本中以奥比为代表的新一代伊博年轻人中，柯拉果并不是招待客人的必备之物。例如奥比去同乡约瑟夫家住的那几天，约瑟夫并没有拿出柯拉果来招待奥比，或许他家里本就没有柯拉果；还有奥比和女友克拉拉受邀前去国务大臣奥阔里家拜访，身为尼日利亚人的奥阔里面对同族人的到来，也是没有拿出柯拉果或者棕榈酒等传统饮食

① 钦努阿·阿契贝：《再也不得安宁》，马群英译，海口：南海出版公司，2014年，第55页。
② 钦努阿·阿契贝：《再也不得安宁》，马群英译，海口：南海出版公司，2014年，第56页。
③ 钦努阿·阿契贝：《瓦解》，高宗禹译，重庆：重庆出版社，2008年，第5页。
④ 钦努阿·阿契贝：《瓦解》，高宗禹译，重庆：重庆出版社，2008年，第66页。

来招待，而是询问他们喝什么酒，并命令仆人端上来了雪莉酒、啤酒，以及自己要喝的掺了苏打的威士忌；小说后半部分，寻求奥比帮助的马克小姐到奥比家的时候，奥比也没有拿出柯拉果招待她，反而是问她"来杯可口可乐怎么样？"① 很显然，青年一代的伊博人，已经完全不重视传统饮食文化了，相反他们更偏向于西方的饮食文化。以柯拉果为代表的传统食物已被年轻人所冷落，它们正逐渐退出中心地位。

二、本土饮食文化的变迁之因

上文梳理了小说《再也不得安宁》中以柯拉果为代表的传统饮食文化的变迁，而导致这类传统饮食文化产生变迁的原因是多样的。殖民者一方面在不断鼓吹自己的文化是多么的优越，另一方面又通过种种形式打压当地的传统文化。当面对西方文化时，传统文化处于劣势，年轻人面对多样的西方饮食选择，自然而然地投入西方的怀抱，抛弃了本民族的传统饮食习惯。

非洲国家被殖民的历史往往都有相似之处。以尼日利亚为例，在 19 世纪末 20 世纪初，英国便在此建立殖民地，在政治、经济、文化等方面进行殖民统治，因而在某种意义上可以说，尼日利亚是非洲大陆上一个典型的殖民地。小说中的主人公经常活动的场所大都是在尼日利亚最大的城市拉各斯。拉各斯作为西部重要的港口早就被殖民者盯上，这里也是英国在尼日利亚建立起的第一块殖民地，② 因此这座城市受到殖民文化的影响和冲击格外大。《再也不得安宁》发表于 1960 年，时值尼日利亚宣布独立，而作品讲述的故事时间正是尼日利亚独立的前夕。此时，拉各斯的政治、经济、文化等已经深深地打上了殖民烙印，甚至许多生活习俗也已经完全西化，恰如主人公奥比早年间所听闻的那样，"那旦没有黑夜……因为晚上的电灯像太阳一样耀眼……只要一招手，一辆小汽车就会为你停下来"③。该

---

① 钦努阿·阿契贝：《再也不得安宁》，马群英译，海口：南海出版公司，2014 年，第 98 页。
② 参见张象、姚西伊：《论英国对尼日利亚的间接统治》，《西亚非洲》，1936 年第 1 期，第 26 页。
③ 钦努阿·阿契贝：《再也不得安宁》，马群英译，海口：南海出版公司，2014 年，第 14 页。

城市作为英国在非洲的第一块殖民地，城市的基础设施完善，交通发达，到处都充斥着西方殖民文化的影子。在饮食这一方面，也有大量的西方饮食涌入尼日利亚，像冰啤、可口可乐、小面包、威士忌、香槟等。这些外来饮食不仅出现在各类餐厅，也成为尼日利亚人日常餐桌上必不可少的饮食。主人公奥比回国后与好友约瑟夫在一家据称是叙利亚人实则为英国人开的餐厅吃饭，奥比想吃传统食物，于是向朋友咨询这家店是否有尼日利亚菜，可是小说中提到"稍微有点儿档次的餐厅都不供应尼日利亚菜"[①]。文中的这些高档餐厅自然是西方殖民者所经营的，而这些西方经营者的目的就是向尼日利亚地区输出其饮食文化，进而对当地饮食文化进行打压、管控。高档餐厅不提供尼日利亚菜，表明当地饮食不被西方人认可，而用西方的标准来衡量本土传统饮食文化的结果就是自我贬低，丧失自信。

除了殖民入侵对饮食文化产生影响外，最主要的还是被殖民者——尼日利亚本土人民——对这些西方外来文化的接受。当英国殖民者将他们的文化带到这片土地上时，尼日利亚人不得不转变观念，由最初的抵抗到后来接受这些有别于自身传统文化的"先进"文化。美国的马克思主义者弗·杰姆逊（Fredric Jameson）指出"第一世界掌握着文化输出的主导权……强制性地灌输给第三世界，而处于边缘地位的第三世界文化则只能被动接受"[②]。以主人公奥比为例，他从小接受的就是英式教育，随后又去英国留学三年。集资送奥比去往英国的是乌姆奥菲亚进步协会，而这群进步协会成员都是信仰基督教的尼日利亚人。文中的这些迹象都表现出尼日利亚本土人民已经完全接受英国殖民者带来的文化，他们深受熏陶，在日常生活方式上都有西化的痕迹。拉各斯是个西化的花花世界，而西方文化以更多的选择方式诱惑着青年一代。他们穿着打扮西化，接受西式教育、宗教信仰，日常吃喝玩乐等都靠近西方文化。

---

① 钦努阿·阿契贝：《再也不得安宁》，马群英译，海口：南海出版公司，2014 年，第 37 页。

② 转引自朱立元（主编）：《当代西方文艺理论》（第三版），上海：华东师范大学出版社，2014 年，第 364 页。

三、饮食文化体现的西－非汇流

《再也不得安宁》这部小说中，西方殖民文化大范围覆盖在尼日利亚这片土地上和人们的心中，当地民众深受西方殖民文化影响，形成法农所说的"黑皮肤，白面具"的自卑情结，他们选择两种饮食文化时会不由自主地偏向于西方。但是随着非洲民族主义崛起，"黑人性"（Négritude）得到宣扬，非洲人开始重新评价自己的传统文化，重新审视传统饮食文化。奥比这一代年轻人，在小说中被称为新时代的"先锋"①，虽自幼接受西方殖民教育并一路沐浴在西方文化下，但他们也逐渐向本民族的传统饮食文化靠拢，下面通过小说部分内容分析关于先锋者们对于传统饮食文化的态度。

"克里斯托弗承认说，一边从伊古丝汤里抓出一大块肉。"他们用手吃甘薯泥了，"一个重要的原因是这样吃味道更好。更重要的原因是，他们不再像第一代人那样害怕别人说他们不文明"。②

以上是小说中关于年轻一代在"吃"方面的描写：回国后的奥比与好友克里斯托弗在家里吃饭的场景。他们接受的是西方教育，却直接用手抓着吃传统食物。对于用手作者也给出了两个原因，其中最重要的就是他们不觉得用手吃会显得不文明，这就表明他们又开始向传统饮食文化回归。小说中另有一处是在晚餐时分，奥比与好友克里斯托弗招待两位爱尔兰女孩吃了非常辣的油炸大蕉果，在这里他们带爱尔兰女孩吃的不是西方饮食而是作为传统美食的油炸大蕉果。也间接体现出奥比这代人对自己的传统饮食文化充满了自信，并开始对外输出。

除了吃以外，再来分析小说中的"喝"。例如，与传统棕榈酒相比他们的酒桌上放得更多的是冰啤、果汁等其他饮料。阿契贝在描述奥比这一代人喝酒的场

---

① 钦努阿·阿契贝：《再也不得安宁》，马群英译，海口：南海出版公司，2014年，第80页。
② 钦努阿·阿契贝：《再也不得安宁》，马群英译，海口：南海出版公司，2014年，第22页。

景时，几乎没有一位饮用传统的棕榈酒，他们似乎已经忘记了什么是棕榈酒。用小说中的一句话概括地讲，"拉各斯的棕榈酒根本就不是酒而是水——已经被无限制地稀释过"①。棕榈酒质量的降低是它失去饮用者的主要原因，被稀释的棕榈酒带不来往日先辈们享用时的感受，如今喝棕榈酒简直就是在做低贱的事情，年轻人已经彻底接受了西方的酒水。

"想喝点儿什么？女士优先，这是白人带来的规矩。我尊重白人……果汁？肯定没有！我家里没人喝果汁……给小姐拿瓶雪利酒。""啤酒？要不来点儿威士忌？""我不喝烈性酒。"奥比说，"很多从国外回来的年轻人都这样。"②

以上这段是奥比带着克拉拉受邀前往国务大臣奥阔里家中做客时的对话场景。奥阔里身为尼日利亚人，待客之道却是西方化的。即使主要目的是来喝酒，提供的酒也都是西方的酒水，没有传统的棕榈酒，这也是小说所反映的一个不争的事实，即部分西方饮食文化已完全融入当地群众的生活中，类似于这种酒水的选择他们更偏向于西方。通过描写小说中这一代人对于饮食文化态度的双重性——"既有传统亦有西方"，阿契贝表达了自己对于两种文化的态度是不偏向任何一方的，"既不从前景也不从背景，而是从中间立场来看待事物"③。也正如学者詹穆罕穆德（Abdul R. JanMohamed）对阿契贝这种立场所作的总结性阐释："非洲文学的共同作用在于否定欧洲文化，重建非洲传统文化。我以为阿契贝将这两种文化并置，减少偏执一端的冲突。但最终的结果是这两种文化必须一直保持和平相处。"④

虽然一开始尼日利亚的传统饮食文化在西方殖民文化的冲击之下，遭到"打压"直至走到没落的边缘，但是传统饮食文化仍旧源远流长且在本土群众的内心里根深蒂固，就如阿契贝笔下深受西方教育模式浸润的新一代尼日利亚青年，在饮食文化的选择上并不持全盘西化的态度，而是适当重拾了对本民族传统饮食文

① 钦努阿·阿契贝：《再也不得安宁》，马群英译，海口：南海出版公司，2014 年，第 86 页。
② 钦努阿·阿契贝：《再也不得安宁》，马群英译，海口：南海出版公司，2014 年，第 72 页。
③ 钦努阿·阿契贝：《非洲的污名》，张春美译，海口：南海出版公司，2014 年，第 9 页。
④ Raman Singh, "*No Longer at Ease*: Traditional and Western Values in the Fiction of Chinua Achebe", *Neohelicon*, 1989, 16 (2), p. 167.

化的自信，使得两种文化同时汇流在尼日利亚这片地区。借用小说中的一句话来形容就是，它们就如同被剥开的棕榈果一般，"其中的一颗黑得发亮……另一颗白得像粉"[①]，即阿契贝眼中的这两种文化为"你中有我、我中有你"，彼此应当融会贯通在尼日利亚这片土地上。

结　语

对于任何国家、任何民族，"饮食"一直是最被关心的问题之一，毕竟民以食为天。在大多数读者的认知中，生活在非洲的人民普遍食不果腹，瘦骨嶙峋，例如尼日利亚另一位小说家奥克瑞在其小说《饥饿的路》（*The Famished Road*，1991）中就很现实地描绘了非洲贫穷落后的环境及人民所遭受的饥饿之苦，而此类小说让读者误以为非洲是一块饥饿大陆。但是通过阅读阿契贝的这部长篇小说《再也不得安宁》，我们发现非洲，尤其是尼日利亚饮食文化还是丰富多彩的。尼日利亚传统食物不又有柯拉果、棕榈果和棕榈酒等，还有甘薯、木薯、苦叶汤、伊古丝汤、加里、炖菜等；除此之外，还包括一些融合其他文化充满异域风情的食品。非洲本是一片丰饶的土地，但是几个世纪的西方殖民将其变成了"饥饿大陆"。通过阅读非洲文学中的饮食文化，我们可以清楚地看到一个充满人间烟火和饮食男女的非洲。

（文 / 伊犁广播电视台 肖开提·开力 上海师范大学 卢敏）

[①] 钦努阿·阿契贝：《再也不得安宁》，马群英译，海口：南海出版公司，2014年，第19页。

第八篇

阿契贝小说《神箭》的文学伦理学解读

作品节选

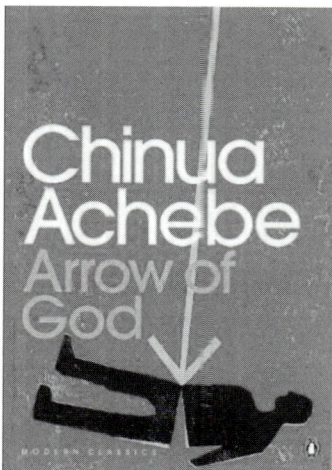

《神箭》
(*Arrow of God* 1964)

The place where the Christians built their place of worship was not far from Ezeulu's compound. As he sat in his obi thinking of the Festival of the Pumpkin Leaves, he heard their bell: GOME, GOME, GOME, GOME, GOME. His mind turned from the festival to the new religion. He was not sure what to make of it. At first he had thought that since the white man had come with great power and conquest it was necessary that some people should learn the ways of his own deity. That was why he had agreed to send his son, Oduche, to learn the new ritual. He also wanted him to learn the white man's wisdom, for Ezeulu knew from what he saw of Wintabota and the stories he heard about his people that the white man was very wise.

But now Ezeulu was becoming afraid that the new religion was like a leper. Allow him a handshake and he wants an embrace. Ezeulu had already spoken strongly to his son who was becoming more strange every day. Perhaps the time had come to bring him out again. But what would happen if, as many oracles prophesied, the white man had come to take over the land and rule? In such a case it would be wise to have a man of your family in his band. As he thought about these things Oduche came out from the inner compound wearing a white singlet and a towel which they had given him in the school. Nwafo came out with him, admiring his singlet. Oduche saluted his father and set out for the mission because it was Sunday morning. The bell continued ringing in its sad monotone.[①]

---

① Chinua Achebe, *Arrow of God*, New York: The John Day Company, Inc., 1967, pp. 51-52.

基督徒所建的礼拜堂离伊祖鲁的院子不远。他坐在奥比里思索南瓜叶节时，听见了他们的钟声：铿，铿，铿，铿，铿。他的思绪从这个节日转到了这个新宗教上。他不知道应该如何看它。起初他想，既然那位白人带着强大的力量和征服之心而来，这里的人就有必要了解白人之神的情况，所以他才会同意把儿子奥都克送去学习新的仪轨。他也希望儿子能够学到那位白人的智慧，伊祖鲁亲眼见过温塔勉塔，也听到过一些他们民族的事，他认定那位白人是极有智慧的。

然而事到如今，伊祖鲁开始担心这个新宗教像是一个麻风病人。给他一个握手的机会，他就想再要一个拥抱。伊祖鲁对一天天变得怪异的儿子也开始言辞激烈起来。是时候让他离开了吧。就像很多被预言过的神谕，假若这个白人正是为了占领和统治这块土地而来，将会发生什么呢？在这种情形下，让自己人混入他们当中，岂不是很明智吗？他正想着这些，奥都克从内院走出来，他身穿学校发的白色衬衫和方巾。努阿富和他一起走出来，一边对他的衬衫艳羡不已。奥都克向父亲致敬后，就动身去教堂了，因为那是礼拜天的早晨。单调而忧伤的钟声经久不息地响着。①

（陈笑黎、洪萃晖／译）

① 钦努阿·阿契贝：《神箭》，陈笑黎、洪萃晖译，重庆：重庆出版社，2011 年，第 55—56 页。

作品评析

《神箭》的文学伦理学解读

引　言

　　《神箭》是阿契贝"尼日利亚四部曲"中的第三部，自 1964 年出版后深受学术界的好评，有批评家认为它是"最具有神秘色彩、最富于文化内涵的"[①]。小说讲述优鲁神大祭司伊祖鲁（Ezewu）因无法协调与殖民者、族人以及自我之间的矛盾冲突而走向疯癫的故事，影射了基督教文明对尼日利亚部落文明的蚕食。以往的研究主要集中在后殖民批评方面，从殖民矛盾、种族意识和宗教文化的视角解读文本，这些研究成果对于我们理解《神箭》具有重要的参考价值。本文拟运用文学伦理学批评方法，深入分析乌姆阿诺部族复杂的社会伦理环境，通过分析伊博族人的伦理身份尤其是大祭司伊祖鲁的伦理身份，考察非洲部族社会从前殖民主义到殖民主义变迁的"秘史"，继而阐释这部作品所隐含的非洲部族社会的伦理机制。

[①] Robert M. Wren, *Achebe's World: The Historical and Cultural Context of the Novels*, Washington: Three Continents Press, 1980, p. 105.

一、民族秘史：乌姆阿诺部族的伦理环境与身份危机

巴尔扎克认为小说是一个民族的秘史。在阿契贝那里，所谓的"秘史"不是村庄史或地域史，而是一个部族从前殖民主义到殖民主义的变迁史。阿契贝采用考古学的方法，引领读者回到尼日利亚部族社会的伦理现场，舒缓而有序地揭示部族社会的变迁。文学伦理学的批评方法要求"文学批评必须回到历史现场"[①]。通过文本细读和对文本历史语境的考察，我们发现，乌姆阿诺部族的伦理环境包含两个部分，即传统部族社会伦理环境——以宗教为核心内容的伦理环境，英国殖民政府推行的"卢加德间接统治制度"社会伦理环境——以法制为核心内容的伦理环境。尼日利亚传统部族伦理环境与英国殖民统治伦理环境纵横交织，构成了乌姆阿诺部族人赖以生活的共同伦理环境。

"伦理环境就是文学产生和存在的历史条件。"[②]《神箭》的精彩之处在于阿契贝从历史发展的角度出发，将人物置于尼日利亚不同发展阶段——前殖民时期、殖民时期的伦理环境中，从人物的伦理身份变迁折射社会的变迁。可以看到，阿契贝正是通过人物错综复杂的伦理身份来把握人物的精神面相，使得文本中的人物栩栩如生，令人印象深刻，如：具有神和人双重伦理身份的伊祖鲁，很有煽动力的演说者诺瓦卡（伊祖鲁的死对头，乌姆阿诺的领袖），尽忠尽职的温特波特姆上尉（英国人，奥克帕瑞的行政长官），通情达理的阿库布（伊祖鲁最好的朋友，来自乌姆阿查拉）。

乌姆阿诺是六个村子的联合体，他们结成联合体，是因为"六个村子的情势非常严重，为了自救，他们的头人聚在了一起。他们雇用了一群强大的药师，为他们请来共同的神灵"[③]。可见，伊博族人是以共同信仰的神灵为纽带形成的一个

① 聂珍钊：《文学伦理学批评：基本理论与术语》，《外国文学研究》，2010年第1期，第19页。
② 聂珍钊：《文学伦理学批评：基本理论与术语》，《外国文学研究》，2010年第1期，第19页。
③ 钦努阿·阿契贝：《神箭》，陈笑黎、洪萃晖译，重庆：重庆出版社，2011年，第20页。

联合体，他们没有所谓的"王"，反而形成了村庄自治的基本格局，为各种流言蜚语提供了存在的可能性。阿契贝巧妙地将当时关于乌姆阿诺部族的各种流言蜚语——乌姆阿诺与奥克帕瑞的土地纠纷、伊祖鲁想成为国王、大祭司的儿子加入白人宗教、大祭司的儿子对神蟒犯下暴行、温特波特姆上尉患病是来自大祭司的警告等，穿插在纵横交织的社会伦理环境中，"从某种意义上说，角色们用这些流言蜚语来设计他人行为的道德地图，更重要的是，这些流言蜚语是各种行动的前导"[1]。流言蜚语在复杂的伦理环境中传播，影响着人物的身份意识，带来伦理身份的危机。

细读文本，可以看到关于土地归属权的流言蜚语牵动着整个乌姆阿诺部族的神经，唤醒了他们的伦理身份意识。土地归属权纠纷是一个具有现代性意义的社会事件，引发了乌姆阿诺部族与另一个部族奥克帕瑞之间的战争。土地归属权纠纷事件不仅把外来入侵者即白人殖民当局牵涉进来，而且严重挑战了优鲁神的权威。起初，身为大祭司的伊祖鲁就告诫乌姆阿诺部族不要发动这次战争，但大家没有听从他的劝告，执意挑起战争。伊祖鲁认为这是对自己权威的蔑视，对部族人的违抗行为极为不满。结果战争持续了五天，双方相持不下，殖民当局出面干涉并收缴了双方的武器。此时乌姆阿诺部族的伦理身份危机不再来自另一部族，而是"来自殖民者的完全漠视"[2]。殖民者企图对当地社会施加新的伦理秩序。然而，事情并没有结束。在殖民当局调查土地归属权纠纷的过程中，伊祖鲁提供了不利于自己部族的证词，认为那块具有纠纷的土地本来就是奥克帕瑞送给乌姆阿诺的，结果那块争执之地判给了奥克帕瑞，并由此导致了伊祖鲁的伦理身份危机。"一场现代意义的土地纠纷在乌姆阿若导致了对优鲁神的怀疑，由此动摇了部族的历史久远的宗教根基。"[3]

---

[1] Ato Quayson, "Self-writing and Existential Alienation in African Literature: Achebe's *Arrow of God*", *Research in African Literatures*, 2011, 42 (2), p. 40.

[2] Chris Kwame Awuyah, "Chinua Achebe's *Arrow of God*: Ezeulu's Response to Change", *College Literature*, 1992, 19 (3), p. 216.

[3] 蒋晖：《现代非洲知识分子"回心与抵抗"的心灵史——对钦努阿·阿契贝小说〈神箭〉的分析》，《清华大学学报》（哲学社会科学版），2015年第6期，第65页。该文中将"乌姆阿诺"译为"乌姆阿若"。

二、诸神之争：伊博族人的伦理两难困境与伦理诉求

小说《神箭》以一场突如其来的土地归属权纠纷为中心，描写了宗法制社会与外来者所代表的破坏宗法伦理机制的现代文明之间的剧烈冲突，阿契贝清醒地认识到来自民间的古老宗法制将不可避免地走向衰落。文本中书写的"土地归属权纠纷"事件、"大祭司送儿子去白人教堂"事件是看似简单的社会事件，然而，结合当时乌姆阿诺部族的伦理环境来分析，就会发现其实质在于反映了伊博族人的伦理两难困境与伦理诉求。伊博族人之所以遭遇伦理两难困境，是因为当时的乌姆阿诺部族发生了神与神之间的一场争斗，即诸神为争夺部族人对其信仰的权威地位而引发的争斗。小说中的诸神之争具体来说表现为两类：一是乌姆阿诺部族的自然神与人造神优鲁神的争斗，二是殖民者带来的西方上帝与伊博族人共同信仰的优鲁神的争斗。其中，尤其以西方上帝与优鲁神的争斗最激烈，影响最深远。

聂珍钊教授在《文学伦理学批评导论》一书中指出："伦理两难由两个道德命题构成。"[1]伊博族人面临的伦理两难则是信仰哪个神，即信仰上帝还是信仰优鲁神。选择信仰上帝还是优鲁神？他们似乎无论怎样选择都符合普遍道德原则，因为他们的伦理诉求自始至终都是明确的，即在新木薯节收获田地里的庄稼。但是，返回伊博族人所处的伦理现场，可以发现"每个人都面临两个信仰问题，一是究其生活信仰的可信生，二是究其目的信仰的可信性"[2]。一旦伊博族人在两个信仰之间作出一项选择，就会导致另一项违背伦理，因为"各个部族都有自己的神崇拜，这套体制孕育了信仰分裂、族群内斗的条件"[3]。小说中诸神之争并不是

---

[1] 聂珍钊：《文学伦理学批评导论》，北京：北京大学出版社，2014 年，第 262 页。

[2] 弗兰茨·卡夫卡：《误入世界：卡夫卡悖谬论集》，叶廷芳等译，天津：天津人民出版社，2007 年，第 91 页。

[3] 蒋晖：《现代非洲知识分子"回心与抵抗"的心灵史——对钦努阿·阿契贝小说〈神箭〉的分析》，《清华大学学报》（哲学社会科学版），2015 年第 6 期，第 66 页。

描写自然神与人造神优鲁神、西方上帝与优鲁神的直接争斗，而是转嫁到神的代言人之间的争斗。

此时，伊博族人陷入了生活信仰的可信性的伦理困境，即到底是信仰自己村子的自然神，还是信仰乌姆阿诺部族的人造神优鲁神。在这次土地归属权纠纷事件中，自然神的代言人诺瓦卡一直都在与伊祖鲁作对，并拒绝承认大祭司的权威，公开挑战，直言道："不管是谁想用优鲁神的名字吓唬我们，我们都不要去理会他。"①诺瓦卡提出否定大祭司指令的动议，表面上动摇了伊祖鲁在伊博族人心目中的神圣地位，实际上是撼动了伊博族人生活信仰的伦理基石，即应该信仰自然神，还是信仰优鲁神。身为乌姆阿诺部族大祭司的伊祖鲁自然不会坐视不管，他已经意识到真正要面对的是他的族人，白人却成了他的同盟。伊祖鲁所代言的优鲁神也表明了态度："谁跟你说这是你一个人的斗争了？……这是神灵之间的斗争。"②于是，作为优鲁神的代言人伊祖鲁开始践行优鲁神的指令，拒绝宣布新木薯节的到来。在乌姆阿诺部族传统社会伦理环境中，没有部族大祭司关于新木薯节的指令，伊博族人就无法收获田地里的庄稼，只能看着庄稼毁在田地里。

"惩罚应该是一种制造效果的艺术"③，大祭司伊祖鲁拒绝宣布新木薯节的消息让伊博族人惊慌异常。就在伊博族人陷入自己信仰是否具有可信性的伦理困境中时，西方上帝的代言人古德康垂先生在新木薯节危机中看到了取代优鲁神的机会，他打算在十一月的第二个周日举行一个收获季的礼拜活动，用所得款项去建一个更好的场所，来供奉上帝。古德康垂先生了解到陷入伦理困境中的伊博族人还是害怕优鲁神的报复，便对伊博族人作出保证："如果他们向上帝表示感激，他们就能收获庄稼，而不用害怕优鲁神……不管是谁，只要是不愿意干等着眼巴巴看着庄稼被毁的，就可以带着贡品去找基督徒的神，它会有能力保护他们，而

---

① 钦努阿·阿契贝：《神箭》，陈笑黎、洪萃晖译，重庆：重庆出版社，2011 年，第 37 页。
② 钦努阿·阿契贝：《神箭》，陈笑黎、洪萃晖译，重庆：重庆出版社，2011 年，第 236 页。
③ 米歇尔·福柯：《规训与惩罚：监狱的诞生》，刘北成、杨远婴译，北京：生活·读书·新知三联书店，1999 年，第 103 页。

不必担心优鲁神的愤怒。"①古德康垂先生的消息很快就传遍了乌姆阿诺。这样的消息放到其他时候，可能会令伊博族人一笑了之，不过现在已深陷伦理困境中的伊博族人是笑不出来的，他们十分渴望自己的伦理诉求——在新木薯节收获田地里的庄稼，并活下去——能够得到神的代言人的满足。尽管深陷两难的伦理困境，伊博族人还是必须作出一项选择，即"让自己的儿子带着一个或两个木薯转投新的宗教，再带回来传教士承诺的上帝的庇护。此后，他所有田地里的木薯都将以儿子的名义收获"②。由是观之，同资本主义现代文明中的基督教文明相比，乌姆阿诺宗法制部族社会中的习俗、精神风貌和伦理观点已经失去了生命力与优越性，从而无法抵制外部世界的影响。

三、神之箭：伊祖鲁的伦理选择与阿契贝的伦理表达

从文学伦理学批评的视角来看，《神箭》的伦理结构指的是文本中以大祭司伊祖鲁的思想和活动为线索建构的文本结构，大祭司伊祖鲁是连接文本横向伦理结构和纵向伦理结构的坐标原点。

"在文学文本中，伦理线同伦理结是紧密相连的。"③阿契贝别具匠心地为《神箭》的文本结构分别设置了一条伦理主线和一条伦理副线——乌姆阿诺部族各方势力为土地而展开的明争暗斗是伦理主线，伊博族人身份认同是伦理副线，还巧妙地将"土地归属权纠纷"这一具有现代意义的社会事件作为小说文本中的伦理结，主线和副线交织在一起，从而构成了小说复杂的线性伦理结构。《神箭》在某种程度上可以视为一部揭示非洲乡村伦理日趋衰微的小说。

身处两种伦理环境中的伊祖鲁，在"诸神之争"的较量中已经精疲力竭，他对外要抵抗白人宗教的入侵，对内要与每个村子自然神的代言人纠缠。现在，殖

---

① 钦努阿·阿契贝：《神箭》，陈笑黎、洪萃晖译，重庆：重庆出版社，2011 年，第 266—267 页。
② 钦努阿·阿契贝：《神箭》，陈笑黎、洪萃晖译，重庆：重庆出版社，2011 年，第 285 页。
③ 聂珍钊：《文学伦理学批评：基本理论与术语》，《外国文学研究》，2010 年第 1 期，第 20 页。

民当局又要求他做代理人。在复杂的伦理环境中，如果人物不能准确定位自己的伦理身份，很容易使自己遭遇伦理困境并深陷其中。因此，人物在伦理身份发生变化时必须作出相应的伦理选择，人的伦理选择有时是主动的，有时却是被动的。对于伊祖鲁而言，他的伦理选择一直以来都是被动的，自始至终都是优鲁神为他做选择，他是乌姆阿诺优鲁神弓上的一支箭，一支用来对付不从属于自己权威地位的一切势力——各个村子的自然神、白人殖民者的上帝的箭。被动的伦理选择注定是悲剧性的。

面对殖民势力的强大入侵，伊博文明处于十字路口，大祭司伊祖鲁想在伊博族传统和殖民新力量之间寻求平衡与共存。不幸的是，他没有预料到白人殖民者将自己的价值体系视为绝对正确，想要支配乌姆阿诺部族现有的社会政治、宗教信仰和经济结构。通过上文对乌姆阿诺部族复杂的伦理环境的考察，我们可以看到英国殖民统治对伊博族人产生了深远的影响，白人殖民者也寻找到了统治乌姆阿诺部族的策略。在宗教上，白人的基督教试图通过杀死伊博族人神圣的蟒蛇来消灭土著宗教，而加入白人教堂的奥德克试图用一个传教士木匠做的盒子窒息神蟒，这也是基督教力量征服传统宗教的象征。20世纪20年代，英国加快了在尼日利亚的殖民扩张步伐，殖民当局为了能够尽快改变伊博族的权力机制，欲实施间接统治策略，即利用当地部族的上层人物作为代理人来实现殖民统治，殖民当局的行政长官温特渥特姆上尉试图任命大祭司伊祖鲁作为殖民当局在乌姆阿诺部族的代理人。

正是通过伦理冲突与政治斗争的复杂纠葛，《神箭》真实再现了非洲部族社会的历史变迁，记录了一种正在消逝的古老生活方式——乡村宗法制。现代文明的入侵打破了乌姆阿诺部族传统的社会文化结构，极大地改变了人的伦理环境，也改变了人们固有的伦理身份，进而促进了部族社会机制的转型，由德治、自治转向了政治统治。通过上文分析，我们可以看到这一艰难的社会机制转型是以人的自我身份的失落为代价的。人们在失去物质和精神意义上的家园——土地和信仰之后，很容易变得进退无据、无所适从，要么麻木地服从强者的统治，要么走向疯癫。在小说结尾处，伊祖鲁选择走向疯癫，成为一个孤独的被遗弃者。伊祖鲁不知道自己最后的结局如此具有悲剧性，但是他的疯癫足以震撼麻木的被统治的族人，重新唤醒他们的自我伦理身份意识，同时告诫殖民者，自己民族中依然有清醒的人用微薄之力在奋力抗争。这也是阿契贝赋予伊祖鲁悲剧英雄形象的原因所在。

结　语

通过对《神箭》的文学伦理学分析，不难发现，阿契贝采用的是一种考古学的方法，带领我们走进尼日利亚的伦理现场，辨析了身处复杂社会伦理环境中的人物在思想发展过程中所面临的伦理困境。小说让读者领略到伊博族人丰富、复杂、深刻的文化，而不是西方人眼中贫瘠、简单、肤浅的文化。阿契贝能够绘制出一个为非洲社会文化发声的文本空间，在于他重视非洲文学的整体写实性，对非洲部族文化习俗的洞察以及对社会矛盾的政治、伦理表达的洞悉，他采用现实主义手法为我们勾勒出一幅非洲历史现实的生动画卷。

（文 / 华中师范大学 黄晖 王磊）

第九篇

阿契贝小说《神箭》中的伊博式幽默叙事

作品评析

《神箭》中的伊博式幽默叙事

引　言

　　《神箭》是非洲尼日利亚作家钦努阿·阿契贝于 1964 年出版的长篇小说。该作品由 19 章组成，讲述了 20 世纪 20 年代发生在尼日利亚的伊博人的故事，揭露了英国殖民统治给土著居民带来的巨大伤害。该小说一出版就得到了读者和学界的青睐。《神箭》是阿契贝的杰作，显示了他的反讽写作技巧，具有巨大的挑战性和叛逆性。其塑造的人物与历史不可分割，展现了伊博人的民族风格。乔治说，在这部小说里，"欧洲殖民者和非洲民族主义者都在为自己的理想而奋斗，非洲的'传统社会'通过模仿欧洲政治模式而走向'现代社会'。然而，这又是一个违背社会发展规律的严重错误，具有一定的反讽意义。"[1] 阿里米指出，阿契贝在《神箭》里把谚语作为描写人物性格的工具，形成了鲜明的艺术特色。[2] 路易斯认为阿契贝在创作《神箭》的过程中采用了大量的民间传说，使该小说的叙事带有更为显著的伊博文化特色，增强了其深刻的社会寓意。[3] 由此可见，国外学界

---

[1] Olakunle George, "The Narrative of Conversion in Chinua Achebe's *Arrow of God*", *Comparative Literature Studies*, 2005, 42 (4), p. 360.

[2] Alimi, S. A. "A Study of the Use of Proverbs as a Literary Device in Achebe's *Things Fall Apart* and *Arrow of God*", *International Journal of Academic Research in Business and Social Sciences*, 2012, 2 (3), p. 121.

[3] Mary Ellen B. Lewis, "Beyond Content in the Analysis of Folklore in Literature Chinua Achebe's *Arrow of God*", *Research in African Literatures*, 1976, 7 (1), p. 44.

主要研究了这部小说的殖民问题、历史记忆和反讽手法，虽然取得了一定的成果，但对反讽手法中的幽默内涵还缺乏深入研究。

近年来，越来越多的中国学者开始关注这部小说，并撰写了一些评论该小说主题的论文。蒋晖认为，"'回心和抵抗'在非洲历史中有着独特的内涵……阿契贝可以非常详尽而准确地描述出民族经历毁灭的过程，因为这就是非洲的历史经验。"[1]秦鹏举认为伊祖鲁的悲剧从反面启示我们，伊博人文化与西方文化必须紧紧地融合在一起，达致一种新的文化平衡才能获得适宜的生存空间，而且也只有在新的非洲传统文化中才能找到尼日利亚的发展之路。[2]总的来看，中国学界主要从后殖民问题的角度探析了这部小说，但对其叙事策略的研究还不多见。然而，该小说的亮点之一就是阿契贝开创的伊博式幽默叙事。这种幽默叙事是带有伊博人文化特征和民族智慧的一种叙事策略，有助于建构小说的幽默语境和深化小说的反殖民主题。本文拟从伊博式反讽幽默、伊博式热幽默和伊博式冷幽默等方面探究《神箭》所采用的伊博式幽默叙事，揭示阿契贝文学创作的艺术魅力。

一、伊博式反讽幽默

阿契贝在《神箭》里采用了伊博式反讽幽默。这种幽默带有伊博文化特色，并与反讽手法有机地结合起来，在小说情节的发展中传递出欢乐的风趣、辛辣的讽刺和耐人寻味的诙谐，极大地深化了小说反殖民和坚守民族文化的主题，使文本成为作家灵魂的载体。从叙事学的角度来看，反讽幽默是作者在文学创作中用反讽策略来建构幽默的一种写作手法，时常具有讽刺、调侃和嘲讽的意味。[3]其涉及反讽幽默的话语的本意和字面意义通常相悖，读者单纯从字面上难以知晓作者

---

① 蒋晖：《现代非洲知识分子"回心与抵抗"的心灵史——对钦努阿·阿契贝小说〈神箭〉的分析》，《清华大学学报》（哲学社会科学版），2015 年第 6 期，第 60 页。

② 秦鹏举：《文化冲突与传统之争——解析〈瓦解〉与〈神箭〉》，《宁夏大学学报》（人文社会科学版），2016 年第 1 期，第 137 页。

③ David C. Littman et al., "The Nature of irony: Toward a Computational Model of irony", *Journal of Pragmatics*, 1991, 15 (2), p. 131.

真正要表达的意思，所以需要从具体语境和上下文来判断话语的真实含义。笔者拟从言辞反讽幽默、命运反讽幽默和戏剧反讽幽默等方面来探究阿契贝在这部小说里所采用的伊博式反讽幽默，揭示伊博人的思维特色和性格特征。

伊博式言辞反讽幽默是构成《神箭》深刻思想意蕴的一种非常重要的艺术手法。这种反讽幽默的话语或句子含有的语意皆有两个层面：表层语意和内含语意。两层语意的矛盾和冲突增添了语境的幽默性，同时显示出伊博文化的精深和博大。在小说第一章里，阿契贝设置了父子对话中的言辞反讽幽默。根据伊博人的道德伦理观，撒谎是品德败坏的表现，这已成为一种社会共识。因此，伊博人不能容忍自己的话语被他人质疑为谎言。伊祖鲁得知大儿子伊多戈（Edogo）在为乌姆阿古村雕刻村神阿鲁斯（Alusi）的神像时勃然大怒，大声斥责。伊多戈害怕被追责，于是极力否认此事。如果伊多戈否认的东西属实，那么伊祖鲁的指控就是无中生有的谎言。因此，伊祖鲁愤怒地说："如果你愿意，你可以为乌姆阿诺联合村所有的神都雕刻出神像。如果你听到我再询问此事的话，就把我的名字拿给狗。"①为了证实自己没有撒谎，伊祖鲁以自己的名字为赌注，发誓如果再问及此事，自己就是狗。伊祖鲁并不是真的要把自己当作狗，而是以贬低自己的方式来表达自己指控的真实性。由此可见，他话语的表层语意和深层语意具有根本性差异。此外，阿契贝还讲述了一个事件。欧杜克（Oduche）偷听到妹妹欧玖枸（Ojiugo）把他杀死神蟒之事告诉了二嫂欧库达（Okuta），他非常生气，觉得妹妹在传播自己的丑闻，于是就动手打了她。由于他们是同父异母的兄妹，所以两人的纠纷引起了他们各自的母亲梅特菲（Matefi）和乌枸叶（Ugoye）的激烈争吵。乌枸叶觉得特别委屈。伊祖鲁不高兴地说："如果她对你不公，你就冲过去，骑在她背上打呀。"②表面上，伊祖鲁是让乌枸叶去报仇，实际上是在斥责她。乌枸叶一听到这话马上闭嘴了，并没有真的扑上去厮打。为什么会这样呢？因为乌枸叶明白其丈夫的言辞具有反讽性。由此可见，言辞反讽已经成为伊博文化中的一个独特幽默。阿契贝运用言辞反讽幽默鲜明地表达了说话人的态度和立场，揭露、批判、讽刺和嘲

① Chinua Achebe, *Arrow of God*, London: Penguin Group, 2010, p. 5.

② Chinua Achebe, *Arrow of God*, London: Penguin Group, 2010, p. 130.

弄当事人的不当行为。这有助于小说人物把憋在心里的话说出来，由此获得意想不到的语言艺术效果。

与伊博式言辞反讽幽默相得益彰的是伊博式命运反讽幽默。这种幽默指的是小说中所发生的某些事件出乎读者的意料，给读者带来陌生感和新奇感。[1]在这部小说里，伊祖鲁把儿子欧杜克送到白人教会学校读书，学习白人的文化和礼仪。伊祖鲁本人是乌姆阿诤联合村的大祭司，信仰的是优鲁神，对白人的基督教具有天然的敌意和排斥感。但是为了更多地了解白人的宗教信仰和文化等方面的情况，他特意把欧杜克安插在白人那丒当耳目。然而，随着岁月的流逝，欧杜克渐渐接受了白人文化，信奉了基督教。后来，他不仅接受了白人的价值观和世界观，而且还劝伊祖鲁放弃优鲁神，加入基督教。欧杜克的变化出乎读者的意料，也表玥伊祖鲁"派子潜伏"计划的失败，产生了"偷鸡不成蚀把米"的幽默语境。

小说中还有一个命运反讽的故事。欧杜克皈依基督教后，把蛇视为撒旦或恶魔。为了表明自己的信仰，他把妈妈乌枸叶棚子里的蛇装入传教士送给他的木匣子里，等待它自然死亡。不料，蛇在盒子里挣扎的声音引起了人们的注意，欧杜克企图杀死乌姆尼尔拉村供奉之物的消息传遍整个部落，引起了村民的强烈不满。他们一致要求严惩他。儿子公然信奉基督教，让身为大祭司的伊祖鲁颜面尽失。但他迟迟不肯对儿子进行惩罚。他的犹豫不决形成一个伊博式命运反讽，其幽默之处在于：大祭司并不支持乌姆尼尔拉村村民的要求，因为对村神"蛇"的信仰会冲淡人们对联合村"大神"优鲁神的信仰；伊祖鲁表面上是为了保护儿子不受伤害，实际上是打压乌姆尼尔拉村民对"蛇"的敬奉。

此外，阿契贝还讲述了一个命运反讽的故事。伊祖鲁在家听到一阵又一阵的枪声，觉得奇怪。老朋友阿库布（Akuebue）告诉他，这是有人在用枪声驱鬼的方式为重病的村民阿玛鲁（Amalu）治病。伊祖鲁说："放枪不过是愚蠢的瞎折腾。枪声怎能吓跑鬼神呢？如果那么容易，有钱的人都去买一桶火药，就可以永远活下去，直到脑袋里长出蘑菇。"[2]大祭司作为神的代言人，并不信奉驱鬼治病之说，

---

[1] Joan Lucariello, "Situational Irony: A Concept of Events Gone Away", *Journal of Experimental Psychology*, 1994, 123 (2), p. 129.

[2] Chinua Achebe, *Arrow of God*, London: Fenguin Group, 2010, p. 114.

认为病还是需要医生来治疗。他的想法出乎大家的意料，这个命运反讽的幽默之处在于：整天用鬼神之说控制全村人灵魂的大祭司，并不赞成用驱鬼的方式来治病；他的话语是唯物的，而他的信仰却是唯心的，因此他的话语与他的信仰构成一个耐人寻味的矛盾体，给读者带来了一种清新的诙谐感。阿契贝的情境反讽不仅在该小说情节发展、结构安排、人物性格塑造和人际关系演绎等的处理上起着重要作用，而且升华了主题的反讽性，从而更深刻地揭示出作者的创作理念。

此外，阿契贝在小说里还采用了伊博式戏剧反讽幽默的叙事策略。在戏剧反讽幽默里，幽默产生于小说主人公对自己所经历事件的无知性。也就是说，当事人处于一种自己不知而他人尽知的幽默语境中。在这部小说里，欧比卡（Obika）声称自己在一个电闪雷鸣的风雨之夜看见了一个恶鬼，并描述说：那个恶鬼比一般人高大，穿着华丽的服装，帽子上插着鹰的羽毛，嘴里伸出了大象牙。此后，每当他回想起这一幕就惊恐万分。父亲伊祖鲁得知此事后，告诉他：他遇到的不是恶鬼，而是财神伊鲁（Eru）。根据伊博文化，一个人在生活中见到伊鲁，是一件可遇而不可求的幸运事。因此欧比卡的无知恐慌构成了一个戏剧性反讽，其幽默之处在于：根据伊博文化，他身处幸福之境；但由于无知，他反而处于精神痛苦之中。此外，阿契贝描写了伊祖鲁被白人当局关押所形成的戏剧反讽。伊祖鲁因拒绝出任白人政府的官员而遭到逮捕，并被关入牢房。一般来讲，坐牢对任何人都不是一件好事。但伊祖鲁对自己坐牢一事不但没有怨言，反而很乐意。走出监狱后，他的第一个行为就是哈哈大笑。原来，不少村民都质疑他是白人的走狗，与白人勾结，出卖村民的利益。这场牢狱之灾彻底洗清了他的冤屈。这个戏剧性反讽的幽默之处在于坐牢这种悲伤事件给他带来了快乐。这部小说里，阿契贝描写得最好的戏剧反讽幽默是新木薯节被延迟的事件。伊祖鲁从监狱被释放回家时，村民们带着各种礼物到他家祝贺，连平时与他为敌的欧弗卡（Ofoka）也主动上门来慰问。村民们把从监狱释放回来的伊祖鲁视为部落的大功臣。然而，他们不知道的是，伊祖鲁在牢房里就谋划好了，回村后要运用大祭司的权力，推迟宣布新木薯节，从而以让村民饿肚子的方式惩罚那些对他不敬的人。这个戏剧反讽的幽默之处在于村民们在真诚爱戴自己的大祭司时，却不知他的某划将给他们带来灭顶之灾。阿契贝通过戏剧性反讽幽默将故事情节在两个层面上展开：一个是叙述者或小说人物看到的表象，另一个是读者体味到的事实。然而，正是表象同事实之间的对立张力生成了强烈的艺术效果。二者的反差越大，戏剧反讽的力度就越大。

总之，这部小说里的伊博式反讽幽默是阿契贝在写作时的一种带有讽刺和幽默意味的语气或写作技巧。读者不能单纯从字面上了解这些幽默真正要表达的含义；而事实上，其本初意义正好与字面意义相反。语言技巧上的反讽与主题层面形成的反讽相得益彰，使小说的主题形成多重寓意，渗透出强烈的反讽意味。因此读者通常需要从上下文及小说的相关语境来了解作者的真实用意，从中获悉伊博人的生活特点、思维特色和性格特征。

二、伊博式热幽默

与伊博式反讽幽默密切相关的是伊博式热幽默。这种幽默指的是读者在小说中读到带有伊博文化特色的幽默之处时，能迅速明白作者的幽默话语和内含语意，从而忍俊不禁，发出愉快或欢悦的笑声，释放自己的阅读感受。一般来讲，热幽默是指某个事件的荒谬性和出人意料性在表现方式上具有含蓄或令人回味深长的特征。含蓄隽永的热幽默的展现过程使人们大笑不止、身心愉悦。热幽默常会给人带来欢乐，其特点主要表现为机智、自嘲、调侃、风趣等，而且还有助于消除敌意，缓解摩擦，防止矛盾升级。笔者拟从四个方面探究阿契贝在《神箭》里所采用的伊博式热幽默：政治幼稚类热幽默、文化冲突类热幽默、假借神意类热幽默和伊博习俗类热幽默。

政治幼稚类热幽默指的是没有从政经验又缺乏从政智慧的官员在复杂的社会环境里因无操控能力而引发的幽默，通常会引起人们的哄然大笑。政治幼稚类人物的心理犹如孩童，思想上天真无邪，易受他人影响或主导。其自我意识较强，但思想不够成熟，见识不够开阔，看问题难以洞悉实质，热衷于主观臆测。阿契贝在这部小说里描写了政治幼稚者引发的热幽默。克拉克（Clarke）是来自英国下层社会的青年，担任地区行政官温特博特恩（Winterbottom）的助理行政官。他上任后不久，就被温特博特恩派去调查该地区公路建设工程部负责人赖特

（Wright）的渎职和品德问题。他来到公路施工工地后，没有去了解和调查公路施工中存在的问题，而是直接去会见了赖特。赖特热情地接待他，投其所好地和他聊天。最后，他把赖特当成了好朋友。克拉克第一次处理调查案件，没有经验，而且还直接接受了赖特的宴请。调查回来后，他向温特博特恩汇报说：赖特没有投诉中所提到的问题，既没有和当地女人淫乱，也没有在工作中殴打当地人。他的政治幼稚类幽默表现在他对社会现实的无知。因为如果一个案件调查者接受了被调查者的宴请或贿赂，他的调查一般都是无效的。在一个被腐败侵蚀的社会里，任何腐败分子都希望和调查他的执法者交朋友。如果执法者和犯罪嫌疑人成了酒肉朋友，他的执法通常会大打折扣或无法做到公正。

阿契贝在这部小说里还设置了文化冲突类热幽默。这种幽默指的是两种文化在交往过程中由于某种抵触或对立状态所引发的诙谐或讽刺话语。文化冲突大多是因社会观念、风俗习惯和民族区域的差异而产生的冲突。这种冲突由人的生命体验和生存经验的差异导致，时常会造成人们对自身及自身以外的世界产生不同感受与看法。在《祖箭》里，阿契贝描写了白人文化与土著文化的冲突所生成的一个幽默片段。区政府行政官温特博特恩专门派了一名信使到乌姆阿诺联合村去请伊祖鲁担任政府委派的管理乌姆阿诺联合村的官员。温特博特恩特别欣赏伊祖鲁，认为他是当地唯一敢说真话的人；伊祖鲁本人也对温特博特恩有好感，觉得他是殖民地当局中难得的有正义感的高级官员。温特博特恩派了一名专使去邀请伊祖鲁到政府开会。但是派去的专使吉科普（Jekopu）来到伊祖鲁家，自恃是行政官的特使，明知伊祖鲁就在面前，仍以公事公办的政府官员口吻当着伊祖鲁的家人和朋友说："你们中哪一个叫伊祖鲁？"[1]他的话语没有半点尊重的意味，引起在场的乌姆阿诺联合村民和伊祖鲁的强烈不满。吉科普认为自己是办公事的，得按白人政府设定的程序来确定谁是要去政府开会的人。然而，根据伊博文化，大祭司在当地是具有至高无上权力的人，岂能容忍外人呼来唤去。因此，乌姆阿诺联合村的村民和伊祖鲁都认为特使代表的是白人政府，其行为是在藐视乌姆阿诺联合村的大祭司。于是，伊祖鲁对他说："你先回去吧！告诉你的白人主子，

---

[1] Chinua Achebe, *Arrow of God*, London: Penguin Group, 2010, p. 138.

伊祖鲁不离开他的棚子。如果他想来见我，叫他自己来吧。"①伊祖鲁的话语传到温特博特恩耳里，他勃然大怒，认为伊祖鲁藐视政府，于是派了两名警察去逮捕他。这时，双方的关系彻底破裂。温特博特恩对伊祖鲁进行任命本应该是一件皆大欢喜的事情。然而由于文化差异，双方产生了难以消解的误解、怨恨和冲突。这个文化冲突引起的热幽默的幽默之处在于：好事被文化差异所引起的误解损毁了：双方明知有误解，但谁也不愿放下面子来协商解决。

假借神意类热幽默在这部小说里也发挥着重要的作用。根据伊博文化，伊博人的一切都是由神灵决定和指引的。在小说的结尾部分，伊祖鲁推迟新木薯节的宣布日，想引起乌姆阿诺地区的饥荒，以惩戒那些对他不恭敬的村民。六个村的长老前来劝他或央求他宣布新木薯节的日子，但他不为所动，仍然坚持说：根据伊博的文化习俗，新木薯节的日子得由优鲁神来确定，而不是他这个大祭司。"他本人不过是优鲁神弓箭上的一支箭而已。"②既然是箭，射箭者才是关键的；伊祖鲁以此来推卸自己的责任。这个幽默的滑稽之处在于：宣布新木薯节的决定者是优鲁神，普通村民只能信奉他，却没有办法见到他；能见到优鲁神的只有伊祖鲁一人，但他又说优鲁神不听他的劝说，村民在绝望中陷入了人为的饥荒。最后，伊祖鲁的结局是众叛亲离，优鲁神也被村民们抛弃。这个片段达到了害人者终害己的热幽默效果，讽刺了把自己的报复意愿置于民众生命之上的狭隘心理。

阿契贝还在这部小说里插入了不少伊博习俗类热幽默的片段描写。这类热幽默带有浓浓的伊博文化特色，具有夸张性、误解性和诙谐性。阿库布告诉伊祖鲁，他有一块地获得了丰收。伊祖鲁知道那是一块好地，调侃道："的确是一块好地。这样的好地会使懒人看起来像好农夫。"③伊祖鲁的言下之意是，在那块地上种植庄稼，不需特别辛苦的劳作也能获得大丰收。他的夸张性言语体现了伊博农民对土地的看法，表明了土地肥沃的重要性。在这部小说里，阿契贝还描写了一个由误解引起的热幽默。伊博人习惯于通过对现象的观察去探索事物的本质，但是对现象的误解通常会得出不合理的结论，从而导致热幽默的生成。伊祖鲁一直要求

---

① Chinua Achebe, *Arrow of God*, London: Penguin Group, 2010, p. 140.

② Chinua Achebe, *Arrow of God*, London: Penguin Group, 2010, p. 193.

③ Chinua Achebe, *Arrow of God*, London: Penguin Group, 2010, p. 111.

儿子欧杜克多学习白人的知识，努力掌握白人的各种技能。他说："我在奥克帕瑞村看见一名白人青年用左手写字，从他的行为来看，他可以随心所欲地写。他有权力，能冲着我怒吼。他想干啥就能干啥。为什么呢？因为他能用左手写字。"① 伊祖鲁的误解是：白人有权力，是因为白人会用左手写字。这个热幽默的幽默之处在于伊祖鲁错误地把表象视为本质，显示了他在社会认知上的幼稚。读者能从伊祖鲁的话语中感知到他的浅薄和自负，从而发出开怀一笑。

在《神箭》里，阿契贝笔下的热幽默风趣而又意味深长，展现了伊博人在社会生活中所遭遇或经历的各种幽默场景，揭示了伊博文明在发展过程中的原生态和白人殖民者对伊博文明的侵蚀和破坏。伊博式热幽默是一种经过艺术加工的语言形式，是艺术化的语言，是以社会许可的方式表达被压抑的思想。此外，这种热幽默是一种绝妙的防御机制，不仅可以使当事人从尴尬中解脱，化烦恼为欢畅，变痛苦为愉快，而且还可以化干戈为玉帛，使当事人平息激动，回归理智，使彼此在新的基础上重拾默契，增进相互之间的感情或友谊。

三、伊博式冷幽默

与伊博式热幽默相对立的是伊博式冷幽默。伊博式冷幽默指的是带有伊博文化特色的一种幽默，其幽默之冷主要表现在其诙谐之处使人心情沉重，难以发出愉悦的笑声。"冷幽默通常把痛苦与欢笑、荒谬与理性、残忍与怜悯有机地糅合在一起，以荒诞和异化的喜剧形式来描写人们不愿面对的事件，将故事场景和人物的滑稽、丑恶、畸形、阴暗等元素加以放大和扭曲，使之显得荒诞不经。"② 伊博式冷幽默揭示了伊博人在殖民当局高压下的生存窘境。笔者拟从三个方面来探究阿契贝在《神箭》里所采用的伊博式冷幽默：内斗俱损、坏人得势和自欺欺人。

① Chinua Achebe, *Arrow of God*, London: Penguin Group, 2010, p. 191.
② 庞好农：《从〈游回寰〉探析利维笔下的幽默叙事》，《当代外国文学》，2017 年第 2 期，第 101 页。

内斗俱损指的是某个民族、组织或团体内部因某种利益而爆发的相互攻击事件，通常会导致两败俱伤。阿契贝在这部小说里描写了内斗俱损事件所引起的冷幽默。乌姆阿诺联合村和奥克帕瑞村的村民都是伊博人，不少乌姆阿诺联合村村民的母亲来自奥克帕瑞村，因此这两个村有着难以割舍的血缘关系。在乌姆阿诺联合村村民落难时，奥克帕瑞村村民给了他们一块地，使他们有了立足之地。随着时间的流逝，乌姆阿诺联合村村民已经在那块土地上耕耘了逾百年。当奥克帕瑞村村民要求他们归还这块土地时，双方各不相让，乌姆阿诺联合村村民率先发动战争，企图用武力解决这个问题。战争导致双方死伤无数，血流成河。白人殖民当局派军队制止了这场战争，并收缴了双方的武器。挑起战争的乌姆阿诺联合村村民不但被解除了武装，而且还被迫把有争议的土地归还给奥克帕瑞村。这个冷幽默讽刺了交战双方的非理性，其幽默之处在于：鹬蚌相争，渔翁得利。但这个幽默又使读者难以笑出声来，因为这个胜利是英国殖民者的胜利，而不是伊博人追求和平幸福的胜利。伊博人从此失去了自主权，伊博社会的传统结构体系也自此开始瓦解。

英国政府在伊博人所在的地区设立的殖民政府给当地人民带来的最大伤害之一就是坏人得势、好人遭殃。在这部小说里，奥克帕瑞村村长詹姆斯·伊克迪（James Ikedi）是伊博人。他从白人的教会学校毕业后就被任命为村长。在奥克帕瑞至乌姆阿诺的公路修建过程中，他贪赃枉法，私设法庭和监狱，迫害敢于反抗的村民。尤其恶劣的是，他指使筑路的工头去敲诈村民，要求每个村民给他上交一大笔钱，不然就让公路从其院子穿过。为了威慑村民，工头带领一帮打手，拆掉了几家交钱慢了一点儿的农户的院子。工头的敲诈行为引起了村民的义愤，于是不少村民到村长伊克迪那里去告状。然而伊克迪不但不代表村民的利益与施工方交涉，反而劝村民们赶紧交款，即使是卖家产或借钱也要把钱交上。这个事件的幽默性在于被村民们指望的村长就是这个敲诈事件的幕后真凶；村民越去求他，事情就越往不利于村民的方向发展，讽刺的幽默性由此加强。这个幽默让读者难以发出欢快的笑声，其原因是基层官吏的腐败行为使普通百姓更加无助。地区行政官温特博特恩知道这起敲诈事件后，立即拘捕了伊克迪，查处了一大批涉事官员。但是温特博特恩的上司休假回来后不问缘由反而斥责温特博特恩胡乱抓人，并下令释放了伊克迪，恢复其村长职务。伊克迪逃脱了法律的惩罚，最后只有那个涉案的工头被判刑入狱，成了替罪羊。这个事件的幽默之处在于：首恶无罪，从犯却被从重处理。在这个事件中，有正义感的官员遭到斥责，贪赃枉法的官员却得到重用。这种不良的官场生态给殖民地人民带来的是有冤无处申的绝望生活。

阿契贝还在这部小说里描写了自欺欺人心理所引发的冷幽默。自欺欺人指的是用自己都难以置信的话去欺骗别人。在这种语境之下，当事人明明知道事件的真相，却骗自己，也骗别人，其实质是不肯面对事实。[1] 在这部小说里，欧比卡因酗酒被白人鞭打之事在村里到处流传。这顿鞭子表面上是打在欧比卡身上，实际上是打在其父亲伊祖鲁的脸上和心上。

伊祖鲁问道："是欧比卡先动手打人的吗？"

"我怎知道？我所知道的是，他昨晚喝了很多棕榈酒，早上离家时仍然醉醺醺的，刚才他回来，我看他还是一副醉态。"

"但是他们说，他没有先打人。"伊多戈说。

"你在那里吗？"他父亲问道，"或者你能当着神的面发誓，那个醉鬼有力气告诉你吗？"[2]

伊祖鲁是乌姆阿诺联合村的大祭司，在当地有着至高无上的地位，白人殴打其成年儿子的行为使他脸上无光。为了保住自己的颜面，他对外声称是儿子脾气不好，先打了白人才被白人打的。因此，他不愿听大儿子伊多戈说出真相。他的自欺欺人心理构成一个幽默：大祭司名义上是优鲁神的代言人，但也无法为儿子讨回公道。这个幽默的"冷"表现在：在殖民地时期，被殖民的伊博人无法去和白人殖民者理论公平正义，他们永远处于二等公民的地位，即使是大祭司也无法改变这种处境。

阿契贝在《神箭》里从不同的层面展现了伊博式冷幽默对殖民地人们的心灵伤害。伊博人为局部小利益所爆发的冲突被白人殖民当局利用，导致伊博社会瓦解，失去了自主性和独立性。殖民地当局任人唯亲，排挤有正义感的官员，导致

---

① 参见 Jennifer A. Greenhill, "Humor in Cold Dead Type: Performing Artemus Ward's London Panorama Lecture in print", *Word and Image: A Journal of Verbal/Visual Enquiry*, 2012, 28 (3), pp. 257-272.

② Chinua Achebe, *Arrow of God*, London: Penguin Group, 2010, p. 100.

腐败官员得势，被殖民的伊博人生活得更加困苦，而且还告状无门。在殖民当局的高压下，伊博人惨遭白人的凌辱，连大祭司这样的上层伊博人在白人面前也不得不忍气吞声，以自欺欺人的方式苟且偷生。这些事件形成了不少带有伊博文化特色的冷幽默。

结　语

阿契贝在《神箭》里采用了伊博式幽默叙事，从反讽幽默、热幽默和冷幽默等角度展现了伊博人在英国殖民统治时期的艰难生活，揭露了白人殖民者无视伊博人尊严、践踏伊博人人权的暴行。该小说的反讽幽默揭示了伊博人的部落文化特色和性格特征，显示了土著人的原生态生活。阿契贝把热幽默和冷幽默有机地结合起来，在颂扬伊博人的智慧和胆识的同时，也抨击了英国殖民当局放纵腐败官员，忽视殖民地伊博人生存医境的行径。阿契贝以幽默的叙事策略展现了伊博文化的基本特征，揭露了英国在尼日利亚殖民所引发的诸多社会问题和民族问题，显示了伊博人被殖民后的无奈的生存状态。阿契贝开创的伊博式幽默叙事策略具有极强的民族文化表达特色和认知特色，开拓了尼日利亚小说叙事的新空间，对20世纪和21世纪非洲文学的发展具有重要的影响。

（文 / 广东外语外贸大学 庞好农）

第十篇

阿契贝小说《人民公仆》与《荒原蚁丘》中的
非洲知识分子与人民的未来

作品节选

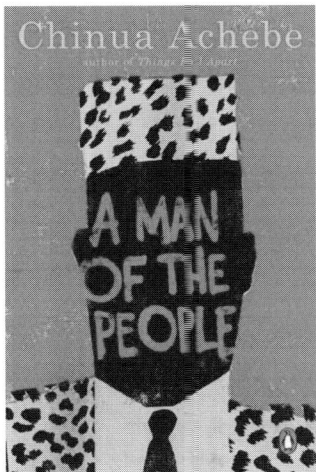

《人民公仆》
(*A Man of the People*, 1966)

The first thing critics tell you about our ministers' official residences is that each has seven bedrooms and seven bathrooms, one for every day of the week. All I can say is that on that first night there was no room in my mind for criticism. I was simply hypnotized by the luxury of the great suite assigned to me. When I lay down in the double bed that seemed to ride on a cushion of air, and switched on that reading lamp and saw all the beautiful furniture anew from the lying down position and looked beyond the door to the gleaming bathroom and the towels as large as a lappa I had to confess that if I were at that moment made a minister I would be most anxious to remain one for ever.

And maybe I should have thanked God that I wasn't. We ignore man's basic nature if we say, as some critics do, that because a man like Nanga had risen overnight from poverty and insignificance to his present opulence he could be persuaded without much trouble to give it up again and return to his original state.

A man who has just come in from the rain and dried his body and put on dry clothes is more reluctant to go out again than another who has been indoors all the time. The trouble with our new nation-as I saw it then lying on that bed—was that none of us had been indoors long enough to be able to say 'To hell with it'. We had all been in the rain together until yesterday. Then a handful of us—the smart and the lucky and hardly ever the best—had scrambled for the one shelter our former rulers left, and had taken it over and barricaded themselves in. And from within they sought to persuade the rest through numerous loudspeakers, that the first phase of the struggle had been won and that the next phase—the extension of our house—was even more important and called for new and original tactics; it required that all argument should cease and the whole people speak with one voice and that any more dissent and argument outside the door of the shelter would subvert and bring down the whole house.

Needless to say I did not spend the entire night on these elevated thoughts. Most of the time my mind was on Elsie.[1]

说到我的部长们的官邸，评论家们首先要告诉你，每座官邸都有七间卧室和七间浴室，一周七天轮番使用。第一天晚上，我所能说的，就是我的头脑里完全没有批评的念头。我着实被分给我住的一大套豪华的房间迷住了。躺在双人床上，如同躺在气垫上。我打开床头灯，卧着欣赏那些漂亮的家具。门那边可以看到明亮的浴室和缠腰布[2]一样大的浴巾。此刻，我不得不承认，如果让我当部长，我会极其渴望永远保住这一位置的。感谢上帝，我不是部长。如果我说——照批评家们的说法——像南加这样的人是在一夜之间从贫困和卑微一跃而成为富豪的，因此要放弃这一切回到原来的生活轻而易举；这么说，简直是无视人的本性了。

一个人刚从大雨中跑进屋里，擦干身体，换上干衣服，如果再让他跑回雨中，比让一直留在屋里的人到雨中去更不容易。我们的民族面临的难题是——我躺在那张床上想——我们之中没有人在屋里待得足够长，以致可以归入乐于"不顾一切地冲出去"那一类。我们所有的人直到昨天都还待在雨中。于是我们之中有些人——聪明的、走运的，但永远不是最出色的——就去争夺先前的统治者留下的避难棚，占据了它，把整个身子都塞了进去。在这里，他们试图通过许许多多的扩音器向其他的人说明：斗争的第一阶段已经取得胜利，但第二阶段——怎么去扩张这些房子——是更重要的目标，需要采取全新的策略；这就必须立即停止所有的争论，全体人民都要以同一个调门讲话，避难棚外面的分歧和争论只会颠覆和摧毁整座房子。

不消说，我并没有把整个晚上用来推敲这个宏大崇高的想法。大部分的时间，我的脑袋里就充斥着爱尔丝。[3]

（尧雨 / 译）

---

① Chinua Achebe, *A Man of the People*, New York: Anchor Books, 1967, pp. 34–35.

② 原文为土语"lappa"。

③ 钦努阿·阿契贝：《人民公仆》，尧雨译，重庆：重庆出版社，2008 年，第 42–43 页。

作品节选

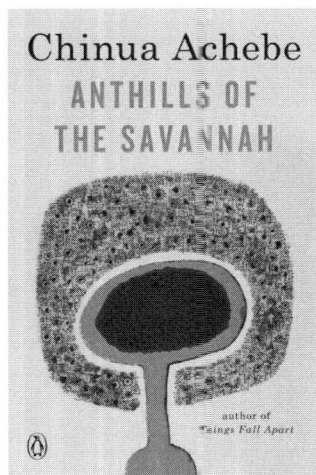

《荒原蚁王》

（*Anthills of The Savannah*, 1987）

I have thought of all this as a game that began innocently enough and then went suddenly strange and poisonous. But I may prove to be too sanguine even in that. For, if I am right, then looking back on the last two years it should be possible to point to a specific and decisive event and say: it was at such and such a point that everything went wrong and the rules were suspended. But I have not found such a moment or such a cause although I have sought hard and long for it. And so it begins to seem to me that this thing probably never was a game, that the present was there from the very beginning only I was too blind or too busy to notice. But the real question which I have often asked myself is why then do I go on with it now that I can see. I don't know. Simple inertia, maybe. Or perhaps sheer curiosity: to see where it will all... well, end. I am not thinking so much about him as about my colleagues, eleven intelligent, educated men who let this happen to them, who actually went out of their way to invite it and who even at this hour have seen and learnt nothing, the cream of our society and the hope of the black race. I suppose it is for them that I am still at this silly observation post making farcical entries in the crazy log-book of this our ship of state. Disenchantment with them turned long ago into detached clinical interest.[1]

---

[1] Chinua Achebe, *Anthills of The Savannah*, New York: Anchor Books, 1988, p. 2.

我把这一切看作一个游戏，它一开始特别纯洁，后来突然变得既怪异又险恶。不过，这样看可能还是太乐观了。因为如果这是事实，那么回头看过去两年，我应该能指出一件具体的、有决定意义的事，然后说：从某某时刻开始，一切都乱套了，规则都不起作用了。然而，虽然我苦苦寻觅，还是没能找到这样的时刻或是导致变化的缘由。我开始觉得，这也许从来就不是游戏，现在的一切从一开始就存在，只是我太盲目，或太忙碌，没有注意到而已。但我经常问自己一个问题：现在既然看清楚了，为什么还要继续？我不知道。也许是惰性使然。也许是因为纯粹的好奇心：想看看它到底怎样……好吧，怎样收场。此时此刻，我想到的不是他，更多的是我的同事：十一位受过教育的聪明人。他们竟让这样的事情发生，实际上，是他们费尽心思把它请来的。而这群社会的精英、黑人民族的希望，到这个时候甚至还没看出发生了什么，也不知道发生了什么。我想，我们的国家就像一艘航船，我是因为他们才坚守这愚蠢的瞭望哨，在疯狂的航海日志上写下这些滑稽的记录。我对他们的态度也早就从不抱幻想变成没有任何感情和兴趣。[1]

（马群英 / 译）

---

[1] 钦努阿·阿契贝：《荒原蚁丘》，马群英译，海口：南海出版公司，2015 年，第 2 页。

作品评析

《人民公仆》与《荒原蚁丘》中的非洲知识分子与人民的未来

引　言

　　非洲的历史是一部充满了种族低劣的谣传史和"文明"侵入"野蛮"的"黑暗之心"的殖民统治史。黑人在推倒心狱的淬炼中寻找自我，发出反抗之声。独立后的非洲并没有走上独立发展的顺畅之道，而是经历了新一轮的殖民。腐败和极权使非洲在发展前行的道路上困难重重。非洲人民探索了无数的发展方案，其中，精英知识分子的探索尤具典型性。但他们脱离人民的致命缺陷，使其对非洲道路的探索最终失败。在团结人民、杜绝腐败政治的道路上，非洲还有很长的路要走。

一、"黑暗之心"的极权腐败

　　独立前，非洲大陆对奴隶贸易和殖民统治的批判形成一个传统，独立后，黑人对非洲国家进行现实透视和政治批判形成另一种传统，这是由非洲的历史和现实决定的，具体而言是由非洲文化与西方文化的遭遇而引发的激烈文化碰撞决定的。《黑暗之心》是英国作家康拉德书写非洲的文本，其对殖民主义和种族主义有着深刻的发现与批判，但批评家萨义德（Edward Said）认为，该作"从政治和美学的角度来看，都是帝国主义式的"。①其叙事逃不脱帝国主义的整体叙述框架。在非洲"现代文学之父"阿契贝看来，康拉德是"一个彻头彻尾的种族主义者"②，而正是康拉德眼中的这个"黑暗之心"使欧洲殖民者既感到神秘害怕又充满征服的野心。

非洲从近代以来，涌现了一大批有批判精神的黑人知识分子，如爱德华·布莱登、迪奥普（Cheikh Anta Diop）、杜波依斯、桑戈尔（Leopold Sedar Sengor）、恩克鲁玛等。阿契贝在吸纳这些人优秀的黑人精神传统的同时，也表达了自己的政见："我发现独立后他们和我朝相反的方向发展，因为他们没有做他们所承诺过的。因此，我变成了一个批评者，我发现我站在人民的一边反对他们的领导者。"③阿契贝的《瓦解》《动荡》《神箭》主要表现了对西方殖民统治的批判及对非洲传统文明的思考，而《人民公仆》《荒原蚁丘》主要是对独立后社会现实的透视。"《人民公仆》是作者对非洲政治独立后社会现实表达不满的发泄"④，它揭露了现实政治的丑恶和腐败不堪。而《荒原蚁丘》则虚构了一个西非国家卡根，这是一个集极权与腐败为一体的罪恶乌托邦。阿契贝曾说："一个非洲作家如果试图避开巨大的社会问题和当代非洲的政治问题，将是十分不恰当的。"⑤作家必须敏锐地把握时代脉搏，"把目光转向现实的社会生活，要干预生活，揭露他们的社会生活中的不公平的和腐败的现象，以推动社会的进步"⑥。对现实政治的不满与直陈，是他创作的初衷。

《人民公仆》描写了独立后非洲国家的政治选举丑闻，焦点在奥迪里（Odili）与昔日的老师南加（Nanga）之间一场不择手段的政治竞选。为了顺利地当上政府的部长，南加来到他的母校拉选票。在演讲中，南加声嘶力竭地表演："他们

---

① 爱德华·W. 萨义德：《文化与帝国主义》，李琨译，北京：生活·读书·新知三联书店，2003年，第30页。

② Chinua Achebe, "An Image of Africa", *Research in African Literatures*, 1978, 9 (1), p. 9.

③ Bernth Lindfors (ed.), *Conversations with Chinua Achebe*, Mississippi: University Press of Mississippi, 1997, p. 30.

④ Ode S. Ogede, "Achebe and Armah: A Unity of Shaping Visions", *Research in African Literatures*, 1996, 27 (2), p. 126.

⑤ 钦努阿·阿契贝：《人民公仆》，尧雨译，北京：外国文学出版社，1988年，第173页。

⑥ 俞灏东、杨秀琴、刘清河：《现代非洲文学之父——钦努阿·阿契贝》，银川：宁夏人民出版社，2011年，第87页。

的母亲养大了他们，他们却咬断母亲的手指！""从今天起，我们必须严密警惕，保卫我们来之不易的自由。我们决不能再把我们的命运，把非洲的命运交给那些西方教养出来的杂种，交给那些光会摆绅士架子的臭知识分子去摆弄……"①在部长官邸，南加夺走了奥迪里的女朋友，这导致本来就和他持不同政见的奥迪里极其愤怒，起而与南加争夺选票。是性的嫉妒引发他对南加的报复，而马克斯的政党正好给了他积极参政的热情。当然，在强权和腐败面前，奥迪里不可能赢得胜利。南加和奥迪里一起去会见教育部部长，结果发生了一件荒谬的事情。海外教育部部长西蒙·柯克因为厨子更换了他平时喝的咖啡种类，以为被别人下了毒药，正在惊恐之际，厨子竭露了事情的原委：原来的咖啡已经用完，他没有来得及买，用自己家乡的咖啡代替了，所以才导致这位部长先生如此惊恐。在这一荒唐的事情中，我们看到南加这一类做贼心虚的人的做作和胆小如鼠。奥迪里在南加的寓所里思考了很多，也看到了一些矛盾且有趣的事情。奥迪里见到一则新闻报道，是对市民使用马桶的限制："在我们伟大的国家里，令人惊讶的鲜明对比处处皆是。正是在我们的首都，在这拥有七个抽水马桶和七间浴室的、舒适而豪华的官邸里，我看到了这段关于便桶的通告。"②可见，这里所谓的国家规则是针对普通人民的，而对于政府的官员则不适用，他们随时都可以破坏规则，永远身在特权中。阿契贝在文中对这类人进行了无情的讽刺，揭露了他们的政治虚伪性和滑稽表演。

外来因素是腐败的主要根源，殖民主义者为了自己的利益不择手段，他们的丑恶嘴脸和颐指气使被刻画得淋漓尽致。对于不谙世事的奥迪里来说，想赢得选举的胜利，而又不想耍手段，简直难如登天。而他的对手对发生的一切都了然于胸，他们当然知道如何去应对和赢得选举的胜利。奥迪里最终的努力"就是使南加取得了一箭双雕的成功"。最后，奥迪里投身的政党的头目马克斯被暗杀，他自己也多次遭到反对派的打击。在一次次打击中奥迪里突然"醒悟"了："你吃，也让别人吃"，从此走上了大家一起"吃"的道路，这也意味着"这个年轻人是另一个部长南加"。'他最重要的改变就是伴随着他重新理解'人民公仆'的意义，

---

① 钦努阿·阿契贝：《人民公仆》，尧雨译，北京：外国文学出版社，1988年。第6—7页。
② 钦努阿·阿契贝：《人民公仆》，尧雨译，北京：外国文学出版社，1988年。第46页。

承认诚实和完整的个体重要性。但这些都不足够去阻止他在小说的结尾，去向作为无私行为的谋杀者和贪污公款的人鼓掌。"①"人民公仆"作为小说的标题，既是对这批人的强烈讽刺，同时又具有深刻的真实性。该小说发表后，尼日利亚就爆发了军事政变，作家本人也因此受到牵连。这是阿契贝敏锐的观察力和深刻的洞见在艺术上的智慧结晶，与其说他预见到第一共和时期的终结，不如说他为非洲民主政治写了寓言。

《荒原蚁丘》是阿契贝最为成熟的长篇小说。在虚构的西非卡根（Kangan）这个国家，昔日留学英国的同窗好友：萨姆（Sam）、伊肯（Ikem）、克里斯（Chris），回国后分别当上了这个国家的总统、国家级编辑、新闻部部长。萨姆是一个军人，他狂热地推崇英国的规则。受萨姆的指示，克里斯监督《国家公报》的编辑伊肯，禁止他发表反动言论，以免威胁政府的统治。但是，伊肯并不听命，依然我行我素，他到处发表演说并攻击腐败黑暗的当政者。最终，伊肯被政府秘密处决，而克里斯也因态度消极而面临被捕的危险。最终克里斯逃亡边境时，被边境检查员当作武装分子枪杀。克里斯临死前说的"最后的绿色"预示："克里斯是在提醒我们要警觉。这个世界属于世界的人民，而不是属于一个小小的团体，不管他们是多么的有才能……"②

虽然英国的殖民历史已经近去，但其阴魂依然在非洲的大地上徘徊。文中暗讽，那些由英国人培养的像萨姆一样的非洲人正在掌握国家的政权，还有那沉浸在物欲大潮中的经济动物美国佬，都在尽一切可能侵吞蚕食这片土地仅剩的资源。为了取悦萨姆总统，克里斯把自己的女朋友——比阿特丽斯（Beatrice）推出（在没有经她允许的情况下）以换取政治筹码，但比阿特丽斯并不是一个随意抛弃自己信仰的人，而是一个有着清醒的认知和独立思考的非洲女性精英知识分子。在和伊肯、克里斯和萨姆的辩论与较量中，比阿特丽斯起着调节和中介作用，在复杂的政治环境中，她往往能一语道破事实的真相，给予他们有力的还击和驳斥。如对伊肯的大男子主义和歧视女性的观点，她就给予了坚决的反驳："把女性放

---

① Rosemary Colmer, "Quis Custodies Custodiet? The Development of Moral Values in *A Man of the People*", *Kunapipi*, 1990, 12 (2), p. 100.

② 钦努阿·阿契贝：《荒原蚁丘》，朱世达译，重庆：重庆出版社，2009 年，第 273 页。

在传统的角色里，当一切都不起作用时才让她们介入到里面去，就像塞姆班电影里那些女人一样，捡起她们被打败的男人丢下的长矛，这在今天已经不适用了。女人被视为最高的上诉法庭是不够的，因为这个最高的上诉法庭他妈的太遥远、太姗姗来迟了！"① 面对于克里斯的软弱和萨姆的独断，她也能给予及时的鼓励和阻止。阿契贝借这几个人物的对话，探索了民族国家前途的多元理性思考，其丰富的视角表明了非洲道路的多种可能性。但作家的任务并不在于解决问题，而在于提出自己的问题，足使世人深入思考和反省。对比以前的小说，该作视角多变，使用第一人称的叙述方式，不仅拉近了主人公和读者之间的距离，而且读者也能身临其境地思考主人公行为的合理性与命运走向。实际上，作品中还审视了人性的弱点，深刻显示了阿契贝对人性的洞察和娴熟的笔力。

《荒原蚁丘》中的多重对话和不同声音，代表寻求解决非洲社会弊端的多种可能，"小说以一个多种族、多语言和多元宗教的小团体结尾，这提供了一个乌托邦的可能性"②。当然，实现乌托邦共同体不是一个终极完成的方案，只是一个可能的建议。作家并不是政治家和社会改革家，但他们有道德使命感和社会责任感，这促使他们思考民族作为整体的命运。在作品中我们看到了社会探索的三种途径："精英知识分子的领导；妇女地位的提高，以比阿特丽斯为代表；以及基于团体的新的政治，他们就是在小说末尾的集中于比阿特丽斯公寓里的那些人。"③事实上，寄希望于精英知识分子不是唯一的选择，现实政治的失败说明了这条道路的狭窄性。在非洲，改变妇女的地位太难，真正占据主导性历史地位的应该是人民，而这恰恰是统治者不愿意看到的，非洲的社会道路探索依旧漫长。但是，阿契贝对于国家前途的关注并没有因此而减弱，在比阿特丽斯为小孩举行的命名仪式上，她给小孩取名为"阿玛琪娜"（AMAECHINA），意即"道路永远不要完结"（May-the-path-never-close）。这种象征寓意表达了人类对美好未来的共

---

① 钦努阿·阿契贝：《荒原蚁丘》，朱世达译，重庆：重庆出版社，2009 年，第 109 页。

② Ali Erritouni, "Contradictions and Alternatives in Chinua Achebe's *Anthills of the Savannah*", *Journal of Modern Literature*, 2006 29 (2), p. 51.

③ Ali Erritouni, "Contradictions and Alternatives in Chinua Achebe's *Anthills of the Savannah*", *Journal of Modern Literature*, 2006 29 (2), p. 55.

同憧憬："历史的动力（而且的确是一种历史必然的动力），不是乌托邦的实现，而是对它的奋力追求"①，可以说，没有了乌托邦就没有了人类历史。这正如韦伯（Max Weber）一再强调的："人们必须一再为不可能的东西而奋斗，否则他就不可能达到可能的东西了。"②

二、精英知识分子及其拯救之途

尽管非洲精英知识分子（主要指有着西方留学经历的非洲知识分子）有着自身无法克服的缺陷，但阿契贝还是对他们倾注了相当的热情。"他们的故事是国家的故事，他们的争吵是国家的危机，他们的死是国家的灾难。"③精英知识分子的这种主流地位是由非洲的历史处境决定的。

在非洲，精英知识分子的腐败并不是一个偶然事件，这是一个关于政权体制的结构性问题。事实上，在整个集权的大染缸里，很少有人能洁身自好。法农在这个问题上指出："受过高等教育的本土中产阶级为了自身利益牺牲普通民众的利益，在他们的治理下，新近独立的国家陷入危机。"④这些所谓的本土中产阶级，就是一批喝过洋墨水的精英知识分子。非洲各个领域中的精英们事实上容易将殖民主义力量代之以另一种以阶级为基础的，并且最终成为有剥削性质的力量。这力量以新的名义重复旧的殖民主义结构。于是，旧的殖民体系瓦解了，而新的殖民体系却在非洲内部建立起来，形成了新一轮的殖民关系，非洲人民终究逃不脱被殖民思维控制的命运罗网。

在《人民公仆》中，阿契贝刻画了一批挣扎、反抗但最终失败的精英知识分

① 莫里斯·迈斯纳：《马克思主义、毛泽东主义与乌托邦主义》，张宁等译，北京：中国人民大学出版社，2005年，第2页。
② 转引自莫里斯·迈斯纳：《马克思主义、毛泽东主义与乌托邦主义》，张宁等译，北京：中国人民大学出版社，2005年，第2页。
③ 转引自 Neilten Kortenaar, "Only Connect: *Anthills of the Savannah* and Achebe's *Trouble with Nigeria*", *Research in African Literatures*, 1993, 24 (3), p. 62.
④ 转引自 John McLeod, *Beginning Postcolonialism*, Manchester: Manchester University Press, 2000, p. 89.

子形象。南加部长口号喊得震天响，表面上为人民，实际上却干着损害人民利益的勾当。"虚伪的爱国主义是尼日利亚特权阶层的标志之一，对于他们而言，面临突如其来的权力、财富以及不劳而获的地位，真正的爱国主义显得不切实际。他们所谓的爱国主义是为了安放他们不安的灵魂。他们的爱国主义仅仅停留在嘴边，爱国主义从来不在这些人的心中或头脑里，当然更不在他们的手头实践上。"[1]奥迪里不是没有挣扎和反抗，他"已不仅仅限于为取得那个政治官职去争吵一场；它突然升华，变成一种象征性的行动，变成光明和庄严的象征性行动，世俗的功名利禄都不能将它玷污"。[2]但这种升华的抗争最终换来的是血腥的打击和报复，他与南加的竞选注定是一场赢不了的战争。在集权的怪圈中，他很快与其他的精英知识分子同流合污，丑恶的政治现实使他变成了一个愤世嫉俗者，他的道德价值观被彻底扭曲，变成了一个没有良知的精神流浪者。

《再也不得安宁》中的奥比本是一位西方派，但他摆脱不了与非洲本土传统的关联，最终陷于传统与现代的泥淖中而变成了一个"空心人"。面对西方的殖民，阿契贝抗辩道，西方人采取的策略是像"道林·格雷（Dorian Gray）的画像与格雷的关系——这位主人必须把他的生理和心理上的种种缺陷卸载到一个载体上，他才可以笔直地、潇洒地向前走"[3]。而事实上，非洲人不是一个可以随意抛弃的幕布和背景，他们是人。他们"不是天使，也不是没有进化的人——仅只是人，他们常常极其聪慧，在生活和社会发展中经常创造出巨大成功"[4]。但是，在西方人的殖民征服下，部分非洲人在西方价值观和本土价值观之间徘徊，犹疑不定，这鲜明地烙印在非洲精英知识分子的内心深处，奥比的行为失范就具有典型性。奥比把拯救尼日利亚的途径放在西方的民主、自由思维范式上，但是，尼日利亚的土壤却并不能容纳奥比式的西方主义探求，传统的力量在处处阻碍他、拉扯他、撕裂他，最终他变成了一个没有自己主见的"空心人"而随波逐流。奥比的失败证明了西方式思维嫁接非洲社会的不可行，非洲社会道路的探索不能以西方或任何其他社会的标准为鹄的，而只能以非洲的实际情况为准则。历史也一再表明了这种趋向。

---

[1] Chinua Achebe, *The Trouble with Nigeria*, Enugu: Fourth Dimension Publishers, 1998, p. 19.

[2] 钦努阿·阿契贝：《人民公仆》，尧雨译，北京：外国文学出版社，1988年，第149页。

[3] Chinua Achebe, "An Image of Africa", *Research in African Literatures*, 1978, 9 (1), p. 13.

[4] 巴特·吉尔伯特（编）：《后殖民批评》，杨乃乔等译，北京：北京大学出版社，2001年，第192页。

在阿契贝的笔下，我们看到了《瓦解》中奥贡喀沃的固执，也见证了《神箭》中伊祖鲁的权力挣扎。非洲独立后，西方殖民思维并未消散，西方通过培植本土代理人的方式继续取得在非洲大陆的新一轮殖民权益。尽可能贴近而不是彻底消除非洲的传统价值观和生活方式，这是西方人最大限度攫取管理权的新方式。奥比的陷落在某种程度上是非洲传统价值观与西方价值观未取得某种平衡而导致的行为失范和文化震荡。非洲人组成的"拉各斯联合会"曾是奥比游学西方的最大支持者，"在过去，乌姆奥菲亚要求你去战斗，猎取人头。那种作为神的牺牲的羔羊的血腥黑暗日子已经过去。现在我们要你去学习新的知识。记住：害怕君主就是智慧的起始"。① 但是，联合会要求奥比学成后加入本土集体联手对抗西方，而不是作为现代公民换取一个现代化的尼日利亚民族和国家，这种家族式的集体主义价值观在走向现代化的拉各斯城是如此不合时宜。显然，非洲在现代化面前采取抵抗策略的共同体尽管维护了他们在都市的最后一片天空，但这种团体主义的苟延残喘于民族的现代化是一种阻碍而不是进步。南加部长的弄虚作假，奥迪里的你"吃"大家一起"吃"的变通，都是这种变异的集体主义价值观与民族现代化道路阻滞的体现。西方人聪明地意识到合作而不是对抗的重要性，利益最大化是他们对非洲联合会采取容忍态度的真正目的，这是必须要认清的政治事实。

在《荒原蚁丘》中，作者采取多元视角透视尼日利亚的现实和发展道路，作者野心勃勃地试图把历史、当代社会评论和社会发展的实际模式等各种观念都融合在一起。这些不同的声音，表明了非洲的发展不应固守一种解决方式。小说中的人物并没有一个确定完满的结论，每一个人都从自身的立场来思考问题，观点既针锋相对，又构成对话的完整体系，这表明了作者开放性思考和多元化声音并置的创作特点。但是小说焦点在于对萨姆、伊肯、克里斯和比阿特丽斯的刻画，他们代表了非洲不同的社会道路的探索方式。萨姆企图以军事政变的方式来变革卡根社会，但权力的诱惑使他走上了极权与腐败的死胡同。伊肯是一个思想自由主义者，也是一个反政府的激进主义者，他被萨姆政府秘密处决说明了个人主义力量的薄弱，同时也深刻说明了非洲社会变革如同其他社会进程的变革一样充满

---

① Chinua Achebe, *The African Trilogy: Things Fall Apart, No Longer at Ease, Arrow of God*, New York: Alfred A. Knopf Press, 2010, p. 160.

了流血牺牲与艰辛坎坷。克里斯苟活于萨姆极权政府，摇摆于暴力统治与自由实践之间，他的死亡同样说明了这条路走不通且非洲社会道路探求的荆棘丛生。比阿特丽斯是阿契贝倾心的一位女性形象，她自始至终保持自己的本心并持怀疑批评态度，她以女性特有的柔韧精神呼吁非洲社会各阶层大联合，她才是非洲道路探索的最终选择。脱离人民，既是萨姆、伊肯、克里斯探索非洲社会道路失败的重要原因，同时也从反面说明了团结人民才是非洲社会道路探索的正确选择。

以上所述大都是有着西方留学经历的精英知识分子，他们对国家民族道路探索的失败，反映了阿契贝的一种矛盾心态：既寄希望于精英知识分子，又把他们的探索行为归于一种无效的流放状态。精英知识分子在阿契贝的文本中似乎陷入了一个怪圈，精英统治不会带来民主，而是独裁统治。而非洲社会现实中，精英知识分子确实已陷入了一个政治僵局，他们被殖民文化和新的政治文化所困，原以为国家独立就能超越殖民文化，而新的政治文化却似乎将原来的殖民因素等进一步扩大化。尼日利亚的政治机器"如此混乱，无论你往哪个方向按它，出现的结果都是一样的"。

非洲确实存在许多问题，其传统价值观方面也有许多缺憾，阿契贝很清醒："我们不能自认为我们的过去是一首很长的、色彩明丽的田园诗。我们必须承认我们民族的过去像其他民族的过去一样，有它好的方面，也有它不好的方面。"[1]但是，作为一个尼日利亚巨民，他必须承担责任和直陈弊政。"尼日利亚的问题在于领导者不愿意或没有能力承担责任，真正的领导者在于挑战私人利益。""如果领导者有意志、能力和远见，我认为尼日利亚今天就会改变。"[2]阿契贝不无担忧："我们已经失去了20世纪，我们还能忍心看着我们的下一代也失去21世纪吗？"[3]从阿契贝的愤激中，我们看到的是一个有良知的知识分子对社会的忧虑和深沉思索。部落意义上的集体观曾是非洲对抗殖民主义的精神武器，"尽管部落和语言不同，但我们如兄弟般紧紧相连"。然而如今，"我们却在同族相残的土地上苟延残喘"。

[1] 转引自俞灏东、杨秀琴、刘清河：《现代非洲文学之父——钦努阿·阿契贝》，银川：宁夏人民出版社，2012年，第18页。

[2] Chinua Achebe, *The Trouble with Nigeria*, Enugu: Fourth Dimension Publishers, 1998, p. 1.

[3] Chinua Achebe, *The Trouble with Nigeria*, Enugu: Fourth Dimension Publishers, 1998, p. 3.

"偏见和固执破坏进步和文明，尽管我们不能以法律的形式要求人人都能够消除它们，但我们的国家和社会机构不必实践、认可或宽恕像这样的习惯。"①尼日利亚可能有这样那样的缺陷，"它是肮脏的，无情的，嘈杂的，好夸耀的，不诚实的和庸俗的。简而言之，它属于地球上不干净的地方……是批评而不是完全无望……尼日利亚就是上帝以他无穷的智慧选择了塑造我的地方"②。对阿契贝而言，他无权选择更安逸和舒适的环境，"文明不会从天而降，它总是人们辛勤汗水的结晶，人们长久以来所寻求的秩序和正义来源于勇敢无畏而有识见的领导者的探索结果"③。

非洲精英知识分子的探索失败既有其社会环境的因素，又有文化传统的固守与习染的重要因素。但置身文化"十字路口"的阿契贝所持的是一种理性辩证的文化观。"没有什么是简单的，我们不应该使事物简单化。我们应该接受生活的所有复杂面……"④"激进主义和保守主义都是看待事情的简单方式……邪恶不总是邪恶，善良从另一方面也会被自私浸染。"⑤阿契贝迄今最成熟的小说《荒原蚁丘》中的精英知识分子比阿特丽斯一反阿契贝在以前小说中塑造的女性形象，她是阿契贝小说中性格最与众不同、最具吸引力的非洲女性形象。但同时，我们也应该看到，作者对女性态度的转变也是社会环境和时代变化与作者敏锐的创作感受融会贯通的结果。而比阿特丽斯相对有限的自由言论与叙述视点，表明非洲女性的地位依然不高，即便明智先锋如阿契贝也拘囿于整个非洲社会造成女性压抑环境的集体无意识。但毕竟，比阿特丽斯作为知识精英中的女性代表和文化上的另一极力量，使非洲人看到了一种强烈变革的信号。

文本中女性力量的增强显示了阿契贝在文化上一贯的辩证的理性态度。"但你明白，文化是曲折发展和易变的，因为不如此，文化就不可能存在。文化对你说必须强势，必须这样那样，一旦这种绝对强势的文化对你这样说的时候，'千万

---

① Chinua Achebe, *The Trouble with Nigeria*, Enugu: Fourth Dimension Publishers, 1998, pp. 6-7.

② Chinua Achebe, *The Trouble with Nigeria*, Enugu: Fourth Dimension Publishers, 1998, pp. 9-10.

③ Chinua Achebe, *The Trouble with Nigeria*, Enugu: Fourth Dimension Publishers, 1998, p. 10.

④ Anna Rutherford, "Interview with Chinua Achebe", *Kunapipi*, 1987, 9 (2), p. 6.

⑤ Rose Ure Mezu, *Chinua Achebe: The Man and His Works*, London: Adonis & Abbey Publishers Ltd., 2006, p. 229.

不要这样做，要把持住自己……文化是一个矛盾体，在它强势的同时马上就会体现充满爱、充满温柔的女性化的一面……"①"矛盾是生活最本质的内容"，"如果矛盾得到很好的理解和操控的话，它们能够激起发明的火焰。"②阿契贝意识到，小说人物在残酷的非洲现实政治面前，他们的身份是不确定的。当他们在寻找文化身份的时候，这些非洲价值和西方价值的文化杂交问题最终止步于变化的复杂性，这显示了非洲社会的勃勃生机、灵活性以及它的内在适应性。非洲精英知识分子探索的失败就表明了社会现实的全面复杂性和流动性。但是，持久的信仰和批判精神是阿契贝始终不放弃的抗争武器，"基本上我们还是非常胆小的人。不仅胆小，我们沉浸在自我欺骗中……我以为我仍然需要培养并发展反对、不同意的精神，不同意不意味着叛国，因为有人说'不'不代表他比说'是'的人不爱国一些"③。这种说"不"就代表了一种抵抗性的声音，虽然还很微弱，但至少有了一个新的开端和变化征兆。正如萨义德通过对位阅读法在帝国殖民文本中发现了第三世界微弱的抵抗之声，假以时日，这种微弱的"黑暗"之火终将汇成燎原之势。非洲说"不"的声音亦作如是观。

非洲精英知识分子社会探索的失败可能有着种种深刻复杂的缘由，但毫无疑问，脱离人民是他们最致命的原因。

三、人民作为非洲的未来

非洲精英知识分子的历史探索有着种种表现。如19世纪非洲文化的复兴者布莱登提出"非洲个性"思想，其思想对迪奥普的"非洲中心主义"、杜波伊斯的"黑人文艺复兴"、桑戈尔的"黑人性"等非洲知识分子的理论阐发和黑人性运动具

---

① Bernth Lindfors (ed.), *Conversations with Chinua Achebe*, Mississippi: University Press of Mississippi, 1997, p. 118.

② 钦努阿·阿契贝：《荒原蚁丘》，朱世达译，重庆：重庆出版社，2009年，第119页。

③ Robert M. Wren, *Achebe's World: The Historical and Cultural Context of the Novels*, Washington: Three Continents Press, 1980, pp. 139—140.

有广泛深刻的影响。在泛非运动、黑人精神运动、非洲一体化运动中涌现出了许多有远见的知识分子，他们在民族道路和文化选择上表现出了三种态度：西化派、传统派和非—西融合派。其中既有固守传统的偏见，也有革新社会的洞见，甚至还有人一度选择了社会主义的政权模式。不管选择哪一条道路，这与他们所处的历史环境和智识情感有着密切关联。但"人民"在非洲独立后的政权变更中始终是缺场的，而这与非洲集体主义价值观并不相符。

《人民公仆》中的人民还处于一种不觉醒、麻木的状态，阿契贝以讽刺的笔调突出了对精英知识分子的批判，而有着理性思考能力的精英知识分子要么利用了人民的这种愚昧（以南加为代表），要么也同样走向了这种麻木的状态（以奥迪里为代表）。于是，人民与精英知识分子构成了一股强大的合谋关系，他们使本来就乌烟瘴气的国家雪上加霜，腐败与极权甚是猖獗。而在《荒原蚁丘》中，作者将人民置于正统的地位，这也与小说选择底层叙述的基调保持一致。精英知识分子救国的方案之所以行不通，就在于他们脱离人民，得不到人民的响应和支持，陷入孤立的绝境。萨姆是一个军事独裁者，他彻底走向人民的反面，因而他的失败是注定的。伊肯和克里斯虽然有着清醒的理性意识和独立的判断能力，但他们也是脱离人民的。比阿特丽斯作为他们之间的中介和矛盾的调停者，虽然思考问题更加理性全面，但还是止于精英知识分子的单一立场。阿契贝发现是权力导致精英知识分子背叛了人民并且把他们困在特权的象牙塔之中。而在非洲，个人的权力和力量恰好是存在于集体的力量中的。

《人民公仆》中写道：对南加先生的欢迎人员排成了一个长队，"人们如此热情地赞扬，倒使我有点发窘，这无疑说明我对他的态度发生了变化，或者说正在发生变化"[①]。人民的态度是："知道了不要紧，但不要刨根问底。"[②]人民愚昧如此，非洲仅靠极少数知识精英苦苦挣扎的政治改革不可能取得真正的成功。精英知识分子在这种普遍腐败的政治环境中，也难避免自身变质的危险。替奥迪里竞选的同党马克斯被敌对派密谋杀害了，但替他复仇的既不是人民，也不是他

---

① 钦努阿·阿契贝：《人民公仆》，尧雨译，北京：外国文学出版社，1988年，第13页。
② 钦努阿·阿契贝：《人民公仆》，尧雨译，北京：外国文学出版社，1988年，第19页。

的所谓的同志，而是一个与他朝夕相处的弱不禁风的女人。"如果要等人民替他报仇，那他就注定得不到安息，那她至今还得在日晒雨淋下奔走了。"①这就深刻地说明了非洲精英知识分子脱离了人民的悲剧命运。小说军事政变的结尾方式似乎暗示了：在其他不稳定的独立非洲国家发生的，也会很容易在尼日利亚发生。军事政变意味着非洲一个普遍的寓言，它不仅仅属于尼日利亚。《荒原蚁丘》中卡根政府失败的根本原因在于国家领导者和他们的人民之间的不信任和隔阂。"这个政府的主要弱点在于，我们的统治者没有与我们国家穷困的、被剥夺的人们重新建立至关重要的内在联系，这些弱势者破碎的心在我们民族存在的核心中痛苦地搏动着。"②脱离了人民的政党注定是失败的，人民才是历史和国家的主人，这是作者要清晰表明的政治观点。

《人民公仆》中人民对国家的冷漠反应是尼日利亚历史和现实的投射，显然人民在迈向现代民族的进程中并未作好充足准备。而《荒原蚁丘》则积极强化人民对民族、国家的渴望，除了描写极权的卡根政府，还有人民的团体阿巴松（Abazon），二者互为镜鉴，通过相互映照显露各自的不足和缺陷。精英知识分子克里斯、伊肯和比阿特丽斯都维护民族国家的整体性，都认为"这个国家的统治者必须来自这个民族的人民当中，更重要的是，他必须认同人民。这样，人民才认同这个国家"③。但理论认同并不等于社会实践，他（她）们的社会探索都表明了与人民的某种脱离而不是真正意义的结合。实际上，作品中精英与大众的关系，在某种层面上象征着现代与传统的关系。精英知识分子企图抛弃大众与传统，与其一刀两断，卡根政府企图完全西化，斩断与过去的联系，这注定了他们失败的命运。对物质和权力的追逐，麻痹了部分非洲知识精英的双眼，使他们寸步难行。但作者对未来理想的民族国家这个"想象的共同体"仍然持有希望，希望就在于人民和团体的力量。而人民的觉醒为其首要，关键在于人民能够展示说"不"的勇气。

---

① 钦努阿·阿契贝：《人民公仆》，尧雨译，北京：外国文学出版社，1988年，第170页。

② 钦努阿·阿契贝：《荒原蚁丘》，朱世达译，重庆：重庆出版社，2009年，第169页。

③ Neilten Kortenaar, "On ɣ Connect: *Anthills of the Savannah* and Achebe's *Trouble with Nigeria*", *Research in African Literatures*, 1993, 24 (3), p. 60.

在《人民公仆》《荒原蚁丘》中属于人民的权力空间已然被践踏殆尽。在殖民前的非洲集体中，他们通过公共讨论来议事以解决纷争。但西方殖民者带来的经济、政治、法律和管理制度，显然破坏了非洲人的公共协商领域。公共空间的消失，意味着传统的道德价值观和民主氛围的消失，随之泛滥的则是极权、对金钱的疯狂追求、无止尽的欲望和混乱。上述小说中正描绘了这样一个非洲公共领域被破坏后，主人公道德价值沦丧，攫取权力的贪婪导致的混乱不堪局面。南加部长口是心非玩弄权谋，最终亦被权谋所谋。奥迪里在经历一系列挫折打击后道德价值观彻底扭曲，最终沦为共同的"吃者"。萨姆排除了公共领域，最后被公众所厌恶和唾弃。克里斯和伊肯以死告诫精英知识分子脱离人民的危险。而在比阿特丽斯为小孩的命名仪式上，阿契贝提出了非洲各个阶级大联合与和解的宏愿。

结　语

在 2012 年的一次采访中，阿契贝依然强烈地表达了自己对现实政治的一贯愤怒与不满："腐败盛行是因为在尼日利亚我们有个完全失败的领导权力，致使腐败变得简单易行。作为一个艺术家，我应该和人民站在一起反对压迫人民的统治者。"与此同时，他还认为，"如果目前政府能够减少日渐膨胀的赤字，控制骇人的薪水及议员、国家领导人和当地政府官员的津贴，那可能会每年额外减少几十亿美元或起码几亿美元的开销，那至少是一个开始"[1]。作为一位有影响力的知识分子，阿契贝对民族国家怀着强烈的道德责任感和理性的批判精神。非洲的极权与腐败不是与生俱来的，而消除极权和腐败也并不是一蹴而就的事情。但非洲人民必须为了这个目标不懈努力，正如阿契贝所言：我明白这就像生活一样，每一个社会都要成长，都要学会吸取教训，因此，我不绝望。

（文 / 长江大学 秦鹏举）

---

[1] Scott Baldauf, "Chinua Achebe on Corruption and Hope in Nigeria", *Christian Science Monitor*, March 22, 2013.

第十一篇

阿契贝散文集《非洲的污名》为非洲正名

作品节选

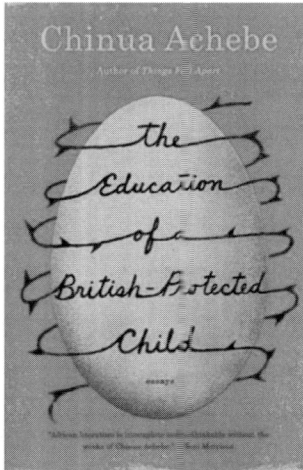

《非洲的亏名》
(*The Education of a British-Protected Child*，2009)

It is a great irony of history and geography that Africa, whose landmass is closer than any other to the mainland of Europe, should come to occupy in the European psychological disposition the farthest point of otherness, should indeed become Europe's very antithesis. The French-African poet and statesman Léopold Sédar Senghor, in full awareness of this paradox, chose to celebrate that problematic proximity in a poem, "Prayer to Masks," with the startling imagery of one of nature's most profound instances of closeness: "joined together at the navel." And why not? After all, the shores of northern Africa and southern Europe enclose, like two cupped hands, the waters of the world's most famous sea, perceived by the ancients as the very heart and center of the world. Senghor's metaphor would have been better appreciated in the days of ancient Egypt and Greece than today.

History aside, geography has its own brand of lesson in the paradox of proximity for us. This lesson, which was probably lost on everyone else except those of us living in West Africa in the last days of the British Raj, was the ridiculous fact of longitudinal equality between London, mighty imperial metropolis, and Accra, rude rebel camp of colonial insurrection; so that, their unequal stations in life notwithstanding, they were named by the same Greenwich meridian and consequently doomed together to the same time of day!

But longitude is only half the story. There is also latitude, and latitude gives London and Accra very different experiences of midday temperature, for example, and perhaps gave their inhabitants over past eons of time radically different complexions. So differences are there, if those are what one is looking for. But there is no way in which such differences as do exist could satisfactorily explain the profound perception of alienness which Africa has come to represent for Europe.[1]

  非洲是距离欧洲最近的大陆，但在欧洲人心目中，它是迥异于自身的最遥远的所在，完全是欧洲的对立面，这是关于历史和地理的极大讽刺。非裔法国诗人、政治家利奥波德·塞达尔·桑戈尔清楚地意识到了这一矛盾，在《向面具祷告》这首诗中，用大自然中最深刻的亲密意象之一——脐带相连——歌颂了这种成问题的亲近。有何不可？毕竟，北非和南欧的海岸就像两只杯形的手，围拢住这片世界上最著名的海洋，古人曾将这片海域奉为世界的中心和心脏。桑戈尔的暗喻在古埃及和古希腊时代应该会比在当今受到更多认可。

  历史且不谈，在这个关于距离的悖论中，地理在我们的意识里烙下了一个教训。这个教训只有我们这些经历过英国殖民统治末期的西非人才会铭记，暴力反抗殖民统治的大本营阿克拉与强大的帝国都市伦敦经度相同，这是个可笑的事实；因此，尽管生命地位不平等，它们仍处在同一条格林尼治子午线上，从而注定在时间日期上是一致的！

  但经线仅仅是故事的一部分。还有纬线，它给了伦敦和阿克拉迥异的体验，比如正午的温度，或许在漫长的历史过程中也给了两地居民完全不同的肤色。如果想找两者的差异，这些就是。然而就算这些差异真的存在，它们也绝不能令人满意地解释那种根深蒂固的异己感：非洲在欧洲眼中属于另一个世界。[2]

（张春美／译）

---

[1] Chinua Achebe, *The Education of a British-Protected Child*, London: Penguin Group, 2011, pp. 77—78.

[2] 钦努阿·阿契贝：《非洲的污名》，张春美译，海口：南海出版公司，2014年，第87—88页。

作品评析

《非洲的污名》为非洲正名

引　言

　　钦努阿·阿契贝是享誉世界的尼日利亚作家，他的作品极富内涵和深度。其长篇小说《瓦解》《动荡》《神箭》和《人民公仆》被称为"尼日利亚四部曲"，作品深刻描绘了尼日利亚从英国殖民统治时期到独立后社会历史的真实状况。1987 年，阿契贝出版了第五部长篇小说《荒原蚁丘》，他敏锐地洞见了非洲国家的社会发展问题。朱振武指出，"作为非洲英语文学的代言人，阿契贝极力将最真实的非洲呈现在作品中，为非洲英语文学争得发言权"①。阿契贝凭借其杰出的文学作品先后获得了布克奖、洛克菲勒奖、德国书业和平奖、尼日利亚国家奖等多项大奖，被尊称为"非洲文学之父"。

　　2009 年，阿契贝出版个人论文集《非洲的污名》（*The Education of a British-Protected Child*），该书收录了作家整个写作生涯各个时期的 16 篇随笔和演讲，代表了阿契贝对尼日利亚的重大事件、百姓生活的见解及其对国家、人民和时代的情感与展望。该书收录的文章多数为阿契贝在各个时期发表的论文和会议论文及公开演讲。其中有在大学或会议上的演讲，如《非洲的污名》是作者于 1993 年在剑桥大学讲座的内容，《齐克厨房里的香味》是作者 1994 年在林肯大学向尼日利亚独立后首任总统纳姆迪·阿齐克韦博士致敬的演讲；《我心中的尼日利亚》是 2008

---

① 朱振武：《非洲英语文学，养在深闺人未识》，《文汇读书周报》，2018 年 10 月 8 日，第 DS2 版。

年作者在《卫报》25 周年纪念会上的主题演讲；《马丁·路德·金与非洲》是其 1992 年在华盛顿召开的马丁·路德·金纪念会上的演讲；《非洲是人》则是作者 1998 年在巴黎经济合作与发展组织会议上的演讲；另外一些则为会议论文，如《拼写出我们真正的名字》是作者 1998 年在马萨诸塞大学会议上宣读的论文，《非洲文学中的语言政治与语言政治家》是现代语言与文学国际联合会的会议论文。

正如他本人在前言中所述，不同于小说中虚构的人物、情节、国家，书中涉及的是真实的个人、话题、时代，他寄厚望于这本书向读者阐明究竟是什么让他的写作与生活融为一体。[①]阿契贝以历史亲历者的真实社会生活体验，围绕殖民文学赋予非洲的污名、非洲文学创作语言的争议、如何拼写出非洲真正的名字、如何给非洲以非洲的名字等主题进行论述，有力地揭示了非洲国家和国际社会在透视非洲政治、经济、社会发展问题时，观念、视角及见解上的巨大差异。

以主题、篇名检索中国知网，目前暂未检索到国内有关《非洲的污名》的评介和论文。笔者尝试通过研读该论文集，更全面细致地了解和体悟阿契贝的思想信念及其书写殖民前和殖民后非洲社会的深刻笔触，对非洲如何拼写自己真正的名字这一论题做初步探究。

一、殖民文学赋予非洲的污名

非洲大陆与欧洲大陆在地理上相邻，但在心理上的距离却极其遥远。欧洲人将非洲视为未开化、待改造的大陆，是完全不同于欧洲的另一个世界。在殖民地宗主国作家描写非洲的文学作品中，非洲形象屡次三番地遭到诋毁，这种现象直至今日依然隐匿于欧洲现代文学里。

阿契贝对殖民时期欧洲文学作品中打造的非洲堕落形象深感愤怒，认为这是不符合非洲真实形象的污名。《非洲的污名》一文对欧洲人根深蒂固的偏见做了独到的分析，猛烈抨击了欧洲人主观讲述非洲故事的传统。阿契贝指出，欧洲人

---

① 参见 Chinua Achebe, *The Education of a British-Protected Child*, London: Penguin Group, 2011, p. xii.

对非洲的看法本质上并非完全源于无知，而是为其长达500年的大西洋奴隶贸易和变非洲为殖民地这两大历史事件所做的精心设计。阿契贝认为，正是奴隶贸易的历史背景培育了欧洲人讲述非洲故事的传统。他援引美国学者多萝西·哈蒙德和阿尔塔·贾布洛的研究，展示了英国文学作品在非洲奴隶贸易发展过程中是如何相应地从对航海者们"写实的报道"转向对非洲人"贬损的评判"。[1] 为了替奴隶贸易和殖民活动辩护，在19世纪的"非洲小说"中，非洲民族被塑造成品性低下的不幸民族，非洲形象不断被诋毁，而"奴隶制成了拯救非洲的一种方式，因为它给非洲人带来了基督教和文明"。[2]

阿契贝认为在一些广泛传播和阅读的经典作品中依然有诋毁非洲的文学传统。阿契贝以英籍波兰作家约瑟夫·康拉德的作品《黑暗的心》为例来佐证自己的观点。《黑暗的心》主要记录的是船长马洛的非洲经历和一位白人殖民者的故事，康拉德用详尽的笔墨把非洲黑人描述成会突然疯狂喊叫、狂乱舞动身躯的"史前人类"；并把自己假想成第一批来到不为人知、有待探索的刚果河上的人。阿契贝驳斥康拉德的假想"需要大量的事实来呼应"[3]。客观史实是，在康拉德来到非洲几百年之前，刚果河两岸即有非洲居民，而冒险的欧洲帆船亦早已驶入刚果河道。这片土地上原有非洲人自己的刚果王国，为限制并终止奴隶贸易进行了长达200年的抗争，才灭亡并沦为葡萄牙的殖民地。阿契贝认为康拉德罔顾史实，继承了过去把非洲塑造成有待欧洲人前来探索、改造的文学传统，有意识或无意识地维护欧洲的奴隶贸易和殖民活动的正当性。阿契贝分析了《黑暗的心》中的人物设计，康拉德把人物简单分为三层：最底层是非洲人，他们的灵魂还未开化；中层是一些堕落的欧洲人，他们的灵魂是有瑕疵的；而处于最顶层的就是普通的欧洲人，他们的灵魂已无需任何词汇来形容。阿契贝认为，即使康拉德在作品中体现了对非洲人的怜悯之心，但他并没有将非洲人视为同欧洲人一样的物种——人，而这正是非洲人最渴求的东西。[4]

---

[1] Chinua Achebe, *The Education of a British-Protected Child*, London: Penguin Group, 2011, p. 79.

[2] Chinua Achebe, *The Education of a British-Protected Child*, London: Penguin Group, 2011, p. 79.

[3] Chinua Achebe, *The Education of a British-Protected Child*, London: Penguin Group, 2011, p. 83.

[4] Chinua Achebe, *The Education of a British-Protected Child*, London: Penguin Group, 2011, p. 89.

　　阿契贝还以自身的求学体验和两个女儿的成长经历为例，阐明殖民文学的传统对殖民统治时期以及后殖民统治时期的非洲儿童成长的消极影响。在《非洲的污名》中阿契贝回忆自己在幼年求学时，是一名"受英国保护的孩童"，及至上大学、获得第一本护照时，又目睹自己被定义为"受英国保护的人士"，他把这种关系描述为"极为专断的保护关系"。在《非洲文学："庆典"的回归》中，阿契贝辛酸地回顾了他求学期间的英文"非洲文学"阅读经历，他在这些书中看不到作为非洲人的自己。他回忆自己在受教育的第一阶段，作为读者他心甘情愿地站在了文明聪明、无所畏惧的白人冒险者的一边，并无比憎恶野蛮愚蠢、阴险奸诈的黑人反抗者。阿契贝写道："我意识到故事并不总是单纯的；它们可以被用来把你归入错的群体，归入到那些来剥夺你一切的人群。"[1]当长大的阿契贝意识到被这些文学作品欺骗了的时候，猛然发现自己是刚果河岸上那些上蹿下跳的原始人之一，从来就不在欧洲人的冒险船上，即便坚持待在那里，也只是康拉德所描述的像模仿人类穿马裤走路的狗那样可笑的进化黑人而已。[2]

　　欧洲诋毁非洲形象的文学传统对孩童成长的影响甚至在尼日利亚独立后也依然存在。阿契贝在《我的女儿们》一文中提到了自己四岁的大女儿突然有一天对自己和妻子说："我不是黑色的，我是棕色的。"[3]震惊之余的阿契贝去幼儿园等处四处探寻，最后在其为女儿购买的价格昂贵、包装精美的欧洲绘本里找到了答案。阿契贝在这些以现代文明包裹的欧洲进口故事中读到了种族傲慢甚至侮辱。阿契贝认识到为非洲的孩子们创作一本童书的必要性和紧迫性，他即刻投入创作了《契克过河》献给女儿。阿契贝还提到，即便是 8 年后，在美国马萨诸塞州上幼儿园的二女儿也遭遇了类似的成长困惑。上学之初的一段日子里孩子每日哭闹不愿上学，在学校郁郁寡欢，几乎整日不能开口和同学说话。而阿契贝和孩子约定，每天相互给对方讲一个故事，孩子最终自信快乐地融入了校园。

　　最后，阿契贝以其自身敏锐的感知和洞察，提出即便是当今时代，世界对当下的非洲故事的讲述依然存在隐忧。他认为，数个世纪以来"非洲小说"打造典

---

① Chinua Achebe, *The Education of a British-Protected Child*, London: Penguin Group, 2011, p. 118.

② 参见 Chinua Achebe, *The Education of a British-Protected Child*, London: Penguin Group, 2011, p. 87.

③ 钦努阿·阿契贝：《非洲的污名》，吐春美译，海口：南海出版公司，2014 年，第 78 页。

型堕落非洲形象的传统已经"遗传给了影业、新闻业和人类学，甚至人道主义及传教活动"。①阿契贝提到其观看的一部科学性极强的美国纪录片，拍摄地点在一家伦敦医院，拍摄内容是妇女分娩的过程。当看到除了暴露在镜头中正在生产的加纳妇女外，整个产房里全是白人时，阿契贝感到非常震惊。他不无担忧地写道："大概没人会仔细考虑这类问题。种族问题不再是会议室里看得见的存在。但它可能就蛰伏在我们的潜意识里。"②

阿契贝的话语令人警醒：今天的人们在讲述非洲当代故事时，是否真正摒弃了过去诋毁非洲形象的传统？是否真正尊重了理应获得公平对待的每一个个体？又是否真正记录了与其他种族同而为人的非洲人真实的人性？非洲的污名在当代应该被揭掉且由非洲人自己重新如实改写。20 世纪五六十年代，非洲国家先后脱离西方殖民统治而获得独立，"书写国家"的后殖民文学在非洲迅速发展。后殖民文学在改写非洲形象的进程中发挥了积极的作用，但非洲本土作家在沿袭还是抛弃用英语、法语写作的问题上，并没有达成一致的意见，其引发的争议和讨论持续至今。

二、非洲文学创作的语言争议

20 世纪以来，随着殖民主义制度的瓦解、非洲国家纷纷独立，非洲文学开始蓬勃发展。由于历史的原因，部分非洲作家在民族独立后依然以宗主国的语言进行创作，英语文学、法语文学成为非洲文学中不可忽视的力量，在国际上声誉斐然。究竟应该使用欧洲语言还是本土语言进行创作？很多非洲作家陷入了语言选择的两难困境。阿契贝就这一具有巨大争议的问题清晰地阐述了他的立场。

著名肯尼亚作家和革命者恩古吉·瓦·提安哥认为，"语言不仅是一种写作的工具或形式，还是殖民者摧毁本土民族文化、进行文化殖民的最有力的武器"。③

① Chinua Achebe, *The Education of a British-Protected Child*, London: Penguin Group, 2011, pp. 78—80.

② Chinua Achebe, *The Education of a British-Protected Child*, London: Penguin Group, 2011, p. 95.

③ 常耀信（主编）：《英国文学通史（第三卷）》，天津：南开大学出版社，2013 年，第 858 页。

恩古吉强调非洲作家要用母语写作,指责用英语写作的阿契贝是帝国主义的帮凶。在《非洲文学中的语言政治与语言政治家》一文中,阿契贝正面回应了恩古吉对自己的严厉指责。阿契贝指出对于非洲作家应该选择母语还是英语作为创作语言这个问题,恩古吉坚持非此即彼,而他则认为两者均可。[1]阿契贝直言他用英语写作,并不只是因为英语是世界通用语言,而是因为它与这个世界的关联其实只是他和尼日利亚及非洲关系的附属品。[2]阿契贝用英语写作的同时,还用他的本族语即伊博语写作,他曾为了纪念诗人克里斯托弗·奥基博以伊博族传统挽歌的形式写下他自己认为最好的一首诗歌。对他而言,能够用两种语言创作,不是一些非洲朋友所坚持认为的灾难,而是一大优势。

阿契贝阐释由于特殊的历史原因,人们可能会陷入两种语言的困境,而遭遇这种困境的并非只有非洲大陆作家,其他地区的作家也面临着同样的困境。他指出,爱尔兰著名作家和诗人詹姆斯·乔伊斯(James Joyce)曾经说过:爱尔兰、威尔士、苏格兰的作家在使用英语创作时,他们的内心也会感到痛苦。[3]非洲作家用英语创作,这是惨痛的殖民历史强加于非洲的既成尴尬事实。早在1962年,阿契贝即受邀担任英国海涅曼出版社"非洲作家丛书"的创始主编,之后他见证了这套丛书涵盖了众多非洲代表性作家的文学作品,共出版了300多种。这是最大的非洲文学书库,所有这些最好的作品都是非洲作家用英语创作的,这是非洲大陆特有的客观存在的文化现象,有着自身深刻复杂的历史根源。

阿契贝明确指出尼日利亚的现实特征之一,是国家大部分日常事务都用英语处理。[4]尼日利亚国内有200多个民族,有超过200种语言,其中,豪萨语、约鲁巴语和伊博语是国家的三大方言。在尼日利亚历史上,使用豪萨语的北部地区和使用伊博语的东部地区曾发生恐怖冲突,200多万人在这场内战中丧生。强行规定尼日利亚不同种族只使用一种民族语言,有着巨大的障碍和难以调和的矛盾。

---

[1] Chinua Achebe, *The Education of a British-Protected Child*, London: Penguin Group, 2011, p. 97.

[2] Chinua Achebe, *The Education of a British-Protected Child*, London: Penguin Group, 2011, p. 100.

[3] Chinua Achebe, *The Education of a British-Protected Child*, London: Penguin Group, 2011, p. 97.

[4] Chinua Achebe, *The Education of a British-Protected Child*, London: Penguin Group, 2011, p. 100.

　　使用母语作为统一语言的难题在非洲国家中普遍存在。阿契贝以加纳采用英语语言教学政策为例来说明这一问题。克瓦米·恩克鲁玛是非洲近代史上的反帝国主义斗争英雄，他领导建立了非洲大陆上第一个独立共和国。阿契贝指出，在政权建立初期，加纳政治家们就发现全国各级学校的学生普遍存在着使用五种以上母语的情况，针对这一现实难题，他们将使用英语这门外来语言视为促进政治经济统一的最佳工具。[1]由于现代非洲国家内部各民族的迁徙，如果把某一民族的母语[2]作为官方语言，反而不利于民族融合。面对相似的国内多民族使用多种语言的情况，非洲国家普遍采用了类似加纳的语言政策，将之前殖民统治者的语言而非母语作为统一使用的官方语言。

　　恩古吉认为，帝国主义是非洲产生语言难题的罪人，而阿契贝则坚信这个罪人应该是非洲国家的语言多元化。[3]阿契贝批驳恩古吉把非洲语言问题分解为欧洲语言和非洲语言，是源于其僵硬的世界观：帝国主义传统和反帝国主义传统是当今非洲两股相互激烈对抗的力量。[4]阿契贝认为，帝国主义语言的渗透是极其复杂的，欧洲语言并不是帝国主义制造并强加给非洲人民的。他列举了殖民地时期西非、尼日尔三角洲及卡拉巴尔等地的酋长、家长、学校对英语学习的诉求。他明确指出欧洲语言在非洲国家之所以长期存在的根本原因，就是它们符合实际需要。

　　阿契贝认为，关于非洲语言发展问题会继续存在争论，但在此争论过程中，人们不可歪曲历史，那等同于玩弄权术。[5]阿契贝讲述了尼日利亚军事政变期间，曾有教育家强烈反对继续使用英语，呼吁尼日利亚军队强行让豪萨语成为国家通用语言，认为如果所有尼日利亚人都使用一种语言，内战流血就可避免。阿契贝犀利地指出，语言不应该成为民族冲突和政府失职的替罪羊，语言也不应该被用来玩弄权术，尼日利亚的社会发展难题不应完全归咎于语言问题。

　　错综复杂的历史和现实逆境造就了非洲的污名，但这不是仅仅依靠告别殖民

---

① Chinua Achebe, *The Education of a British-Protected Child*, London: Penguin Group, 2011, p. 105.

② 英文为 mother tongue，指非洲各个族群使用的语言。

③ Chinua Achebe, *The Education of a British-Protected Child*, London: Penguin Group, 2011, p. 106.

④ Chinua Achebe, *The Education of a British-Protected Child*, London: Penguin Group, 2011, p. 102.

⑤ Chinua Achebe, *The Education of a British-Protected Child*, London: Penguin Group, 2011, p. 106.

者语言、提倡使用母语进行文学创作就能彻底改变的，当代非洲人还需努力探究如何依靠自己的力量重塑非洲真实的形象，拼写出非洲真正的名字。

三、如何拼写出非洲真正的名字

拼写出非洲真正的名字，即由非洲人自己书写非洲国家的真实历史与现实、讲述非洲和非洲人的真实故事、塑造属于非洲和非洲人的真实形象。阿契贝认为，当代非洲人只有齐心协力挖掘历史真相，了解自己，认清敌人，才能拼写出非洲真正的名字。他以荷马史诗《奥德赛》和伊博族传统故事的隐喻揭示了长期以来非洲国家存在的问题：非洲的敌人被冠以化名、非洲被冠以污名；非洲的历史被遮蔽、非洲的未来被预期。对此，阿契贝阐析了自己的观点：海外非裔美洲人要战胜外部的离间，彼此团结；非洲人需要清楚了解自己所受的压迫，清晰辨识压迫者的别名、化名和真名；要由非洲人自己讲述非洲过去、现在和将来的故事。

阿契贝在《拼写出我们真正的名字》中通过回顾他和非裔美洲作家兰斯顿·修斯（Langston Hughes）的交往，提出了后者传递给他的无声信息：经历了3个世纪的残酷海外流亡生活的非裔美洲人，要相互团结。非裔美洲人，是几个世纪以前反人性的奴隶贸易所造成的海外非洲人群的当代称谓。阿契贝写道，"此岸，人们在荒芜大陆被毁的农场上艰难刨食；彼岸，被俘的黑人在闷热潮湿的种植园里辛苦劳作"①。遥远的距离使人们的交流中断，记忆消退，作为受害者分别被重新命名为野蛮人和奴隶。"双方都失去了彼此；他们忘记了自己是谁，忘记了自己真正的名字。"②阿契贝辛酸地指出，压迫者为其受害者重新命名，打上烙印，目的在于侵害和打压受害者的个体精神和人性。他不无担忧地提醒非裔美洲人，要有意义地反抗压迫，就要避免非裔之间的内部混战和纠葛。"就如渔夫筐中的螃蟹，他把它们装在一起就是为了确保没有一只可以逃走。"③

---

① Chinua Achebe, *The Education of a British-Protected Child*, London: Penguin Group, 2011, p. 56.

② Chinua Achebe, *The Education of a British-Protected Child*, London: Penguin Group, 2011, p. 56.

③ Chinua Achebe, *The Education of a British-Protected Child*, London: Penguin Group, 2011, p. 56.

　　阿契贝指出，要真正有效抵抗压迫，至少要先具备两种知识：一要了解自己，意识到压迫的存在；二要清楚谁是敌人，要清楚地知道"压迫者真正的名字，而非别名、化名或者笔名！"[1]他以两个故事来直白生动地解析自己的观点。荷马史诗《奥德赛》的故事中奥德赛成功欺骗独眼巨人说自己叫"没有人"，当奥德赛戳瞎巨人的眼睛时，巨人竭力呼救："'没有人'要杀我！"这个虚假的名字让巨人置自己于危险的陷阱之中。尼日利亚伊博族亦有"乌龟和鸟"的故事，贪婪的乌龟让鸟儿们相信它已洗心革面，并说服它们各拔下一根羽毛，带它同赴空中盛宴。鸟儿们出于好玩，又欣然接受了乌龟的提议：为了这个重要场合，每个人都给自己取一个新名字。狡黠的乌龟为自己取名"你们所有人"，当抵达天空时，乌龟跳出来问那里的居民："这个宴席是为谁而设的？""你们所有人。"乌龟无耻地对鸟儿们说："宴席是为我而设的。"阿契贝指出，这两个故事告诉我们，不论是真正的敌人还是潜在的敌人，都不能允许他用假名。不论骗子是叫"没有人"，还是"所有人"，对受害者来说，都是骗人的把戏。[2]

　　阿契贝非常认同非裔美洲人中的杰出代表——作家詹姆斯·鲍德温（James Baldwin）的观点：在知道自己要往何处去之前，必须要清楚自己来自何方。[3]阿契贝坚信，黑人应该重获属于他们的历史，并自己说出来。阿契贝指出，长期以来，白人自作主张地把讲述过去和当代非洲黑人的故事当作他们的责任，并出于殖民者种种政治和经济利益的考虑，捏造了非洲的负面形象。他举例在17世纪荷兰旅行者笔下描述的贝宁城和阿姆斯特丹一样雄伟，贝宁的主干道甚至比阿姆斯特丹的大街还要宽七八倍。而200多年后，英国人派遣军队攻打贝宁城前，却将其描述为野蛮的"血城"；在洗劫贩卖皇室珍宝后，又宣称他们是为了终结当地恐怖的风俗而发动战争。同时在英国国内，在教堂、学校、报纸和小说中抹黑非洲和非洲人。英国殖民者自始至终只字不提他们的真正目的——入侵盛产棕榈和橡胶的内陆地区，扩大其贸易利益，并且还把自己塑造成拯救处于水深火热中的无知黑人的救世主形象。

---

[1] Chinua Achebe, *The Education of a British-Protected Child*, London: Penguin Group, 2011, p. 57.

[2] Chinua Achebe, *The Education of a British-Protected Child*, London: Penguin Group, 2011, p. 58.

[3] Chinua Achebe, *The Education of a British-Protected Child*, London: Penguin Group, 2011, pp. 58-59.

同样在维多利亚时期，英国有大量攻击非洲的作品，后期甚至发展出"殖民文学"。阿契贝特别提到约翰·巴肯（John Buchan）在其创作的小说中人物的一句话：白人与黑人的差别在于白人天生有责任感……黑人只为填饱肚子而活。[①]可怕的"非洲谜团"似乎在告诉非裔美洲人：你们的祖先为了换取一些廉价的物品，把你们卖给了欧洲人；你们的祖先没有什么荣耀的历史，在欧洲人抵达后才开始有历史。阿契贝以学校的历史教科书里找不到的刚果国王堂阿方索的故事对此进行了驳斥。堂阿方索统治期间兴建学校和教堂，派使团前往罗马，教化子民皈依基督教，把葡萄牙当作朋友。但葡萄牙为了开发巴西庄园开始掠夺刚果王国的子民当奴隶。堂阿方索写信给葡萄牙国王进行控诉，葡萄牙人却为叛乱的酋长们提供枪支推翻国王的统治，迫使刚果进贡奴隶。阿契贝郑重指出，这才是非洲和非洲人自己真正的历史。

阿契贝以鲍德温小说中人物的话语来说明自己的观点：所谓非洲的历史和黑人的命运，都是欧洲白人的蓄意设计，目的就是要让黑人相信他们所说的话。阿契贝悲愤地指出，黑人的生活和命运充满了已被设计的"预期"，永远不被允许拼写出自己真正的名字。他呼吁非洲人和非裔美洲人，应该齐心协力挖掘已被白人的诋毁和偏见深深埋葬的历史真相，战胜各种分离他们的行为，拼写出非洲真正的名字。与此同时，阿契贝深刻地认识到，重新塑造非洲国家形象，还需要国际社会的广泛支持和参与。他呼吁全世界非洲大陆以外的国家和民族，更加全面客观地看待非洲，尊重非洲，给予非洲人以人的名字，给予非洲以非洲的名字。

四、呼吁给非洲以非洲的名字

阿契贝立足非洲，结合自己的亲身经历和感悟思考非洲国家社会问题的历史根源和解决路径。他以对国家社会的高度责任感和对非洲人民的深厚感情，呼吁所有非洲人要紧密团结起来，共同书写自己真正的名字；同时呼吁国际社会切实尊重非洲民族，客观建构非洲形象。

[①] Chinua Achebe, *The Education of a British-Protected Child*, London: Penguin Group, 2011, p. 63.

　　书中部分文章描述了作者的个人经历、所见所闻所感。《非洲的污名》叙述了作者的受教育经历；《我和父亲》讲述了作者的父亲在他成长历程中对他的积极影响；《我的女儿们》通过自己女儿的儿时阅读和上学经历阐述了迄今依旧存在的西方殖民思想文化渗透；《坐在公车上的白人区》中作者以自己在非洲东部、中部和南部的游历中的令人震惊的经历，阐明即使非洲国家脱离了英帝国而获得了独立，但非洲人民却没有真正摆脱殖民者身份后的自信，种族主义问题依然严峻；《教授〈瓦解〉》以来自不同大陆不同年龄背景的读者的来信为引子，指出《瓦解》对生活在各自社会与文化语境读者的不同启发效果。《我心中的尼日利亚》反映了作者对动荡不安的祖国矛盾、复杂而深沉的情感。

　　其他文章表达了作者对他人的深切缅怀和致敬。《齐克厨房里的香味》是向尼日利亚独立后首任总统纳姆迪·阿齐克韦博士致敬；《书写出我们真正的名字》是纪念当时刚去世不久的非裔美洲作家詹姆斯·鲍德温；《马丁·路德·金与非洲》和《斯坦利·戴蒙德》是阿契贝对两位曾帮助过非洲的具有国际主义精神的先辈的缅怀。

　　还有部分文章中作者坦率地发表了自己对非洲社会存在的现实问题的思考和见解。《非洲的语言政治和语言政治家》是对非洲后殖民国家语言问题的直面思考；《大学与尼日利亚政治中的领导因素》针对领导不力这一尼日利亚难题，作者提出了自己的观点：领导者要真正承担起责任，大学要培养国家真正可以仰仗的知识型领导人才；《赞誉》一文中作者对不断涌向包括他自己在内的非洲作家的赞誉做出了独特的解析，他认为，"能够陶醉在别人赞誉阳光里的人是幸运的"，同时他提醒非洲作家群体要保持清醒的头脑，"又或许只是天真"。①阿契贝在《非洲文学："庆典"的回归》中写道："将非洲现代文学的出现视作庆典的回归，这是必然的。"但是，"庆典并不意味着赞颂或认同"②，而是"学会承认彼此的存在并准备好给予每个民族以人类的尊重"③。《非洲的污名》对非洲形象如何遭到诋毁和塑造进行了犀利精到的分析；《非洲是人》中作者呼吁国际社会真正倾

---

① Chinua Achebe, *The Education of a British-Protected Child*, London: Penguin Group, 2011, p. 76.

② Chinua Achebe, *The Education of a British-Protected Child*, London: Penguin Group, 2011, p. 120.

③ Chinua Achebe, *The Education of a British-Protected Child*, London: Penguin Group, 2011, p. 123.

听非洲自己的声音：非洲是人。阿契贝指出，非洲不是经济学家用来实施和验证精妙理论的想象中的实验室，它不是虚构的小说，是真实的人。① 阿契贝引用鲍德温的话："黑人希望被视作人……这一句直接简单的话，精读康德、黑格尔、莎士比亚、马克思、弗洛伊德、《圣经》的人却理解不了。"②《拼写出我们真正的名字》中作者强烈希望非洲人和非裔美洲人都要牢记历史，团结起来，共同书写现代非洲真正的名字。

《非洲的污名》文集向我们展示了阿契贝清晰的思想脉络。作者立足于非洲，以较为客观的态度对诸多社会问题进行了冷静而深刻的思考，如奴隶贸易、殖民主义、非洲教育、非洲语言、非洲政治和经济等。他认为非洲国家长期面临的各种社会问题有其固有的复杂社会历史根源，时至今日仍对非洲社会具有潜在的不良影响。作者通过讲述坐公车上白人区的亲身经历，揭示种族歧视在非洲国家独立后依然是白人黑人集体的无意识现象，这让他哀伤："我能够成为一名英雄，只是因为我是个过客，而这些不幸的人们虽然比我勇敢许多，却只是充当了我的仪仗队。"③

结　语

阿契贝呼吁非洲国家政府和民众要理性地审视客观存在的社会现实问题，努力克服自身的不足，重视大学里领导力的培养，调解多元化的民族、宗教和语言矛盾，寻找适合各自国家建设的道路。他还呼吁非洲大陆的人们和离散海外的非洲人要团结起来，"通过拒绝被定义、拒绝沦为代理人或受害人来直面逆境"④，成为真正的人，共同书写自己真正的名字，让当今世界听到非洲人自己的声音。

---

① Chinua Achebe, *The Education of a British-Protected Child*, London: Penguin Group, 2011, p. 157.

② Chinua Achebe, *The Education of a British-Protected Child*, London: Penguin Group, 2011, p. 160.

③ Chinua Achebe, *The Education of a British-Protected Child*, London: Penguin Group, 2011, p. 51.

④ Chinua Achebe, *The Education of a British-Protected Child*, London: Penguin Group, 2011, p. 23.

阿契贝同时呼吁国际社会要更全面客观地看待非洲，不能只通过欧洲的文字和媒介传播所建构的内容来了解非洲和非洲人。作为一个本土作家，他清楚且痛心地看到其中存在的危险，即一种先入为主的对非洲的偏见和歧视。他努力澄清过去"殖民文学"所精心遮蔽的真相，力图向世界还原一个真实的非洲。他强烈期盼非洲各民族能和世界上其他民族一样，受到公正待遇。

阿契贝在该书中曾引用班图人的格言：一个人之所以为人，是因为其他人。人类应该给所有人以人的名字。

世界应该给非洲以非洲真正的名字。

（文 / 浙江师范大学 赖丽华）

第十二篇

阿契贝短篇小说集《战地姑娘》中的
精神创伤与灵魂救赎

作品节选

《战地姑娘》

(*Girls at War and Other Stories*，1972)

The screech of the brakes merged into the scream and the shattering of the sky overhead. The doors flew open even before the car had come to a stop and they were fleeing blindly to the bush. Gladys was a little ahead of Nwankwo when they heard through the drowning tumult the soldier's voice crying: "Please come and open for me!" Vaguely he saw Gladys stop; he pushed past her shouting to her at the same time to come on. Then a high whistle descended like a spear through the chaos and exploded in a vast noise and motion that smashed up everything. A tree he had embraced flung him away through the bush. Then another terrible whistle starting high up and ending again in a monumental crash of the world; and then another, and Nwankwo heard no more.

He woke up to human noises and weeping and the smell and smoke of a charred world. He dragged himself up and staggered towards the source of the sounds.

From afar he saw his driver running towards him in tears and blood. He saw the remains of his car smoking and the entangled remains of the girl and the soldier. And he let out a piercing cry and fell down again.[①]

刺耳的刹车声、惊恐的喊叫声与飞机划过天空的轰响汇聚成一股洪流。不等汽车停稳，车门就被猛地撞开了，他们没头没脑地奔向灌木丛。透过这淹没一切

---

① Chinua Achebe, *Girls at War and Other Stories*, New York: Doubleday & Company. Inc., 1973, p. 129.

的喧嚣，他们听见士兵在高声呼救，此时，格拉蒂丝正跑在恩万柯沃前方不远。

"求你们帮我把门打开！"

慌乱中，他看见格拉蒂丝站住了。他从她身边跑过，喊她快跑。此时，一声尖啸凌空坠落，宛如一根长矛穿透周遭的一切嘈杂，紧接着，天崩地裂的爆炸声响起，碎片四处飞溅。他被原本抱着的一棵大树抛进了灌木丛。紧接着，可怕的呼啸声再次响彻天际，随之而来的又是一阵地动山摇；再然后，又是一声巨响，恩万柯沃什么都听不见了。

恍惚中，他渐渐听到周围的人声与哭声，烧焦的世界浓烟滚滚，煳味呛鼻。他拖着身体，踉踉跄跄地循声而去。

远远地，他看见泪流满面、浑身血污的司机朝自己跑来。他看见自己的汽车残骸正在冒烟，女孩和士兵的残肢纠缠在一起。他发出一声撕心裂肺的哭号，再次跌倒。[①]

（常文祺 / 译）

---

① 钦努阿·阿契贝：《一只祭祀用的蛋》，常文祺译，海口：南海出版社，2014 年，第 172—173 页。

作品评析

《战地姑娘》中的精神创伤与灵魂救赎

引　言

被誉为"非洲现代文学之父"的钦努阿·阿契贝是尼日利亚乃至非洲著名的作家，被称为"非洲的代言人"。他以尼日利亚伊博族的生活为题材，创作了5部长篇小说和多部短篇小说、诗集等，生动地再现了尼日利亚的历史，曾两度获得英国布克文学奖和除诺贝尔文学奖以外的其他世界重要奖项。《战地姑娘》是阿契贝短篇小说的名篇。作家在小说中以尼日利亚内战为背景，透过边缘人物——格莱蒂斯战争中的精神面貌书写了西方的现代文明给尼日利亚人民带来的巨大精神创伤，展现出作家对现代社会、人性和国家民族命运前途的道德反思，揭示出至善、关爱和自我牺牲为精神价值的新道德观是疗治现代人精神和心灵困境的良方。小说融创伤书写、道德反思、精神救治于一体，在历史与文化语境下来审视尼日利亚的社会巨变、国民精神状态、民族国家的前途，深刻表现了作家的人文主义情怀，呈现了丰富的思想价值。

一、人物精神创伤的表征

《战地姑娘》以尼日利亚内战为故事背景，以主要人物女青年格莱蒂斯的精神面貌与生存状态，书写西方的现代文明给尼日利亚国民带来的精神创伤。小说将这种创伤以历史叙事的形式进行展演。创伤叙事是人在遭遇现实困厄和精神磨难后的真诚的心灵告白。也只有"通过真诚的心灵告白，心灵的创伤才能得到医治"①。从这个意义说，创伤叙事是对创伤的抚慰和治疗，因为"生命则通过艺术拯救他们而自救"②。作家对尼日利亚内战阴影下格莱蒂斯精神与灵魂的扭曲与变异进行了深刻的揭示。她与比亚夫拉司法部官员恩旺克沃的三次会面时的精神风貌可以清晰地展现其思想的蜕变。格莱蒂斯原本是一个充满爱国主义热情的女孩，是一个有理想、有抱负的青年。他们第一次见面时尼日利亚内战刚爆发，她乘坐恩旺克沃的汽车弃学从军，保卫国家的高昂激情。两人的第二次相逢发生在汽车检查站，格莱蒂斯对曾经帮过自己的恩旺克沃不留任何情面。尽管他一再声称自己有紧急公务，时间耽误不得，她还是坚决要求他下车接受全面的检查，仔细地检查了他的每一个行李箱后才放行。此时的格莱蒂斯是一个尽职尽责，忠于人民，不为权力所动的人民公仆。姑娘的执着打动了这位一向藐视妇女革命意志的知识分子。他开始不再嘲笑姑娘们谈论革命了。与格莱蒂斯的革命忠诚相比，他感到自己无比轻浮。"但是自从在奥卡检查站那次邂逅之后，他再也不嘲笑姑娘们，也不嘲笑别人谈论革命了，因为他从那年轻的姑娘的行动中看到了革命，她对革命的忠诚已经清楚地、毫无情面地证实了他自己是十分轻浮的……"③因此，姑娘的忠诚给予这位高官对革命的信心和一种人格与精神的感染。显然，此时的姑娘的精神品质还是崇高的，还没有被污染。而第三次两人的相遇是小说的主体部分，占据小说的大量篇幅，姑娘的思想发生了巨变。恩旺克沃还是那个司法部官员，但姑娘已经不是那个正直无私、刚正不阿的理想青年了。一个纯洁的姑娘开始沦落为放纵、享乐、贪图富贵和虚荣心十足的精神异化人。为了获得"美丽王后"的美誉，她和富裕的绅士打得火热。为了有一个安全的避风港，她甘愿将自己的肉体奉献给恩旺克沃，并日益沉沦和堕落。而且这种自甘堕落的彻底暴露让恩旺克沃很震惊。一个典型的细节是格莱蒂斯毫无隐晦地把战争与性爱联系在一起。"她跟他上床的那股痛快劲儿，她使用的那些语言，都使他惊异不止。'你想开

---

① 季广茂：《精神创伤及其叙事》，《山东师范大学学报》（人文社会科学版），2011 年第 5 期，第 65 页。
② 弗里德里希·尼采：《悲剧的诞生》，周国平译，北京：北京十月文艺出版社，2019 年，第 91 页。
③ Chinua Achebe, *Girls at War and Other Stories*, New York: Doubleday & Company, Inc., 1973, p. 112.

炮吗？'她问。没等他回答，又说：'开吧，不过，可别把部队运进来。'"①一个品质与道德蜕化变质的灵魂展现在读者面前。

读完小说，掩卷遐思，读者不免会叹惜姑娘的人格与精神的变质与蜕化。作者借战争将人物的精神创伤表征鲜明地再现。姑娘所追求的纸醉金迷的生活是西方现代文明的一个缩影。她是物质利益至上思想的受害者，而她的堕落是一种心灵的污染。很明显这是作家在严肃地检视尼日利亚的社会问题。战争只是一个缩影，战争中的姑娘只是社会的一面"镜子"。阿契贝意在表达一种对社会的焦虑：这是一个尼日利亚传统文明解体、西方现代文明对国民精神产生重大影响的时代，它造成了国民的精神创伤。战争承载了尼日利亚社会转型的历史信息，小说人物格莱蒂斯的精神创伤的呈现则是一种有效回应，揭示的是尼日利亚人民的精神困境。呈现精神创伤就是对西方现代文明究竟给尼日利亚乃至非洲带来了什么的一种深入思考，是为了更积极地面对未来。正如作家所说："为了尼日利亚的未来，为了我们的子子孙孙，我觉得有必要讲述尼日利亚的故事，比亚夫拉的故事、我们的故事以及我的故事。"②

面对国民遭受的精神创伤，阿契贝以历史叙事的形式进行展演，目的在于反思，寻求走出创伤的路径。初读小说，读者会认为战争是造成姑娘命运发展和人性扭曲的主导因素，是其精神创伤的起因。然而仔细研究尼日利亚的那场内战，会发现小说是在质疑与反思西方物质主义价值观的缺陷及其对殖民地人民的心灵毒害。因为战争不是一种单纯的暴力行为。德国军事家克劳塞维茨（C. Clausewitz）曾说"战争不但是政治行为，还是一种真正的政治工具，它是政治交往的延续，是政治交往通过其他手段的实现。"③比亚夫拉就是尼日利亚各派政治利益洗牌的工具。内战交战的双方是北方的豪萨族和东部的伊博族。北部是以戈翁军事集团为代表的联邦政府，而东部是以地方军事长官奥朱古等地方势力为代表的东尼日利亚也就是"比夫拉共和国"④。实际上，内战是尼日利亚部族之间

---

① Chinua Achebe, *Girls at War and Other Stories*, New York: Doubleday & Company, Inc., 1973, p. 124.

② Chinua Achebe, *There Was a Country*, New York: Penguin Press, 2013, p. 3.

③ Carl von Clausewitz, *On War*, Michael Howard and Peter Paret Trans., New York: Oxford University Press Inc., 2007, p. 28.

④ 刘鸿武等：《从部族社会到民族国家：尼日利亚国家发展史纲》，昆明：云南大学出版社，2000 年，第 188 页。

利益矛盾冲突的集中反映。战争使国家陷于分裂，民族矛盾尖锐，部落仇杀血腥。大量伊博族人死于仇杀和战火。战争的最后，东部伊博人战败，北方获胜。这场空前的浩劫不仅耗尽了尼日利亚国内物力，而且造成了尼日利亚人巨大的心理创伤和精神创伤。而战争只不过是一种利益的争夺。盲目追求物质利益，优良的传统价值观的失落是尼日利亚社会的病症所在。尼日利亚在战后摆脱了西方殖民统治，建立了现代化的民族国家。但独立后的尼日利亚不再是一个传统的农业国家，在资本主义市场经济和西方殖民统治的双重影响下，走上了西方式工业化的道路。市场经济大潮席卷整个国家，传统的文明价值观解体，西方的现代文明价值观在国民的心灵中扎下了根。以财富和市场经济为典型特征的西方现代文明促使尼日利亚主流思想、国民精神与伦理秩序发生了翻天覆地的变化。正是现代市场经济带来了巨大财富，人们疯狂追求物质利益，获得财富、沉湎于物质享受成为一种社会时尚。在此背景之下，利益的争夺也日趋白热化，因此，可将尼日利亚内战解读为利益矛盾冲突的白热化。事实上，以英国为主要代表的西方现代文明缺陷在作家的笔下得到展示。独立后的尼日利亚向一个工业化国家迈进。发展经济，建设强盛富裕国家成为第一要务。然而追求一种没有精神支撑的经济也只能落入一种"机械式进步"，呈现的是一种"现金交易"[1]，背后隐藏着的是国民的信仰缺失、道德沦丧和社会的无序。这正是作家对西方现代文明造成尼日利亚国民精神创伤的道德反思。

二、创伤的历史文化根源透视

现代西方文明看似带给尼日利亚社会进步，使得尼日利亚告别了所谓的落后、愚昧和守旧。但同时一系列困惑和现代社会的病症也纷纷出现，折磨着非洲这个新兴的国家。《战地姑娘》无疑揭露了典型的现代性病症。整个社会环境腐败不堪。受强大的物质利益的驱使，人们的精神扭曲，沦为物质利益的奴隶。战争中，

---

① 卡莱尔：《文明的忧思》，宁小银译　北京：中国档案出版社，1999年，第54页。

前方士兵流血牺牲，后方许多人却是见到好处就捞，恣意寻欢作乐，大发国难财。空袭来临，难民无处躲藏横尸遍野，而官员和有钱人开着车逃跑不顾难民死活。正是这种对物质利益狂奔逐猎般的追求促使人的精神腐化。格莱蒂斯姑娘就是社会的一面镜子，折射着所谓的现代社会里国民的精神创伤。她是一个有理想的爱国青年，但她的满腔热忱并没有给她带来什么。相反，在恶劣的社会环境中，她和其他女孩一样只能靠出卖肉体，对有权势的男人投怀送抱才能生存下来。在一次空袭中，正是因为她是一位漂亮的姑娘才能有机会乘坐司法部高官的汽车，才能安全逃离。后来也正是在恩旺克沃的庇护下，过着纸醉金迷的生活：她戴着华丽的首饰，出入高档娱乐场所，醉生梦死。恩旺克沃身为国家干部，不为人民服务，反而将国家救济品攫为私有，寻欢作乐。当他坐上载满救济品的车走在回家的路上时，面对着一大群衣衫破旧的饥饿难民，他却没有丝毫怜悯之心，尤其是当一位老妇人抓住车门把手乞求搭载时，他竟让司机开车甩开。而遇到格莱蒂斯姑娘时，他贪图其美色，热情地请她上车。在和她尽兴之后却鄙视姑娘，把她看得毫无价值。"他想，我也不过是和妓女睡了一觉罢了。"[1]可见，恩旺克沃的精神荒芜到何种程度，人性在这种物欲横流的社会中彻底沦丧了。无论是格莱蒂斯，还是恩旺克沃，他们都是西方文明价值观的精神创伤的受害者。那就是一味地追求物质利益而忽视价值、道德、信仰等精神与文化的力量的后果。正如小说中恩旺克沃对于女性精神面貌的反思。"他想，格莱蒂斯不过是社会的一面镜子，反映出了一个全面腐朽、内部长满痈疽的社会。而镜子本身是完好无缺的，它只是沾满了灰尘，如此而已。"[2]显然，这是作家借小说人物之口说出了尼日利亚社会转型之后国民的精神困境。这是一个道德伦理失落的社会。人看到的只是眼前的物质利益，而将美德、人性、伦理忘得一干二净。而战争只是这种矛盾重重的社会的一个产物。利益争夺的白热化自然带来内战。与此同时，在现代文明冲击下的尼日利亚，国民精神荒芜，道德伦理沦丧，人性失落。这是一个农业文明转向工业文明的现代国家面临的典型困境。作家对这种困扰的根源进行了历史与文化之维的深思。

---

① Chinua Achebe, *Girls at War and Other Stories*, New York: Doubleday & Company, Inc., 1973, p. 125.

② Chinua Achebe, *Girls at War and Other Stories*, New York: Doubleday & Company, Inc., 1973, p. 125.

三、救赎之道的探索

对人物的精神创伤进行呈现和反思，目的就是找到疗治的理想途径。精神问题还需要从灵魂上进行医治，寻求精神救赎才是可行之道。尼日利亚由农业文明向西方现代化的工业文明转型带给人民的不是民族的进步、政治的稳定、生活质量的提高，而是国家处于黑暗和杀戮的内战中，物欲横流，人民疯狂追求物质利益，物质与精神严重失衡，精神价值和道德秩序的确立迫在眉睫。医治国民精神病症的良药何在？小说《战地姑娘》给出了可行之道。小说结尾，故事发生了大逆转，呈现出一个战争中堕落女子的灵魂被救赎的新形象。在汽车遭遇空袭爆炸中，姑娘为了挽救一名受伤的士兵而牺牲自己。小说结局意在告诉读者：一个在战争中精神迷失的姑娘主体情感得到了升华，重新找回了自我，一个崇高和至善的自我。敌机空袭来临，所有官员、士兵、难民忙于逃命时，姑娘格莱蒂斯选择了救助一位残疾的士兵。"他看到他的冒着烟的被炸毁和烧焦了的车以及士兵和女孩扭在一起的尸体，不禁发出一声痛哭，倒在地上。"[1]虽然姑娘为了士兵死在空袭中，但其在危急时刻表现出的是舍己为人的奉献精神，是一种高度的人文关怀。关爱他人，帮助他人，舍己为人。这是人性光辉的闪光点，这是医治尼日利亚国民精神荒芜的良药。这种价值取向在物质至上的社会中是宝贵的精神力量，产生了震撼人心的社会正能量。虽然格莱蒂斯姑娘只是一个社会边缘人物，但她的精神觉醒让作家看到了国家的希望。格莱蒂斯与《荒原蚁丘》中的比阿特丽斯一样，生活在社会的最底层，在物质主义泛滥、精神极度贫乏、信仰失落的现代尼日利亚社会中能够秉持着仁爱与道义，从道德失序的复杂社会环境中突围出来，展示了现代社会的新女性形象。这正是国家和民族的希望所在。

---

① Chinua Achebe, *Girls at War and Other Stories*, New York: Doubleday & Company, Inc., 1973, p. 129.

在格莱蒂斯姑娘的精神感召下，恩旺克沃最后流下了痛苦、懊悔和自责的眼泪。人性的失落其实不是尼日利亚人的过错，是这场物质利益驱使下的战争造成的。和格莱蒂斯一样，恩旺克沃的人性并未完全泯灭。面对国家和社会混乱不堪，他也有正义感，对祖国也有深厚的感情。他拒绝出席大型宴会，对腐败习气非常痛恨。"我们的年轻一代正在前线遭受痛苦和流血牺牲，我不明白我们为什么竟然能在这时候袖手旁观，在这里举行宴会和跳舞。"① 他对于出卖国家利益的人痛恨不已。"我不知道你心里所谓的那些大人物是什么样子，但我和他们不同。我不会和敌人做交易来赚钱……"② 他对于战争给人们造成的伤害怀着深深的同情。"我经常听说我们的年轻人在前线几天下来才能有一口水喝……情况更糟糕的是每天都有人死去，就在说话的此刻就有一个人死去。"③ 对像格莱蒂斯一样纯洁的姑娘的堕落感到非常痛心。"然而有个男人不想你变成现在这样堕落，你还记得穿着棕黄色牛仔服在检查站对我毫不留情的你吗？……我就想你回到那时的你。"④ 因此，作为一名政府的官员，恩旺克沃内心的正义感和人文关怀并没有消失殆尽。千万个类似于恩旺克沃这样的尼日利亚人的人性并未泯灭，西方现代文明造成人们精神的失调是可以复原的。出路就在于新的道德观对于尼日利亚人心灵的涤荡。这种道德观是以人的心灵的至善、对他人的关爱、人格的高尚、舍己为人为主要精神内涵的新的道德秩序。而处于社会转型时期的尼日利亚正缺乏这种精神价值。因此，建立这种新的道德秩序是拯救现代尼日利亚人灵魂的一剂良方。这也是作家对于现代尼日利亚乃至非洲国民精神困境的深深思索。现代文明固然改变了尼日利亚原始的贫穷、愚昧，推动了尼日利亚的历史车轮滚滚向前，但正如西方富裕的物质文明不能解决现代人的精神困境一样，尼日利亚人乃至后殖民时代的非洲人必须重视精神文明的力量。只有重建良好的道德秩序，物质文明所造成的人的灵魂阴霾才能消散，才能重返健康的精神家园，社会才能稳定发展和进步，生活才能和谐。而如何能让遭受精神创伤的尼日利亚人认识到国民精

---

① Chinua Achebe, *Girls at War and Other Stories*, New York: Doubleday & Company, Inc., 1973, p. 124.

② Chinua Achebe, *Girls at War and Other Stories*, New York: Doubleday & Company, Inc., 1973, p. 118.

③ Chinua Achebe, *Girls at War and Other Stories*, New York: Doubleday & Company, Inc., 1973, pp. 118—119.

④ Chinua Achebe, *Girls at War and Other Stories*, New York: Doubleday & Company, Inc., 1973, pp. 120—121.

神改造的紧迫性和必要性呢？阿契贝把这一历史和政治的使命寄托在作家身上。他强调作家的创作必须关注尼日利亚的社会现实，要有较强的社会责任感，要肩负起国家和民族的政治使命。阿契贝的这种政治立场和现实情怀在其散文、政论性文章中有着鲜明的体现。如《非洲的想象》（"An Image of Africa"，1997）、《尼日利亚问题》（*The Trouble with Nigeria*，1983）、《希望与困境》（*Hopes and Impediments*，1988）、《家园与放逐》（*Homes and Exile*，2000）中可以找到作家对于国民思想困境的描述与精神救赎之路的探索。

结　语

《战地姑娘》通过描述尼日利亚内战中的社会底层人物的生活状态，展示了西方现代文明所造成的尼日利亚国民的精神创伤。作家对这一创伤进行道德伦理层面的深刻解剖和反思，在揭示现代尼日利亚人精神困境的同时，也在思考、寻找与探索国民灵魂的救赎之路。如同坚信"改造人的精神是第一要务"的鲁迅一样，阿契贝在小说中流露出把人的灵魂改造作为医治现代尼日利亚人精神困境的药方，其精神实质是确立心灵善良、对他人关爱、舍己为人等新的道德观。这种精神价值是人文关怀的集中体现，是个体生命的本真，是现代尼日利亚人的灵魂旨归，是作家改造尼日利亚国民性的形而上的思考。在此精神的指引下，处于社会转型时期的尼日利亚才能实现物质文明与精神文明的协调发展，社会才能和谐，国家和民族才有希望。因此，在历史与文化语境下，《战地姑娘》的文学思想具有重要的社会现实意义。

（文／淮北师范大学 张立友）

第十三篇

索因卡戏剧《森林之舞》中的
对立关系及其象征意义

沃莱·索因卡

Wole Soyinka, 1934—

作家简介

沃莱·索因卡（Wole Soyinka，1934— ），尼日利亚著名戏剧家、小说家、诗人、文艺理论家、社会活动家，非洲第一位诺贝尔文学奖得主（1986 年）。

1934 年 7 月 13 日，索因卡降生于阿贝奥库塔附近一个约鲁巴农村家庭。因父母笃信基督教，幼时索因卡经常参加宗教仪式。阿贝奥库塔盛行由传统祭祀演化而来的歌舞表演，因此索因卡自幼就对戏剧表演产生了浓厚兴趣。索因卡接受的是西式教育，小学在教会学校圣彼德小学读书，中学在伊巴丹政府学院学习，大学与研究生阶段则先后在伊巴丹大学学院与英国的利兹大学（University of Leeds）完成。非洲文化与西方文化的交叉影响，极大地开阔了索因卡的艺术视野，使他的作品明显呈现出非西合璧的艺术表征。

在利兹大学学习期间，索因卡在莎士比亚研究专家威尔逊·奈特（Wilson Knight）的指导下阅读了大量西方戏剧方面的书籍和文艺作品。1957 年大学毕业后，他继续留在利兹大学攻读硕士学位，并进入当时英国的戏剧活动中心——伦敦皇家宫廷剧院（Royal Court Theatre）工作。他的第一部戏剧《新发明》（*The Invention*）就是在此地上演。1950 年代末，索因卡创作了《沼泽地居民》（*The Swamp Dwellers*，1958）、《狮子和宝石》（*The Lion and the Jewel*，1959）等著名戏剧，初步奠定了他的文学地位。

索因卡学成归国时恰逢尼日利亚独立。《森林之舞》（*A Dance of The Forests*，1960）就是为庆祝尼日利亚的独立日而作。20 世纪 60 年代，他创作了一系列重要戏剧作品，如《裘罗教士的考验》（*The Trials of Brother Jero*，1960）、《强种》（*The Strong Breed*，1963）、《孔其的收获》（*Kongi's Harvest*，1965）、《路》（*The Road*，1965）等。1961 年，他协助创办姆巴里（Mbari）俱乐部，推动了尼日利亚文学艺术的发展。1967 年，索因卡遭军事政府逮捕，被关押长达 22 个月之久。获释后，他流亡到欧洲，在法国改编彭透斯神话创作了《欧里庇德斯的酒神的伴侣》（*The Bacchae of Euripides*，1969）。

1970 年，索因卡创作了著名讽刺剧《疯子与专家》（*Madman and Specialists*），并将其搬上了美国的舞台。1973 至 1974 年间，他创作了《死亡与国王的侍从》

（*Death and the King's Horseman*），在剑桥大学丘吉尔学院举行了首读式。1986 年，索因卡获得诺贝尔文学奖。他的获奖演说《过去必须回应当下》（*This Past Must Address Its Present*）对南非的种族隔离政治进行了严厉批评。

除戏剧外，索因卡还创作了大量小说、诗歌与散文。长篇小说有《诠释者》（*The Interpreters*，1965，又译名《痴心与浊水》）与《反常之季》（*Season of Anomy*，1972），自传体小说《那人死了：狱中笔记》（*The Man Died: Prison Notes of Wole Soyinka*，1972）与《阿凯，我的童年时光》（*Aké: The Years of Childhood*，1981）。2021 年 9 月，索因卡出版了《幸福之地无事》（*Chronicles from the Land of the Happiest People on Earth*），以侦探小说的形式对尼日利亚的权力与腐败进行了辛辣讽刺。

索因卡的诗歌创作也颇引人注目。他在大学期间就曾发表过多首诗歌。《狱中诗抄》（*Poems from Prison*，1969）是索因卡被拘押期间创作的诗集，表达了他对自由与光明的渴望。1971 年，他增添若干首新诗，以"地穴之梭"（*A Shuttle in the Crypt*）为题重新出版。他的诗歌表达了对自由非洲的歌颂，如为庆祝莫桑比克向白人统治的罗得西亚宣战而写的长诗《奥贡阿比比曼》（*Ogun Abibiman*，1976），为赞扬曼德拉的坚定意志与斗争精神而作的诗集《曼德拉的世界及其他》（*Mandela's Earth and Other Poems*，1988）等。

索因卡的文艺思想集中反映在论文集《神话、文学与非洲世界》（*Myth, Literature and the African World*，1976）中。本书探讨了非洲戏剧的起源问题，较全面地反映了他对文学与戏剧的美学认识。

索因卡还创作了多篇短篇小说与回忆录，将法贡瓦（D. O. Fagunwa）的小说《千魔森林：猎人传奇》（*Thousand Demons: A Hunte's Saga*）和《美伦杜马莱的丛林》（*In the Forest of Olodumare*）译为英语，让这些只限于约鲁巴读者的作品在更广阔的世界里焕发光彩。

索因卡嫉恶如仇。经常批评尼日利亚政府，抗议其他非洲国家的暴政。他先后三次入狱，多年坐牢，长期流亡。他的反独裁、反专制言论经常使其身处险境，也同样令其声名远播。索因卡不仅因为巨大的文学成就而被称为"非洲的莎士比亚"，也因为敢于伸张正义而被尊崇为"非洲的良心"和"老虎索因卡"。

作品节选

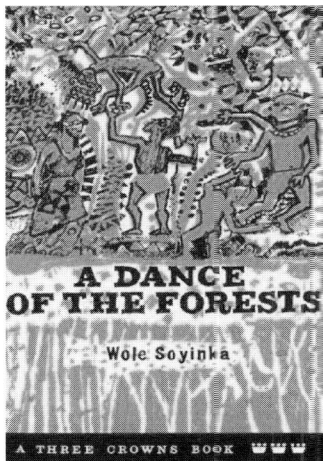

《森林之舞》
(*A Dance of the Forests*，1960)

From ARONI, the Lame One, this testimony ...

"I know who the Dead Ones are. They are the guests of the Human Community who are neighbours to us of the Forest. It is their Feast, the Gathering of the Tribes. Their councillors met and said, Our forefathers must be present at this Feast. They asked us for ancestors, for illustrious ancestors, and I said to FOREST HEAD, let me answer their request. And I sent two spirits of the restless dead..."

"THE DEAD MAN, who in his former life was a captain in the army of Mata Kharibu, and the other, … THE DEAD WOMAN, in former life, the captain's wife. Their choice was no accident. In previous life they were linked in violence and blood with four of the living generation. The most notorious of them is ROLA, now, as before, a whore. And inevitably she has regained the name by which they knew her centuries before — MADAME TORTOISE. Another link of the two dead with the present is ADENEBI, the Court Orator, oblivious to the real presence of the dead. In previous life he was COURT HISTORIAN. And I must not forget DEMOKE, the Carver. In the other life, he was a POET in the court of Mata Kharibu. AGBOREKO, the Elder of Sealed Lips performed the rites and made sacrifices to Forest Head. His trade was the same in the court of Mata Kharibu. When the guests had broken the surface of earth, I sat and watched what the living would do."

"They drove them out. So I took them under my wing. They became my guests and the Forests consented to dance for them. Forest Head, the one who we call OBANEJI, invited Demoke, Adenebi, and Rola to be present at the dance. They followed him, unwillingly, but they had no choice."

"It was not as dignified a Dance as it should be. ESHUORO had come howling for vengeance and full of machinations. His professed wrongs are part of the story."

"Eshuoro is the wayward flesh of ORO-Oro whose agency serves much of the bestial human, whom they invoke for terror. OGUN, they deify, for his playground is the battle field, but he loves the anvil and protects all carvers, smiths, and all workers in metal."

"For this Feast of the Human Community their Council also resolved that a symbol of the great re-union be carved. Demoke, son of the Old Man, was elected to carve it. Undoubtedly Ogun possessed him for Demoke chose, unwisely, to carve Oro's sacred tree, *araba*. Even this might have passed unnoticed by Oro if Demoke had left araba's height undiminished. But Demoke is a victim of giddiness and cannot gain araba's heights. He would shorten the tree, but apprentice to him is one OREMOLE, a follower of Oro who fought against this sacrilege to his god. And Oremole won support with his mockery of the carver who was tied to earth. The apprentice began to work above his master's head; Demoke reached a hand and plucked him down ... the final link was complete-the Dance could proceed." [1]

瘸子阿洛尼的道白：

我知道死者是谁。他们是我们森林居民的邻居——人类社会的客人。他们的宴会是为了欢庆民族大团聚。他们的议员开会决定说："我们的祖先应该回来参加聚会。"他们恳求我们让他们的祖先，他们杰出的祖辈来参加聚会。我对森林之王说，让我来满足他们的要求吧。我把两个不得安宁的幽灵派给了他们……

那个男幽灵生前是马塔·卡里布军队中的队长。另一个……是女幽灵，生前是他的妻子。我挑选他们并不是偶然的。他们原先的生活与四个活着的后代有暴力和血肉的联系，其一最臭名昭著的就是那个过去和现在都一直是妓女的罗拉；她不可避免地又重新得到了几个世纪以前他们就知道的外号——乌龟夫人。另一

---

① Wole Soyinka, *A Dance of the Forests*, Oxford: Oxford University Press, 1963, pp. 1-2.

个与死者有联系的是议会演说家阿德奈比，他对死者的出现毫不在意；他前世是宫廷历史学家。我不应该漏掉雕刻家戴姆凯，他前世曾是马塔·卡里布宫廷的诗人。还有阿格博列科，这个令人难以捉摸的律师中的长者，他主持礼拜式，向森林之王献祭；他在马塔·卡里布宫廷里也是干这一行的。当客人们拱破地面时，我坐在那里静观活人如何动作。

他们把客人们赶了出去，于是我把他们保护了起来。他们成了我的客人。森林居民们主张为他们举行舞会。森林之王（我们称他为奥巴奈吉）邀请戴姆凯、阿德奈比和罗拉来参加舞会；他们不情愿，但还是无可奈何地跟着来了。

舞会没有取得预想的效果。埃舒奥罗跑来号叫着要报仇。他满肚子的阴谋诡计。他公开申诉的冤屈是故事的一部分。

埃舒奥罗是奥罗难以捉摸的肉体——奥罗的行为对无理性的人很有帮助，他们常拿他来吓唬人。奥贡，人们崇拜他，因为他的运动场就是战场，但他喜欢铁砧，他保护所有的雕刻匠、铁匠和其他干铁活的人。

为了人类社会的大聚会，他们的议会还决定雕塑一个伟大的重新联合的象征物。议会中长者的儿子戴姆凯被挑选来雕刻这个象征物。戴姆凯显然着了魔，被奥贡附了体，因为他轻率地选择奥罗的神圣不可侵犯的大树阿拉巴来雕刻。如果戴姆凯不截断阿拉巴，也许还能混过去，不被奥罗发现。可是，戴姆凯有头晕的毛病，他无法达到阿拉巴的顶端，他要将树截断，然而他的徒弟奥列姆勒是奥罗的崇拜者，他反对亵渎神灵。他以嘲笑只能在地上干活的雕刻匠赢得了支持。徒弟开始在师傅的头顶上干活。戴姆凯伸出一只手把他拉了下来……最后的联系完全中断——舞会可以开始了。[①]

（邵殿生等/译）

---

① 沃莱·索因卡：《狮子和宝石》，邵殿生等译，北京：北京燕山出版社，2015年，第146—147页。

作品评析

《森林之舞》中的对立关系及其象征意义

引 言

《森林之舞》是索因卡于创作初期完成的一部剧作，在他的戏剧创作中具有重要意义。它不仅代表着索因卡编剧手法的成熟，而且是索因卡"首次付出真正努力去理解和体现新获独立时刻的现代非洲困境与痛苦"[①]的作品。因为索因卡在《森林之舞》中对尼日利亚的未来做出了一些预言式的洞察，研究者奥因·奥昆巴（Oyin Ogunba）指出，"《森林之舞》是索因卡戏剧创作中的分水岭"[②]。

《森林之舞》是索因卡为了尼日利亚独立日而创作的剧本，但剧本的内涵出乎人们由创作背景引发的对剧本意义的预判，里面没有经历磨难终获国家独立的举国欢腾，没有民族伟大传统的炫耀性展示，也没有对民族美好未来的乐观展望。充斥其间的是深深的迷惘和困惑：活人要举行民族大聚会，想请来祖先，作为民族杰出的象征来参加，以作为"历史纽带联系这欢乐的时节"[③]。没想到来的却是300年前屈死的武士、他的妻子和胎死腹中的半人半鬼的孩子这些冤魂。幽灵们希望活人受理自己的案子，活人却因死人对自己生活的烦扰要将他们赶走，森林

---

① Oyin Ogunba, *The Movement of Transition: A Study of Plays of Wole Soyinka*, Ibadan: Ibadan University Press, 1975, p. 101.

② Oyin Ogunba, *The Movement of Transition: A Study of Plays of Wole Soyinka*, Ibadan: Ibadan University Press, 1975, p. 101.

③ 渥雷·索因卡：《狮子和宝石》，邵殿生等译，桂林：漓江出版社，1990 年，第 166 页。

之王把幽灵们保护了起来，在森林中为他们举办了欢迎会，参加者有活人、鬼魂、半人半鬼的孩子、各式各样的神和精灵。《森林之舞》的舞台是个令人眼花缭乱的舞台，从舞台的呈现形式上看，有些近似莎士比亚的《仲夏夜之梦》，因此，诺贝尔授奖词中，称这部作品为"一出非洲的《仲夏夜之梦》"①。但在内涵上，《森林之舞》与《仲夏夜之梦》的清晰明朗的爱情主题毫无关联。神话思维的引入、整体情节的跳跃、角色行动的突兀、诗意多变的台词、游戏手法的使用、音乐舞蹈的融入，使得《森林之舞》的意义指向扑朔迷离、晦涩难明，该剧成为索因卡剧作中最难解的剧本之一。然而，从戏剧冲突的角度来看，剧本中存在着几组明显的对立关系：生界与死界的失败联系、神与神的对抗，以及人、鬼、神之间的冲突。厘清这几组对立关系的象征意义，可以为理解整部戏剧提供密钥。

一、生界与死界的失败联系——现实是历史的循环

在索因卡的论文《第四舞台：通过奥冈神话直抵约鲁巴悲剧的根源》中，索因卡提及，约鲁巴观念中的宇宙是由历史、现在、未来和三者之间的中间通道构成的多维空间，惯常情况下，中间通道的通畅导致三个空间之间是互通的，所以约鲁巴人的历史观不是直线形的，而是循环的。在约鲁巴人的文化意识里，过去和现在是互相渗透、互相交叠的，祖先就出没于房前屋后。在现实生活中，约鲁巴人普遍存在这样的习俗：给刚出生的孩子取祖先的名字，年长者称呼孩子为"爸爸"，家庭聚会中把属于长者的尊贵的位置给予孩子。②索因卡的历史观深受约鲁巴的传统哲学的影响。死人随时来到活人的世界，在他的意识里，这是约鲁巴的现实。然而在循环历史观这个集体文化意识的基础之上，索因卡也融入了自己对历史的独特理解——破坏性的暴力贯穿人类历史。这种历史观念在《森林之舞》中，通过生界与死界，即人与鬼的失败联系表达了出来。

---

① 拉尔斯·格伦斯坦：《授奖词》，载渥雪·索因卡：《狮子和宝石》，邵殿生等译，桂林：漓江出版社 1990年，第445页。

② Wole Soyinka, *Myth, Literature and the African World*, Cambridge: Cambridge University, 1978, p.11.

在《森林之舞》中，来到生界的幽灵们因为活人拒绝受理他们的案子，不禁发出这样的感慨："三百年啦，什么变化也没有，一切照旧。"① "自从我第一次离开，我已经活了三世，但第一个世界仍旧是我向往的。生活方式依然如故。"② 除了借幽灵之口表现在只不过是对过去的重复之外，生界与死界的人与鬼也密切相连。生界与死界的联系者瘸子阿洛尼在开篇的道白中，明确表明挑选这几个幽灵来参加活人聚会的原因："我挑选他们并不是偶然的，他们原先的生活与四个活着的后代有暴力和血肉的联系。"③ 现在的名妓罗拉是几个世纪以前马塔·卡里布王朝的王后，过去她因美貌和放荡导致部落间的战争，现在则害得无数人倾家荡产、丢掉性命，过去和现在的她拥有一个共同的绰号——"乌龟夫人"。阿德奈比是从前的宫廷史学家，现在的议会演说家。过去他接受奴隶贩子的贿赂，给塞人 60 个大汉的棺材船开了正式离港证，现在他又因接受贿赂给一辆由 40 座卡车改装成 70 座的卡车开放通行证。戴姆凯是过去的宫廷诗人，现在的雕刻匠，过去他曾让他的书记官为捉回王后心爱的金丝鸟爬上屋顶而摔断了一只胳膊，现在他又为雕刻图腾，把他的助手从树上拽下来摔死。剧本中的这些人物都担负着双重角色，他们的过去和现在，"行为几乎相同，无论是善，是恶，是暴力，还是粗心大意；动机几乎相同。无论是虚幻的，明确的，值得称赞的，还是该诅咒的"④。这些相似表明：现在不过是对过去的重复，历史的阴魂依旧在现实中游荡，现实中的问题也是历史中的问题。"一切照旧"这样的轮回循环思想是作家着力表现的。

瘸子阿洛尼召唤与现在的人物有血肉联系的幽灵来参加民族聚会，活人却不胜其烦，因为他们不愿直面历史真相，不愿为历史罪恶承担责任。森林之王邀请罗拉、阿德奈比、戴姆凯这三个与历史联系密切的活人参加对死者的欢迎会，通过神力在他们面前复现300年前的那桩惨案，其目的就是通过对历史上罪恶的再现，让活人"能够发现自己是转世再生的"，历史上的罪恶在向现在延续。

---

① 渥雷·索因卡：《狮子和宝石》，邵殿生等译，桂林：漓江出版社，1990 年，第 159 页。
② 渥雷·索因卡：《狮子和宝石》，邵殿生等译，桂林：漓江出版社，1990 年，第 198 页。
③ 渥雷·索因卡：《狮子和宝石》，邵殿生等译，桂林：漓江出版社，1990 年，第 138 页。
④ 渥雷·索因卡：《狮子和宝石》，邵殿生等译，桂林：漓江出版社，1990 年，第 181 页。

《森林之舞》中显示的国家历史并不那么美好，戴姆凯为民族大聚会塑造的作为重新联合的象征物的图腾以比所有人都活得长的"乌龟夫人"罗拉为原型，而罗拉被设计成特洛伊战争中海伦似的人物，代表着诱惑、残忍和暴力。这个人类的图腾昭示着历史留给当下的并不是理想主义者虚构的光荣伟大传统，而作为现实的延续的未来，也会被诱惑、残忍、懦弱、腐败这些元素所支配。由此可见，索因卡的历史观似乎并不那么乐观。"索因卡的历史观建立在人类永无休止的破坏性行为基础之上。而这种观念，在他的剧本中，又被具体化为人类天性中战争和暴力的反复重现。"[1]作为索因卡独特历史观的一次戏剧实践，《森林之舞》虽然为尼日利亚独立日所写，是关于国家命运的思考，但它又不仅仅只关乎尼日利亚的国家状况，还延伸到了对人类整体命运的思考。对此，索因卡自己也曾明确提及：《森林之舞》"是一个具有普遍意义的作品，1960 年的独立纪念仅仅是表现这一普遍意义的一个合适机会"[2]。

二、神与神的对抗——未来的多种可能性

《森林之舞》还是一个神灵的世界，虽然幽灵是被活人邀请来的，但活人因受不了历史罪恶的重负要将幽灵赶走，是神灵们将幽灵们保护起来，为他们举行了欢迎会。神灵的身影在戏剧中无处不在，他们各怀心思，各自行动，与人相伴同行。在众多神灵中，祭祀神埃舒奥罗和雕刻匠的保护神奥贡最为显眼，他们之间的对抗贯穿剧本始终。

埃舒奥罗是祭祀神，他比较严厉，睚眦必报，正如阿洛尼所说，"奥罗的行为对无理性的人很有帮助，他们常拿他来吓唬人"[3]。因为人类把整个森林搞得臭

---

① Ketu H. Katrak, *Wole Soyinka and Modern Tragedy: A Study of Dramatic Theory and Practice*, Westport: Greenwood Press, 1986, p. 132.

② 转引自 Ketu H. Katrak, *Wole Soyinka and Modern Tragedy: A Study of Dramatic Theory and Practice*, Westport: Greenwood Press, 1986, p. 138.

③ 渥雷·索因卡：《狮子和宝石》，邵殿生等译，桂林：漓江出版社，1990 年，第 138 页。

烘烘的，破坏了森林，还因为戴姆凯从树上拉下了崇拜埃舒奥罗的奥列姆勒致其摔死，并且截断了自己的树头去雕刻图腾，让自己蒙受了耻辱。埃舒奥罗要对活人进行控诉和复仇，因为他从不宽恕亵渎者。他把森林之王为幽灵举办的欢迎会视作"还债的日子"，埃舒奥罗参与欢迎会的目的就是让人类流血甚至死亡。

在约鲁巴神话中，奥贡是个一身兼具多重功能的大神，也是"金属之神，创造之神，道路之神，酒神和战神"[①]，也是索因卡的缪斯，是他创作最重要的灵感之源。在索因卡日渐清晰的自觉文化意识中，奥贡既是创造力的象征，又是毁灭力的化身，还是人类的保护者和宇宙秩序的维护者。在创作《森林之舞》时，虽然索因卡对奥贡的文化意义尚没有充分自觉的强调，但在埃舒奥罗和奥贡的对立中，作者明显倾向于奥贡。《森林之舞》着重突出的是他的金属之神的保护功能，雕刻匠戴姆凯是奥贡的信徒，戴姆凯把信奉埃舒奥罗的徒弟从树的高处拽下摔死，是奥贡借他的手惩罚异教徒，用他的话来说，"是我让他的手去行动的，我杀死了那个高傲的家伙"[②]。埃舒奥罗要毁灭戴姆凯为自己复仇，奥贡就要保护他，于是，两个神灵间的冲突也构成了戏剧的张力。

埃舒奥罗和奥贡的对立，象征着尼日利亚历史上存在着多种对立的力量，也象征着国家和人类未来发展的多种可能性。对于两个神灵之间的矛盾，森林之王的态度不偏不倚，任其发展。对此不满的埃舒奥罗评价道："这就是说，未来是不会被一致赞同的。"[③]其实，森林之王安排庆祝会的目的，就是把人、鬼、神聚在一起，让人类看看自己过去和现在的样子，审视一下影响历史的多元力量，至于人类未来的道路如何选择，就像森林之王意志的执行者和代言人阿洛尼所说的："让未来或改变路线，或顽固地坚持下去判断他们的是非曲直吧"，"活人们自己会为未来辩护的"[④]，人类的未来还当由人类自己来选择。通过历史场景的再现，森林之王迫使活人们自我审判、自我谴责，并通过历史反省现在，最终去"刺

① Wole Soyinka, *The Bacchae of Euripides: A Communion Rite*, New York and London: W. W. Norton & Company, 1974, p. V.

② 渥雷·索因卡：《狮子和宝石》，邵殿生等译，桂林：漓江出版社，1990年，第163页。

③ 渥雷·索因卡：《狮子和宝石》，邵殿生等译，桂林：漓江出版社，1990年，第196页。

④ 渥雷·索因卡：《狮子和宝石》，邵殿生等译，桂林：漓江出版社，1990年，第196页。

穿灵魂麻木行为的外壳，暴露原先赤裸裸的真相"①。灵魂被刺痛，意识才会由臆想的虚假伟大传统的迷雾中走出，转而反思历史罪恶及当下的显现，改变才有可能发生，不一样的未来才有可能出现。也就是说，索因卡虽然相信"人类身上其种愚蠢的、破坏性的东西"致使人类历史充满冲突与战争，但他也相信人类可以做出些积极的努力，"可以通过在自己的社会中采取极为理智的行动来拯救自己，避免战争"②。《森林之舞》中显示的索因卡的历史观，是悲观中尚含有希望。

三、人、鬼、神的争抢游戏——打破历史循环

《森林之舞》的第二幕中，在巨量的自由体诗吟唱之中，穿插着人、鬼、神间的两处游戏场景。把民间盛行的儿童游戏放到文学文本中来，于索因卡来说，并不仅仅是后现代主义对传统进行颠覆的技巧使用，这些看似乱纷纷的闲笔，实则是理解《森林之舞》主旨的关键所在。

三个被邀请来参加民族大聚会的鬼魂，最终只有两个被允许参加欢迎会陈诉冤情。来到人间寻找安息的武士被挡在了欢迎会之外。其原因就像埃舒奥罗假扮的审判官所说，他身上有"懒惰的罪过"，"从第一世他权力在握时，他证明了什么？他轻易就断送了自己的男子气，这显然是愚蠢的举动"。③军权在握的武士拒绝参加不义战争，这是一种崇高，但他却任凭暴君和乌龟王后随意处置自己，白白牺牲了自己、部下和家人的生命，对于历史中的罪恶，他有能力而没有去阻止，没有承担起对于国家和家庭的责任，所以他虽是历史罪恶的受害者，但也对历史罪恶负有一定的责任。女幽灵和半人半鬼的孩子作为历史罪恶的纯粹受害者来参加欢迎会，如何对待他们，尤其是那个半人半鬼的孩子，就成为活人和神灵的主要分歧所在。

---

① 渥雷·索因卡：《狮子和宝石》，邵殿生等译，桂林：漓江出版社，1990 年，第 210 页。

② 转引自 Ketu H. Katrak, *Wole Soyinka and Modern Tragedy: A Study of Dramatic Theory and Practice*, Westport: Greenwood Press, 1986, pp. 132-133。

③ 渥雷·索因卡：《狮子和宝石》，邵殿生等译，桂林：漓江出版社，1990 年，第 200 页。

在西非的很多地区，存在着阿比库的民间信仰。人们相信，有那样一些孩子，反复地夭折，又反复投胎于同一个母亲腹中，让母亲们受尽煎熬。从现实情况来看，这种民间信仰是西非历史上因为医疗条件恶劣而导致大量儿童早夭的社会现象的折射。而在民间信仰中，阿比库具有跨越幽冥王国和现实世界的神奇能力。对于这种民间信仰，阿契贝、恩古吉、奥克瑞等非洲作家都曾经在创作中予以呈现。这个民间信仰也影响了索因卡的创作。在一次访谈中，索因卡特意提到："我和阿比库一同长大，阿比库不是一个象征，而是一个真实存在的，能够将过去、现在、未来三个世界连接起来的意识的呈现。对我而言，阿比库是真实的存在，不只是作为文学分析的虚构产物。"① 索因卡还写过一首题为"阿比库"的诗，专门描写这种民间信仰。结合《森林之舞》中那个"在等待一个母亲"的孩子，"逃出娘胎，却又进了耻辱之胎"的循环命运和"生下来就会死"的宿命，这个孩子就是索因卡塑造出来的一个半人半鬼的阿比库形象。而这个阿比库，被索因卡用来当作尼日利亚国家未来命运的一个象征物。

然而，《森林之舞》中的这个阿比库又与民间信仰中的阿比库有些不同，他是个生命循环被强行中断了的阿比库。生命循环的中断给人和神对他的命运的阐释提供了空间。"这个半人半鬼的孩子既不是个意义一致的象征物，也不和一致的身份、时间相关联。每个角色都对他有自己的理解，这些理解有时彼此矛盾。"② 围绕这个半人半鬼的孩子的意义，人、鬼、神之间展开了争夺，这场意义阐释的斗争在剧本中主要以游戏的形式来展开。

孩子和埃舒奥罗假扮的红色人影玩的"色山"游戏实际上是一场生命游戏，在这个游戏中，孩子输了，就意味着他的命运交由仇恨人类的埃舒奥罗裁决，实际上也就意味着判决了死亡的命运。而在这之后，在揭去了面具的三个活人面前出现的三胞胎形象，分别代表着放荡任性、精神自满和残忍暴虐，三胞胎轮流和埃舒奥罗的小丑假扮的翻译玩的"安捕"（ampe）游戏，是一种在约鲁巴流行的

---

① Wole Soyinka, *Conversations with Wole Soyinka*, Biodun Jeyifo ed., Jackson: University Press of Mississippi, 2001, p. 165.

② Glenn A. Odom, "The End of Nigerian History: Wole Soyinka and Yorùbá Historiography", *Comparative Drama*, 2008, 42 (2), p. 215.

儿童游戏，其玩法是脚一滑，然后转一圈，"ampe 的意思是像我一样做，我们是相同的"①。这个意思实际上已经揭示出三胞胎的指向：从历史中沿袭下来的恶劣人性。三胞胎的表演实际上就是为了让活人从三胞胎的表演中看到自己的行为引起的破坏性结果。之后，埃舒奥罗、奥冈、孩子、戴姆凯等都参与进了这场游戏之中。埃舒奥罗和三胞胎中的老三作为争抢的一方，他们抢夺孩子就意味着将孩子的命运判决为混乱与毁灭；戴姆凯和奥贡作为争抢的另一方中途参与进来，在奥贡的帮助下，戴姆凯抢到了孩子，把孩子交还给了母亲。戴姆凯的行为实际上是在意识受到触动之后，良知回归的结果。戴姆凯的选择代表着人类对未来的选择，而在前面的游戏中，埃舒奥罗已经赢了孩子，因此这个选择用森林之王的话来说就是，"你手里抱着个已经被判决了的东西，要想推翻许多年前开始了的行为，可不是件容易的事儿"②。这意味着人类选择打破因循的历史暴力循环这条道路，因依旧存在的敌对阵营之间的斗争，注定阻力重重、路途坎坷，但毕竟踏出了摆脱循环的第一步，为人类走向有可能的光明未来创造了机会。而这个机会，是刚刚获得启蒙的戴姆凯创造的。

在《森林之舞》中，神灵们没有受到欢迎会审判场景的影响，而活人们却都有了变化，变化最大的是戴姆凯。从前面的剧情来看，戴姆凯是个对于历史与现实的混乱负有罪责的人，但剧末的戴姆凯对别人的不幸又满怀同情恻隐之心，并最终代表人类做出了虽然艰难却有希望的勇敢的选择。对戴姆凯的这种分裂，一方面，我们可以解释为森林之王刺痛活人灵魂的意图的实现；另一方面，也可从奥贡大神的特性上去理解。奥贡大神原本就是集创造与毁灭功能于一身的神，奥贡也一再说自己是在通过戴姆凯的手行动，所以，有学者认为，"戴姆凯代表着与否定和围绕着他的变化无常的破坏性相对立的健康的创造性本能。因此，戴姆凯杀死奥列姆勒的行为，便可解释为创造性的本能活跃之前的必需的行动"③。

---

① Oyin Ogunba, *The Movement of Transition: A Study of Plays of Wole Soyinka*, Ibadan: Ibadan University Press, 1975, p. 92.

② 渥雷·索因卡：《狮子和宝石》，邵殿生等译，桂林：漓江出版社，1990 年，第 210 页。

③ Oyin Ogunba, *The Movement of Transition: A Study of Plays of Wole Soyinka*, Ibadan: Ibadan University Press, 1975, p. 71.

索因卡推崇奥贡身上的创造性能量，将奥贡视作约鲁巴人中的第一个以自我牺牲为代价打通连接三个空间的中间通道的悲剧英雄。而索因卡个人身上，某种程度上也具有个人英雄主义的精英意识，他相信个人行动的力量，认为"独立的个人可以打破这个（历史）循环，从这个循环中走出，把社团带到一条崭新的、未知的道路上去，这条道路从来不是历史循环倾向的一个部分。这个特立独行的个人，而不是大众的信仰，可能含有某种精英主义甚至是关于谁能塑造社团未来的某种理想主义的味道"①。出于这种理念，索因卡在他的作品中塑造了一批试图以一己之力或通过自己的牺牲来拯救社团或促进社会变革的个人主义英雄，如《强种》中的埃芒、《沼泽地居民》中的伊格韦祖、《死亡与国王的侍从》中的艾雷辛和欧朗弟、《路》中的教授、《疯子与专家》中的疯子等。作为索因卡笔下的个人主义英雄中的一员，作为最初的启蒙者和旧循环的打破者，戴姆凯势必要面对重重打击和阻挠。在剧本的最后，戴姆凯被埃舒奥罗作为祭品献祭给图腾，在奥贡的干预之下，才保全了性命。至于觉醒了的社团精英戴姆凯毕把社会带向何方，作品并未勾画出明确的前景，但无疑撒播下了希望的种子，在沉重抑郁的基调之中留下了一个亮点。在剧末，活人们都有所醒悟，甚至连作为图腾原型的罗拉也变得安分多了。所以，《森林之舞》最终留下的是一个冲破绝望、充满希望地走向不可知未来的结局。这个希望既指向尼日利亚这个国家的未来，也指向整个人类的未来。

结　语

综上所述，索因卡在《森林之舞》中，通过生界与死界的失败联系、神与神的对抗，以及人、鬼、神间的冲突这几组对立关系，以复杂的象征手法传达出了自己对尼日利亚国家历史和未来命运的诸多思考：拥有伟大传统和英雄祖先的国家历史只不过是一个神话，过去同现在一样，被残忍、懦弱、腐败所困扰。要想

---

① Ketu H. Katrak, *Wole Soyinka and Modern Tragedy: A Study of Dramatic Theory and Practice*, Westport: Greenwood Press, 1986, p. 130.

让新独立的国家强大，必须从精神自满中走出来，直面历史和现在的问题。在这个意义上，这部剧作创作的目的就是"为了震醒那些忘记了过去的中产阶级观众，让他们从现在非常幸福的幻觉中走出来"①。尼日利亚的未来因为敌对阵营的存在，还会充满动荡；但是尼日利亚人必须做出有可能改变国家状况的选择，这个选择的契机是自省意识和良知的触动，只有在这样的启蒙基础上，尼日利亚这个阿比库国家，才有可能存活下来并走向强大。因此，《森林之舞》是一部力求对国家、民族，甚至是整个人类的未来提供预言性启示的作品。

（文 / 德州学院 高文惠）

---

① Biodun Jeyifo, *Wole Soyinka: Politics, Poetics and Postcolonialism*, New York: Cambridge University Press, 2004, p. 137.

第十四篇

索因卡戏剧《路》和《疯子与专家》
与欧洲荒诞派戏剧

作品节选

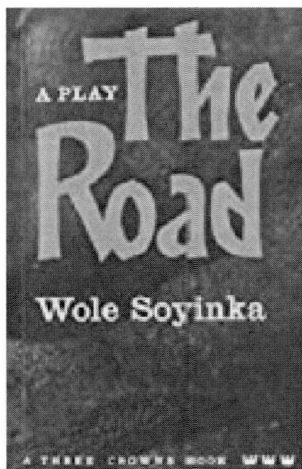

《路》（*The Road*，1965）

PROF.: Be even like the road itself. Flatten your bellies with the hunger of an unpropitious day, power your hands with the knowledge of death. In the heat of the afternoon when the sheer raises false forests and a watered haven, let the event first unravel before your eyes. Or in the dust when ghost lorries pass you by and your shouts your tears fall on deaf panels and the dust swallows them. Dip in the same basin as the man that makes his last journey and stir with one finger, wobbling reflections of two hands, two hands, but one face only. Breathe like the road. Be the road. Coil yourself in dreams, lay flat in treachery and deceit and at the moment of a trusting step, rear your head and strike the traveller in his confidence, swallow him whole or break him on the earth. Spread a broad sheet for death with the length and the time of the sun between you until the one face multiplies and the one shadow is cast by all the doomed. Breathe like the road, be even like the road itself...

[The mask still spinning, has continued to sink slowly until it appears to be nothing beyond a heap of cloth and raffia. Still upright in his chair, Professor's head falls forward. Welling fully from the darkness falling around him, the dirge.] [①]

教授：要像路一样平展。让不顺心的一天的饥饿压瘪你的肚皮，让你的双手掌握着死之谜。炎热的下午，当闪耀的光泽织成虚幻的森林和波光粼粼的安息之乡，让事情在你眼前显露真相，或是在尘埃中，当幽灵客车开过你身旁，你的眼

---

① Wole Soyinka, *The Road*, Oxford: Oxford University Press, 1965, p. 96.

泪和叫喊落在漠然的车窗板上，被尘埃吞没的时候。跟走完人生最后一段旅程的人那样，在同一个水洼里洗手，用一根手指头搅动水，晃动那水中的倒影：两只手，两只手，但是只有一张脸。要像路一样呼吸，变成路，在梦中盘旋吧，狡诈地平躺着，听到信任的脚步声就探起头来，袭击对它怀着信任的旅客，把他囫囵吞掉或者在地上压得粉碎。在你仨之间为死神铺上一张宽阔的床单，和太阳一样长，和太阳一样久远，直至一张脸变成许多张脸，所有遭劫者投射出一片阴影来。要像路一样呼吸，像路一样平展……

［面具还在旋转，继续慢慢地越转越低，直至坍在地上成了一堆乱布和酒椰纤维。教授直挺挺地坐在椅子旦，头向前倾。周围一片黑暗，响起挽歌声。］[①]

（邵殿生等 / 译）

---

① 沃莱·索因卡：《狮子与宝石》，邵殿生等译，北京：北京燕山出版社，2015 年，第 348—349 页。

作品节选

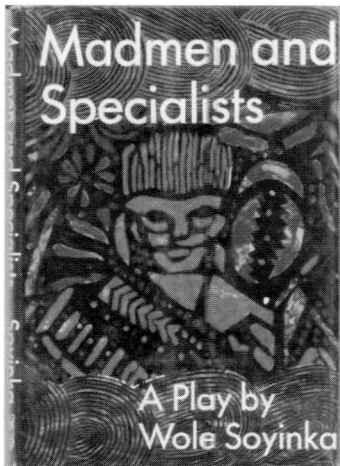

《疯子与专家》
(*Madmen and Specialists*, 1971)

As Is, and the System is its mainstay though it wear a hundred masks and a thousand outward forms. And because you are within the System, the cyst in the System that irritates, the foul gurgle of the cistern, the expiring function of a faulty cistern and are part of the material for reformulating the mind of a man into the necessity of the moment's political As, the moment's scientific As, metaphysic As, sociologic As, economic, re-creative ethical As, you-cannot-es-cape! There is but one constant in the life of the System and that constant is AS. And what can you pit against the priesthood of that constant deity, its gospellers, its enforcement agency. And even if you say unto them, do I not know you, did I not know you in rompers, with leaky nose and smutty face? Did I not know you thereafter, know you in the haunt of cat-houses, did I not know you rifling the poor-boxes in the local church, did I not know you dissolving the night in fumes of human self-indulgence simply simply simply did I not know you, do you not defecate, fornicate, prevaricate when heaven and earth implore you to abdicate and are you not prey to headaches, indigestion, colds, disc displacement, ingrowing toenail, dysentery, malaria, flatfoot, corns and chilblains. Simply simply, do I not know you Man like me? Then shall they say unto you, I am chosen, restored, redesignated and redestined and further further shall they say unto you, you heresiarchs of the System arguing questioning querying weighing puzzling insisting rejecting upon you all shall we practise, without passion- [1]

---

[1] Wole Soyinka, *Madmen and Specialists*, New York: Hill and Wang, 1971, p. 110.

那是因为……我们在 As 面前是一起的。（他慢慢站起来）As，就像现在的样子，而现存社会体制——尽管它有一百副面孔，一千种形式——是它的主要支柱。正因你处在这个社会体制之中，正因你是那个社会体制（the system①）里的胀痛、发炎的囊肿（the cyst）你是那个淤塞的水池子（the cistern）的咕噜咕噜的响声，是那个不完善的水池子的行将消亡的功能，正因你是原料的一部分，用它来把人的头脑重新配制成当时政治的 As，当时科学的 As，玄学的 As，社会学的 As，经济的、娱乐的、伦理的 As 的必需品，你——可不能——逃——跑！在这社会体制的生活里只有一样东西永恒不变，那就是 As。而你又能拿什么来和这个永恒不变的神明的教士们，传道士们和它的执行机构对抗？即使你对他们说，难道我不认得你们吗？难道我不是从你们还穿开裆裤、拖鼻涕、脸脏得像小花脸似的时候就认得你了吗？以后你长大了，出入罪恶的渊薮，难道我不认得你吗？你抢劫本地教会的施舍箱，难道我不知道吗？你放纵情欲、整夜荒唐，难道我不知道吗？总而言之，难道我不了解你吗？难道你不拉屎、不跟人私通、不推诿搪塞②，虽然上至天、下至地都恳求你让位、交出权力？而且，难道你不生病：头痛，消化不良，感冒，椎间盘移位，趾甲长到肉里，痢疾，疟疾，平足，鸡眼，冻疮？说得简单点，难道我不知道你和我一样是人？这时候，他们就会对你说：我是特选的，复辟的，重新任命的，还有，重新指派的等，他们会对你说，你这个当今社会制度的异教徒首领，只知道辩论、质问、怀疑、掂量、冥思苦想、固执己见和否定、拒绝，对你们我们要冷冰冰地加以利用③——④

（邵殿生等/译）

---

① 索因卡在本剧中有许多地方玩弄文字游戏以达到他鞭挞、泄愤的目的。"社会体制"（system）、"囊肿"（cyst）、"水池子"（cistern）的原文中 sys, cyst, cist 同音，所以老头儿才说，"那个社会体制里的""囊肿"（the cyst in the System），等等。

② 这半句话的原文是……do you not defecate（大便），fornicate（私通），prevaricate（搪塞）……也是借文字游戏来进行揶揄。

③ 意思是按照 as 的教义来加以利用。

④ 沃莱·索因卡：《狮子与宝石》，邵殿生等译，北京：北京燕山出版社，2015 年，第 417—418 页。

作品评析

《路》和《疯子与专家》与欧洲荒诞派戏剧

引 言

尼日利亚作家索因卡对非洲现当代戏剧有深远影响。学界一般认为，20世纪六七十年代是索因卡创作的成熟时期，也是其风格的形成时期。面对本土与外来多元戏剧传统的影响，索因卡逐渐形成了"有目的的、独立自主地选择的'选择性的折中主义'"[1]艺术主张。在创作的成熟期，他努力实践这一艺术理念，致力于将非欧古今的戏剧资源以开放的态度在兼收并蓄的基础上形成自己的独特风格。因此，研究者奥因·奥昆巴指出："索因卡的戏剧艺术是传统与大胆革新的混合品。"[2]在这一时期索因卡创作的仪式剧、哲理剧和讽刺剧中，"讽刺、幽默、怪诞和喜剧性以及神秘的寓言成分全都生气盎然"[3]。但也因为多元艺术元素的混合杂糅，这一时期的戏剧普遍晦涩难解，尤其是《路》《疯子与专家》这两部剧本，往往令人联想起荒诞派戏剧。从戏剧的布景设置、戏剧情节、戏剧语言等方面来看，这两部剧本的确荒诞特征突出。

---

① Wole Soyinka, "Neo-Tarzanism: The poetics of Pseudo Tradition", *Transition*, 1975, 48), p. 44.

② Oyin Ogunba, *The Movement of Transition: A Study of Plays of Wole Soyinka*, Ibadan: Ibadan University Press, 1975, p. 9.

③ 拉尔斯·格伦斯坦：《授奖词》，载渥雷·索因卡：《狮子和宝石》，邵殿兰等译，桂林：漓江出版社，1990年，第446页。

　　然而，索因卡虽然吸收了荒诞派戏剧的某些理念，但他对荒诞派戏剧并非亦步亦趋地简单模仿，而是进行了许多创造性的变革，这些变革使他的《路》《疯子与专家》等剧本有别于欧洲的荒诞派戏剧而具有鲜明的个性。

一、面向存在体验的戏剧

　　荒诞派戏剧是第二次世界大战后出现在欧洲的一个反传统的戏剧流派，其理论支撑是存在主义哲学。该戏剧流派认为世界是与人为敌的，人生活在与自己脱节的环境中，既不能自已，也无法与他人沟通，因而生命是孤独痛苦的，存在是无意义的。荒诞派戏剧的代表人物尤涅斯库用荒诞来概括人类的这种处境："荒诞是缺乏目的……切断了他的宗教的、形而上的、超验的根基，人迷失了，他的一切行为都变得无意义、荒诞、没有用处。"[①]这种对存在的看法集中反映了经历了二次世界大战后的西欧普遍存在的精神危机和悲观虚无情绪。

　　从这样的存在观出发，荒诞派戏剧家们认为像镜子一样再现现实生活的现实主义作品，只是反映和描写了现实的表面，无法揭示事物的本质特征和阐释生存的实质，对生活提供的解释是虚假的，因此应当予以摧毁。戏剧应该"'对观众更深的心灵深处'说话，它迫使观众给无意义以意义，迫使观众自觉面对这一处境而不是模糊地感觉它，在笑声中领悟根本的荒诞性"[②]。荒诞派戏剧的理论家马丁·艾斯林则指出："荒诞派戏剧不再争辩人类状态的荒诞性；它仅仅是呈现它的存在——也就是说，以具体的舞台形象加以呈现。"[③]简而言之，在荒诞派剧作家们看来，戏剧的目的不再是描写生活，而是通过使内在世界具象化的舞台形象让观众去体验存在感受。

　　通过舞台上的荒诞处境，迫使人们面向存在的真实处境，把人们从意义的确定性和生活的自满自足中震醒，重建人们关于自身处境的认识，这是荒诞派戏剧

---

① 艾斯林：《荒诞派戏剧》，华明译，石家庄：河北教育出版社，2003年，第8页。
② 转引自余虹：《"荒诞"辨》，《外国文学评论》，1994年第1期，第23页。
③ 艾斯林：《荒诞派戏剧》，华明译，石家庄：河北教育出版社，2003年，第9页。

的首要目的。在揭示人的处境的真实性方面，荒诞派戏剧是非常严肃和理性的。因此，尤奈斯库在《戏剧的实验》中才会说用扩大效果的方法来摧毁"现实主义"，但同时又要突出"现实主义"①。在某种意义上，可以说荒诞派戏剧是以不同寻常的方式描绘现实的另类现实主义戏剧流派。

在对于戏剧本后的认识上，索因卡与荒诞派戏剧等现代主义戏剧流派虽然表达方式不一样，但在理念上具有一致性。他在《第四舞台：通过奥冈神话直抵约鲁巴悲剧的根源》等论文中提出的"仪式悲剧"理论，既是他从约鲁巴民族文化中寻求精神资源创建民族戏剧的努力，也是对尼采的酒神精神的最高体现形式的具有形而上意义的存在悲剧的有意借鉴。索因卡借酒神和路神奥贡这个约鲁巴悲剧英雄阐释的仪式悲剧，其实质也是要把握集体灵魂或宇宙意志的存在戏剧。②由于集体灵魂和宇宙意志都不是实有的物质现实，所以借助现实主义的如实再现方法根本无法呈现，索因卡的成熟期的戏剧（后期面向现实直接发言的宣传鼓动剧除外）中极少有直接描写现实生活图景的作品，而是大多借用神话、风俗、仪式等资源去影射现实，以夸张、怪诞、晦涩的手法塑造的陌生化形象去传达这些精神上的超验时刻。

在戏剧创作的目的上，索因卡坚信戏剧应承担大众的教育功能。在他看来，"一部作品，必要时就应是一把铁锤，一颗手榴弹，去击穿炸毁人们认识世界的僵化模式。……我们实际上并不是要在人的身体里凿洞……但有机会时，让我们尽力使用词语和风格去吸引那些通常自以为是的人，我们必须确保能够解释他们心灵里的某些肮脏可耻的东西，这些东西从外表看，往往会被忽略"③。由此可见，同荒诞派戏剧"企图打破沾沾自喜和不由自主这堵僵死的墙壁，在面对人的状况的终极真实时重建人对于自身处境的认识"④一样，索因卡戏剧创作的首要目的也是要突破表面的壁垒与僵化模式，揭示人的内心，重新认识自己。

---

① 参见廖星桥：《法国现当代文学论》，长沙：湖南师范大学出版社，1991年，第258页。

② 参见高文惠：《索因卡的"第四舞台"和"仪式悲剧"——以〈死亡与国王的马夫〉为例》，《外国文学研究》，2011年第3期，第127—134页。

③ Biodun Jeyifo (ed.), *Conversations with Wole Soyinka*, Jackson: University Press of Mississippi, 2001, pp. 37—38.

④ 艾斯林：《荒诞派戏剧》，华明译，石家庄：河北教育出版社，2003年，第278页。

　　《路》《疯子与专家》这两部戏剧都创作于尼日利亚内战前后。《路》创作于内战之前，剧本通篇弥漫着危机四伏的社会里迷失方向的困惑感和找不到出路的失败感、灾难感。在内战期间，索因卡以莫须有的罪名被尼日利亚联邦政府逮捕，被单独囚禁22个月后才得以释放。创作于被释放之后的《疯子与专家》充满了怒气和对人性的失望。索因卡创作这两部作品时的时代背景与二战之后丧失了精神家园的西欧人的精神困境极为相近。索因卡努力通过"词语和风格"去传达他那个时代的存在感受，在这个意义上，同荒诞派戏剧一样，这两部剧本也属于"我们时代的现实主义剧派"①。

二、以诗意的形象进行思考

　　由于荒诞派戏剧的主要目的不是解释现实，而是引导观众去体验存在感受。所以，荒诞派戏剧强调直觉，排斥逻辑和推论性话语。就戏剧的推进方式来看，荒诞派戏剧普遍采用的不是逻辑的、历时的散文组合方式，而是非理性的和寓言性的组合方式。也就是说，荒诞派戏剧不是以概念的形象，而是以诗意的形象进行思考。马丁·艾斯林将这种思考方式概括为戏剧所做的诗意的努力："诗歌是含糊的和联想的，努力接近完全非概念性的音乐语言，荒诞派戏剧在把这种同样具有诗意的努力贯彻到舞台的具体形象中去的时候，在摒弃逻辑性的推论性的思想和语言方面可以比纯粹的诗歌走得更远。舞台是一种多维度的媒介；它允许同时使用视觉形象、动作、灯光和语言。因此，它适合于传递由所有这些成分对应性相互作用构成的复杂形象。"②

　　为了塑造诗意的舞台形象，荒诞派戏剧进行了很多变革。

　　第一，在荒诞派剧作家看来，与其描绘现实生活画面，不如借助象征让大家直面生存本质。在舞台布景上，他们努力使用直喻手法，赋予物体以生命，使象征变得具体，把内心现实具体化。如《等待戈多》两幕戏的舞台布景都是乡间一条路

① 爱德华·阿尔比：《哪家剧派是荒诞剧派？》，《外国文学》，袁鹤年译，1981年第1期，第52页。
② 艾斯林：《荒诞派戏剧》，华明译，石家庄：河北教育出版社，2003年，第282页。

和一棵树这个荒凉的背景，不同的只是第二幕树上有了四五片枝叶，这个单调不变的场景象征着人类乏味无聊、日日轮回、生死无能的痛苦处境；《秃头歌女》的舞台布景是没有个性特点的普通英国中产阶级家庭的内室，这样的布景暗含着剧情所传达出的人类处境是普遍相同的；品特的《送菜升降机》的舞台布景是一个有两张床、两扇门、一个送菜的升降口的地下室房间，暗示着人类的生存如同被囚禁在牢狱中服刑一样。此外，《椅子》中把人挤得无处立足的椅子，《秃头歌女》中随意乱敲的钟、《阿麦迪或脱身术》中不断生长扩展占据了大半个舞台的尸体等道具，把在物化世界中现代人的无聊、孤独、压抑、恐慌与局促不安传达了出来。

第二，荒诞派戏剧与现实主义戏剧反映广阔的生活画面和人生百态的艺术追求相反，努力将舞台上的人物减至最少。《等待戈多》的上场人物有5人，《秃头歌女》中6人，《送菜升降机》中2人，《动物园的故事》中的上场人物也只有2人……此外，荒诞派戏剧不以塑造鲜活的人物形象为旨上，剧里的人物大多没有个性特征，更多情况下仅是一种职业或身份符号：《秃头歌女》中史密斯夫妇口中谈论去世的勃比·华特森，谈着谈着，一家子都成了勃比·华特森。剧末马丁夫妇念着同史密斯夫妇一模一样的台词。人物没有个性特征，完全可以互换而对戏剧主旨毫无影响；在《阿麦迪或脱身术》中，除了阿麦迪和玛德琳之外，其余人物没有名字，只有身份符号：一名邮差、一个美国士兵、第一个警察、第二个警察、窗口上的一个女人、窗口上的一个男人等。《等待戈多》中的两个流浪汉虽然有固定的名字，但他们根本没有自己的形象特质。

第三，在戏剧结构上，荒诞派戏剧往往呈无序状态。不仅表现在情节杂乱无章或根本没有情节上，而且往往很多具有循环式的戏剧结构，在戏剧的结尾又回到了开头，整出戏剧没有解决任何问题，甚至也没有提出什么问题。如在《秃头歌女》的结尾，马丁夫妇像剧本开始时的史密斯夫妇那样坐着，一成不变地念着史密斯夫妇在第一场戏中的台词；《等待戈多》的结尾是两个流浪汉依旧像开始时一样，等待永远不会到来的戈多。

第四，降低语言的地位，追求纯戏剧性。传统戏剧家们认为，语言是表达戏剧内容的关键，而荒诞派戏剧家却认为，语言根本无法进行思想情感的交流，也无法传达真实的存在体验，戏剧应该旨在表达语言不能够用语词说出的东西。"'一出戏的真正内容在于动作'，'只有通过表演，才能传达真实的全部复杂性'。这就是说，语言已经失去作用，只有用动作进行的表演才是戏剧，才有'纯戏剧性'"①。当然，追求"纯戏剧性"并不意味着荒诞派戏剧要废除语言，"而是改变它的作用，特别是降低它的地位"②。其实，很多情况下，夸张地使用支离破碎、乏味单调的语言，强化其使用的频次和荒诞的程度，超过一定限度时，就能创造一种直面怪诞、变形和疯狂的世界的异常感觉。如《秃头歌女》临近结尾时两对夫妇各自神经质地、有节奏地呼喊着毫无意义的台词，越来越快，直至声音突然中断。对于这样的语言使用的用意，尤奈斯库的解释更明确："如果说戏剧的本质是扩大效果的话，那么就应该尽量地扩大、强调、激化它的效果使它达到顶点。……应该使戏剧以漫画的方式朝着畸形迅速奔驰……使戏剧回到令人无法忍受的地步，让戏剧把一切推向痛苦的顶点。……戏剧是感情的极度夸张，脱离真实的夸张。"③对于语言的这种不同寻常的创造性使用，也能构成一种独特的戏剧氛围，作家和演员没有使用逻辑性的语言进行说教，却分明使人感受到存在的痛苦。就这样，"荒诞派戏剧重新获得了把语言仅仅作为它的多维度诗意形象的成分之一进行使用的自由，语言有时是支配性的，有时被淹没其中。通过把一个场景中的语言与动作进行对照，通过把语言变成为毫无意义的喋喋不休，或者通过为了联想或者谐音而抛弃推论性的逻辑，荒诞派戏剧开启了一个新的舞台维度。"④

总之，荒诞派戏剧力图通过直喻性的舞台布景、符号化的人物形象、无序的戏剧结构和无逻辑的语言这些诗意组合方式，唤起戏剧的诗意形象。在荒诞派戏剧建构的艺术世界里，逻辑、概念和推理无法解释戏剧希望传达的关于存在本质的总体直觉。对于难以言传、玄奥复杂的存在本质，荒诞派戏剧旨在以本质上抒情的、诗意的组合来达到集中和深入。于是在剧院里，荒诞派戏剧向观众发出了吁请：要以诗意的形象进行思考。

---

① 马相武、向颖：《荒诞派戏剧及其理论与探索》，《戏剧文学》，2006年第9期，第66页。
② 艾斯林：《荒诞派戏剧》，华明译，石家庄：河北教育出版社，2003年，第265页。
③ 廖星桥：《法国现当代文学论》，长沙：湖南师范大学出版社，1991年，第258页。
④ 艾斯林：《荒诞派戏剧》，华明译，石家庄：河北教育出版社，2003年，第282页。

三、《路》《疯子与专家》的荒诞特征

在《路》和《疯子与专家》这两个剧本中，索因卡明显有非常重要的信息要传达，却没有使用清晰的叙事方式去讲故事。两部戏剧的语言暧昧，剧情离奇，人物形象模糊费解，寓意晦涩。从戏剧的这些特征上看，这两部戏剧的荒诞倾向突出。

在戏剧布景上，两部戏剧都采用了直喻式的布景手法。《路》的主要布景是："……路边一座棚屋、屋后破烂的篱笆和教堂的一角，教堂的一扇彩色玻璃窗紧闭着。带十字架的尖顶直矗云霄，望不到头。在棚屋的一角，向台前方伸出一辆破卡车的后身，车身倾斜，下面没有车轮。车上挂着招牌'车祸（货）商店——各种零件，一应俱全'。"[①] 这种充满神秘气息的怪诞与残损的舞台设置营造出了一个灾难与死亡的舞台氛围。《疯子与专家》的布景要复杂些，它构建了一个分为三层的垂直舞台空间：最下层的是关押、审讯、杀害老人的诊所兼地下室；中间层是贝大姐晾晒草药的场所，也是乞丐们活动的主要场所；第三层高出地面，是代表土地与生命的神话形象——两个老妇人居住的小屋，也是她们向贝大姐传授保护生命的秘密的地方。逐层增高的物质空间与人性的高低程度正相匹配。这个布景明显不是环境的实象，而是打乱现实空间秩序的神秘幻象。草药是连接三个空间的物象，草药的储备是贝大姐爱的显现，有毒的草药也被贝罗用于引诱父亲自杀，而高处的老妇人则是草药的具象化，代表着对人类惩罚或救赎的力量。在戏剧的最后一场，剧情在三个空间同时展开。老人在地下室被儿子杀死、老妇人愤然离开小屋引燃草药，这是神灵对不知敬畏的人的惩罚，也是索因卡对人性丧失的社会的谴责。《疯子与专家》对物理空间的分层处理，形成了角色之间的精神鸿沟和作者的情感层次。总之，在索因卡的艺术处理下，布景这些没有生命的东西有了活力，具有了丰富的象征寓意。可以说，《路》与《疯子与专家》的戏剧布景实现了荒诞派戏剧关于形式即内容的追求。

---

① 渥雷·索因卡：《狮子和宝石》，邵殿生等译，桂林：漓江出版社，1990年，第251页。

　　在戏剧情节方面，表面上看，两部戏剧都有些荒诞不经。《路》的核心情节是车祸商店的经验者、言行怪异的教授四处寻找启示，这个启示就是生死的奥秘。他到基督教堂、路上的车祸现场和酒吧这些地方去寻找，在每一件可能的事情上做实验。但启示到底是什么，始终是云遮雾绕。而作为戏剧潜在主角的崎岖不平的路，凶险叵测，事故频发，像蜘蛛毁灭落入蛛网的苍蝇一样随时毁灭上路的司机和乘客。但教授却认为路上藏着生死的奥秘，直到剧终，教授在集体狂欢后被小东京杀死，临死前还在呼吁："要像路一样呼吸，变成路，在梦中盘旋吧，狡诈地平躺着，听到信任的脚步声就探起头来，袭击对它怀着信任的旅客，把他囫囵吞掉或者在地上压得粉碎……要像路一样呼吸，像路一样平展……"[1]教授之死是全剧的高潮，他的演讲富有激情和诗意，但依旧令人费解，既然路如此狡诈地袭击信任者，那为什么还要督促人们上路呢？这个演讲并没有给出人们所期待的路的意义和启示所指的明确的答案，因此也就给阐释敞开了自由的空间。《疯子与专家》的剧情更加离奇，由治病救人的医生变为刑讯专家的贝罗，派四个残疾人监管关在地下室里的疯子父亲。而老人之所以发疯，并被视为危险人物，是因为他四处传播食人肉合法、不食人肉浪费的"as"哲学。而贝罗最后开枪杀死父亲则被视为克服了全部感情上的弱点，是对"as"神的彻底皈依。那么"as"这个宗教的教义到底是什么？是正义的还是非正义的？是人性的还是非人性的？实际上，从混乱不堪、不知所云的破碎的独白和对白中，可以看出老人一直试图对"as"进行界定，但同《路》的结局一样，直到老人死去，读者和观众也没有得到清晰准确的答案。

　　两部戏剧的晦涩难解还源于其戏剧语言。《路》中有些场景里的人物对话单调无聊，对推动戏剧发展没有什么实际意义，有些场景里的人物对话又隐含太多传统观念而显得神秘隐晦，中心人物教授的语言则通篇给人故弄玄虚之感；《疯子与专家》的语言更是扑朔迷离：癫痫病人阿发按英文字母顺序对"as"神含义的解释，乞丐们在地下室里和老人间的对话，阿发、瞎子和老人的演讲，乞丐们演唱的歌曲，等等。这些纯粹是文字游戏，甚至有些地方都没有标点符号。这样的语言增加了理解的难度，也打破了人们对戏剧的欣赏习惯。

---

[1] 渥雷·索因卡：《狮子和宝石》，邵殿生等译，桂林：漓江出版社，1990年，第333页。

总之，从布景、情节、语言等方面来看，《路》《疯子与专家》这两部剧具有突出的荒诞特征。直喻的布景、荒诞不经的情节、不合逻辑的语言打造的戏剧世界，虽然令对戏剧的理性分析陷入困境，但是营造出了一种人人都能够感受得到却又难以言传的困惑、灾难、失望甚至绝望的舞台氛围。在这个意义上，两部戏剧都属于适于感受和体验的荒诞哲理剧。

四、索因卡的创造性变革

从《路》和《疯子与专家》来看，索因卡的创作的确受到了荒诞派戏剧的影响。但是无论是原创性的创作还是对经典剧本的改写，索因卡对外来资源从来不是简单模仿，他有一种独特的系统消化能力，总是能在借鉴吸收的基础上形成自己的个人特色，《路》和《疯子与专家》亦如是。他的这些荒诞哲理剧具有鲜明的个人烙印，是一种吸收基础上的创造性变革。

在主题表达上，《路》和《疯子与专家》有别于荒诞派戏剧的虚化时代背景的寓言化追求，它们与现实生活的语境更贴近一些。

在《路》中，车祸频出的路是剧中将所有人物连接在一起的核心意象。表面来看，这一意象出自索因卡 20 世纪 60 年代带领自己的剧团往返伊巴丹和拉各斯凶险的山路的直接体验。索因卡自己曾经对此有过明确的表述："《路》以我个人熟悉的事物为基础，这个事物是我从路的特定方面发展出来的……它源自我在路上的旅行的非常奇怪的个人经历。写作这个剧本几乎是一种驱魔。……它涉及死亡的现实。"[①]但路传达出来的现实意义要远比作者说出来的复杂。在象征层面上，路似乎指向独立前后的尼日利亚的社会变迁。《路》里的人物很容易让人联想起尼日利亚现实生活中的，尤其是与道路相关的各个阶层：车祸幸存者、失业的司机、售票员、与政客勾结的流氓打手、雇佣打手的政客、信奉有利可图原则的警察等。有靠体力劳动吃饭的劳动阶层，有与暴力相关的统治者及其帮佣，也

---

① Ketu H. Katrak, *Wole Soyinka and Modern Tragedy: A Study of Dramatic Theory and Practice*, Westport: Greenwood Press, 1936, p. 65.

有富有创造性但对现实失望和对出路迷惘的社会精英……这些角色构成了 20 世纪五六十年代尼日利亚现实社会生活的缩影。某种意义上，教授是高于这群乌合之众的角色，他像是一个迷失方向的社会的领路人。教授对"启示"的寻找，既反映了尼日利亚社会的价值混乱，也体现着作家对解决现实问题的道路的思考和对解决时代精神困顿的思想资源的探索。教授对"启示"的寻找主要有三个阶段：基督教教堂里的寻找，可以视作他以外来的基督教资源拯救尼日利亚的尝试；在由约鲁巴的路神奥贡控制的路上的寻找，可以视作他对借助传统文化资源拯救时代的努力；在众人狂欢的酒吧里对"启示"的寻找，则是他对价值错乱导致的混乱时代精神的直接体验。在这个意义上，《路》可以视作 20 世纪中叶尼日利亚精神变迁的一个缩影。研究者奥因·奥昆巴就将《路》的创作意图概括为："《路》是索因卡通过对政治暴力、路上的死亡和符咒的呈现，对现代非洲从早期对基督教的狂热到 20 世纪 60 年代的大动乱的一个文学化的阐释。"①

《疯子与专家》创作于尼日利亚内战之后，作品中虽然没有给出准确的时代背景，却处处指向内战给尼日利亚人带来的肉体和精神创伤。父子二人战后归来，一个变成疯子，一个变成审讯与处决父亲的刑讯专家；四个乞丐都是战争中落下残疾的退伍军人，在他们破碎的对白和游戏场景中，处处可见截肢、处决、罪恶、背叛、控制、利用等具有暴力色彩的词语；作品中最让人费解的是"as"，所有的情节，大部分的独白和对话都是围绕着"as"展开。"as"虽然费解，但也并非无解。某种程度上，表面看来反对"as"哲学的贝罗实则是"as"信仰的实践者，作为刑讯专家，他的判断、控制、处决的工作实则体现的就是"as"哲学，在他杀死父亲的那一刻，他身上残存的人性完全消失，他对"as"完成了彻底皈依。四个残疾人和贝大姐是"as"信仰的受害者。某种程度上，老头儿则可以视作"as"哲学的揭露者。在官方眼里，他的罪过就在于要对宣传吃人肉合法的"as"哲学进行定义，从他和乞丐们的语言游戏中，我们似乎可以看到老人对"as"神的定义，"as"作为社会体制的主要支柱，"利用"是它的一个本质，与"利用"一起出

---

① Oyin Ogunba, *The Movement of Transition: A Study of Plays of Wole Soyinka*, Ibadan: Ibadan University Press, 1975, p. 125.

现的词语有"只要达到目的""哪怕卑鄙无耻""不懂感情""不讲人情""社会体制里的囊肿"等。"as"的第二个本质是以控制为手段的权力,按贝罗的说法,"叫大自然屈服于你的意志,这就是权力","最纯粹意义上的权力。一切禁忌都不复存在"①。贝罗不仅要去控制生命,甚至狂妄到要去"取缔大地的权利"。②这些破碎的词语应该可以拼凑出"as"的教义的轮廓。因为老头儿抓住了"as"的本质,并且四处宣讲,他因"把一个不停思索的脑子放进一个残缺不全的身体"③被权力诊断为疯癫,而被监禁、被处决。作品中两个老婆婆作为超自然的存在,象征着草药、土地与生命。她们最终因无法忍受被人类践踏、背叛、当作工具使用而烧毁了草药,惩罚了人类的背叛。某种程度上,老婆婆燃起的这把大火是索因卡心中燃烧的愤怒之火的象征。虽然《疯子与专家》的语言晦涩、情节荒诞,但索因卡写这个剧本的意图却很明确,他"写这个剧本是为了'祛魔';写成这个剧本,他感到是出了气,是给了那些囚禁他的人以回击"④。这个剧本也被视作"索因卡第一次和自身体验密切结合的作品"⑤,被囚禁的老头儿是作家自身经历的映射,而老头儿对"as"的定义则是对战争中的人性沦丧的愤怒揭示,是索因卡对自己国家命运至暗时刻的一种凝视,这种凝视是近于绝望的悲观。愤怒、失望、痛苦弥漫了整个舞台。

有研究者指出:"索因卡的戏剧是神秘的,讽刺的,一只脚立足于死神阿盖莫(Agemo)⑥毁灭性的肉体的灵薄狱,另一只脚紧紧深扎于现代尼日利亚社会的至暗之处。"⑦表面荒诞的《路》《疯子与专家》其实与现实语境离得很近。可以

---

① 渥雷·索因卡:《狮子和宝石》,邵殿生等译,桂林:漓江出版社,1990年,第365页。

② 渥雷·索因卡:《狮子和宝石》,邵殿生等译,桂林:漓江出版社,1990年,第386页。

③ 渥雷·索因卡:《狮子和宝石》,邵殿生等译,桂林:漓江出版社,1990年,第365页。

④ 邵殿生:《熔非洲和西方艺术于一炉》,载渥雷·索因卡:《狮子和宝石》,邵殿生等译,桂林:漓江出版社,1990年,第14页。

⑤ Oyin Ogunba, *The Movement of Transition: A Study of Plays of Wole Soyinka*, Ibadan: Ibadan University Press, 1975, p. 228.

⑥ Agemo,约鲁巴神话中的死神。

⑦ Penelope Gilliatt, "A Nigerian Original", James Gibbs ed., *Critical Perspectives on Wole Soyinka*, Washington: Three Continents Press, Inc., 1980, p. 106.

看出，索因卡创作《路》《疯子与专家》这两部剧有很宏大的意图，他是想通过陌生化的意象和夸张的方式呈现时代氛围，宣泄个人痛苦与愤怒的同时也让大家一起来感受时代。虽然索因卡最终并没有提供时代复杂问题的解决方案，但这种努力本身是非常严肃的。至于为什么要采用如此晦涩的方式，在一次访谈中，索因卡做了如此的解释："总的来说，我确实从来没有故意要晦涩。但是复杂的主题有时导致作家要以复杂的方式来对待。"①继而，在提及《疯子与专家》的晦涩难解时，索因卡说道："我认为我已然留下了足够多的线索，我不能做得再明显了，因为我曾被迫承诺不能说内战期间的经历，而现在，我觉得我再也不用受那个誓言的束缚了……现在，我愿意通过这个平台告诉大家，我是故意要破坏这个承诺。我想尽可能公开表明我的非常生存（指单独囚禁期间的痛苦体验）完全归功于北方人，监狱官员的人性，我永远不会忘记这一点。"②由此可见，结合索因卡创作这两个剧本时尼日利亚的政治环境和索因卡的现实处境，采用这样非直接的方式去传递时代感受也是不得已而为之的一种写作策略。

在人物形象塑造方面，《路》中的人物形象可以分为两种类型：一类是如教授、穆拉诺、柯托奴、萨姆逊、沙鲁比这样的具有个性化的角色，一类是如小东京、包打听乔、市长等类型化或符号化角色。《疯子与专家》中的人物形象大都属于个性化角色。也就是说，两部剧中的大多数角色，尤其是主要角色除了身份符号特征之外，还具有自己的性格特征。如同司机，见习司机沙鲁比采用一切手段，千方百计获得执照，哪怕是用伪造的执照上路；技艺高超的柯托奴则在经历了两次车祸后，拒绝上路，他对人类和万物怀有悲悯之心。《疯子与专家》中的四个残疾人虽然从整体上看是深受战争之苦的大众的代表，但又具有自己的个性特点。曾经是随军牧师的癫痫病患者阿发比其他三人更擅长辞令一些，他的发言辞藻丰富，文字游戏玩弄得也更娴熟些；瞎子更善良些，他能够感受到爱，时常会维护爱的化身贝大姐；两个草药婆婆，一个性情急躁，另一个态度温和。这些具有个

---

① Biodun Jeyifo ed., *Conversations with Wole Soyinka*, Jackson: University Press of Mississippi, 2001, p. 35.

② Biodun Jeyifo ed., *Conversations with Wole Soyinka*, Jackson: University Press of Mississippi, 2001, p. 39.

性特征的人物台词是独有的，互换会导致整个剧本合理性的坍塌。总之，《路》《疯子与专家》中的人物形象与一般的荒诞派戏剧不同，他们大多像现实主义文学作品那样，具有典型意义和个性化特征。

在戏剧结构上，《路》和《疯子与专家》虽然情节离奇，却并非无迹可循。拨开层层迷雾，可以看到两部剧中都有一个类似传统戏剧或信构剧的完整的故事秩序。《路》讲的是教授四处寻找启示不可得最终被杀的故事，《疯子与专家》可以归纳为战争毁灭人性的故事。两部剧都有开端、发展、高潮和结尾。除了回忆部分之外，剧情基本上是按照时间的历时顺序向前发展。因而，两部剧的戏剧结构应属于有序结构。这一点与尤涅斯库对荒诞派戏剧结构的认识明显不同："对我来说，一部戏剧的组成不是描述这样一个故事的发展——那是写小说或者电影。一部戏剧就是这样一种结构，它由一系列意识状态或者情境组成，它们越来越强化，越来越紧密，然后纠缠交织，不是再次散开，就是以无法忍受的纷乱而告终。"[1]简而言之，《路》和《疯子与专家》虽然情节材料是非理性的，但从本质上来看，还是属于叙事剧的范畴。

在表现手法上，《路》和《疯子与专家》在吸收了欧洲荒诞派戏剧弱化语言，突出动作去唤起舞台诗意形象的手法之外，又进行了一些创造性的变革。两部戏剧在情节的进展中，都不同程度地插入了歌曲、舞蹈、音乐、游戏、戏中戏等元素，这些元素的使用，丰富了舞台的视觉和听觉形象，使得戏剧生动多姿。而像具有民族特色的挽歌、假面舞、鼓乐、模拟、朗诵、轮流应答等本土元素的使用，则使戏剧充溢着非洲故事叙事的特有氛围。特别需要一提的是两部戏剧中的神话元素：《疯子与专家》的超现实维度体现在象征着草药、土地和生命的两个老妇人形象上。这两个老妇人是非洲民间关于土地信仰和巫医崇拜的具象化，也是索因卡以曲笔鞭挞暴力、宣泄愤怒之火的介质；《路》中的神话元素的使用更复杂些。"路"这个核心意象本身就来自约鲁巴族的"路"神奥贡信仰，根据约鲁巴的神话，奥贡是兼具创造和毁灭功能的神，既是保护者，也是惩罚者。在约鲁巴民间既有

---

[1] 艾斯林：《荒诞派戏剧》，华明译，石家庄：河北教育出版社，2003年，第126页。

奥贡是联通过去、现在、未来三个空间的中间通道的第一个征服者的神话，也广泛流传着关于饥饿的路吞噬一切的神话。奥贡的复杂功能应是解开教授最后关于路的矛盾的演讲的关键。在一次访谈中，索因卡提及：奥贡"代表着人的两重性：创造性和破坏性。……只有一件事可以保证，那就是以接受大自然挑战的同样的方式，接受生活和社会的挑战的原则。……我们必须全部接受行动的否定性可能的层面，然后超越它。这就是要用奥贡作为代表性的象征的原因，因为它代表着我们存在的独创性现实"①。索因卡通过路神奥贡传达的意思或许是：路上虽然有很多风险，但也是创造性的新秩序形成的开端，所以必须上路。从象征层面上看，这也是对尼日利亚国家命运的一个阐释和期待。和路神信仰相关的路神祭祀、司机节活动等习俗则变成了情节的组成部分。另外，《路》中还出现了约鲁巴宗教中主宰生死的神阿盖莫、祖先的鬼魂埃贡贡、闪电之神山戈等神灵，这些神灵的名字不仅出现在人物的谈话中，而且以假面舞者的形象出现在舞台上，使得戏剧具有了神秘的仪式氛围，也预示了戏剧情节的走向。正是伴随着鼓声响起阿盖莫从地底下钻出来的节奏，在埃贡贡的疯狂舞蹈中，教授走向了死亡。总之，神话、信仰、习俗在《路》中不只是表面的装饰性的元素，而且是戏剧构成的重要组成部分，这些元素的使用不仅增加了舞台的诗意氛围，而且也是索因卡荒诞哲理剧风格化特征形成的重要源头。

总之，《路》和《疯子与专家》具有反映时代精神变迁的宏大意图、个性化的人物形象、较为完整的故事秩序和丰富多变的叙述手法。这些颇具个性化的艺术创作，使得索因卡的这两部荒诞哲理剧和欧洲典范的荒诞派戏剧存在显著差异。

---

① Biodun Jeyifo ed., *Conversations with Wo'e Soyinka*, Jackson: University Press of Mississippi, 2001, p. 40.

结　语

综上所述，索因卡在关于本质戏剧和戏剧目的等戏剧理念的认识上，和荒诞派戏剧有精神相通之处。他的《路》和《疯子与专家》具有和荒诞派戏剧一样的以诗意形象而不是以概念形象进行思考的倾向，但荒诞特征突出。但是索因卡对荒诞派戏剧并不是简单的模仿，而是进行了一些创造性变革。他把时代的氛围和对时代命运的思考以最小的模糊性呈现出来，他的人物塑造遵循个性化和典型原则，他的表现手法多样，而且融入了很多本土元素。这些努力使得他的荒诞哲理剧成为具有个人特征的高度风格化的戏剧。

（文 / 德州学院 高文惠 王芳）

第十五篇

索因卡戏剧《死亡与国王的侍从》中的
悲剧书写与道路求索

作品节选

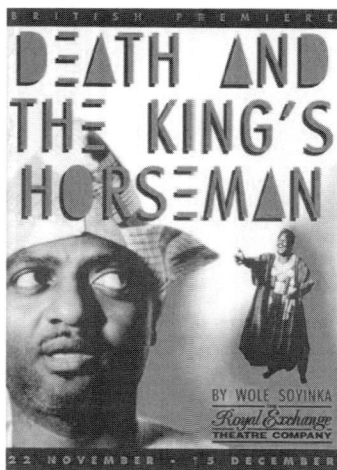

《死亡与国王的侍从》
(*Death and the King's Horseman*，1987)

PRAISE-SINGER: Elesin Oba! I call you by that name only this last time. Remember when I said, if you cannot come, tell my horse. (Pause.) What? I cannot hear you? I said, if you cannot come, whisper in the ears of my horse. Is your tongue severed from the roots Elesin? I can hear no response. I said, if there are boulders you cannot climb, mount my horse's back, this spotless black stallion, he'll bring you over them. (Pauses.) Elesin Oba, once you had a tongue that darted like a drummer's stick. I said, if you get lost my dog will track a path to me. My memory fails me but I think you replied: My feet have found the path, Alafin.

(The dirge rises and falls.)

I said at the last, if evil hands hold you back, just tell my horse there is weight on the hem of your smock. I dare not wait too long.

(The dirge rises and falls.)

There lies the swiftest ever messenger of a king, so set me free with the errand of your heart. There lie the head and heart of the favourite of the gods, whisper in his ears. Oh my companion, if you had followed when you should, we would not say that the horse preceded its rider. If you had followed when it was time, we would not say the dog has raced beyond and left his master behind. If you had raised your will to cut the thread of life at the summons of the drums, we would not say your mere shadow fell across the gateway and took its owner's place at the banquet. But the hunter, laden with a slain buffalo, stayed to root in the cricket's hole with his toes. What now is left? If there is a dearth of bats, the pigeon must serve us for the offering. Speak the words over your shadow which must now serve in your place.[①]

走唱说书人： 艾雷辛欧巴！这是我最后一次以这个名字呼唤你。把我说的写记在心，如果你无法前来，告诉我的马儿。（停顿一下。）你说什么？我听不到你的声音？我说，如果你不可前来，在我马儿的耳畔轻声说出。你的舌头连舌根都被切断了吗，艾雷辛？我听不见你的回答。我说了，如果那儿有你无法攀越的层层巨石，请跨上我的马儿，这匹完美无瑕的黑色种马，它会带你翻山越岭。艾雷辛欧巴，你从前有着如簧之舌。我说了，如果你迷路了，我的爱犬会为你找路，引领你来见我。我已不复记忆，但我想你会回答：阿拉茉，我的双足已寻觅到该走的道路。

（挽歌时而扬起，时而低吟。）

最后我说，如果邪恶的手阻挠着你，只消告诉我的马儿，说你罩衫的褶边里有重物。我就不敢苦苦等候。

（挽歌时而扬起，时而低吟。）

那儿躺着国王遇过最敏捷的信差，所以请发挥你的使命感，让我解脱。那儿躺着诸神宠爱之人的头和心，在他耳畔低声诉说吧。噢，我的友伴，倘若你在应该出发的时刻，就已追随我的步履，我们就不会说，马儿跑在它的骑马人之前。如果时候到了你就随我而去，我们就不会说，狗儿一溜烟地不见踪影，留下它孤零零的主人。如果你在鼓声召唤之际，就坚定你的意志，割舍对生命的依恋，我们就不会说，只有你的影子越过天门，在宴会中取代了主人的位子。但是一个猎人背负着已经宰杀的水牛，他停下脚步，以脚趾翻动蟋蟀的洞穴。如今还剩下什么？如果蝙蝠的数量短缺，鸽子必然要供我们做祭祀之用。你的影子如今必须替你履行职务，你就在它之上说出神圣的誓词吧。[②]

（蔡宜刚 / 译）

---

① Wole Soyinka, *Death and the King's Horseman*, New York: Hill and Wang, 1987, pp. 74—75.

② 渥雷·索因卡：《死亡与国王的侍从》，蔡宜刚译，长沙：湖南文艺出版社，2004 年，第 105—106 页。

作品评析

《死亡与国王的侍从》中的悲剧书写与道路求索

引　言

《死亡与国王的侍从》是索因卡于 1973 至 1974 年流亡欧洲期间创作的一部五幕戏剧，也是索因卡最具争议的一部戏剧。本剧根据真实事件创作而成：1946年，奥尤（Oyo）的一位国王去世。根据约鲁巴习俗，国王的侍卫长欧洛瑞·艾雷辛（Olori Elesin）需要自杀殉葬，但这一行为最终被英国殖民当局制止。这起事件引起很大反响。除本剧外，根据这起事件创作的戏剧还有杜罗·拉迪波（Duro Ladipo）的《国王驾崩》（Oba Waja），甚至有家德国电视台还据此拍摄过电影。根据索因卡自述，他的创作保留了这一事件的情节，保留了艾雷辛、艾雷辛的儿子及地区行政官等人的身份，但是在细节、角色塑造、情节顺序，特别是结局方面进行了改编，发生的时间也被提前到二战期间。

事件引发的反应表明，非洲传统与现代文化之间存在激烈冲突，但索因卡却坚决反对将这部作品看作是一部"文化冲突"剧。他在为本剧撰写的《作者谨识》中说：

这种类型的主题最害怕的就是，人们……把它们贴上"文化冲突"的方便标签，这种容易引发偏见的标签……预设了在本地的真实土壤上，外国文化和本地文化所形成的每一个既定情境中，都存有一种可能的平等关系。……我觉得有必要郑重提醒有意制作这出戏的人，能避免化约论的倾向（很不幸地，这种倾向相当常见），并且转而凝视野朝向更困难、更艰险的工作，诱发出这出戏剧的挽歌本质。[1]

在这段文字里，索因卡表达了他反对将其视为"文化冲突"剧的理由。一是他认为非洲传统文化与殖民者的文化不存在平等关系。的确，随着殖民入侵，非洲传统在殖民文化的压迫下几近崩溃，二者的地位不可同日而语，这条理由可以理解。二是索因卡更希望读者或观众能从普遍悲剧的角度解读这部戏剧的"挽歌本质"。他说：

剧中的对抗多半是形而上的，它涵括在人类载体里，这具载体既是艾雷辛也是约鲁巴心灵的宇宙——生者、死者与尚未诞生者的世界，以及联系一切的神圣通道：过渡（transition）。惟有召唤来自过渡之深谷的乐音，才能充分理解《死亡与国王的侍从》。[2]

假使索因卡的这一观点被认可，那么他通过这一颇具非洲色彩的"挽歌"表达何种立场或思想呢？

一、自杀的民族意义与索因卡的文化焦虑

《死亡与国王的侍从》围绕艾雷辛自杀殉主的仪式展开，通过艾雷辛、走唱说书人（Praise-Singer）、伊亚洛扎（Iyaloja）、欧朗弟（Olunde）等人的言行，不断诠释自杀仪式之于约鲁巴民族存续的意义。殖民行政官赛门·皮尔金斯（Simon Pilkings）为了避免暴乱，阻止艾雷辛自杀，结果反而导致艾雷辛父子双双死亡并几乎激发动乱。

① 渥雷·索因卡：《死亡与国王的侍从》，蔡宜刚译，长沙：湖南文艺出版社，2004年，第8—9页。
② 渥雷·索因卡：《死亡与国王的侍从》，蔡宜刚译，长沙：湖南文艺出版社，2004年，第9页。

　　本剧的第一幕发生在村庄市场内。收市时分，艾雷辛与走唱说书人欧洛杭-伊欧（Olohun-iyo）穿越市场通道，去参加与"伟大的祖先"的聚会——自杀仪式。艾雷辛突然被一个漂亮女人吸引，他坚持这个女人应该成为他的"新娘"。尽管这个女人已经与市场领袖伊亚洛札的儿子订婚，但为了维护传统仪式的庄严，伊亚洛札仍然同意了艾雷辛的要求。第二幕发生在殖民行政官赛门·皮尔金斯的家中。他与妻子珍·反尔金斯（Jane Pilkings）正穿着没收来的埃冈冈（Egungun）服装与面具跳舞，打算穿着这些服饰参加化装舞会。黑人警察阿姆萨（Amusa）前来报告即将举行的自杀仪式。因英国王子访问辖区并将参加舞会，为避免麻烦，皮尔金斯下令逮捕艾雷辛。第三幕重新回到市场内。黑人警察阿姆萨等人试图闯入婚房抓捕艾雷辛时，被市场的女人们赶走。艾雷辛与"新娘"的合卺礼完成了，这时国王的马匹与爱犬已被宰杀，接下来将进入仪式最终环节——艾雷辛自杀。第四幕是在英国人的化装舞会现场，时间已近午夜。总督向赛门·皮尔金斯出示了一份"紧急状况"便笺，报告市场的女人聚众驱赶警察一事。为了不让事态失控，赛门·皮尔金斯带领警察赶往市场。这时艾雷辛的儿子欧朗弟登场，他特地从英国回国安葬父亲，这是他作为长子的职责。欧朗弟向皮尔金斯的夫人珍解释自杀仪式对于约鲁巴人的重要性，试图通过珍找回皮尔金斯，希望他不要干涉自杀仪式。皮尔金斯很快将艾雷辛带回，获悉父亲没有成功自杀后欧朗弟愤然离开。第五幕发生在关押艾雷辛的牢房内。赛门·皮尔金斯走进牢房与艾雷辛展开对话，试图理解他的内心所想。伊亚洛札获准进入牢房探视，她将仪式失败的责任归咎为艾雷辛的犹豫不决。此时，牢房外的山丘上人声鼎沸，骚动似乎一触即发。不过，市场女人带来的不是暴乱而是欧朗弟的尸体——他已代父自杀。面对长子的尸体，艾雷辛用身上的锁链绞死了自己，在形式上完成了殉葬仪式。

　　本剧展示了约鲁巴人与殖民者对自杀仪式的不同态度，艾雷辛的生死是冲突的核心。在戏剧结尾，自杀仪式虽被殖民者中止了，但死亡悲剧却没有被阻止，甚至导致更多的人死亡。剧中人物对待艾雷辛之死的态度各异，体现了他们对死亡意义的不同理解。

　　伊亚洛札和走唱说书人等都是自杀仪式的支持者。他们认为，为了民族的稳定与繁荣，集体有权要求个体牺牲，个体有义务为部族做出牺牲。为此，伊亚洛札可以放弃已经订婚的儿媳，走唱说书人可以陪同艾雷辛一司赴死。欧朗弟在皮尔金斯的帮助下去英国留学，他是一位有着跨文化经历的知识分子。不过，他并没有像皮尔金斯所期待的那样反对仪式。在第四幕与珍的对话中，欧朗弟以英国船长与失控军火船同归于尽的事例，努力为约鲁巴自杀仪式的合法性进行辩护。欧朗弟认为二者都是牺牲小我的高尚行为，既然英国人赞扬了船长的牺牲，就没有理由谴责侍从首领的仪式自杀。欧朗弟回国的目的是安葬自杀的父亲，当父亲被捕无法完成仪式时，他毅然代父自杀，用行动诠释了他对民族文化与信仰的坚持。

阻止自杀仪式的一方——以地区行政长官赛门·皮尔金斯为代表的殖民当局，他们对于艾雷辛之死态度冷淡。当赛门接到阿姆萨的报告时，他先是将这一仪式误认为"仪式谋杀"，这是殖民法律所不容许的。然而，对于仪式自杀，他的态度却是放任的。他说：

> 如果他们为了某些野蛮的习俗，希望自己从峭壁顶端跳下，或是把自己毒死，那些事对我而言有何意义？如果那是仪式性的谋杀或类似的情形，那么基于职责所在，我就得想办法阻上。我没办法盯着这个辖区里所有可能发生的自杀事件。至于那个人——相信我，那是摆脱他的一个好方法。①

皮尔金斯之所以阻上艾雷辛自杀，主要是因为从仪式的鼓声中判断可能会发生骚乱，这才是他要阻止的。在他眼里，一个因野蛮习俗而自杀的生命并不重要，重要的是王子视察期间不能在他的辖区发生动乱。他的上司总督的态度也是如此，他所关心的是"如果事情爆发，而当时王子殿下在现场，这将会酿成多大的灾祸"②。

很显然，这部戏剧是发生在非—欧文化冲突背景下（尽管索因卡极力淡化这一背景）的非洲悲剧，这首挽歌也是哀悼非洲传统逝去的挽歌。假设仪式没有被阻止，艾雷辛得以顺利自杀，这还是不是悲剧？索因卡显然觉得只有这点是不够的，因此他通过两起自杀事件累积悲剧效果。欧朗弟是一个跨文化角色，他代父

---

① 渥雷·索因卡：《死亡与国王的侍从》，蔡宜刚译，长沙：湖南文艺出版社，2004 年，第 43—44 页。
② 渥雷·索因卡：《死亡与国王的侍从》，蔡宜刚译，长沙：湖南文艺出版社，2004 年，第 67 页。

自杀是因为皮尔金斯的阻止才发生的，这一结果至少表面上宣示了非洲传统文化对西方文化的胜利，而剧本用以解释欧朗弟行为的理由——维护家族名誉——却显得有些无力。有研究者认为，本剧的冲突可以概括为相互关联的两点："一是个人是否应该为了其个超验的目的，放弃自己的生命；二是群体是否有权要求个体放弃自己的生命。"[①]在与珍对话时，欧朗弟一直试图用对方理解的话语对这一仪式的意义进行解释。他从多个角度为自杀仪式进行辩护，但他类比的事件——英国船长与军火船同归于尽，是实实在在地为了保护沿岸居民的安全，而艾雷辛的自杀却仅是为了一个形而上的、超验的目的，二者之间没有可比性。综上分析，如果完全剥离文化冲突视角，这部悲剧就会缺乏张力，而勒令读者放弃文化视角也不具可行性，在这一点上索因卡恐怕有些武断了。

索因卡具有强烈的民族自尊心。他坚持非洲文化的特性，寻求非洲文化的荣耀，对抗非洲文化的自我否定。他既曾反对过盲目宣扬非洲自豪感的"黑人性"理论与实践，也曾对非洲野蛮落后的传统进行过讽刺挖苦。但在《死亡与国王的侍从》以及次年出版的《神话、文学和非洲世界》中，"索因卡透露出强烈的文化保守倾向"[②]。索因卡执着于书写颇受争议的人祭现象，其心理或是出自对非洲文化及非洲未来的迷惘。

艾雷辛的最终归宿是自杀殉主，这是他毕生的职责，也是他最大的荣耀。然而，生死关头的他却发生动摇。起初从容赴死的艾雷辛，遇到"新娘"后态度发生变化。第三幕中，当艾雷辛与"新娘"完成合卺礼，听到鼓声召唤自己走向仪式最后环节时，他"聆听着鼓声，似乎再度陷入一种半催眠状态；他的眼睛掠过天空，但脸上呈现一种恍惚的神情。他的声音略显有气无力"[③]。显然，此时的艾雷辛对生命与尘世产生了眷恋。走唱说书人的追问也佐证了这一点："艾雷辛欧巴，你能否听见我的只语片言？你的眼皮如同妓女般呆滞，这是否是因为你瞧见了忧郁

---

① 殷明明：《追忆与瓦解：论〈死亡与国王的侍从〉中的文化焦虑》，《艺术学界》，2019 年第 1 期，第 241 页。

② 殷明明：《追忆与瓦解：论〈死亡与国王的侍从〉中的文化焦虑》，《艺术学界》，2019 年第 1 期，第 245 页。

③ 渥雷·索因卡：《死亡与国王的侍从》，蔡宜刚译，长沙：湖南文艺出版社，2004 年，第 58 页。

的新郎与生命的主宰？"①到了第五幕，伊亚洛札在牢房呵斥艾雷辛时说："如果你在鼓声召唤之际，就坚定你的意志，割舍对生命的依恋，我们就不会说，只有你的影子越过天门，在宴会中取代了主人的位子。"②伊亚洛札批评艾雷辛犹豫不决，艾雷辛也完全接受了他的批评。艾雷辛的态度变化反映了索因卡在活人殉葬问题上的犹豫。

2012 年 10 月 28 日，索因卡应邀访问中国，陈众议跟他有段对话："索因卡先生您若在场，当如何面对约鲁巴人的殉葬习俗或传统或信仰……索因卡先生沉默许久，然后笑着摇了摇头。"③两天后，索因卡回答说："这就是我的问题。我要请我的读者，由所有读者来一起回答。"④根据这番对话，陈众议认为："他（索因卡）是有答案的，他的作品给出了他既保守又前卫的答案，但他把皮球踢给了我们！"⑤这一问一答表明，索因卡对这一习俗的意义并不完全确定，他对非洲传统文化的命运暗含着"死亡"焦虑。

诺贝尔奖颁奖词提到，《死亡与国王的侍从》的"主题围绕着一个典礼的或祭礼的人的献祭而展开"。人祭在历史上曾经广泛，但这种行为已经被现代人摒弃，活人献祭已经不为现代生命观念所包容。作为普通读者，我们或许就是索因卡所称的"让人疲倦不堪的主题论者"（wearisome thesisists），或许也会将理解局限于"传统—现代""野蛮—文明"的冲突论中，或许也与剧中的珍一样持有相同的观点："生命从来都不应该被随意舍弃。"⑥当然，正是由于人类的这种朴素的、共通的生命观存在，文学中的生死才有悲剧性质，这样的作品才容易引发共情与悲悯，如果完全无视这种普遍情感，那么这部作品的悲剧性将大打折扣。索因卡不会无视这一点，他利用这一情感将一出非洲挽歌升华为一部人类的普遍悲剧，并利用这一悲剧表达他对尼日利亚现实与未来的思考。

①渥雷·索因卡：《死亡与国王的侍从》，蔡宜刚译，长沙：湖南文艺出版社，2004 年，第 63 页。
②渥雷·索因卡：《死亡与国王的侍从》，蔡宜刚译，长沙：湖南文艺出版社，2004 年，第 106 页。
③陈众议：《向书而在：陈众议散文精选》，深圳：海天出版社，2017 年，第 222 页。
④陈众议：《向书而在：陈众议散文精选》，深圳：海天出版社，2017 年，第 224 页。
⑤陈众议：《向书而在：陈众议散文精选》，深圳：海天出版社，2017 年，第 224 页。
⑥渥雷·索因卡：《死亡与国王的侍从》，蔡宜刚译，长沙：湖南文艺出版社，2004 年，第 73 页。

二、社会的分裂现实与索因卡的理想寄托

英国人在非洲殖民地采取"间接统治"策略，扶植代理人管理政府及社会事务，这一政策导致尼日利亚社会发生严重分裂。在第三幕中，黑人警察阿姆萨受行政官皮尔金斯之命前往市场捉拿艾雷辛，遭市场妇女阻拦后无功而返。在这一过程中，市场妇女们对阿姆萨为代表的殖民中间人及其主子进行了辛辣嘲讽，嘲笑他们的"英国口音"，称他们是"白人养的阉人"。两个市场女孩模仿英国殖民者的日常对话，对殖民者极尽嘲讽之意：

——您觉得这个地方怎么样？

——本地人很好啊。

——很友善吗？

——很容易管教。

——难道没有一小撮难以驯服的本地人？

——嗯，是有那么一小撮难以驯服的本地人。

——这些人甚至可以说是……冥顽不灵？

——的确，这些人实在可以说是冥顽不灵。

——但是您也设法要来对付这些人？

——我确实千方百计要对付这些人。我有一头相当忠实的蜗牛，他的名字叫
　　做阿姆萨。

——他忠心不贰吗？

——他绝对忠心不贰。

——他为您两肋插刀，在所不辞？

——就算赴汤蹈火，他也毫不犹豫。

——要是有人像他一样，我会完全信任他。

——当然，不过多半来说，这些人都是骗子。

——从来没听过有说实话的本地人。

……

——天啊，那儿可有赛马？

——有一座令人极为满意的高尔夫球场，您会喜欢它的。

——我已经开始喜欢它了。

——还有一间只对会员开放的欧侨会馆。

——您已经会在困境中找乐子了。

——我们为了祖国竭心尽力。

——为祖国效劳真是件乐事。

——要不要再来一杯威士忌，老弟？

——您真是太、太、太体贴了。

——先生，您客气了。那个孩子在哪？（突然发出一声吼叫。）警官！ ①

　　这番对话既表达了非洲人对殖民者及其代理人的嘲讽，也反映了殖民者的傲慢态度及其高高在上、脱离社会的生活状态。更具讽刺的是，在对话最后，当听到女孩大声吼出"警官"二字时，阿姆萨下意识地"迅速立正站好"，脱口而出道："是的，长官。"②这滑稽的一幕展现了一个奴性十足的殖民"代理人"形象。

　　殖民主义使尼日利亚形成了殖民者、代理人与被统治者三个不同的社会阶层。其中，非洲人与殖民者的矛盾固然是社会分裂的根源，但同为被殖民对象的非洲人的分裂，却是尼日利亚实现民族独立、建设强大国家的必经之痛。这一点，不仅索因卡深有体会，他同时代的作家也深有感触，如阿契贝的《瓦解》《神箭》等作品都有所涉及。而且，这种分裂状况即使在国家独立后仍然十分严重。1967年爆发的内战即社会分裂的后果。尼日利亚于1960年获得独立，1963年成立共和国，之后，国内政变频仍，发展举步维艰。弥合矛盾，消除冲突，实现民族和解，成为尼日利亚独立后新的历史任务。

---

① 渥雷·索因卡：《死亡与国王的侍从》，蔡宜刚译，长沙：湖南文艺出版社，2004年，第53—55页。
② 渥雷·索因卡：《死亡与国王的侍从》，蔡宜刚译，长沙：湖南文艺出版社，2004年，第55页。

在《死亡与国王的侍从》中，索因卡既书写了殖民主义造成的社会分裂事实，也寄托了他对实现民族和解的殷切希望——非洲人民对传统文化的坚守以及异族异教者之间的相互尊重。他用大量笔墨描写殖民者与非洲人在非洲传统文化方面的对立态度，其中一处细节——埃冈冈仪式——尤其值得关注。索因卡在剧本注释中说，约鲁巴人认为，埃冈冈是死去祖先的化身，埃冈冈的仪式是为纪念死者而举行的仪式，起着惩治恶人和消炎解厄之效。埃冈冈的扮演者通常穿着缝缝补补的长袍，头戴表情狰狞的木制面具。虽然约鲁巴人都知道埃冈冈的服饰是由活人扮演的，但一般人都认为，即使不小心触摸到埃冈冈的也会招致死亡。①然而，意义如此重大的仪式文化却并未受到殖民者尊重。皮尔金斯打算穿着埃冈冈的服饰参加化装舞会，他与妻子珍以及参加舞会的英国王子等人只不过将其看作奇装异服而已。

与殖民者相比，非洲人对埃冈冈的态度截然不同。阿姆萨看到身穿埃冈冈服饰的皮尔金斯时反应异常激烈：他"结巴得厉害，以颤抖的三指指着皮尔金斯的服装"②，对皮尔金斯说："我求求你，长官，你怎么想你处理那个衣服？它属于死的仪式，不是给人类的。"③为此，他甚至中断向长官继续汇报工作："老爷，这是一件死亡的事。人怎么能对穿着死亡制服的人说反对死亡？就像对一名穿着警察制服的人说反对政府。拜托，长官，我走，再回来。"④尽管皮尔金斯非常愤怒，但阿姆萨仍然'把目光转移到天花板，静默不语"，最后只能通过书面方式汇报。他解释说：'我逮捕做坏事的首领，不过我自己，我不碰埃冈冈。那个埃冈冈的东西，我不碰。而且我不说它坏话。我逮捕做坏事的首领，但是我对待埃冈冈有尊敬。"⑤到了第四幕，阿姆萨直接拒绝执行皮尔金斯的命令："我没有办法对着死的仪式来对抗死亡。这套衣服有死掉的人的力量。"⑥等皮尔金斯带人前

① 渥雷·索因卡：《死亡与国王的侍从》，蔡宜刚译，长沙：湖南文艺出版社，2004年，第112页。
② 渥雷·索因卡：《死亡与国王的侍从》，蔡宜刚译，长沙：湖南文艺出版社，2004年，第33页。
③ 渥雷·索因卡：《死亡与国王的侍从》，蔡宜刚译，长沙：湖南文艺出版社，2004年，第34页。
④ 渥雷·索因卡：《死亡与国王的侍从》，蔡宜刚译，长沙：湖南文艺出版社，2004年，第35页。
⑤ 渥雷·索因卡：《死亡与国王的侍从》，蔡宜刚译，长沙：湖南文艺出版社，2004年，第35页。
⑥ 渥雷·索因卡：《死亡与国王的侍从》，蔡宜刚译，长沙：湖南文艺出版社，2004年，第70页。

往市场后，"阿姆萨的眼睛一直打着天花板，直到最后的脚步声慢慢从耳畔消失。阿姆萨突然行礼……"①约瑟（Joseph）是皮尔金斯的家仆，他以平和的语调向主人说明仪式的过程。他既否认了皮尔金斯对"仪式杀人"的指控，也否认了黑人巫术会对"白人""基督徒"产生任何伤害。约瑟虽然已经皈依基督教，但他并未对约鲁巴的传统仪式表示轻蔑，只是通过仪式的鼓声对外面的事态产生了疑惑："它听起来有时候像是一位重要首领的死亡，有时候又像是一位重要首领的婚礼。这真是把我搞胡涂了。"②当皮尔金斯辱骂非洲人"这群狡诈、不坦率的杂种"③时，约瑟选择主动告退。他的言行既反映了他在殖民者压迫下的无可奈何，也在平和的表象下表达了他对异族与异教文化的尊重。

阿姆萨信仰伊斯兰教，约瑟信仰基督教，他们都不是约鲁巴传统的信仰者，然而他们身上都显示出对约鲁巴传统信仰的足够尊重。尼日利亚是一个多民族、多信仰的国家。豪萨人、约鲁巴人与伊博人是三大部族，基督教与伊斯兰教是两大宗教，还有部分人口信仰本土宗教，国内民族矛盾与宗教矛盾一直比较严重。尼日利亚内战既是各种矛盾的直接后果，又进一步强化了这些矛盾，民族和解之路还很漫长。如果说伊亚洛札、走唱说书人等传统文化的坚定支持者是实现国家新生的基本力量，那么阿姆萨、约瑟等人的身上则隐含了索因卡实现民族和解的期望——只有异族异教者相互尊重才能奠定民族和解的社会根基。

欧朗弟是一位有着跨文化经历的知识分子，索因卡在他的身上寄予了民族振兴的重托。欧朗弟在皮尔金斯的帮助下到英国学习医学。四年留英经历让他在处理问题时比其同胞们更为理性。在第四幕中，欧朗弟现身欧侨会馆。当看到珍穿着埃冈冈的服饰时，他问道："难道你不觉得，穿着这个会相当燥热吗？"④当知道珍是因为化装舞会与王子驾临才穿这套服饰时，他又"语气温和"地质问："那就是你用来亵渎我们祖先面具的好理由？"⑤与非洲同胞不同，欧朗弟没有对约鲁

---

① 渥雷·索因卡：《死亡与国王的侍从》，蔡宜刚译，长沙：湖南文艺出版社，2004 年，第 71 页。
② 渥雷·索因卡：《死亡与国王的侍从》，蔡宜刚译，长沙：湖南文艺出版社，2004 年，第 42 页。
③ 渥雷·索因卡：《死亡与国王的侍从》，蔡宜刚译，长沙：湖南文艺出版社，2004 年，第 41 页。
④ 渥雷·索因卡：《死亡与国王的侍从》，蔡宜刚译，长沙：湖南文艺出版社，2004 年，第 71—72 页。
⑤ 渥雷·索因卡：《死亡与国王的侍从》，蔡宜刚译，长沙：湖南文艺出版社，2004 年，第 72 页。

巴习俗做超自然的、形而上的辩护，而是用西方价值观中的一般原则，用西方人能够理解的话语与珍展开对话，试图以这种方式说服殖民者尊重当地的习俗，希望皮尔金斯不要阻止"自杀仪式"，"让其他人也能依照他们自己的方式生存"[1]。即便与殖民者相比，欧朗弟的思考也已超越了大部分人。他敬佩英国人在二战中表现出的勇气："我发现你的同胞在许多方面的表现令人敬佩，好比他们在这场战争中的表现和他们的勇气。"[2]他赞美英国船长的自我牺牲，"我倒觉得它相当能激励人心。这是种对生命抱持肯定态度的评论。"[3]但他同时指出，二战本质上是白人种族之间相互消灭，是一场"大规模的自杀"[4]，是一场"超乎人类估算的灾难"[5]，而西方人似乎并没有认识到这一点。他还向珍提出批评说，"你的同胞还犯了另一项错误。你们相信，一切看来有意义的事物都是从你们那儿学来的"[6]，但实际情况并非如此。他说："我现在知道历史是如何被制造出来的"[7]，这句话明显是在指责西方人在炮制历史方面的原罪。欧朗弟还意识到，在战争、牺牲、生命、文化等问题上，西方人的认识并不比非洲人更高明，殖民者崇尚的理性遭到了质疑。

欧朗弟收到国王驾崩的电报后即刻启程回国，他知道追随国王的脚步是他父亲的职责，而安葬父亲是他要尽的长子之责。他原打算仪式结束后返回英国继续学业，但当发现父亲因被拘捕而无法完成仪式时，他不得不毅然替父自杀，用自己的生命捍卫约鲁巴文化的尊严。正是长子的行为激发了艾雷辛的信念，他最终放弃对尘世的留恋，用殖民者的锁链绞死了自己，完成了既定的仪式，维持了约鲁巴时空的连续。根据伊亚洛札的说法，艾雷辛的自杀虽然"为时晚矣"，但他"最终去向那神圣的通道"[8]。新娘"阖上艾雷辛的双眼，接着在每只眼皮上倾下一些

---

[1] 渥雷·索因卡：《死亡与国王的侍从》，蔡宜刚译，长沙：湖南文艺出版社，2004 年，第 76 页。
[2] 渥雷·索因卡：《死亡与国王的侍从》，蔡宜刚译，长沙：湖南文艺出版社，2004 年，第 72 页。
[3] 渥雷·索因卡：《死亡与国王的侍从》，蔡宜刚译，长沙：湖南文艺出版社，2004 年，第 73 页。
[4] 渥雷·索因卡：《死亡与国王的侍从》，蔡宜刚译，长沙：湖南文艺出版社，2004 年，第 76 页。
[5] 渥雷·索因卡：《死亡与国王的侍从》，蔡宜刚译，长沙：湖南文艺出版社，2004 年，第 77 页。
[6] 渥雷·索因卡：《死亡与国王的侍从》，蔡宜刚译，长沙：湖南文艺出版社，2004 年，第 75 页。
[7] 渥雷·索因卡：《死亡与国王的侍从》，蔡宜刚译，长沙：湖南文艺出版社，2004 年，第 77 页。
[8] 渥雷·索因卡：《死亡与国王的侍从》，蔡宜刚译，长沙：湖南文艺出版社，2004 年，第 107 页。

沙土"①，仪式最终得以完成。

从约鲁巴人的立场看，殖民者的介入搅乱了宇宙在尚未诞生者的世界、生者的世界和死者的世界之间的稳定循环。而最终，是作为跨文化知识分子的欧朗弟承担起了维护这一秩序的终极使命。很明显，欧朗弟就是索因卡的化身与代言人，因为他与欧朗弟一样，也是一位有着跨文化经历的知识分子。索因卡将民族振兴的希望寄托在欧朗弟身上，其实就是将这一希望寄托在自己身上。

结　语

《死亡与国王的侍从》将活人殉葬仪式置于殖民律法与传统习惯的冲突中，对生命与死亡的意义、个体与集体的关系进行了形而上的探讨，是索因卡最具古典形态的宗教仪式悲剧，一经公演即引发广泛赞誉，被称为"开辟了神话创作的历史新纪元"。1976、1987 年在美国的芝加哥和纽约上演后也引起极大轰动，被认为"20世纪世界戏剧的重要成就"②。然而，活人献祭主题终究引起了非洲内外的广泛争议，让索因卡几乎陷入四面楚歌的境地，而正是这些争议使索因卡的悲剧思想得以彰显。

在约鲁巴人的观念里，世界分为三重——"祖先的世界""生者的世界"和"未来的世界"。这三重世界在《死亡与国王的侍从》中各有所指：逝世的国王代表"祖先的世界"，艾雷辛的"新娘"代表"生者的世界"，艾雷辛与"新娘"孕育的婴儿代表"未来的世界"。索因卡认为人类悲剧存在于当下，他认为"过去、现在和未来并非递嬗相继"，"生的与死的以及即将诞生的，都同样地在当下相逢。'当下'也就是人类存在的悲剧情境"③。要想走出"当下"的悲剧，就需要维持这三重世界之间的联系。

---

① 渥雷·索因卡：《死亡与国王的侍从》，蔡宜刚译，长沙：湖南文艺出版社，2004 年，第 108 页。
② 转引自宋志明：《约鲁巴神话与索因卡的"仪式戏剧"》，《文艺研究》，2019 年第 6 期，第 105 页。
③ 南方朔：《导读：书写，以约鲁巴神话为母体》，载渥雷·索因卡：《死亡与国王的侍从》，蔡宜刚译，长沙：湖南文艺出版社，2004 年，第 4 页。

索因卡发现，非洲哲学存在一个较少被理解或被探索的第四空间，在那里发生着存在——理想存在和物质存在——的内部转换，"它是宇宙意志最终表达的所在之地"[①]。这一空间在戏剧中表征为转换"通道"（passage）。在本剧中，"通道"意象出现多达 20 次，其中既有实体的通道，也有形而上的通道。在索因卡看来，"通道"蕴含着非洲悲剧的源头，他将其称为"第四空间"，将其视为连接三重世界，维持宇宙完整性与统一性的关键环节。只有保持第四空间的通道通畅，将三个世界间的桥梁架起，才能维持宇宙秩序和人类存续，否则，宇宙将会失去秩序，人类将会陷入灾难。从这个意义上讲，这部戏剧的确称得上一部具有普遍性的人类悲剧。

艾雷辛自杀后，伊亚洛札说"他的儿子会尽情享受盛馔佳肴，然后分给他些许剩菜"[②]，"国王爱驹的秽物让神圣通道为之堵塞；他在抵达之时会浑身沾满粪便"[③]，这既是对艾雷辛怯懦的惩罚，更是对殖民者的控诉。因而，本剧的悲剧性不仅体现在殖民者介入导致艾雷辛与欧朗弟自杀，更重要的是，他们摧毁了约鲁巴人的世界观，进而让作品的悲剧性进入精神层面，这也是索因卡反对将其视为"文化冲突"剧的原因之一。

本剧所依据的事件发生于 1946 年，此时的约鲁巴还处在英国的殖民统治下，处于向独立过渡的历史阶段。索因卡创作本剧时已经进入 20 世纪 70 年代，此时的尼日利亚内战刚刚结束，社会饱经分裂之苦，民族融合道阻且长。索因卡通过本剧既追溯了导致国家民族分裂的殖民根源，展现了殖民治下的社会分裂，也表露了他对国家未来发展道路的探索与希冀。

（文 / 山东青年政治学院 冯德河）

[①] 高文惠：《索因卡的"第四舞台"和"仪式悲剧"——以〈死亡与国王的马夫〉为例》，《外国文学研究》，2011 年第 3 期，第 129 页。

[②] 渥雷·索因卡：《死亡与国王的侍从》，蔡宜刚译，长沙：湖南文艺出版社，2004 年，第 107 页。

[③] 渥雷·索因卡：《死亡与国王的侍从》，蔡宜刚译，长沙：湖南文艺出版社，2004 年，第 107 页。

第十六篇

索因卡戏剧《死亡与国王的侍从》
与约鲁巴"仪式悲剧"

作品评析

《死亡与国王的侍从》与约鲁巴"仪式悲剧"

引　言

虽然尼日利亚作家沃莱·索因卡的教育背景与欧洲文化有着千丝万缕的联系，但是他始终愿意从自己的民族文化传统中寻求精神资源。作为现当代撒哈拉以南非洲戏剧的开创者，他一直致力于探求不同于西方悲剧传统、富有约鲁巴传统文化意识的悲剧，并形成了一系列论文，这些论文为理解索因卡悲剧创作提供了最直接和最有效的途径。《第四舞台：通过奥冈神话直抵约鲁巴悲剧的根源》是其中最有价值的一篇。在这篇论文里，索因卡用富于激情的文学语言阐释了"第四舞台""仪式悲剧""转换深渊"等这些他的悲剧理论中的核心词汇，系统探讨了约鲁巴悲剧的根源。这些悲剧观念既是对其悲剧创作实践的有力阐释，同时又是对其创作实践的理论指导。可以说，索因卡的《路》《强种》《酒神的女祭司》《森林之舞》《死亡和国王的侍从》等悲剧作品都可以从他的这篇论文中找到解码的钥匙。尤其是《死亡和国王的侍从》这部剧本，更是对索因卡悲剧观念形象化阐释的范本。

一、尼采的影响和存在的悲剧

在《第四舞台：通过奥冈神话直抵约鲁巴悲剧的根源》（以下简称《第四舞台》）这篇论文中，索因卡一开始就从与尼采悲剧观的比照中引出自己的观点，尼采对索因卡的影响是显而易见的。尼采认为，"艺术的持续发展是同日神和酒神的二元性密切相关的"[1]。阿波罗作为光明之神，"是个体化原理的壮丽的神圣形象"[2]，它的世界是梦幻的世界，充斥着和谐、恬静、道德、节制和理性；而酒神是否定甚至摧毁个性原则而归于神秘的宇宙统一本体的冲动，它的世界是"醉狂"的世界，充斥着变动、放纵、直觉、本能、狂喜和残酷。与日神精神和酒神精神相对应的是不同的艺术门类：因为日神是美的外观的象征，支配艺术的是"爱美的冲动"，所以与日神精神相对应的是造型艺术和史诗；酒神状态是从性灵里升起的"狂喜的陶醉"，是激情的总喷发，在醉境中，艺术观照的不再是现象，而是现象背后的本体，与酒神相对应的艺术形式是音乐和抒情诗。悲剧作为抒情诗的最高发展形式，也是酒神精神的产物。

从本质上来讲，尼采对于人生的看法仍然是悲剧性的，他认为作为"可怜的浮生呵，无常与苦难之子"[3]，人的一生注定饱尝必然要毁灭的恐惧。人的意志渴望留在这个世界，愿意通过艺术上自己沉浸在日神的个性原则和美丽的幻想世界之中。然而人又同时深知这种个性原则的美丽与适度是建筑在幻觉之上的，人的存在与痛苦是不可分割的。在酒神的境界中，人在毁灭"自我"的同时，又可以推倒一切藩篱，在"世界大同的福音中"[4]，与整个世界一起直抵存在的实质。在悲剧性情绪的高潮时刻，个性原则毁灭的痛苦与达到了宇宙本体的融合的最大快乐渗透在一起，这是一种痛苦与狂喜交织的具有形而上深度的悲剧性情绪。悲剧的最终目的不是亚里士多德所认为的通过宣泄从危险的激情中净化自己，而是要观众超越生存的恐惧，与存在的本体合为一体。很明显，尼采的悲剧是一种具有形而上意义的存在和生命的悲剧，其中浸润着对人的意志力的赞美。

受尼采的启发，索因卡提出，在约鲁巴神话里存在着和尼采的日神、酒神相对应的大神。与尼采的日神形成对应关系的是奥巴塔拉（Obatala），他是约鲁巴的"创造之神……，宁静艺术的本体。奥巴塔拉塑造外形，但是生命的精神由俄

---

① 弗里德里希·尼采：《悲剧的诞生》，周国平译，北京：北京十月文艺出版社，2019年，第48页。
② 弗里德里希·尼采：《悲剧的诞生》，周国平译，北京：北京十月文艺出版社，2019年，第14页。
③ 弗里德里希·尼采：《悲剧的诞生》，周国平译，北京：北京十月文艺出版社，2019年，第62页。
④ 弗里德里希·尼采：《悲剧的诞生》，周国平译，北京：北京十月文艺出版社，2019年，第54页。

杜马勒(Edumare)这个至高无上的神所操控。这样，奥巴塔拉的艺术从本质上来说，是造型的和形式的"①。而在约鲁巴神话中，与尼采的酒神有一定对应关系的是大神奥冈，他是约鲁巴的"创造之神，路的保护人，技术之神和艺术之神，探索者，猎人，战神，神圣誓言的监护者"②。按照索因卡的解释，在约鲁巴的观念里，奥冈既是创造之神，又是毁灭之神（战神），一身兼具创造与毁灭的双重功能；另外，他还是用自己的强大意志力克服自我解体的痛苦触摸存在本质、拯救世界的英雄。所以，索因卡认为奥冈和尼采的酒神有对应关系，但又有诸多不同，"最好把奥冈放在狄俄尼索斯、阿波罗和普罗米修斯三者合一的希腊的整体价值中去理解"③。但总体上来看，索因卡认为，奥巴塔拉象征着创造的理性的、温和的一面，代表宁静的美学；而奥冈明显象征着创造的激情、痛苦、残酷、巨大的意志的一面。

作为艺术之神，索因卡认为，奥冈创造的第一种艺术形式就是悲剧，这是由他自身的特性所决定的，作为集创造与毁灭、惩罚与拯救这些二元对立因素于一身的神，他自身曾经经历过自我分裂的痛苦，而"只有自己经历过分裂的人，他的精神已经被考验，他的灵魂资源曾经被置于对个体的原则怀有最大敌意的力量的重压之下，只有这个人才能理解两种冲突之间的熔接，也只有他才会成为这种熔接的力量。作为结果产生的感觉力也是艺术家的感觉力，仅仅从他理解了，并且表现了这种毁灭和再创造力量的原理的意义上来说，他就是一个深刻的艺术家"④。

奥冈的悲剧原型是对个体的独一无二性与宇宙存在的统一性、短暂性与永恒性、物质性与精神性等人类存在的悖论方面的探讨与表现。这种悲剧不是历史的，它的目的是探讨生命的本源和存在的实质。在索因卡看来，这种悲剧意识直接源自约鲁巴的思维体系，因为"约鲁巴传统艺术不是思维的，而是本质的。木管乐器（在宗教艺术中）所传达的或音乐和行动所阐释的不是观念，而是内部存在的

---

① Wole Soyinka, *Art, Dialogue and Outrage: Essays on Literature and Culture*, New York: Pantheon Books, 1993, p. 38.

② Wole Soyinka, *Art, Dialogue and Outrage: Essays on Literature and Culture*, New York: Pantheon Books, 1993, p. 38.

③ Wole Soyinka, *Art, Dialogue and Outrage: Essays on Literature and Culture*, New York: Pantheon Books, 1993, p. 28.

④ Wole Soyinka, *Art, Dialogue and Outrage: Essays on Literature and Culture*, New York: Pantheon Books, 1993, p. 33.

典范，是一种（在宇宙语境中）显露的各个现象和它们道德实质之间象征性的相互作用"[1]。而"剧院是一个舞台，我们知道的最早的舞台之一，在那里，人试图和它生存的宇宙现象达成协议"[2]。在这种颇富玄学色彩的悲剧中，人类超越了现象，与现象背后的存在实质相遇。简而言之，索因卡认为，奥冈的悲剧原型是具有形而上意义的存在的悲剧，是最初的悲剧，也是真正意义上的悲剧。

二、转换深渊和仪式悲剧

奥冈对于约鲁巴悲剧的意义，除了集创造性与毁灭性于一身的悲剧特性之外，还与他的路神功能及他与约鲁巴宇宙观的神秘关联密切相关。可以说，在约鲁巴人的思维里，奥冈是宇宙重获均衡与和谐的关键力量。

索因卡提出，在非洲哲学里，一般认为有三重世界："祖先的世界、生者的世界和未来的世界。较少被理解或被探索的是第四空间，黑暗的转换统一体空间，在那里发生着存在——理想的存在和物质性的存在——的内部转换。它是宇宙意志最终表达的所在之地"[3]。也就是说第四空间，这个转换深渊，是连接起三个世界，获得宇宙完整性与统一性的关键环节，第四空间的通道必须打通，三个世界间的桥梁必须架起，否则，宇宙将会失去秩序，人类将会陷入灾难。而这一通道的第一位挑战者和征服者，就是奥冈。"转换深渊是持续性的象征。它允许存在的三个领域之间的自由往来，作为奥冈的小径，它建立起奥冈作为'路'神的卓越性。"[4]因此，约鲁巴玄学体系"只能在这个奥冈大神，这个宇宙力量的创造性的探索者，他的恶魔似的对自我意志的考验通过转换鸿沟的小径之后，才能出现。只有当这样一种考验之后，和谐的约鲁巴世界才会产生"[5]。

---

① Wole Soyinka, *Art, Dialogue and Outrage: Essays on Literature and Culture*, New York: Pantheon Books, 1993, p. 28.

② Wole Soyinka, *Myth, Literature and the African World*, Cambridge: Cambridge University Press, 1978, p. 40.

③ Wole Soyinka, *Myth, Literature and the African World*, Cambridge: Cambridge University Press, 1978, p. 26.

④ Obi Maduakor, *Wole Soyinka: An Introduction to His Writing*, New York and London: Garland Publishing, 1986, pp. 296-297.

⑤ Wole Soyinka, *Art, Dialogue and Outrage: Essays on Literature and Culture*, New York: Pantheon Books, p. 30.

约鲁巴人的悲剧意识来自个体不完整性的意识，这是一种割断的痛苦，这种"割断的痛苦"被译为哲学术语，就是自我从自我的分裂，自我从本体的分裂，本体从自身的分裂。对于约鲁巴人来说，"割断的最沉重的负担是个体与自我的分裂，而不是人失去神性"[1]。因为神性本来就是人的一个部分。为了超越自我分裂的痛苦，就需要重获神圣性，只有当人身上的人性和神身上的神圣性结合在一起时，才能形成一个"完整的人格，一个存在的统一体。在一个更大的语境中，这种人格促成了索因卡的'宇宙完整性'这个术语的出现"[2]。而重获宇宙完整性的场所就是在这个三重世界的交界地带，这个转换的黑暗深渊，"在转换深渊之上架设一座桥梁不仅是奥冈的任务，也是他的特性。他第一个不得不去经验它，将他的个体形式再一次交给分裂的进程……被重新吸收进宇宙的唯一性……让自己完全浸没于其中，理解它的特性，然后通过意志的意动价值来挽救和重新整合自身……组织地球和宇宙上神秘的、技术的力量来建构一座桥梁，以供他的同伴们追随"[3]。

宗教是人类制止个体同自我的分裂、重获宇宙整体性的象征性努力。为了能超越自我分裂的痛苦，人就要不断通过宗教的仪式来重演奥冈对转换深渊的征服。尼采曾经这样论述希腊的舞台形象，"真实的酒神以各种姿态出现，化装为一个仿佛陷于个人意志之网罗中的战斗英雄"[4]。索因卡也同样认为，"约鲁巴神话就是分解经验的反复训练"[5]。约鲁巴传统戏剧中的悲剧意识就是主人公沿着转换深渊前进的类似进程的意识，约鲁巴悲剧的使命就是人们对奥冈通道仪式的反复模仿。而奥冈的小径、转换的深渊就是第四舞台。这个第四舞台则是"原型的中心和悲剧精神的家园"[6]。也就是说，在索因卡看来，悲剧在本质上是一个仪式，一

---

[1] Wole Soyinka, *Art, Dialogue and Outrage: Essays on Literature and Culture*, New York: Pantheon Books, 1993, p. 34.

[2] Obi Maduakor, *Wole Soyinka: An Introduction to His Writing*, New York and London: Garland Publishing, 1986, p. 293.

[3] Wole Soyinka, *Art, Dialogue and Outrage: Essays on Literature and Culture*, New York: Pantheon Books, 1993, p. 34.

[4] 尼采：《悲剧的诞生》，缪朗山译，海口：海南国际新闻出版中心，1996年，第50页。

[5] Wole Soyinka, *Art, Dialogue and Outrage: Essays on Literature and Culture*, New York: Pantheon Books, 1993, p. 33.

[6] Wole Soyinka, *Art, Dialogue and Outrage: Essays on Literature and Culture*, New York: Pantheon Books, 1993, p. 32.

个通道的仪式，奥冈大神自己是悲剧的第一个演员，这种悲剧因此具有原型意义。简而言之，索因卡提倡的第四舞台上的悲剧实际上就是一种表现奥冈通道的"仪式悲剧"。

尼采曾经提出，真正意义上的希腊悲剧终结于以"唯知为美"的欧里庇得斯，是他最终将悲剧由神话引向现实。索因卡同样认为，"约鲁巴道德也在把悲剧神话从当代意识中排除出云中错误地发挥着作用"[1]。具有原型意义的存在悲剧的衰亡意味着约鲁巴精神价值的丧失，当人离神越来越远时，人离存在的终极价值也会越来越远。"这个深渊必须由献给那些守卫着这个深渊的宇宙力量的牺牲、仪式、抚慰的祭典所消弱。"[2]而作为艺术家，就应该通过自己的艺术作品，让这种存在悲剧在戏剧舞台上不断重演，借助对奥冈经历的模仿来唤起人们的宇宙意识，帮助人们拯救分裂了的自我，接近宇宙的统一性，从而实现艺术的精神救赎。

那么，如何才能在当代戏剧舞台上通过戏剧动作来表现奥冈的小径呢？对此，索因卡提出："在生存的决斗场上，当一个人被剥去赘生物，当灾难和冲突（戏剧的素材）压碎、夺去他的自我意识和权利时，在当下现实中，他就站在了这个深渊的精神边缘，……就在这样一个时刻，转换的记忆发生了，提示他进入了类似于通过转换深渊的紧张进程。"[3]索因卡的研究者奥比·马杜阿克（Obi Maduakor）也提出："当'转换'这个单词，和'深渊'这个单词结合在一起使用时，对索因卡来说，它通常是作为在重压时刻，吞噬掉每个人的绝望的空虚的隐喻，这是一种当人和神隔离时，精神空虚和宇宙抵制所产生的情感。悲剧意识就源自这些情感。"[4]

当我们以索因卡的悲剧观念去解读《死亡与国王的侍从》时，就会发现这是一部典型的发生在"第四舞台"上的"仪式悲剧"。目前，研究界最常见的是从

---

① Wole Soyinka, *Art, Dialogue and Outrage: Essays on Literature and Culture*, New York: Pantheon Books, 1993, p. 36.

② Wole Soyinka, *Art, Dialogue and Outrage: Essays on Literature and Culture*, New York: Pantheon Books, 1993, p. 29.

③ Wole Soyinka, *Art, Dialogue and Outrage: Essays on Literature and Culture*, New York: Pantheon Books, 1993, p. 32.

④ Obi Maduakor, *Wole Soyinka: An Introduction to His Writing*, New York and London: Garland Publishing, 1986, pp. 273-274.

异质文化冲突这个角度去解读这部剧本，索因卡本人对此坚决反对。他在剧本的作者说明中明确声明："这种体裁的死亡主题一旦被创造性地使用，就很容易得到'文化冲突'的套话，这是一个有成见的标签，……它预先假定了一个前提：在本土文化真实的土壤中，外来文化和本土文化在每一个假定情境中潜在地平等。"① 这种预先的假定思维恰恰落入了西方的二元对立话语模式，在本土文化土壤之中追求与外来文化的平等实质上是以潜在的不平等话语的存在为前提。

国王去世，他的侍卫艾雷辛要在一个月以后举行一个自杀仪式追随国王而去。自杀之前，艾雷辛爱上了一位姑娘，市场的女商贩们为艾雷辛举行了隆重的婚礼。艾雷辛的死亡仪式受到了不理解这一习俗的英国地区行政长官皮尔金斯的干预。为了挽救艾雷辛，皮尔金斯强行将艾雷辛从仪式现场带走，拘禁起来。最后代替艾雷辛完成这一死亡仪式的是他的长子欧朗弟。这部悲剧虽然取材于 1946 年发生在约鲁巴古城奥尤市的真实历史事件，但是它并不以揭示历史真相和政治关系为己任，正如索因卡所说，在这个剧本中，"殖民因素是一个枝节，仅仅是一个起促进作用的枝节。这个剧本中的冲突从基本上说是形而上学的，这种形而上学包含在艾雷辛和约鲁巴思维这些人类中介物之中。约鲁巴思维的世界是：生者的世界，死者的世界和未来的世界，以及将所有这些世界连接在一起的神秘通道：转换。只有通过来自转换深渊的音乐的召唤，才能充分认识《死亡与国王的侍从》"②。在这个剧本中，索因卡让死去的国王代表死者的世界，艾雷辛的新娘代表生者的世界，艾雷辛和她结合之后，有可能孕育出的胎儿代表着未来的世界，而艾雷辛自己则是第四空间——转换深渊的征服者，他要在国王之前打通连接着三个世界的通道，让国王平安通过这个通道，只有这样，宇宙的力量才会重建和谐，生命的延续才会保持，国王的子民才会得救。

正如大神奥冈——这个转换深渊的第一个征服者的行为是为了人类的福祉一样，艾雷辛的自杀也是为了同胞的集体利益，所以他的自杀行为本身就有一种普罗米

---

① 引文出自伦敦米苏恩出版社 1975 年版的 Wole Soyinka, *Death and the King's Horseman*, London: Methuen, 1975，是索因卡对剧作的说明。

② 引文出自伦敦米苏恩出版社 1975 年版的 Wole Soyinka, *Death and the King's Horseman*, London: Methuen, 1975。

修斯式的悲剧的崇高。所以，即将举行自杀仪式的他获得了他的同胞们的无限尊敬。其实他看中的姑娘，早已经和市场领袖伊亚洛札的儿子缔结婚约，但是正像伊亚洛札所说："我们必须注意那些站在巨大转换门口的人的要求。而且，想到这儿，这种想法让人思想震颤。这种结合的果实是罕见的。它将既不是这个世界的，也不是隔壁世界的，也不是我们后面的世界的。好像是祖先世界与未来世界的无始无终将精神联合在一起，共同紧握住通道难以捉摸的存在……"①自杀仪式中的任何环节在约鲁巴人的意识中，都有和宇宙的统一性和整体性、存在终极的神秘关联。这个剧本的中心情节就是沿着艾雷辛的自杀仪式和约鲁巴人的玄学体系的关系的理解而展开。

三、深渊边缘的意志和催生悲剧性情绪的傲慢

连接三个世界的神秘通道的打通，将会使自我解体的人类和宇宙的整体性合一，实现精神上的超越和宇宙的和谐，这是"转换深渊"中的仪式悲剧最终呈现给人们的玄学认识。但是在征服这个第四空间的过程中，大神奥冈和每一个在转换仪式悲剧中担负与奥冈对应使命的人类个体，都首先要经受个体分解、消亡的恐惧和痛苦。在转换深渊中，能让英雄们克服这种恐惧和痛苦，纵身跃入宇宙虚空，融入宇宙"太一"之中去的是意志。在索因卡看来，意志是转换深渊中的悲剧英雄们最可宝贵的财富，音乐是这种意志的唯一表达方式，它能够使意志和行动合为一体，将英雄从完全的消亡中解救出来。所以索因卡在"第四舞台"中多次提及在仪式悲剧中音乐的独特功能："如果我们同意，在欧洲的意义上，音乐是意志的'直接摹本或直接表达'，因为没有什么东西能将人（活着的，逝去的，未来的）从这个深渊的自我丧失中拯救回来，只有巨大的意志和决心能够做到。这个意志仪式的召唤、反映和表达是一种陌生的、奇怪的声音，我们把这种声音

---

① Wole Soyinka, *Death and the King's Horseman*, London: Methuen, 1975, p. 22.

叫做音乐"①。而"在约鲁巴传统戏剧中，悲剧是割断的痛苦，是本体从自我的分裂。它的音乐是当人在虚空中挣扎，直闯渴望的深渊和宇宙地弃时，人的盲目灵魂罹难时的狂呼。悲剧音乐是来自那个虚空的回响，参加庆典的人在真正的来自深渊中的原型想象中说话、唱歌和跳舞，因为它就是这个世界的语言"②。

即将踏上"奥冈的小径"的艾雷辛，对自己强大的意志力非常自信，对自己的使命也有明确的意识，他称自己为"非我鸟"③，坚信自己一定能够征服转换的深渊。他对一直伴陪他走向仪式通道的唱赞歌的人说道：

我生下来是为了离开这个世界。一个漫游者从来不知道蜂巢。蚁冢不会离开它的根基。我们看不见世界寂静的巨大子宫——没有人能注视他母亲的子宫——然而谁会说它不在那儿呢？盘绕在世界中心的是无穷无尽的线，这根线将我们所有人连接到巨大的原点。如果我迷了路，这根追踪的线会将我带到原点那里④。

戏剧开场时的艾雷辛富有活力，他的精神是愉悦的，他的动作、语言、舞蹈和歌唱都充满感染人的力量。在整个自杀仪式举行的过程中，艾雷辛一直处于众人的包围之中，这些人都是具有象征意义的：唱赞歌的人既是自杀仪式的引导者，又是死去了的国王的代言人，不断地向艾雷辛发出召唤；而广场上的妇女们则起着合唱队的作用，代表着约鲁巴集体的意识。在鼓声显示艾雷辛上路的时刻到来时，在唱赞歌的人的引导下，在合唱队的挽歌中，艾雷辛跳起了转换深渊的舞蹈。通过和唱赞歌的人的歌唱应答形式，艾雷辛向他的同胞们报告转换深渊边缘的幻相，传递神的意愿，他们之间的对答和对唱相当于宗教记忆中的礼拜仪式。对此种表现手法，索因卡在"第四舞台"中说："在走向永恒孤独的路程中，悲剧仪式的演员，首先是作为不可抗拒的神的传声筒，说出象征着转换深渊的幻相，他

---

① Obi Maduakor, *Wole Soyinka: An Introduction to His Writing*, New York and London: Garland Publishing, 1986, p. 294.

② Wole Soyinka, *Art, Dialogue and Outrage: Essays on Literature and Culture*, New York: Pantheon Books, 1993, p. 30.

③ Wole Soyinka, *Death and the King's Horseman*, London: Methuen, 1975, p. 11

④ Wole Soyinka, *Death and the King's Horseman*, London: Methuen, 1975, pp. 17-18.

作为合唱队意志的代表阐释这个可怕力量，他自己沉浸在这一力量的本体之中。"①
而在仪式悲剧的高潮时刻，即悲剧英雄完成自杀仪式的那一时刻，没有任何语言
能够表达这个哲学的终极和英雄们的强烈意志，只有音乐。所以在戏剧中，到了
这一临界时刻，艾雷辛在类似催眠的恍惚中，完全没有了对这个世界的意识，听
不见唱赞歌的人的召唤，沉浸在转换的记忆之中。与此同时，合唱队的挽歌却"越
来越响，越来越强"②。总而言之，在《死亡与国王的侍从》中的自杀仪式中，音
乐和与之相伴随的歌舞是非常重要的戏剧组成部分，所有的演员都被音乐和歌舞
连接在一起，转换深渊的幻相、英雄和集体的意志被以音乐的形式在象征的层面
上表达了出来。单从形式这个意义上来讲，《死亡与国王的侍从》也是一出索因
卡理想中的"仪式悲剧"。

尼采认为，"作为被解体之神，酒神具有二重性格，残酷野蛮的恶魔和温柔
良善的君主"③。索因卡也强调，奥冈也具有两重性。作为第一个打通通向存在本
体的神秘通道，为了世界的福祉经历了巨大苦难的神，他的行为引起的悲剧崇高
感类似古希腊的文化英雄普罗米修斯，然而奥冈同时还是毁灭之神，同创造性一
样，毁灭也是奥冈的天性。在奥冈走向"转换深渊"的小径上，还伴随着毁灭忙
的暴力。尼采认为个性化是灾祸的主因，他把个性化导致的傲慢视作每一个悲剧
神话所必需的因素，索因卡同样也把傲慢看作存在悲剧的悲剧性情绪的催化剂，
甚至是一种兴奋剂。

那么，傲慢在奥冈的神话原型中到底是如何表现的呢？索因卡提出，因为奥
冈敢于探索宇宙的本体，他用自己的意志、知识、创造力为三个世界建立起了桥
梁，"神和人一起送给他一个王冠，作为对他的众神领袖的回报和认可"，于是，
在他身上出现了"一个超出于约鲁巴经验中任何相应部分的完全而深刻的傲慢和
过分自信"④，"[同创造性]相同的恶魔的能量被唤醒了，……敌人和被拯救者

---

① Wole Soyinka, *Art, Dialogue and Outrage: Essays on Literature and Culture*, New York: Pantheon Books, 1993, p. 29.

② Wole Soyinka, *Death and the King's Horseman*, London: Methuen, 1975, p. 45.

③ 尼采：《悲剧的诞生》，缪朗山译，海口：海南国际新闻出版中心，1996 年，第 50 页。

④ Wole Soyinka, *Art, Dialogue and Outrage: Essays on Literature and Culture*, New York: Pantheon Books, 1993, p. 36.

一同被击倒，直到奥冈独自留了下来，成为人的分裂的自我中心的唯一幸存者"①。在《死亡与国王的侍从》这出仪式悲剧中，在与奥冈相对应的人间英雄艾雷辛身上，同样具有奥冈一样的傲慢，这种傲慢最终引发暴力，把戏剧的悲剧性情绪推到了极点。在约鲁巴传统社会中，国王的侍从、"转换深渊"的征服者的职位是世袭的，所以艾雷辛的使命是注定的，在他的人世生活中，他一直被他的同胞们视作精神上的领袖和世界的拯救者而备受爱戴，用艾雷辛的话来说，"在我做国王的侍从的一生中，每一棵枝上最甜美的果实都是属于我的……"②长期享有的特权使他变得傲慢自大，他认为世界上一切最好的东西只要他想要，都应该属于他。在举行自杀仪式之前，他看中了伊亚洛札没过门的儿媳妇，伊亚洛札略一迟疑，艾雷辛便因感到被冒犯而大发脾气。傲慢也使艾雷辛错误地估计了形势和自己的力量，他不顾伊亚洛札的警告，坚信自己意志的力量，坚信在自杀仪式前和女孩的结合不会让生的欲望拖住自己投入转换深渊的脚步。但是，事实证明他错了，在举行仪式的过程中，新娘的美好增加了他对尘世的迷恋，他离开这个世界的脚步变得沉重，因而延迟了自杀的时间，使得白人地区行政长官有机会将他逮捕和关押。在囚禁中，他对他的新娘说：

> 你是生者送给他们派往祖先的土地上去的使者的最后礼物，可能是你的温暖和青春带给了我对这个世界的新的洞悉，使我在深渊这边的脚步变得沉重。因为我坦白地告诉你，女儿，我的软弱不仅来自粗暴地进入自杀现场的那个白人所作的令人憎恶的事，在我那被尘世所抓住的腿上也有渴望的重压。③

也正因此，索因卡一再强调在这部戏中，殖民势力的干预只是一个偶然因素，悲剧的形成主要来自即将征服转换深渊的英雄自身的动摇和软弱。

在约鲁巴人的文化意识中，自杀仪式的中止带给约鲁巴世界的是毁灭性的灾

---

① Wole Soyinka, *Art, Dialogue and Outrage: Essays on Literature and Culture*, New York: Pantheon Books, 1993, pp. 36-37.

② Wole Soyinka, *Death and the King's Horseman*, London: Methuen, 1975, p. 18.

③ Wole Soyinka, *Death and the King's Horseman*, London: Methuen, 1975, p. 65.

难：国王要在没有侍从打通通道的情况下上路，三个世界的连接将中断，宇宙秩序将会陷入混乱，世界将会永陷纷争，生命也将无法延续。扭转僵局，使宇宙重获平衡的，是艾雷辛的长子欧朗弟，几年前他被皮尔金斯送到英国学习医学，这次回来的目的原本是为父亲送葬。作为长子，他是潜在的下一任国王的侍从。在目睹父亲的耻辱之后，为了挽救他的同胞，为了捍卫家庭的荣誉，他代替父亲完成了自杀仪式。当艾雷辛看到欧朗弟的尸体后，艾雷辛用捆住身体的锁链将自己勒死了，这种死亡充满了暴力色彩，这是对傲慢的惩罚。

因为毁灭、暴力与惩罚这些因素的存在，索因卡认为，奥冈的悲剧原型是一种特别的激情，模仿这一悲剧的仪式悲剧最终的美学效果是"一个恶魔似的能量的驱除。没有欢欣鼓舞，没有净化的终结……仅有一个……世界的疲倦，一种对神的退场所唱的赞歌，一种深刻的悲哀"[1]。也就是说，在索因卡看来，约鲁巴传统文化意识中的"仪式悲剧"的美学效果不同于亚里士多德所提出的"净化"说，即让观众通过看戏，将自己的恐惧、怜悯等情感释放出来，让自己的心灵得到净化，而是通过群众对仪式的集体参与过程，共同触摸存在的本质，与万物合为一体。这一点与尼采的论述相近，不同于尼采的是：尼采认为悲剧的最终效果是包含着毁灭之喜悦的生成之永恒喜悦，索因卡则认为，因为这个过程伴随着暴力和个生化的毁灭，所以"仪式悲剧"最终留给人们的往往是狂喜后的疲倦，以及最终乃不可为理性所把握的深刻的悲哀。在《死亡与国王的侍从》的结尾，艾雷辛和欧朗弟死亡，全剧在哀歌声中落下帷幕。

在《死亡与国王的侍从》中，危局最终是以相当暴力的形式解决的，这符合奥冈的神话原型。但值得注意的是，最终作为牺牲，完成自杀仪式的不是大家期待的艾雷辛，而是欧朗弟。在这一点上，这个剧本和索因卡在"第四舞台"中对于仪式悲剧的界定有所偏离。毫无疑问，索因卡认为仪式悲剧中的英雄为了集体的利益，将个人的所有欲望乃至生命抛弃，是转换深渊的存在悲剧所必需的牺牲。但是，从《死亡与国王的侍从》这个剧本来看，索因卡对绝对摒弃个人欲望，完

---

① Wole Soyinka, *Art, Dialogue and Outrage: Essays on Literature and Culture*, New York: Pantheon Books, 1993, p. 37.

全牺牲自我，融入集体利益之中的价值观，多少存有一些怀疑。虽然艾雷辛告诉他的新娘，在白人干预之前，他的腿已经因为对尘世的留恋而变得沉重，但这之后，他还说"我一定已经摆脱了它，我的脚步已经开始振奋……"[1]，真正使他成为他的信仰的背叛者的，正如他对伊亚洛札所说的是思想上的亵渎，是因为他想到"在陌生者的干预中可能有神的手"[2]。在恍惚状态中，艾雷辛似乎看到了神对个体欲望的承认，才延迟了他进入神秘通道的脚步。虽然艾雷辛意识到自己犯下了罪行，并因而受到了惩罚，但是这个人物并没有引起观众和读者的任何恶感，索因卡对艾雷辛的同情和理解是明显的，这一定程度上反映了希望在非洲意识中寻找文化资源，但又从小受到基督教世界观影响的索因卡的困惑。

结　语

综上所述，索因卡在《第四舞台》这篇论文中，既师承尼采，又极富创见性地对约鲁巴传统悲剧的原型、实质、美学效果、在现代戏剧舞台上如何表现这一悲剧原型及对约鲁巴玄学体系的意义等方面做了细致而深入的阐释，是一篇非常系统地介绍约鲁巴悲剧意识和索因卡悲剧观念的论文。而《死亡与国王的侍从》则是索因卡严格按照在《第四舞台》中提出的悲剧观念创作的剧本，索因卡成功地做到了理论与实践的互相印证。索因卡对约鲁巴悲剧意识的探索是富有深度的，他没有仅仅停留在显示与炫耀约鲁巴的本土文化传统，而是从约鲁巴的玄学体系中寻找约鲁巴悲剧意识的根源，他所提出的"第四舞台"和"仪式悲剧"等概念虽然没能对宗教仪式和悲剧进行明确的区分，但无疑是富有创见性的，因而极大地丰富了世界悲剧理论，有力拓展了悲剧的表现领域。

（文　德州学院 高文惠）

---

[1] Wole Soyinka, *Death and the King's Horseman*, London: Methuen, 1975, p. 65.

[2] Wole Soyinka, *Death and the King's Horseman*, London: Methuen, 1975, p. 69.

第十七篇

索因卡小说《痴心与浊水》的二元文化解读

作品节选

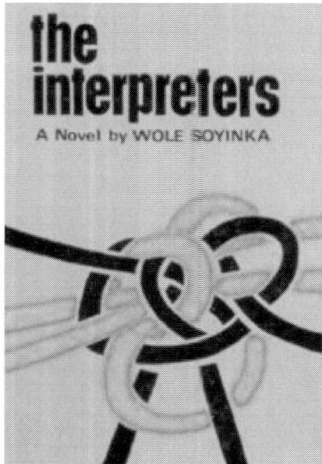

《痴心与浊水》（又译为《诠释者》）

（ *The Interpreters* , 1972 ）

The unknown man had broken the crust of time; Egbo saw dwarfs sitting at the foot of a warlord whose deadly laugh bred terror in a huddled group to whom he granted audience. Into the centre of this scene he was thrust by his aunt, impervious ever to her father's dignity and shouting almost in his ear, "I've brought your son". And Egbo could remember the sudden transformation of the ancient strong man, his laughter of menace changed to true delight and a sudden incomprehensible strength which lifted him clean above the dwarfs and onto his knees. Egbo felt again the contact of a terrifying virility, of two hands which felt him all over the face and the head, the head especially, of fingers which pressed beneath the hair and into the skull as if it would feel into the bumps and crevices of his brain. And tested his muscles and his chest, and the sound of a tornado which was again his grandfather's contented laughter. That was their last meeting And now something, something, a vision of the warlord retiring from audience, for although he walked firmly enough, even out-striding the two dwarfs his eternal companions, yet Egbo had had the feeling they were his guides, that he rested his hands lightly on their heads to obtain an initial direction. Sifting them carefully, he began to re-read his memories... [①]

①Wole Soyinka, *The Interpreters*, New York: Africana Publishing Corporation, 1972, pp. 10-11.

刚才那不相识的人打破了时间的外壳。越过时间的界限使他想起了往事，艾格博看见两个侏儒坐在一位酋长脚下。他前面聚着一群人，听他训话。他那死神般的笑声使那群人心里充满了恐惧。姨妈把艾格博推到这人跟前，不顾他的威严，挨在他的耳边喊道："我把您的外孙带来啦。"艾格博还记得，这个壮实的老头子顿时改变了态度。他那吓人的笑声变成了真正喜悦的笑声。突然有一股力量使老头子跪到地上。艾格博又一次接触到外公那震慑人的男性力量。他的双手摸遍了艾格博的脸颊和头颅，特别是摸他的头。他感到老头儿的手指伸到了他的头发里面，按住他的头骨。这种抚摸似乎透过了他的颅顶，摸到了他脑子的皱褶。老头子又捏了捏他的肌肉，摸了摸他的胸腔，于是他听到了外公旋风般的满意的笑声。这是他们最后一次见面。这时，他眼前出现了一些幻觉。在幻觉中，酋长离开了那群听他说话的人。他虽然自己也能走得很稳，而且步子迈得比那两个永远伺候他的侏儒还大。但是艾格博感到，是两个侏儒在领着酋长走。酋长把双手轻轻地按在他们的头顶上辨认方向。艾格博细细地重温这些往事……[1]

（沈静、石羽山 / 译）

---

[1] 沃莱·索因卡：《痴心与泣水》，沈静、石羽山译，北京：外国文学出版社，1987 年，第 8—9 页。另译为《诠释者》。

作品评析

《痴心与浊水》的二元文化解读

引　言

在 20 世纪非洲文坛上，沃莱·索因卡显然是最应受到推崇的人物，1986 年，他以多方面的艺术创造成为膺获诺贝尔文学奖的第一位非洲黑人作家，他以开阔的文学视域和强烈的批判精神，借助于各种不同体裁的作品，将世人的文学视野引向非洲大陆。非洲的精神文明亦借着索因卡的文学成就得到了广泛的昭显播扬。

长期以来，国内外学界在审视评定索因卡的文学地位时。一般侧重于将视域锁定在他的戏剧创作方面，而对其他类式文学作品的研读探究则相对薄弱。其实，以戏剧成就享誉世界的索因卡，同时也是一位出色的小说家。从20世纪60年代起，索因卡相继发表《痴心与浊水》《反常之季》《那人死了：狱中笔记》和《阿凯，我的童年时光》等一系列小说类作品，显示了非凡的文学叙事创造力。

关于索因卡的小说叙事，评论界的看法不一。一种较为普遍的认识是将其以现代主义定位，认为他的小说"能写得像先锋派一样深奥微妙"[①]，能够"同詹姆斯·乔伊斯和威廉·福克纳的作品"[②]相媲美。似乎索因卡的创作与各种西方现代派文学现象均能互通类比；另一方面，亦有人倾向于将索因卡的作品归类于直面社会、针砭时弊的现实主义范畴，指称索因卡的文笔是庄严的、求实的，"记述

[①] 彭诗琅等（主编）：《诺贝尔文学奖金库（第 1 卷）》，北京：中国社会出版社，1998 年，第 629 页。

[②] 伦纳德·克莱因（主编）：《20 世纪非洲文学》，李永彩译，北京：北京语言学院出版社，1991 年，第 181 页。

其所在社会的价值观念和发展过程，并写出对他所处时代的看法"[1]，他的小说"在一定程度上揭露了尼日利亚的社会矛盾冲突和腐败现象"[2]，"用讽刺的手法揭露，达到警世的目的"[3]。

上述歧见表露了评论者在审视角度、批评标准方面的差异，同时也确证着索因卡小说叙事艺术构成和思想价值取向的复杂性。瑞典皇家学院常务秘书拉尔斯·吉伦斯坦在1986年度诺贝尔文学奖颁奖词中归纳，索因卡的文学叙事不但"深深植根于非洲世界和非洲文化之中"，同时"他也是一个阅读范围广泛、无疑是博学的作家和剧作家"[4]，他的创作"得以将一种非常丰富的遗产综合起来，这遗产来自他的祖国，来自古老的神话和悠久的传统，以及欧洲文化的文学遗产和传统"[5]。笔者以为，构成索因卡创作底蕴的并非单一性的文化成分，而文化基因的多样性恰为索因卡的创作成功提供了坚实保证。

以下主要通过长篇小说《痴心与浊水》对索因卡思想上二元文化结构的成因及在其小说叙事中的表现稍加分析。

一、本土因子与西方文化的交汇

长篇小说《痴心与浊水》（又译《诠释者》）是索因卡的小说初始作，描写一群知识分子在尼日利亚社会现实面前，选择历史传统与现代文明两种生存方式时所表现出的困惑心境，揭露现实中的不合理现象，是一部揭示现代非洲人尤其是知识群体在文明碰撞、社会转型过程中思想危机的作品。通过《痴心与浊水》，索因卡写出了传统文化与外来文化之间的对抗，写出了尼日利亚青年知识分子在现实生活中的精神困惑、利益冲突和矛盾纠葛，昭示了传统的以及现实生活中存

① 中国大百科全书出版社：《简明不列颠百科全书（第7卷）》，北京：中国大百科全书出版社，1986年，第585页。
② 彭诗琅等（主编）：《诺贝尔文学奖金库（第1卷）》，北京：中国社会出版社，1998年，第626页。
③ 陈元恺：《外国文学辞典》，南昌：江西教育出版社，1989年，第182页。
④ 彭诗琅等（主编）：《诺贝尔文学奖金库（第1卷）》，北京：中国社会出版社，1998年，第629页。
⑤ 彭诗琅等（主编）：《诺贝尔文学奖金库（第1卷）》，北京：中国社会出版社，1998年，第630页。

在的社会负面因素与机制，以期引起人们的反省和沉思，进而对尼日利亚社会的历史传统和现实情境都作出了总结性的批判。

《痴心与浊水》并不具有密契整一、贯通始终的情节线索，亦缺少丰满鲜明的常规式人物，而是以社会历史思辨为内涵，用现代派的叙事手法写就，扑朔迷离，给人以荒诞不经之感。然而，索因卡将自己对历史和现实的认识，对国家和民族命运的思考投放与凝聚其中，使作品具有丰厚的社会内涵和强烈的时代穿透力。

《痴心与浊水》的故事发生在短短的几周之内，行文没有一以贯之的中心事件。然而，无论"老教长"塞孔尼、艾格博、萨戈、本德尔、科拉五位留学归来的青年知识分子还是报社董事长"不可一世"的爵士、同性恋者戈尔德、医生法塞伊及其妻子、名妓喜媚、"预言家"拉撒路、小偷"诺亚"一应人等都以各自所凝聚的事件构成了相对独立的情节单元，在分别属于他们自己的一个个大小不等的时空区段里，或填充人对以往经历的回顾，或勾描现实生活情境，或以其自身的言语行为、生命轨迹隐寓性地揭示着某种社会与人生理念。在小说的内在时空关系处理上，索因卡借鉴欧美现代派文学的叙事技巧，将记录人物内在意识流程的心理时间同标示外在事件进展的物理时间相互融合，将无变易的客观时空同感觉世界中可以随意伸缩的主观时空交合表现，尤其注重显示人物的意念时空。作者用人物对话、内心独白以及闪回追忆等方式突破了作品时空的封闭性，实现了人物意念流程的延伸，扩充了小说的思想内涵。在相当有限的时空条件下，小说包容着对一系列人物角色生活历程的多方位追忆，观照与凸显了一帧帧纷繁杂冗的人生画幅。

举凡不朽的艺术创造，往往得益于创造者的文化根性；进步的文化超越，亦时常以继承传统作为重要前提。

索因卡站立在非洲原住民传统和欧洲基督教两种异质文化成分交汇融合的临界点上，内聚着土著文化和欧洲影响的双重因子，将欧洲的人文、艺术精神同约鲁巴民族的文化意识、艺术性格兼容整合，创造出了既继承本民族传统、具有非洲黑人文化品性，又吸收欧美现代表现手法，直面现实生活题旨的一系列杰作，正是文化和文学观念上的多元交融孕育生成了索因卡的文学硕果。

20 世纪初至 20 世纪中叶以前，非洲大陆尤其是撒哈拉以南非洲地区的文学主要是民间口传形态，民族书面文学的兴起和发展是第二次世界大战结束以后的事情。而且，现代意义上的小说，基本上是欧洲观念的产物，构成创作主体的作家们也大多接受过西方式的教育，在不同程度上受到欧洲文化和欧洲文学的浸染。另外，撒哈拉以南非洲国家一般都有曾经受欧洲列强殖民统治的历史，在文化上与宗主国存在着比较密切的联系，使用前殖民国家的语言进行写作是非常普遍的现象，索因卡便是以英语作为创作语言的。

沃莱·索因卡出身于在尼日尔河下游聚居的约鲁巴族。就民族渊源而言，早在 11—12 世纪，约鲁巴人就在尼日尔河与刚果河流域建立了贝宁、伊费等城邦国家。该民族长期流传的大迁徙传说指认其远祖来自东方，而约鲁巴文化与中近东文明之间也的确存在着诸如宗教观方面的太阳崇拜、社会体制方面的王权神授这些明显的相似性，甚至古代埃及人作为阿蒙神象征物的公羊，在约鲁巴信仰中也同样具有主神的地位。基于此，更产生了一种文化迁徙的假说。有学者提出"约鲁巴人必然是从一个受古代埃及人、伊特鲁里亚人和犹太人的影响的地区，迁移到他们现在的居住地的"[1] 或"认为可以提出尼日利亚南部约鲁巴文明的缔造者们是在公元后第 7 和第 10 世纪从尼罗河中游迁来的观点"[2]。相比较而言，约鲁巴民族不但在撒哈拉以南的非洲地区文明程度最高，而且文化观念从不内闭，比起豪萨、伊博等其他居住在中、西部的民族来，比较容易接受外来强势文化的影响。生活在尼日利亚的 1000 多万约鲁巴人便大多成了基督徒或皈依了伊斯兰信仰。

索因卡自幼入圣公会学校读书，从伊巴丹大学毕业后进入英国利兹大学研读文学。留学期间，索因卡阅读了大量的欧洲文学名著和世界各国的文学作品，潜心研究各种西方文艺思潮尤其是当代不同流派的艺术观念。这段学习生活为他以后从事文学创作奠定了坚实的基础，也为他融汇非洲文学传统与欧洲现代文学观

---

① 巴兹尔·戴维逊：《古老非洲的再发现》，暑尔康、葛佶译，北京：生活·读书·新知三联书店，1973 年，第 213 页。

② 巴兹尔·戴维逊：《古老非洲的再发现》，暑尔康、葛佶译，北京：生活·读书·新知三联书店，1973 年，第 91 页。

念提供了契机。留学结束，索因卡先在英国以文立身，后回归祖国从事文学生涯，数十年来笔耕不辍，佳作迭出。

早在孩提时代，索因卡就受到了约鲁巴部族文化意识和艺术传统的影响，西非黑人文化中的图腾崇拜、宗教祭典、民间舞乐等都在他的精神世界留下了深刻烙印。索因卡的故乡阿贝奥库塔是约鲁巴人世代居住的古城，同时也是该民族的政治和文化中心。历史上，阿贝奥库塔以盛行约鲁巴民族民间口传叙事形式著称，在索因卡的祖辈和亲友中，有许多人保持着传统的文化观念，不乏巫医和崇拜灵异、魔力等神秘信仰者。对他们而言，超自然现象往往被看成是活生生的现实。正是这种民族传统文化基因，为索因卡的创作提供了坚实的基础。可以认为，他笔下所出的那些哲理性与艺术性高度统一、文化精神与乡土成分完美融合的小说叙事，在很大程度上是从约鲁巴传统文化中引发的。盛行于家乡阿贝奥库塔的民间叙事形式，熏陶了他的艺术情致，亦为他的创作提供了形式借鉴；黑人部族灵物祭拜仪式和社会活动中习用的图腾假面造型经他汲取移植，成为极具张力的表现手段；土著信仰那混同解释人类命运和自然秩序，一并敬畏生命现象和非生命物体的前逻辑思维，更为他的叙事构思提供了意象范式——索因卡小说叙事中最具活力的成分，在很大程度上得益于约鲁巴民族的文化观念和艺术传承。

二、传统习俗与现代意识的融合

按照非洲的思维方式，意识必须在某种特定的与往昔相关的具体物象触发下才能激活。对于约鲁巴族人来说，部族的先人和过往的历史都与他们的现世生活一样真实、一样鲜活，并且与未来生活有机联系、无法剥离。这般文化心态在索因卡笔下得到全方位的显示。他的小说叙事往往昭显着历史循环和现实生存两方面的问题，频频传递出这样的信息：无论美德，还是罪恶，都归历史与现实共有，历史与现实之间存在着无法割裂的联系；现实存在的问题往往是历史传统的回顾，现实始终笼罩在历史的阴影之下，历史一再在现实中重现，历史和现实不断往复循环。

在《痴心与浊水》中，索因卡让历史和现实共时，活人与死人同体，精怪幽灵与现实生存相伴，人类、神明、已经过世的先辈和存活于世的活人，都被索因卡设计成了旨在表明历史沿革和文化贯通的延续性意象。《痴心与浊水》以"水"作为尼日利亚国家的对应性喻体，在小说里有这样一段描写：贵族后裔艾格博一直困扰于自己的双重人生定位——无法抉择自己究竟是继任部落酋长还是继续担任外交部的公职。其父母多年前丧生于沉船事故，这段往事幻化成了下意识的"水意象"存留在他的记忆深层，对历史与现实、生存的原始状态与现代情境进行着高强度凝缩与共时性整合。综观之，《痴心与浊水》的水是一个与往昔相关的物象——它维系昨天，经过今天，通向明天；它是过去，亦是现在，也是未来。在观念世界里，"水"始终是动态的。在深层意义上审度，"水意象"亦是贯通过去和未来的寓意性通道，它既导向毁灭与死亡，同时也接引着创造和新生。这种西方现代派文学中经常使用的意象象征手法被索因卡有机地运用于自己的小说创作中。在《痴心与浊水》中，"水意象"如同一条继往开来的中介纽带，一端维系着苦难深重的过往传统，另一端联结着无可占卜的暗淡将来，通过这种"水意象"，生命的历史得到了延伸。

总体上看，索因卡不是超然出世的作家。对于国家前途和民族命运的关注，对于政治危机和民生疾苦的焦虑，对于非洲大陆上传统习俗与现代意识矛盾冲突的思考，对于土著文化与西方精神对抗撞击同时又交汇融合的认识，共同构成了索因卡创作的基本命意并决定着其作品的题材抉择。20世纪中期，尼日利亚以和平的方式从殖民主义时代过渡成为独立的国家。当时，这个石油蕴藏丰富的非洲第一人口大国曾被视作非洲的骄傲，有尼日利亚的今天就是全非洲的明天之说。但是，理想很快成为泡影。非洲最大的希望变成了它最大的失望。在独立后的16年里，尼日利亚先后发生了3次政变，两个国家元首遭到暗杀，还爆发过一场死亡人数达100万人的内战。民选政府屡遭颠覆，军人独裁者轮番执政，经济文化发展停滞。权力的滥用使得尼日利亚成为非洲有史以来最残酷的暴政国家。这般情境之下，索因卡坚持民主立场，反对专制暴政，在政治上成了一个呼唤、维护自由的拜伦式人物，曾于1967年遭军人独裁政府逮捕入狱，监禁将近两年时间；1994遭到阿巴查政权通缉追捕，被迫流亡国外；后来，索因卡又因参加反对时任总统奥巴桑乔的示威而被逮捕。从 20 世纪 60 年代后期开始，索因卡的思想认识与创作风格均发生了较大的变化。此时，尼日利亚国家已经独立 5 年之久。索因卡已从独立之初切盼改革图新的狂热中渐次清醒和冷静了下来，他看到新建立的民族国家并没有走上健康繁荣的发展道路，反之却暴露了深刻的社会危机。索因卡笔端展示的再也不是民族独立的歌舞庆典，代之以《痴心与浊水》中河流与污水沟散发出的腐败恶臭，以此等物象表现强烈的绝望理念。借助于一些颓败意象，索因卡对尼日利亚的社会现实进行了入木三分的剖析，以犀利的笔触昭示着他对国家命运所做的理性沉思：危机四伏的尼日利亚，前途是绝望的，人们为了获得应对苦难人生的精神寄托，只能去寻觅某种虚无的神明启示。索因卡的小说，大多申说着对时代人生的解悟，记述着对社会世相的认识，衰达了对历史嬗衍、沧桑变迁的评断。通过《痴心与浊水》《反常之季》尤其是《那人死了：狱中笔记》这部小说的文本叙事，索因卡生动揭示了尼日利亚独立后呈现的较殖民统治时期更为残酷的非人道压迫，对于非洲社会中存在的"后殖民"暴政进行猛烈抨击和辛辣嘲笑，批判锋芒既指向传统的原始野蛮，也直指非洲国家现代政治语境中普遍出现的独裁专制"强人症候"现象。

三、欧洲艺术观与约鲁巴民间叙事的整合

索因卡的小说，往往体现出融汇多元文化于一体，将欧洲现代艺术观念同约鲁巴民族传统有机整合的创作特点。作品叙事往往把表现主义、存在主义、荒诞派等西方现代主义文学观念同西非土著民族传统民间叙事形式中即兴的、从属于宗教仪典的艺术特征有机结合，于迷蒙混乱的表象中隐含着内在的秩序，在雄浑质朴的氛围中力透出强烈的现实气息，以颓败腐朽的死亡意象隐喻社会政治的深刻危机。在这方面，《痴心与浊水》颇具代表性，这部小说将西方现代派文学的艺术技巧同西非约鲁巴部族的文化传统有机融合，在两种异质文化的二重组合中实现了双向超越，以其独具特色的艺术风格得到了广泛的首肯与认同。

约鲁巴人是西部非洲较早掌握冶铁技术的民族，铁器的出现促进了当地的文明发展，铁制武器在当时的历史条件下对于战争的胜负、国家的存亡有着无可替代的作用。铁神也就成了约鲁巴人顶礼膜拜的对象。至今，在西非一些地方的神庙里还供奉着用以祭祀的铁神偶像。约鲁巴传统信仰中的铁神暨战神名叫奥贡，他"是一个兼有创造和破坏的双重人物的形象"①，奥贡神被索因卡引植进入作品，成为习见的与其部族传统信仰密切关联的文学意象。在《痴心与浊水》里，奥贡神被索因卡塑造为残忍无情的屠杀者，具有现实生存主宰地位，兼有破坏、毁灭的属性，成了尼日利亚传统与现实野蛮性的双重象征。他的另一部长篇小说《反常之季》则将约鲁巴人的奥贡神民间信仰同古希腊的俄耳浦斯——欧律狄斯神话加以联系，借以昭显自己的社会认识和人生体验。借用 1986 年诺贝尔文学奖颁奖词的表述，"神话、传统和仪式结合成一体，成为他的创作的营养"②。

《痴心与浊水》第一部第 5 章有这样一段情节，报社社长温沙拉向求职者萨戈索贿，受到萨戈的捉弄。欠了酒钱的温沙拉与酒吧侍者发生了争执，遭到辱骂的温沙拉大失面子。丢脸之下，他在"听任别人的辱骂"的同时，"只是对自己说了一大堆过时的谚语"：

要尊敬老人……孩子看见父亲光着身子，可不应该觉得这是好玩的事。要尊敬老人……聪明的阉人要远离女人；饥饿的办事员紧勒裤腰带，上面罩着衣服，谁能说他的肚子是瘪的？但是，当伪装的外衣被当众剥去的时候，他还能求助于什么隐身法来保护自己呢？人们会不会告诉他，这只是魔术师的戏法子于他不适用呢？唉，应当尊敬老人。当巴尔去借马尾巴的时候，他派了一个仆人去，当仆人空手而回时，他却问是我叫你去的吗？奸夫在一间只有一个出口的房间里幽会的时候，他不是叫人把自己的阴囊拿去喂奥贡的鱼吗？要尊敬老人……③

---

① 彭诗琅等（主编）：《诺贝尔文学奖金库（第 1 卷）》，北京：中国社会出版社，1998 年，第 629 页。
② 彭诗琅等（主编）：《诺贝尔文学奖金库（第 1 卷）》，北京：中国社会出版社，1998 年，第 629 页。
③ 沃莱·索因卡：《痴心与浊水》，沈静、石羽山译，北京：外国文学出版社，1987 年，第 132 页。

这段让人读来如堕五里雾中的文句，从字面意义上看很难与故事情节彼此沟通，似可视为欧美现代派叙事中习见的如梦如痴毫无意义的呓话，没头没尾无始无终的下意识独白，或不知所云什么语义都表达不明白的谵语；但只要将其置于约鲁巴独异的历史文化语境下加以审视，便可了然解读，明了于胸了。根据美国学者梅辛杰所做的人类学田野调查，谚语同神话、故事、歌谣、谜语等其他口头艺术形式一样，是约鲁巴人传统文化的一种重要表现形式。诵读和使用谚语不仅是娱乐、教育和检验风俗的手段，而且在商务交际、宗教礼仪、重大政治决策和传统法庭审判过程中都能发挥十分能动甚至是决定性的作用。例如，原告可以用这样的谚语指控一个惯窃犯再度偷窃："如果一只狗从树簇中采摘到了棕榈果，它就不会怕豪猪。"而被告则会用"一只孤身的鹧鸪飞过灌木丛，不会留下路"的谚语做申辩，请求法庭原谅他过去的行为并做出较宽容的判决①。显见得，前引的那一长串出自温拉之口的谚语当是他的自我解嘲和内心独白。

索因卡的小说里有许多取自西方文化尤其是基督教观念的意象，《痴心与浊水》中作为配角人物的"预言家拉撒路"和小偷"诺亚"便是这样的形象符号。"拉撒路"和"诺亚"的名字均取自基督教《圣经》，在塑造这两个人物形象时，索因卡采取了一种近似于反讽的解构性手法，没有去运用约定俗成的流行词汇勾勒描摹个性特征，而是淡化其固有的本体特征，剥离其生存的具体时空条件，使之成为代表某种人生理念、负载一定哲理精神的抽象化、原型化了的意象符号。"预言家拉撒路"成了所谓"先知式"的人物，负载着索因卡对生与死、历史与现实等一系列问题的辩证认识。需要说明的是，这里的"拉撒路"和"诺亚"都难以谈得上是西方基督教观念的产物，从二人的身份和行为判断，将其视为西非巫术信仰的人格具象更为妥当。同多数非洲黑人部族一样，约鲁巴人对于把宇宙精神同人的特征加以类化，将人的命运及行为模式同自然现象及其秩序混同认知存在着特殊的兴趣。故而，崇尚神秘信仰的心理积淀便借助着异常丰富的具象联想，

---

① 参见阿兰·邓迪斯（主编）：《世界民俗学》，陈建宪、彭海斌译，上海　上海文艺出版社，1990年，第425—426页。

对自然、生命（或非生命）现象做出了种种非理性的诠释。巫术便是这种诠释的过程，这一过程要由所谓巫术施行者——超自然的神物（fetish）力量的代理人施行。在死后再度复生、变换肤色或了先知的"拉撒路"身上，便对应性地集中着非洲部落巫术施行者充当着沟通超自然神力与芸芸众生中介者的文化角色的属性。显而易见，《痴心与浊水》中无仑"拉撒路"还是"诺亚"其人，都绝非西方基督教文化观念中传布圣灵启示的意象符号。这类人物角色身上集中了非洲巫觋的诸多特性，他们确系崇尚巫术这一约鲁巴文化精神的人格象征。

结　语

如上所述，以《痴心与浊水》为代表的索因卡的小说类作品几乎都具有汲取西方文学营养，同时又重视非洲社会文化习规的特点。也就是说，索因卡的小说叙事之所以"富有感人的创造力"，在很大程度上归因于创作者对欧洲和约鲁巴文化因子和艺术精神的兼容与创新。没有索因卡对两种异质文化的二元整合，就很难有其小说叙事的高度成功。

（文 / 苏州科技大学　王燕）

第十八篇

索因卡小说《诠释者》中的反讽艺术

作品评析

《诠释者》① 中的反讽艺术

引　言

　　作为首位获得诺贝尔文学奖的非洲作家，沃莱·索因卡以其戏剧作品享誉全球。同时，他的小说创作也展现了其独特的叙事风格和深刻的批判精神。索因卡至今创作了两部小说，分别是《诠释者》和《反常之季》。《诠释者》是他创作的首部小说，以英文写就，于 1965 年在伦敦出版。这部小说在 1970 年入选英国海涅曼出版社的"非洲作家系列丛书"，该系列丛书致力于将重要非洲作家的作品传播到国际社会。《纽约时报》赞美此书将美学和政治问题以近乎一流的手法融合起来。《诠释者》以 20 世纪 60 年代独立后、内战前的尼日利亚为背景，通过意识流的叙述手法将几个留学归国的知识分子的故事串联起来。小说中的艾格博是当地酋长的后裔，他在酋长的地位和外交部的工作之间纠结；塞孔尼是一个工程师，一心想干实事，却被腐败的环境挫败，进而发疯；萨戈是一名记者，拥有一套所谓的"排泄哲学"，想要揭发政客的违法行径却被报社压制下来；画家科拉将身边的凡人绘为神，作出《众神像》。这些人物都属于"诠释者"，他们通过自己的言行，以反讽的方式，诠释着人生和时局，并企图把握住自我和国家的命运。

————————

① 另译为《痴心与浊水》。

一、作为反讽情景的"水"意象

1987 年,《诠释者》在中国出版的首个译本名为"痴心与浊水",译者认为,之所以不直译标题是"为了突出原作的思想内容"[1]。从"浊水"来看,这一意象主要来源于小说中萨戈这一人物的遭遇。他回国后在报社应聘时发现厕所污秽不甚,然而龌龊腐败的董事会却有单独的散发着香气的现代化厕所;从报馆的后窗望出去,腐烂的墙完全倒塌在河里,"这里的水是污浊的、黏糊糊的臭水。大量的粪便一堆堆地浮在上面,随着水的流动往墙上贴"[2]。污浊的河流和糟糕的排泄环境既是当时尼日利亚的实际情况,也是对社会环境的象征和尖锐批评。由此萨戈大肆倡导"排泄哲学",认为"排泄是生理机能上的、精神上的、创造性的,或者具有典礼气派的活动,排泄是真正以自我为中心的纯哲学"[3]。通过排泄污浊,社会和个体都将获得新生。

小说中描述了这样的情景,萨戈在参加葬礼的途中遇见掏粪工人,从而生出感想:"除了死尸,粪便算是我们亲爱的祖国最有代表性的气味了。"[4]叙述者还借人物之口将道路上到处是粪汁的场景也描绘了出来。小说"以'水'作为尼日利亚国家的对应性喻体"[5],因此"浊水"是极具讽刺意味的意象,小说中的诠释者们正是在这样的环境中生活,这也是他们所进行"诠释"的部分内容。

"水"同时也是一个具有延续性的意象,它从过去来,联结此刻,流向远方。艾格博的父母死于溺水,所以每当看到河水他都会陷入回忆。小说开始就是艾格博一行人在船上的情景,他们路过了艾格博父母淹死的地方,艾格博说他好像永

① 沃莱·索因卡:《痴心与浊水》,沈静、石羽山译,北京:外国文学出版社,1987 年,第 380 页。
② 沃莱·索因卡:《痴心与浊水》,沈静、石羽山译,北京:外国文学出版社,1987 年,第 104 页。
③ 沃莱·索因卡:《痴心与浊水》,沈静、石羽山译,北京:外国文学出版社,1987 年,第 101 页。
④ 沃莱·索因卡:《痴心与浊水》,沈静、石羽山译,北京:外国文学出版社,1987 年,第 157 页。
⑤ 秦银国:《诗性、哲性与神性的融合——从〈解释者〉谈沃里·索因卡的叙述艺术》,《小说评论》,2010 年第 2 期,第 163 页。

远躲不开水，过去他常常在河边静静地听水声，深信父母会从水里钻出来和他说话。河水在这里不只是寄托了他对于已逝双亲的怀念，更大程度上象征传统对他的牵绊。值得注意的是，艾格博与詹姆斯·乔伊斯（James Joyce, 1882—1941）的小说《尤利西斯》（*Ulysses*, 1922）中的斯蒂芬·迪达勒斯存在一些相似之处，斯蒂芬由剃须碗中的水联想到母亲的眼泪以及与海有关的事件，斯蒂芬和艾格博都由此生出了相似的想法，即传统与历史难以摆脱。此外，两部书都由 18 个章节构成，《诠释者》也摒弃了传统情节驱动式的叙述模式，而采用意识流的叙事方法。有学者由此指出，"索因卡有意让读者去注意他的故事与乔伊斯的《尤利西斯》的关系"①，《尤利西斯》的叙述特点一定程度上被索因卡借鉴到《诠释者》中，用以讲述 20 世纪 60 年代尼日利亚国家面临的困境。索因卡同样借鉴了西方现代派的象征手法，赋予"水"意象多重内涵。小说中艾格博可以顺应外公的愿望回家继承酋长的地位，也可以去担任外交部的公职。一方面家乡奥沙可以允诺其财富和一夫多妻的特权，另一方面作为一个留学归国、接受现代教育的知识分子，传统的生活方式让他觉得不安，因此他陷入两难的境地。双亲多年前沉船丧生让"水"意象成为艾格博潜意识的一部分，"水"象征着传统血脉在其身上的延续，同时也是他逃不开，甚至总是被吸引的生活情景。

作为一个延续性的意向，"水"聚合了过去与现时的存在，一方面象征着传统血脉之于主人公的牵绊，另一方面叙事者也将古老神话中的神性引渡到现世，对现代的人性进行观照。小说中的艺术家科拉以周围的人为模特并将他们绘为神，画作的背景就是上帝创世纪时的洪水泛滥与雾海茫茫，因此"水"意象还象征传统与现时的双向互动。

"水"意象在小说中联结传统与现在，也在一定程度上有毁灭和重生的内涵。小说中大雨滂沱时萨戈走在路上，认为上帝从天上洒下水来洗刷那可恶的厕所；当艾格博和朋友们聚会时，看到胡言乱语的街头艺人，艾格博也不由得感叹但愿再下一场雨，把这些全消灭掉。肮脏杂乱的世界需要水来冲洗干净，因此小说中的"水"不全然是浊水，也是破坏与救赎的象征。人物呼唤雨水，既是为了冲刷现世生活的

① Ben Obumselu, "Wole Soyinka's *The Interpreters*: The Literary Context", *Research in African Literatures*, 2018, 49 (2), p. 173.

污浊，也是希望通过救赎获得内心的宁静。当与艾格博恋爱的女学生因怀孕而受到排挤时，他陷入了苦闷之中，希望赶紧下雨，"但是乌云阻止了雨水的倾泄。尽管天空浓云密布，但也要冲破它、冲破它，至少要让脚下的大地冲成散沙，使他的皮肤摆脱灼热的刺痛，并且得到净化，就像涓涓细流中的水晶石一般透明"[1]。虽然雨水并未降落，但是水再一次被寄予了象征着内心安宁的力量。

除此之外，"水"还在特定情境下具有情欲的象征。小说中几个主人公在俱乐部聚会，舞女的"脚踝在水里"，"雨水流过她的身体，就像流过两座隐蔽而神圣的山峰"[2]，引得在场的男性想入非非；艾格博为自己开脱，认为大雨将他们困在此地，交给一个情人。当艾格博和女学生进行他们的第一次约会时，他将她带到了河边，并"用河水替她洗净，一面羞怯地说明自己是无罪的"。小说中的塞孔尼用结巴的语气表达了这样的观点：含水的苍穹都具有女性美；生活和爱情是通向宇宙苍穹的道路，而含水汽的苍穹是一条捷径。可见"水"不仅仅是情欲本身的象征，还是一种催情的情景，将爱欲升华为"苍穹"一般的存在。

小说中的"水"意象具有多重内涵，它"是贯通过去和未来的寓意性通道，它既导向毁灭与死亡，同时也接引着创造和新生"[3]。它既是"浊水"，又能冲洗污浊、以破坏达到重生的力量；它既象征着尼日利亚的现状，联结着传统，引向不确定的未来，同时也是个人历史的象征和现世生活的情境。以此为背景，叙述者塑造了一批具有反讽特质的诠释者形象。

二、诠释者所构成的反讽群像

小说以几个留学归国的知识分子为主要人物，他们是联系较为紧密的朋友，然而各自又有自己的交际圈，叙述者运用意识流的叙事手法将他们的故事串联起来。

---

① 沃莱·索因卡：《痴心与浊水》，沈静、石羽山译，北京：外国文学出版社，1987年，第370页。

② 沃莱·索因卡：《痴心与浊水》，沈静、石羽山译，北京：外国文学出版社，1987年，第29页。

③ 秦银国：《诗性、哲性与神性的融合——从〈解释者〉谈沃里·索因卡的叙述艺术》，《小说评论》，2010年第2期，第164页。

艾格博在小说中是一个思索和徘徊的形象，他面临的主要矛盾在于是否要继承酋长的地位，这一地位于他而言象征着亲情和传统的牵绊。他的家乡虽小，却是走私的主要通道，成为酋长意味着获得财富和权势，甚至可以满足他一夫多妻的私欲。然而作为一个留学归国的现代知识分子，他也对这样的生活方式感到恐惧，因此在外交部担任公职看起来是一个合理的选择。实际情况是身处腐败的官僚系统也让他感觉一事无成，他又在两个选择之间动摇。艾博格这一人物的讽刺性来源于他强烈的自我矛盾，他常常行事冲动，骨子里携带着祖先的暴烈性情，但是碰上感情或是人生道路的抉择时则陷入优柔寡断之中。

艾博格认为人应该与过去了断，以免影响现时的判断，以此切断传统与现在的联系。但他也承认自己"喜欢静止与神秘的生活"，保有着"种族骄傲"。他的矛盾并非单纯的理性与非理性的自我辩论，而是体现在他既厌恶历史延续与循环，也对此怀有一定的信仰。"这种信仰是他在黑非洲非理性文化氛围中长期形成的。他无力放弃这种信仰。于是，他便在信仰与理性中徘徊苦恼。"[①] 此外，叙述者还在小说的结构层面呼应了艾格博的困境。小说开始时艾格博一行人滑行在水面上，在回忆和对话中将他的矛盾呈现出来。他承认"好象永远躲不开水"，但是"水"意象总是伴随着他，他也总是主动来到水边，认为这样可以收获平静。直到最后一个情景，艾格博依然在喜媚的眼睛中看出溺水者的神情，小说至此完结。困境是他摆脱不了的宿命，纵使拥有"与世界搏斗"的勇气，也不能在实际行动中做出与传统的了断，他的讽刺性正是来源于此。

萨戈是一名报社记者，报馆旁是一条臭气熏天，漂着粪复的运河，他还发现他所居住的城市也是粪便满地。在报馆内有低级厕所和高级厕所，低级厕所污秽恶臭，供权贵使用的高级厕所清香扑鼻。萨戈拥有一套"排世哲学"，他回忆自己的姨妈"像个野兽那样放屁"，母亲在晚祷时"上帝总要让她放出一声响屁"。这一理论虽然戏谑，却带有深刻的讽刺意义。萨戈回国之后目睹了脏乱不堪的生活环境和腐败的社会现实，他试图用新闻报道将政客的腐败行径揭露出来却被压制住。他大肆宣扬"排泄哲学"，听起来较为荒谬，但不失为对于难以改变的肮

① 元华、王向远：《论渥莱·索因卡创作的文化构成》，《北京师范大学学报》（社会科学版），1993年第5期，第24页。

脏现实的尖锐讽刺。当时的尼日利亚社会存在着大量污浊，急需"排泄"，萨戈正是以黑色幽默式的言语讽刺对现状进行着"诠释"。

小说中塞孔尼之死具有强烈的讽刺性。他是一个工程师，留学归来后为了使民众用上电灯，给政府提出了建发电站的方案。然而这个发电站却被董事长以担造的理由关闭掉了，原因是他想要骗取一笔赔偿金。被打击的塞孔尼精神失常，最后死于黑夜中的一场车祸。作为一个难得的实干家，他的一腔热情并不能得到重视，只能无辜地沦为上级牟利的工具。更为可悲的是，当萨戈企图将塞孔尼受害的事件揭发出来时，有关的报道却也沦为腐败交易的筹码。塞孔尼患有口吃，有学者认为这体现了他在众多人物形象中"语言错位"[1]的特殊性，因此他作为诠释者"诠释"世界的方式与常人不同；他不擅长用言语"诠释"，却用自己的抗争和殉道对当时的社会环境进行"诠释"。他的死亡对诠释者朋友们产生深刻影响，也给科拉创作《众神像》提供了灵感。叙述者将塞孔尼置于当时的尼日利亚社会环境中试炼，他的坚持在这样的背景下显得愚钝，然而他却是小说中最具实干精神的人物。

此外，小说中预言家"拉撒路"和"诺亚"两个人物也具有强烈的反讽特质。两人名字都来源于《圣经》，"拉撒路"身上发生了死而复生、肤色由白变黑的神迹，"诺亚"在皈依宗教前是一个人人喊打的小偷。"拉撒路"宣称"因为上帝的手降临我的头上，主的光辉给我注入新的生命"[2]。从名称和行为来看，这两个人物形象的塑造深受西方基督教文化的影响，但在更大程度上，"拉撒路"身上"集中着非洲部落巫术施行者充当着沟通超自然神力与芸芸众生中介者的文化角色的属性"[3]，由此形成了名实不符的讽刺。

《诠释者》里的人物形象繁多，小说中画家科拉在他的《众神像》中将这些现代的人物绘为神话中的神，叙述者借此将人物的反讽推向高潮。有批评家认为这是索因卡的天才之举，因为小说中的"诠释者"们的美德和优点远远比不上约

---

① L. R. Early, "Dying Gods: A Study of Wole Soyinka's *The Interpreters*", *The Journal of Commonwealth Literature*, 1977, 12 (2), p. 170.

② 沃莱·索因卡：《痴心与浊水》，沈静、石羽山译，北京：外国文学出版社，1987 年，第 246 页。

③ 秦银国：《诗性、哲性与神性的融合——从〈解释者〉谈沃里·索因卡的叙述艺术》，《小说评论》，2010 年第 2 期，第 162 页。

鲁巴神话中的神，甚至这些神本身就是有缺陷或是不完整的，他们必须"时常与人类重聚才能实现自身的完整"，《众神像》作为小说叙事中一部分将神"连接到地面"，"这在索因卡的创作中几乎是绝无仅有的"[①]。一方面，画作以古老的神话来诠释现代生活，这是科拉作为艺术家贯彻"循环"之说的体现；另一方面，人物的特性在画布上得到了进一步的"诠释"。画面以上帝创世纪时的洪水泛滥为背景，科拉以艾格博为模特画出了约鲁巴神话中的奥贡神。奥贡神是嗜血好战的战争之神，同时他还是一个开拓者和保护者，科拉试图以上揭示艾博格的精神困境；科拉以萨戈为模特画出了带着长镰刀的机遇之神，"永远在嘲笑计划的虚假性，嘲笑在一团混乱中的秩序"[②]，这与萨戈戏谑的"排泄哲学"相呼应；此外，科拉还将"诺亚"和叛教者、名妓喜媚和爱慕纯洁者、"拉撒路"和彩虹之神融合。叙述者借科拉的画作将史前和当代、过去与现时联系起来，以古老的神性阐释人性，将小说的人物群像用艺术手段融合并具象化。

三、反讽之后的建构与升华

纵观整部小说，叙述者对主要人物和尼日利亚的社会现实进行了尖锐讽刺，以具有多重内涵的"水"意象为背景，塑造了"众神像"。在这部小说的叙事进程中，反讽是叙述层面重要的修辞手法，而并非无价值取向的无底线的嘲弄挖苦。通过反讽，叙述者思考个人和国家的命运，并以破坏性的"反"探索个人和社会层面的未来。

小说中的人物用言行进行探索和建构。萨戈一直在寻找诠释的材料，也试图为塞孔尼伸冤，但总是受到阻碍；他通过宣扬"排泄哲学"戏谑地表达自己的见解，即现实层面他所居住的城市粪便满地、臭气熏天，需要将这些污秽"排泄"，此外该理论还喻指社会中大量腐败邪恶的现象阻碍了尼日利亚的进步，这些现象

---

① Biodun Jeyifo, *Wole Soyinka: Politics, Poetics, and Postcolonialism*, New York: Cambridge University Press, 2004, p. 178.

② 沃莱·索因卡:《痴心与浊水》，沈静、石羽山译，北京：外国文学出版社，1987年，第338页。

也应予以"排泄"。排泄不仅限于破坏和清扫，在他的理论中排泄还是"创造大中最后一个未在地图上标明的矿藏"，"排泄等于生育"，可见这是一套具有积极意义和创造性的建设性理论。有政客对萨戈说，"你们年轻人总喜欢批评。你们只提出破坏性的批评，为什么不提出一些具体建议，不提出一些有助于改善国家状况的计划呢"[①]。萨戈就此提出了他的建议，指出现阶段整个首都还是掏粪工人拖着粪桶清理排泄物，应尽快建下水道，并且应把粪便废物进行利用运往北方的沙地，增加耕地，以此也能减少失业。这个政客听从他的建议，却受到了同行的嘲弄。

塞孔尼是一个难得的实干家，但他却一再被现实挫败，沦为腐败现实的牺牲品。纵观所有"诠释者"，只有塞孔尼一人真正意义地经历了屈辱和磨难。他最后精神失常，死于一场车祸。提出建设性意见的实干者却得到最悲惨的结局，叙述者的讽刺停留在腐败的现象本身，而参与其中的人物升华为为国家进步寻找出路的探索者。

从信仰的角度出发，索因卡也在思考尼日利亚的出路。"拉撒路"向萨戈一行人讲述自己的复活经历：他进入棺材时皮肤是黑的，过了一会儿皮肤变白并且复活了。他知道萨戈是记者，想要利用他宣传自己的教会，就邀请他们一行人来教会参加小偷"诺亚"入教的仪式。虽然拉撒路自称基督教徒，但其实他只是约鲁巴文化精神的人格象征，可将其视为叙述者塑造的受西方基督教与尼日利亚本地多神教长期相互影响下产生的混合体。与白化人类似的形象也出现在索因卡的其他创作中，如《裘罗教士的磨难》中的裘罗，他也是一个"先知"式的基督教士，在索因卡塑造的这类自称"先知"的形象中，基本都带有江湖骗子的特征。与索因卡创作的其他"先知'形象不同的是，白化人拉撒路显得更为真挚，他所面向的群体是社会的底层人甚至是罪犯，他在他的宗教场所中给他们提供监护和照顾。在本德尔看来，这一切都是白化人的花招，可其他朋友却愿意配合白化人建构出来的神话，艾博格对本德尔的看法表示不满，萨戈提出要将他作为"先知"报道出来，科拉要将他和"诺亚"画进众神像。值得注意的是，在白化人之前也有一

---

① 沃莱·索因卡：《诠释者》，沈静、石羽山译，北京：北京燕山出版社，2015年，第294页。

个自称的"基督"曾被人在报纸上攻击，这个人还是个生意人，甚至在两起诱奸妇女的案件中安然度过。萨戈调侃"在这两个基督之间挑起一场战争，适者生存嘛"，可见这些自称的"基督"都缺乏正统的合法性，而是混杂了尼日利亚多神教非理性的思想。通过反讽，索因卡将尼日利亚在信仰方面的尴尬状态呈现了出来。毫无疑问，拉撒路也是诠释者中的一员，"在一个没有依靠的世界中，他提供了希望"①。与知识分子的理论性建构和艺术性呈现相比，他的诠释显得较为荒谬，但也不失为在信仰层面的探求。

《众神像》中，科拉将历史与当代、破坏与创造、人与神、生与死融合在一起，试图在这些对立中达到和谐的状态。小偷"诺亚"在小说中是一个救世主形象，而在画作中被科拉绘为一个叛教者，并强调他是"绝对中性的"。背叛和继承在这里高度地辩证统一，而白化人在画中则是联结上天和人间的彩虹神形象。有学者认为该小说中神话和反讽的关系是复杂的，一方面，"大量对于基督教和约鲁巴神话的讽刺强化了这一观念：神在人类中已经是不断衰落的存在了"，"这些神话象征了一个具有精神价值的领域，与索因卡尖锐讽刺的社会秩序形成强烈反差"；另一方面，反讽也是一种解放的力量，它"让我们意识到这些束缚我们的秩序，也能动摇这些秩序"②。《众神像》将多种对立性的要素融为一个和谐的整体，将反讽升华为对于历史潮流中破坏与创造的辩证性思考，这一思考来源于尼日利亚现实，上升到对于整个人类历史的理解。

结　语

《诠释者》的时间设定在 20 世纪 60 年代，在尼日利亚独立后、内战前这段时间，作者将几个留学生对于尼日利亚现实的诠释呈现出来，用反讽的叙事修辞方法，对当时尼日利亚的污浊现实进行了鞭辟入里的揭露。《诠释者》是一部"关

---

① Francis Ngaboh-Smart, "Re-narrating the Nation: Soyinka's *The Interpreters*", *Journal of Postcolonial Writing*, 2010, 46 (1), p. 50.

② L. R. Early, "Dying Gods: A Study of Wole Soyinka's *The Interpreters*", *The Journal of Commonwealth Literature*, 1977, 12 (2), p. 173.

于具体地点、特定社会环境的小说"，叙述者在书中将当时拉各斯这一城市的真实情况描绘出来，表现出了他对这座城市"爱恨交加的态度"[1]；一方面城市肮脏邋遢，浊水遍地，另一方面叙述者也在赞美城市街头文化和夜生活的生机与活力。叙述者最后通过《众神像》用古老的神话阐释当代的人性，具象化地将历史和现实联系起来，表达了作者对于破坏与创造、背叛与继承的辩证思考。著名非洲文学研究者大卫·阿特维尔（David Attwell）认为，索因卡对于欧洲神话和文学经典的化用难免会招致非洲民族主义者的批评，他可能会被贴上欧洲中心主义者或殖民主义者的标签，但阿特维尔指出"索因卡是本质的非洲人"，且只有他的非洲性才能使他写出"普世性神话"[2]。索因卡一直以来都积极地参与政治，通过小说、戏剧和诗歌创作思考着国家和民族的命运，"其作品中包含着对尼日利亚历史的回顾与思考，对现状的重现与审视以及对未来的憧憬与祝福"[3]。内战发生前，他积极奔走于各方，发表文章呼吁和平，却被捕入狱，这与小说中实干家的宿命是相似的。叙述者通过小说揭示了"如果没有人们道德意识的改变和社会关系的重组，那么政治上的独立也是无用的"[4]，尼日利亚独立后的政府和媒体较之前没有改进，纵使是受过高等教育的"诠释者"们在其中也显得无能为力，可见《诠释者》是一部深刻地揭露尼日利亚内战前社会和个人精神状态的经典之作。

（文／广西机械工业研究院 韦杰）

① Biodun Jeyifo, *Wole Soyinka: Politics, Poetics, and Postcolonialism*, New York: Cambridge University Press, 2004, p. 173.

② David Attwell, "Wole Soyinka's *The Interpreters*: Suggestions on Context and History", *English in Africa*, 1981, 8 (1), p. 69.

③ 朱振武、韩文婷：《文学路的探索与非洲梦的构建——尼日利亚英语文学源流考论》，《外语教学》，2017 年第 4 期，第 100 页。

④ Thomas Lask, "Things Are No Better in Africa", *The New York Times*, August 11, 1972, p. 26.

参考文献

一、著作类

外文著作

1. Achebe, Chinua. *A Man of the People*. New York: Anchor Books, 1967.

2. Achebe, Chinua. *An Image of Africa*. London: Penguin Books, 2010.

3. Achebe, Chinua. *Anthills of The Savannah*. New York: Anchor Books, 1988.

4. Achebe, Chinua. *Arrow of God*. London: Penguin Group, 2010.

5. Achebe, Chinua. *Arrow of God*. New York: The John Day Company, Inc., 1967.

6. Achebe, Chinua. *Girls at War and Other Stories*. New York: Anchor Books, 1991.

7. Achebe, Chinua. *Girls at War and Other Stories*. New York: Doubleday & Company, Inc., 1973.

8. Achebe, Chinua. *Morning Yet on Creation Day*. London: Heinemann, 1975.

9. Achebe, Chinua. *No Longer at Ease*. London: Heinemann, 1963.

10. Achebe, Chinua. *The African Trilogy: Things Fall Apart, No Longer at Ease, Arrow of God*. New York: Alfred A. Knopf Press, 2010.

11. Achebe, Chinua. *The Education of a British-Protected Child*. London: Penguin Group, 2011.

12. Achebe, Chinua. *The Education of a British-Protected Child*. London: Random House, 2009.

13. Achebe, Chinua. *The Education of a British-Protected Child*. New York: Anchor Books, 2010.

14. Achebe, Chinua. *The Trouble with Nigeria*. Enugu: Fourth Dimension Publishers, 1998.

15. Achebe, Chinua. *There Was a Country*. New York: Penguin Press, 2013.

16. Achebe, Chinua. *Things Fall Apart*. London: Penguin Books, 2001.

17. Achebe, Chinua. *Things Fall Apart*. New York: Anchor Books, 1994.

18. Aidoo, Christina Ama Ata. *The Dilemma of A Ghost*. Accra & Ikeja: Longman Group Ltd., 1965.

19. Amadiume, Ifi. *Male Daughters, Female Husbands: Gender and Sex in an African Society*. London: Zed Books, 2015.

20. Andrade, Susan. *The Nation Writ Small: African Fiction and Feminism, 1958-1988*. Durham: Duke University Press 2011.

21. Armah, Ayi Kwei. *The Beautyful Ones Are Not Yet Born*. Boston: Houghton Mifflin Company, 1968.

22. Armah, Ayi Kwei. *The Beautyful Ones Are Not Yet Born*. London: Heinemann, 1969.

23. Ball, John Clement. *Satire & the Postcolonial Novel: V. S. Naipaul, Chinua Achebe, Salman Rushdie*. New York & London: Routledge, 2003.

24. Boehmer, Elleke. *Stories of Women: Gender and Narrative in the Postcolonial Nation*. Manchester: Manchester University Press, 2005.

25. Casely Hayford, J. E.. *Ethiopia Unbound: Studies in Race Emancipation*. London: C. M. Phillips, 1911.

26. Clausewitz, Carl von. *On War*. Michael Howard and Peter Paret Trans., New York: Oxford University Press Inc., 2007.

27. Collins, Harold R.. *Amos Tutuola*. New York: Twayne Publishers, 1969.

28. Conrad, Joseph. *Heart of Darkness*. New York: W. W. Norton & Company, 2005.

29. Dathorne, O. R.. *The Black Mind: A History of African Literature*. Minneapolis: University of Minnesota Press, 1974.

30. Ejituwu, Nkparom C. and Amakievi O. I. Gabriel. *Women in Nigerian History: The Rivers and Bayelsa States Experience*. Nembe: Onyoma Research Publications, 2003.

31. Equiano, Olaudah. *The Interesting Narrative of the Life of Olaudah Equiano, or Gustavus Vassa, the African, Written by Himself*. New York: W. W. Norton & Company, 2001.

32. Gera, Anjali. *Three Great African Novelists: Chinua Achebe, Wole Soyinka & Amos Tutuola*. Pittsburg: Creative Books, 2001.

33.Gibbs, James (ed.). *Critical Perspectives on Wole Soyinka. Washington*: Three Continents Press, Inc., 1980.

34.Jeyifo, Biodun (ed.). *Conversations with Wole Soyinka*. Jackson: University Press of Mississippi, 2001.

35.Jeyifo, Biodun. *Wole Soyinka: Politics, Poetics, and Postcolonialism*. New York: Cambridge University Press, 2004.

36.Katrak, Ketu H.. *Wole Soyinka and Modern Tragedy: A Study of Dramatic Theory and Practice*. Westport: Greenwood Press, 1986.

37.Lindfors, Bernth (ed.). *Conversations with Chinua Achebe*. Mississippi: University Press of Mississippi, 1997.

38.Lindfors, Bernth (ed.). *Critical Perspectives on Amos Tutuola*. Washington: Three Continents Press, 1975.

39.Lindfors, Bernth and Geoffrey V. Davis (ed.). *African Literatures and Beyond: A Florilegium*. New York: Rodopi, 2013.

40.Maduakor, Obi. *Wole Soyinka: An Introduction to His Writing*. New York and London: Garland Publishing, 1986.

41.McLeod, John. *Beginning Postcolonialism*. Manchester: Manchester University Press, 2000.

42.Mezu, Rose Ure. *Chinua Achebe: The Man and His Works*. London: Adonis & Abbey Publishers Ltd., 2006.

43.Murphy, Laura T.. *Metaphor and the Slave Trade in West African Literature*. Athens: Ohio University Press, 2012.

44.Newell, S.. *Literary Culture in Colonial Ghana: "How to Play the Game of Life"*. Manchester: Manchester University Press, 2002.

45.Newmark, Kevinj. *Irony on Occasion from Schlegel and Kierkegaard to Derrida and de Man*. New York: Fordham University Press, 2012.

46.Nkrumah, Kwame. *Towards Colonial Freedom: Africa in The Struggle Against World Imperialism*. London: Heinemann, 1962.

47.Nyamnjoh, Francis B.. *Drinking from the Cosmic Gourd: How Amos Tutuola Can Change Our*

Minds. Bamenda: Langaa Research & Publishing Common Initiative Group, 2017.

48. Nzegwu, Femi. *Love, Motherhood and the African Heritage: The Legacy of Flora Nwapa*. Dakar: African Renaissance, 2001.

49. Ogede, Ode. *Intertextuality in Contemporary African Literature: Looking Inward*. New York: Lexington Books, 2011.

50. Ogunba, Oyin. *The Movement of Transition: A Study of Plays of Wole Soyinka*. Ibadan: Ibadan University Press, 1975.

51. Okolo, M. S. C.. *African Literature as Political Philosophy*. London: Zed Books, 2007.

52. Owomoyela, Oyekan. *Amos Tutuola Revisited*. New York: Twayne Publishers, 1999.

53. Parish, Peter J.. *Slavery. History and Historians*. New York: Harper & Row Publishers, 1989.

54. Parker, Michael and Roger Starkey (eds.). *Postcolonial Literatures: Achebe, Ngugi, Desai, Walcott*. London: Macmillan Press Ltd., 1995.

55. Quayson, Ato. *Strategic Transformations in Nigerian Writing: Orality & History in the Work of Rev. Samuel Johnson, Amos Tutuola, Wole Soyinka & Ben Okri*. Bloomington: Indiana University Press, 1997.

56. Sekyi, Kobina. *The Blinkards*. Accra: Readwide Publishers & Oxford: Heinemann Educational Publisher, 1997.

57. Soyinka, Wole. *A Dance of the Forests*. Oxford: Oxford University Press, 1963.

58. Soyinka, Wole. *Art, Dialogue and Outrage: Essays on Literature and Culture*. New York: Pantheon Books, 1993.

59. Soyinka, Wole. *Conversations with Wole Soyinka*. Biodun Jeyifo ed., Jackson: University Press of Mississippi, 2001.

60. Soyinka, Wole. *Death and the King's Horseman*. London: Methuen, 1975.

61. Soyinka, Wole. *Death and the King's Horseman*. New York: Hill and Wang, 1987.

62. Soyinka, Wole. *Madmen and Specialists*. New York: Hill and Wang, 1971.

63. Soyinka, Wole. *Myth, Literature and the African World*. Cambridge: Cambridge University, 1978.

64. Soyinka, Wole. *The Bacchae of Euripides: A Communion Rite*. New York and London: W. W. Norton & Company, 1974.

65.Soyinka, Wole. *The Interpreters*. New York: Africana Publishing Corporation, 1972.

66.Soyinka, Wole. *The Road*. Oxford: Oxford University Press, 1965.

67.Tutuola, Amos. *The Palm-Wine Drinkard and My Life in the Bush of Ghosts*. New York: Grove Press, 1984.

68.Wehrs, D. R.. *Pre-Colonial Africa in Colonial African Narrative: From Ethiopia Unbound to Things Fall Apart*, 1911-1958. Hampshire: Ashgate, 2008.

69.Whittaker, David and Mpalive-Hangson Msiska. *Chinua Achebe's Things Fall Apart*. New York: Routledge, 2007.

70.Wren, Robert M.. *Achebe's World: The Historical and Cultural Context of the Novels*. Washington: Three Continents Press, 1980.

中文著作

1.阿兰·邓迪斯（主编）:《世界民俗学》，陈建宪、彭海斌译，上海：上海文艺出版社，1990 年。

2.阿马·阿塔·艾杜等:《幽灵的困境：非洲当代戏剧选》，宗玉、李佳颖、蔡燕译，上海：上海译文出版社，2017 年。

3.艾勒克·博埃默:《殖民与后殖民文学》，盛宁、韩敏中译，沈阳：辽宁教育出版社，1998 年。

4.艾斯林:《荒诞派戏剧》，华明译，石家庄：河北教育出版社，2003 年。

5.爱德华·W. 萨义德:《文化与帝国主义》，李琨译，北京：生活·读书·新知三联书店，2003 年。

6.巴特·穆尔－吉尔伯特（编）:《后殖民批评》，杨乃乔等译，北京：北京大学出版社，2001 年。

7.巴兹尔·戴维逊:《古老非洲的再发现》，屠尔康、葛佶译，北京：生活·读书·新知三联书店，1973 年。

8.常耀信（主编）:《英国文学通史（第三卷）》，天津：南开大学出版社，2013 年。

9.陈元恺:《外国文学辞典》，南昌：江西教育出版社，1989 年。

10.陈众议:《向书而在：陈众议散文精选》，深圳：海天出版社，2017 年。

11. 弗朗兹·法农：《黑皮肤，白面具》，万冰译，南京：译林出版社，2005 年。

12. 弗兰茨·卡夫卡：《误入世界：卡夫卡悖谬论集》，叶廷芳等译，天津：天津人民出版社，2007 年。

13. 弗朗兹·法农：《全世界受苦的人》，万冰译，南京：译林出版社，2005 年。

14. 高长荣（编选）：《非洲戏剧选》，江虹译，北京：外国文学出版社，1983 年。

15. 罗杰·S·戈京：《加纳史》，李晓东译，北京：中国大百科全书出版社，2011 年。

16. J.E.凯斯利·海福德：《解放了的埃塞俄比亚》，陈小芳译，杭州：浙江工商大学出版社，2013 年。

17. 姜飞：《跨文化传播的后殖民语境》，北京：中国人民大学出版社，2005 年。

18. 卡莱尔：《文明的忧思》，宁小银译，北京：中国档案出版社，1999 年。

19. 凯文·希林顿：《非洲史》，赵俊译，上海：东方出版中心，2012 年。

20. 李安山：《非洲民族主义研究》，北京：中国国际广播出版社，2004 年

21. 廖星桥：《法国现当代文学论》，长沙：湖南师范大学出版社，1991 年。

22. 刘鸿武等：《从部族社会到民族国家：尼日利亚国家发展史纲》，昆明：云南大学出版社，2000 年。

23. 伦纳德·克莱因（主编）：《20 世纪非洲文学》，李永彩译，北京：北京语言学院出版社，1991 年。

24. 米歇尔·福柯：《规训与惩罚：监狱的诞生》，刘北成、杨远婴译，北京：生活·读书·新知三联书店，2003 年。

25. 莫里斯·迈斯纳：《马克思主义、毛泽东主义与乌托邦主义》，张宁等译，北京：中国人民大学出版社，2005 年。

26. 尼采：《悲剧的诞生》，缪朗山译，海口：海南国际新闻出版中心，1996 年。

27. 尼采：《悲剧的诞生》，周国平译，北京：北京十月文艺出版社，2019 年。

28. 彭诗琅等（主编）：《诺贝尔文学奖金库（第 1 卷）》，北京：中国社会出版社，1998 年。

29. 钦努阿·阿契贝 《非洲的污名》，张春美译，海口：南海出版公司，2014 年。

30. 钦努阿·阿契贝 《荒原蚁丘》，马群英译，海口：南海出版公司，2015 年。

31. 钦努阿·阿契贝：《荒原蚁丘》，朱世达译，重庆：重庆出版社，2009 年。

32. 钦努阿·阿契贝：《人民公仆》，尧雨译，重庆：重庆出版社，2008 年。

33. 钦努阿·阿契贝：《人民公仆》，尧雨译，北京：外国文学出版社，1988 年

34. 钦努阿·阿契贝：《神箭》，陈笑黎、洪萃晖译，重庆：重庆出版社，2011 年。

35. 钦努阿·阿契贝：《瓦解》，高宗禹译，重庆：重庆出版社，2008 年。

36. 钦努阿·阿契贝：《一只祭祀用的蛋》，常文祺译，海口：南海出版社，2014 年。

37. 钦努阿·阿契贝：《再也不得安宁》，马群英译，海口：南海出版公司，2014 年。

38. 钦努阿·阿契贝：《这个世界土崩瓦解了》，高宗禹译，海口：南海出版公司，2014 年。

39. 任泉、顾章义（编著)：《列国志·加纳》，北京：社会科学文献出版社，2010 年。

40. 任一鸣、翟世镜：《英语后殖民文学研究》，上海：上海译文出版社，2003 年。

41. 托因·法洛拉：《尼日利亚史》，沐涛译，上海：东方出版中心，2010 年。

42. 沃莱·索因卡：《痴心与浊水》，沈静、石羽山译，北京：外国文学出版社，1987 年。

43. 沃莱·索因卡：《狮子和宝石》，邵殿生等译，北京：北京燕山出版社，2015 年。

44. 渥雷·索因卡：《狮子和宝石》，邵殿生等译，桂林：漓江出版社，1990 年。

45. 渥雷·索因卡：《死亡与国王的侍从》，蔡宜刚译，长沙：湖南文艺出版社，2004 年。

46. 殷企平：《"文化辩护书"：19 世纪英国文化批评》，上海：上海外语教育出版社，2013 年。

47. 俞灏东、杨秀琴、刘清河：《现代非洲文学之父——钦努阿·阿契贝》，银川：宁夏人民出版社，2011 年。

48. 张毅：《非洲英语文学》，北京：外语教学与研究出版社，2011 年。

49. 中国大百科全书出版社：《简明不列颠百科全书（第 7 卷)》，北京：中国大百科全书出版社，1986 年。

50. 朱立元（主编)：《当代西方文艺理论》（第三版），上海：华东师范大学出版社，2014 年。

二、期刊类

外文期刊

1. Abarry, Abu Shardow. "The Significance of Names in Ghanaian Drama". *Journal of Black Studies*, 1991, 22 (2), pp. 157-167.

2. Achebe, Chinua. "An Image of Africa". *Research in African Literatures*, 1978, 9 (1), pp. 1-15.

3. Adichie, Chimamanda Ngozi. "African 'Authenticity' and the Biafra Experience". *Transition: An International Review*, 2008, (99), pp. 42-53.

4. Alimi, S. A.. "A study of the Use of Proverbs as a Literary Device in Achebe's *Things Fall Apart and Arrow of God*". *International Journal of Academic Research in Business and Social Sciences*, 2012, 2 (3), pp. 121-127.

5. Al-Khafaji, Ammar Shamil Kadhim. "Australia Ama Ata Aidoo's Diagnose and Representation of the Dilemma of the African American Diaspora in Her Play *Dilemma of A Ghost*". *Advances in Language and Literary Studies*, 2018, 9 (1), pp. 136-140.

6. Allen, Judith Van. "Aba Riots or the Igbo Women's War?-Ideology, Stratification and the Invisibility of Women". *Ufahamu: A Journal of African Studies*, 1975, 6 (1), pp. 11-39.

7. Attwell, David. "Wole Soyinka's *The Interpreters*: Suggestions on Context and History". *English in Africa*, 1981, 8 (1), pp. 59-71.

8. Awuyah, Chris Kwame. "Chinua Achebe's *Arrow of God*: Ezeulu's Response to Change". *College Literature*, 1992, 19 (3), pp. 214-219.

9. Colmer, Rosemary. "Qu s Custodies Custodiet? The Development of Moral Values in *A Man of the People*". *Kunapipi*, 1990, 12 (2), p. 100.

10. Early, L. R.. "Dying Gods: A Study of Wole Soyinka's *The Interpreters*". *The Journal of Commonwealth Literature*, 1977, 12 (2), pp.162-174.

11. Erritouni, Ali. "Contradictions and Alternatives in Chinua Achebe's *Anthills of the Savannah*". *Journal of Modern Literature*, 2006, 29 (2), pp. 50-74.

12. Fox, Robert Elliot. "Tutuola and the Commitment to Tradition". *Research in African Literatures*,

1998, 29 (3), pp. 203-208.

13. George, Olakunle. "The Narrative of Conversion in Chinua Achebe's *Arrow of God". Comparative Literature Studies*, 2005, 42 (4), pp. 344-362.

14. Greenhill, Jennifer A.. "Humor in Cold Dead Type: Performing Artemus Ward's London Panorama Lecture in print". *Word and Image: A Journal of Verbal/Visual Enquiry*, 2012, 28 (3), pp. 257-272.

15. Kortenaar, Neilten. "Only Connect: *Anthills of the Savannah* and *Achebe's Trouble with Nigeria*". *Research in African Literatures*, 1993, 24 (3), pp. 59-72.

16. Lewis, Mary Ellen B.. "Beyond Content in the Analysis of Folklore in Literature: Chinua Achebe's *Arrow of God*". *Research in African Literatures*, 1976, 7 (1), pp. 44-52.

17. Littman, David C. et al.. "The Nature of irony: Toward a Computational Model of irony". *Journal of Pragmatics*, 1991, 15 (2), pp. 131-151.

18. Liyong, Taban lo. "Ayi Kwei Armah in Two Moods". *Journal of Commonwealth Literature*, 1991, 26 (1), pp. 1-18.

19. Lucariello, Joan. "Situational Irony: A Concept of Events Gone Awry". *Journal of Experimental Psychology*, 1994, 123 (2), pp. 129-145.

20. MiGraine-Geoige, Thérèse. "Ama Ata Aidoo's Orphan Ghosts: African Literature and Aesthetic Post-modernity". *Research in African Literatures*, 2003, 34 (4), pp. 83-95.

21. Murphy, Laura. "Into the Bush of Ghosts: Specters of the Slave Trade in West African Fiction". *Research in African Literatures*, 2007, 38 (4), pp. 141-152.

22. Ngaboh-Smart, Francis. "Re-narrating the Nation: Soyinka's *The Interpreters*". *Journal of Postcolonial Writing*, 2010, 46 (1), pp. 42-52.

23. Nyamekye, Patricia and Debrah, Michelle. "Kobina Sekyi's *The Blinkards* and James Ene Henshaw's *Medicine For Love*-A Study in the Manner of Comic Production". *European Journal of English Language and Literature Studies*, 2016, 4 (4), pp. 21-38.

24. Obumselu, Ben. "Wole Soyinka's *The Interpreters*: The Literary Context". *Research in African Literatures*, 2018, 49 (2), pp. 167-181.

25. Odom, Glenn A.. "The End of Nigerian History: Wole Soyinka and Yorùbá Historiography".

Comparative Drama, 2008, 42 (2), pp. 205-229.

26. Ogede, Ode S.. "Achebe and Armah: A Unity of Shaping Visions". *Research in African Literatures*, 1996, 27 (2), pp. 112-127.

27. Quayson, Ato. "Self-writing and Existential Alienation in African Literature: Achebe's Arrow of God". *Research in African Literatures*, 2011, 42 (2), pp. 30-45.

28. Rutherford, Anna. "Interview with Chinua Achebe". *Kunapipi*, 1987, 9 (2), pp. 1-7.

29. Singh, Raman. "*No Longer at Ease*: Traditional and Western Values in the Fiction of Chinua Achebe". *Neohelicon*, 1989, 16 (2), pp. 159-167.

30. Soyinka, Wole. "Neo-Tarzanism: The poetics of Pseudo Tradition". *Transition*, 1975, (48), pp. 38-44.

31. Tobias, Steven M.. "Amos Tutuola and the Colonial Carnival". *Research in African Literatures*, 1999, 30 (2), pp. 66-74.

32. Ugonna, N.. "Casely Hayford: The Fictive Dimension of African Personality". *Ufahamu: A Journal of African Studies*, 1977, 7 (2), pp. 159-171.

33. Williams, Piper Kendrix. "The Impossibility of Return: Black Women's Migrations to Africa". *Frontiers: A Journal of Women Studies*, 2006, 27 (2), pp. 54-86.

中文期刊

1. 爱德华·阿尔比：《哪家剧派是荒诞剧派？》，《外国文学》，袁鹤年译，1981年第1期，第50-53页。

2. 陈榕：《欧洲中心主义社会文化进步观的反话语——评阿切比〈崩溃〉中的文化相对主义》，《外国文学研究》，2008年第3期，第158-169页。

3. 杜志卿：《重审尼日利亚内战：阿契贝的绝笔〈曾经有一个国家〉》，《外国文学》，2014年第1期，第147-154，160页。

4. 杜志卿：《跨文化冲突的后殖民书写——也论〈瓦解〉的主题兼与黄永林、桑俊先生商榷》，《华侨大学学报》（哲学社会科学版），2010年第2期，第103-110页。

5. 杜志卿、张燕：《图图奥拉的后殖民批评意识——重读〈棕榈酒酒徒〉和〈我在鬼林中的生活〉》，《华侨大学学报》（哲学社会科学版），2019年第2期，第155-164页。

6. 高文惠:《黑非洲民族主义文字思潮的地缘特征》,《重庆邮电大学学报》(社会科学版),2007 年第 3 期,第 109-113 页。

7. 高文惠:《索因卡的"第四舞台"和"仪式悲剧"——以〈死亡与国王的马夫〉为例》,《外国文学研究》,2011 年第 3 期,第 127-134 页。

8. 季广茂:《精神创伤及其叙事》,《山东师范大学学报》(人文社会科学版),2011 年第 5 期,第 60-66 页。

9. 蒋晖:《现代非洲知识分子"可心与抵抗"的心灵史:对钦努阿·阿契贝小说〈神箭〉的分析》,《清华大学学报》(哲学社会科学版),2015 年第 6 期,第 60-72,190 页。

10. 李安山:《释"文明互鉴"》,《西北工业大学学报》(社会科学版),2018 年第 4 期,第 42-50 页。

11. 黎跃进:《20 世纪"黑非洲"地区文学发展及其特征》,《黑龙江社会科学》,2012 年第 2 期,第 113-119,166 页。

12. 马相武、向颖:《荒诞派戏剧及其理论与探索》,《戏剧文学》,2006 年第 9 期,第 63-68 页。

13. 聂珍钊:《文学伦理学批评:基本理论与术语》,《外国文学研究》,2010 年第 1 期,第 12-22 页。

14. 庞好农:《从〈游回家〉探析利维笔下的幽默叙事》,《当代外国文学》,2017 年第 2 期,第 97-103 页。

15. 秦鹏举:《文化冲突与传统之争——解析〈瓦解〉与〈神箭〉》,《宁夏大学学报》(人文社会科学版),2016 年第 1 期,第 137-143 页。

16. 秦银国:《诗性、哲性与神性的融合——从〈解释者〉谈沃里·索因卡的叙述艺术》,《小说评论》,2010 年第 2 期,第 160-164 页。

17. 陶家俊:《语言、艺术与文化政治——论古吉·塞昂哥的反殖民思想》,《外国文学》,2006 年第 4 期,第 59-65,123 页。

18. 殷明明:《追忆与瓦解:论〈死亡与国王的侍从〉中的文化焦虑》,《艺术学界》,2019 年第 1 期,第 240-248 页。

19. 余虹:《"荒诞"辨》,《外国文学评论》,1994 年第 1 期,第 14-23 页。

20. 元华、王向远：《论渥莱·索因卡创作的文化构成》，《北京师范大学学报》（社会科学版），1993 年第 5 期，第 20-28 页。

21. 张聚国：《杜波依斯与布克·华盛顿解决黑人问题方案比较》，《南开学报》（哲社版），2000 年第 3 期，第 67-74 页。

22. 张荣建：《黑非洲文学创作中的英语变体》，《重庆师院学报》（哲社版），1995 年第 3 期，第 77-83 页。

23. 张象、姚西伊：《论英国对尼日利亚的间接统治》，《西亚非洲》，1986 年第 1 期，第 26-35 页。

24. 张忠民：《西非"民族精英"凯斯利·海福德》，《西亚非洲》，1995 年第 6 期，第 58-61 页。

25. 朱振武、韩文婷：《文学路的探索与非洲梦的构建——尼日利亚英语文学源流考论》，《外语教学》，2017 年第 4 期，第 97-102 页。

26. 朱振武、薛丹岩：《本土化的抗争与求索——加纳英语文学的缘起与流变》，《燕山大学学报》（哲学社会科学版），2020 年第 3 期，第 63-69 页。

27. 朱振武、袁俊卿：《流散文学的时代表征及其世界意义——以非洲英语文学为例》，《中国社会科学》，2019 年第 7 期，第 135-158，207 页。

三、学位论文类

Ofori, Naomi. *Challenges of Post-Independent Africa: A Study of Chimamanda Ngozi Adichie's Purple Hibiscus and Half of a Yellow Sun*. MA. Thesis, Kwame Nkrumah University, 2015.

四、报纸、网络及其他类

1. Baldauf, Scott. "Chinua Achebe on Corruption and Hope in Nigeria". *Christian Science Monitor*, March 22, 2013.

2.Gross, Terry. "'Americanah' Author Explains 'Learning' to Be Black in the U. S.", *Fresh Air* (NPR), June 27, 2013.

3.Lask, Thomas. "Things Are No Better in Africa". *The New York Times*, August 11, 1972.

4.《诺贝尔错过〈瓦解〉阿契贝恨别非洲》,《深圳晚报》,2013 年 3 月 26 日。

5.朱振武:《非洲英语文学,养在深闺人未识》,《文汇读书周报》,2018 年 10 月 8 日,第 DS2 版。

6.朱振武:《钦努阿·阿契贝:非洲的发声者》,《文艺报》,2018 年 8 月 8 日,第 7 版。

附　录

本书作家主要作品列表

（一）J. E. 凯斯利·海福德（J. E. Casely Hayford，1866—1930）

1903 年，政论《黄金海岸的本土制度》（*Gold Coast Native Institutions*）

1911 年，小说《解放了的埃塞俄比亚》（*Ethiopia Unbound*）

1911 年，政论《黄金海岸土地所有制及森林法案》（*Gold Coast Land Tenure and the Forest Bill*）

1913 年，政论《西非土地问题的真相》（*The Truth About The West African Land Question*）

1919 年，政论《统一的西非》（*United West Africa*）

（二）科比纳·塞吉（Kobina Sekyi，1892—1956）

1915 年，戏剧《糊涂虫》（*The 3linkards*）

1918 年，短篇小说《盎格鲁—芳蒂人》（*The Anglo-Fanti*）

（三）阿玛·阿塔·艾杜（Ama Ata Aidoo，1942—2023）

1965 年，戏剧《幽灵的困境》（*The Dilemma of a Ghost*）

1970 年，戏剧《阿诺瓦》（*Anowa*）

1970 年，短篇小说集《这里没有甜蜜》（*No Sweetness Here*）

1977 年，长篇小说《我们的扫兴姐妹》（*Our Sister Killjoy*）

1985 年，诗集《某时某人说》（*Someone Talking to Sometime*）

1986 年，短篇小说集《〈老鹰和鸡〉等故事集》(*The Eagle and the Chickens: and Other Stories*)

1987 年，诗集《鸟》(*Birds and Other Poems*)

1991 年，长篇小说《改变：一个爱情故事》(*Changes：A Love Story*)

1992 年，《一月里的愤怒信》(*An Angry Letter in January*)

1997 年，短篇小说集《女孩儿能行》(*The Girl Who Can*)

2012 年，短篇小说集《外交重磅及其他》(*Diplomatic Pounds & Other Stories*)

（四）阿依·奎·阿尔马（ Ayi Kwei Armah, 1939— ）

1968 年，长篇小说《美好的尚未诞生》(*The Beautyful Ones Are Not Yet Born*)

1970 年，长篇小说《碎片》(*Fragments*)

1972 年，长篇小说《我们为什么如此有福？》(*Why Are We So Blest？*)

1973 年，长篇小说《两千季》(*Two Thousand Seasons*)

1979 年，长篇小说《医者》(*The Healers*)

1995 年，长篇小说《奥西里斯的复活》(*Osiris Rising*)

2002 年，长篇小说《克米特：在生命之屋》(*KMT: In the House of Life*)

2006 年，自传《作家的雄辩：非洲文学源头回忆录》(*The Eloquence of the Scribes: A Memoir on the Sources and Resources of African Literature*)

2010 年，散文集《回忆被肢解的大陆》(*Remembering the Dismembered Continent*)

2013 年，长篇小说《决断者》(*The Resolutionaries*)

（五）阿莫斯·图图奥拉（ Amos Tutuola，1920-1997 ）

1952 年，长篇小说《棕榈酒酒徒及他在死人镇的死酒保》(*The Palm-Wine Drinkard and his Dead Palm-Wine Tapster in the Deads' Town*)

1954 年，长篇小说《我在鬼林中的生活》(*My Life in the Bush of Ghosts*)

1955 年，长篇小说《辛比和黑暗丛林之神》(*Simbi and the Satyr of the Dark Jungle*)

1958 年，长篇小说《勇敢的非洲女猎手》(*The Brave African Huntress*)

1962 年，长篇小说《丛林羽女》(*Feather Woman of the Jungle*)

1967 年，长篇小说《阿贾伊及其继承的贫穷》（*Ajaiyi and His Inherited Poverty*）

1981 年，长篇小说《偏远小镇的巫医》（*The Witch-Herbalist of the Remote Town*）

1982 年，长篇小说《鬼怪丛林中的猎人》（*The Wild Hunter in the Bush of Ghosts*）

1986 年，短篇小说集《约鲁巴民间故事》（*Yoruba Folktales*）

1987 年，长篇小说《贫民、滋事者与诽谤者》（*Pauper, Brawler and Slanderer*）

1990 年，短篇小说集《村寨巫医及其他故事》（*The Village Witch Doctor and Other Stories*）

（六）钦努阿·阿契贝（Chinua Achebe，1930-2013）

1958 年，长篇小说《瓦解》（*Things Fall Apart*）

1960 年，长篇小说《再也不得安宁》（*No Longer at Ease*）

1964 年，长篇小说《神箭》（*Arrow of God*）

1966 年，长篇小说《人民公仆》（*A Man of the People*）

1966 年，儿童文学《契克过河》（*Chike and the River*）

1972 年，短篇小说集《战地姑娘及其他》（*Girls at War and Other Stories*）

1972 年，儿童文学《猎豹为什么有爪子》（*How the Leopard Got His Claws*）

1977 年，儿童文学《鼓》（*The Drum*）

1977 年，儿童文学《笛子》（*The Flute*）

1987 年，长篇小说《荒原蚁丘》（*Anthills of the Savannah*）

2009 年，杂文随笔集《非洲的污名》（*The Education of a British-Protected Child*）

（七）沃莱·索因卡（Wole Soyinka，1934—）

1958 年，戏剧《沼泽地居民》（*The Swamp Dwellers*）

1959 年，戏剧《狮子与宝石》（*The Lion and the Jewel*）

1960 年，戏剧《森林之舞》（*A Dance of The Forests*）

1960 年，戏剧《裘罗教士的磨难》（*The Trials of Brother Jero*）

1963 年，戏剧《强种》（*The Strong Breed*）

1965 年，戏剧《孔其的收获》（*Kongi's Harvest*）

1965 年，戏剧《路》（ *The Road* ）

1965 年，长篇小说《全释者》（ *The Interpreters* ）

1969 年，戏剧《欧里庇德斯的酒神的伴侣》（ *The Bacchae of Euripides* ）。

1969 年，诗歌集《狱中诗抄》（ *Poems from Prison* ）

1970 年，戏剧《疯子与专家》（ *Madman and Specialists* ）

1972 年，诗歌集《地穴之梭》（ *A Shuttle in the Crypt* ）

1972 年，自传体小说《那人死了：狱中笔记》（ *The Man Died: Prison Notes of Wole Soyinka* ）

1973 年，长篇小说《反常之季》（ *Season of Anomy* ）

1975 年，戏剧《死亡与国王的侍从》（ *Death and the King's Horseman* ）

1976 年，论文集《神话、文学与非洲世界》（ *Myth, Literature and the African World* ）

1981 年，自传体小说《阿凯，我的童年时光》（ *Aké: The Years of Childhood* ）

1988 年，诗歌集《曼德拉的世界及其他》（ *Mandela's Earth and Other Poems* ）

2021 年，长篇小说《幸福之地纪事》（ *Chronicles from the Land of the Happiest People on Earth* ）